Narrativa

Di John Ramster
nel catalogo La Tartaruga edizioni
potete leggere:

Un uomo per amica

John Ramster

Adam's family

Traduzione di Chiara Libero

La Tartaruga edizioni

http://tartaruga.editore.it e-mail: info@tartaruga.editore.it

Traduzione dall'inglese
di Chiara Libero

Titolo originale: Adam's Family

Milano
ISBN 88-7738-336-4

Per S, A, T, & B

10 dicembre 2008

È tardi e fa freddo. Non riesco a dormire. E qui ci si alza così presto. Non sono mai stato in un posto senza donne, prima, e non sono sicuro che mi piaccia. Con tutto il tempo che ho a disposizione, non riesco a smettere di pensare alle cose accadute al 52 di Christie Avenue nel 2000. Arrivai a Londra, iniziai il college, e da quel momento non smisi più di innamorarmi, perché avevo diciannove anni. Perché ero bello. È strano scrivere che un uomo può essere bello, ma io lo ero, suppongo. Ero un miracolo della natura.

Forse scrivere tutto quello che accadde mi aiuterà a liberarmene, in parte. Ho tanto di quel tempo a disposizione. Per fortuna mi hanno permesso di tenere carta e penna, non credevo che l'avrebbero fatto. Ora ho le dita livide. Sono tutte queste pietre nude a rendere l'atmosfera così fredda, credo. Non vorrei chiedere subito una stufetta, visto che sono nuovo del posto. Non voglio fare casino, attirare l'attenzione su di me.

Ma non mi importa. Ora il mio cuore non è più in tumulto. Per la prima volta da non so quanto tempo, mi sto calmando.

1

«Ma guarda quanta roba, più tardi chiamerò Ben per darti una mano; per ora metti tutto qui, nell'ingresso», disse Mrs Robbins. «Sta cominciando a piovere? Ho messo sul fuoco il bollitore per il tè. Ma che bello, sei arrivato. Ho passato la giornata ad aspettare questo istante.» D'un tratto la mia nuova padrona di casa ebbe un'idea. «Anzi, senti, non spostare neppure uno *spillo*, prendo la macchina fotografica e immortaliamo il momento.» Girò sui tacchi e corse via, lasciando un gatto rosso a guardarmi con disgusto dalle scale, agitando la coda. Feci un passo in casa. Il gatto inarcò la schiena e mi soffiò contro. Decisi di non dare peso alla cosa.

Voleva fare una foto. Ma guarda che roba: non era molto diverso da quando, cinque giorni prima, avevo lasciato casa mia, con mio padre che faceva clic tutte le volte che mi giravo dalla sua parte. Volevo che la mia nuova vita a Londra fosse... be', *nuova*. Inoltre, come avrebbe detto mia nonna, sembravo un vero barbone. Quella mattina non mi ero neppure dato pena di lavarmi, perché sapevo che avrei sudato come un cavallo, caricandomi sulle spalle tutti i miei beni terreni da una parte all'altra della capitale per la seconda volta in meno di una settimana (è il genere di logica che procura ai giovani la loro reputazione di adulti, ma ancora ragazzini, pronti a rotolarsi nel fango come maiali).

Mi diedi una rapida controllatina allo specchio dell'ingresso: capelli scuri rasati giusto il giorno prima, pronto per affrontare la Londra più funky e figa, la mia felpa col cappuccio preferita, un paio di pantaloni cargo che consideravo secondi in classifica e indossavo a stretta rotazione con i primi in classifica e con un paio di *trainers* nuove di zecca compratemi da mamma il giorno prima che lasciassi Lowestoft. E un maledetto, gigantesco brufolo sul collo. Più tardi l'avrei sistemato, quel bastardo. Mi presentavo in una nuova versione di me stesso: un artista *in fieri*, non-provinciale. O almeno era quella che più si avvicinava a questo ideale, prima che avessi modo di rendermi carino per il ballo delle matricole, quella stessa sera. Era ufficiale: Adam Fox stava da dio. Correzione: stavo da dio tenendo conto della giornata – ma la stampa poteva comunque far scattare tutti i flash che voleva.

Mrs Robbins indossava quella che, come avrei presto scoperto, era la sua solita divisa: jeans appena stirati e un golfino di lana leggero. Tornò nell'atrio con una vecchia macchina Polaroid. «Oh, fa freschino fuori, vero?»

«Scusi, Mrs Robbins, devo chiudere la porta?» *Traduzione: tienila buona, fai il bravo ragazzo, sii un buon ambasciatore del tuo vecchio liceo.*

«Per il momento va bene così», rispose, cercando di capire quale pulsante doveva schiacciare. «Ora mettiti sulla soglia e fai qualcosa che dimostri che sei appena arrivato.» Presi una valigia e mi ficcai sotto il braccio il mio portfolio di disegni, scoccando il mio miglior sorriso da star. Mrs Robbins fece capolino da dietro la macchina fotografica. «Sorridi *come si deve*. Io non so proprio, anche Ben fa lo stesso, sempre a fare smorfie.»

Eh sì, esattamente come a casa. Feci un sorriso «come si deve», sollevai il piede per dare alla posa uno speciale tocco teatrale e il motorino della vecchia Polaroid sputò fuori la foto, facendo lo stesso rumore di una Ford modello T che cambia marcia.

«Ti va bene il Lapsang Souchong?» chiese.

Mi impegnai immediatamente a perfezionare un'espressione che nei primi giorni mi avrebbe dato una mano nella grande confusione; un cenno di assenso entusiasta e un mormorio che voleva dire: «Ma certo, ti ho capito, so da dove arrivi, siamo talmente sulla stessa lunghezza d'onda che sembriamo due gemelli separati alla nascita».

Cinque minuti più tardi, sorseggiavo cautamente un tè che sapeva di aringa, sentendomi un po' surclassato dal nuovo ambiente. La cucina mi sembrava grandissima, anche se era stata arredata ai tempi della vittoria nelle Falklands. Tutta la casa sembrava una capsula del tempo ideata per rappresentare la vita della media borghesia negli anni Ottanta: pareti color pastello smorto, troppa carta da parati ruvida, e ogni pannello di legno era stato verniciato. Nell'insieme troppo elegante, per le mie abitudini. Ero prontissimo a trovare in bagno un bidè che, lungi dall'essere usato, serviva a contenere una pila di asciugamani puliti.

Sapevo che sarebbe stato difficile abituarmi alle usanze quotidiane di un'altra famiglia, ma già nei primi due minuti era accaduto qualcosa di imbarazzante: mi ero lasciato cadere sulla sedia a capotavola, e mi ero messo a guardare fuori dalla finestra, verso il grande giardino sul retro, quando mi accorsi che Mrs Robbins aveva l'aria sconvolta.

«Ho fatto qualcosa di sbagliato?» Mi alzai con cautela, controllando se per caso non avessi portato in cucina del fango, o avessi rotto qualcosa.

Mrs Robbins scosse il capo. «No, è solo che hai scelto quella sedia.» Sembrava un po' turbata.

«È quella più vicina alla finestra... ehhh... mi scusi.» Chissà poi perché mi stavo scusando.

«Signore e padrone di tutto ciò che puoi scorgere da qui.» Mrs Robbins socchiuse gli occhi, riandando con la memoria a qualcosa. «È solo che nessuno siede lì da un po'.»

«Mi sposto.»

«Non essere sciocco. Non essere sciocco. Siedi, ecco il tuo tè. Dov'è la Polaroid che ti ho fatto, si è già sviluppata?»

La presi e sogghignai: *questo nuovo taglio di capelli è un vero errore,* pensai. *Sono troppo magro, forse dovrei mettere su un po' di muscoli, sembro la morte in vacanza, al college non piacerò a nessuno, non parliamo poi di far gola a qualcuno, ho proprio bisogno di vestiti nuovi...*

«Oh, ma che bella», esclamò Mrs Robbins. «Sei bellissimo.»

«Bellissimo è chi bellissimo si sente. Lo dice sempre mia nonna.»

«Molto saggia.»

Non ero poi così malaccio, tutto sommato. Avevo una di quelle assurde attaccature di capelli tipicamente maschili nere come la pece e quasi troppo basse, l'unica eredità del nonno irlandese, insieme a un paio di sopracciglia unite che ricordavano quelle di Peter Gallagher. Nella Polaroid risaltava un'ombra di barba – avrei avuto bisogno di radermi ogni due giorni, ma lo facevo di rado, se mai lo facevo. Radersi tutti i giorni è una faccenda per gente che ha un *lavoro*, dopo tutto. Gli zigomi non erano male, avrei potuto tagliarci sopra il prosciutto. Negli ultimi due anni la zia Bridget aveva cominciato a chiamarmi «il nostro rubacuori occhiceruleo e culetto piatto» invece del solito «nervosin nervosetto». Per quando riguardava il mio sedere aveva assolutamente ragione: nella foto i miei pantaloni macchiati di pittura scendevano dritti come fusi dalla vita, andando a posarsi sulle logore Nike.

Mrs Robbins ripose con attenzione la foto e tornò al tavolo dicendo qualcosa a proposito del tè, che era esattamente ciò che aveva ordinato il dottore. Dissi che aveva ragione, ma non sapevo di cosa stesse parlando. Prendere uno strano tè con la mia nuova padrona di casa, per quanto sembrasse ben conservata, non era l'esistenza tutta rock'n'roll che avevo immaginato per me a Londra. Ma essendo il mio primo giorno mi stavo comportando con grande educazione: dubitavo che avrei trascorso molto tempo al numero 52, sarei rientrato tardi a dormire, se poi ci sarei rientrato. Il piano per quanto riguardava la laurea era semplice: essere un tiratardi della madonna per i prossimi tre anni, nel corso dei quali avrei fatto vedere alla città i sorci verdi. Arrivavo dalla provincia e, cazzo, ero eccitato dall'idea di esser lì; il testosterone mi rimbombava nelle orecchie come le macchine di Formula Uno alla linea di partenza.

Mrs Robbins era l'unica altra persona nelle mie immediate vicinanze, e quindi le scoccai una furtiva occhiata scrutatrice mentre chiacchieravamo di giardinaggio. Tra i quaranta e i cinquanta, era sicuramente una certa anche se matura candidata per il premio «Madre che vorrei trombarmi» che io e il mio gruppetto di compagni della quarta regolarmente assegnavamo alle giovani mammine che circolavano nel centro commerciale. Occhi grigi con una coda di cavallo biondo cenere, aveva anche una voce piuttosto notevole, un po' roca e di classe, che rendeva tutto ciò che stava dicendo a proposito delle piante perenni un tantino sexy. O forse quel giorno tutto mi sarebbe sembrato bello – decisi che al ballo delle matricole sarebbero rimasti tutti di stucco, e declinai l'offerta di un'altra tazza di tè.

La porta d'ingresso si spalancò, il gatto rosso schizzò verso il retro della casa come se fosse stato inseguito da Satana in persona, e qualcuno entrò in casa con un ululato di sollievo che arrivava dritto dal cuore. Mrs Robbins si chinò in avanti, senza alzarsi dalla sedia, per dare un'occhiata nell'atrio. «Ben! Sei tutto bagnato.» Guardò l'orologio della cucina. «Sei in anticipo, tesoro. Non ho ancora cominciato a organizzare la cena. Vieni, ti presento Adam. È un *artista.* Se sei molto fortunato tra un attimo potrai dargli una mano con le valige.»

«Non vedo l'ora. Ciao, Adam.» La voce ancora priva di corpo sembrava stanca. «Me la sono filata presto, non ne potevo *più*, gli venisse un accidente a tutti... ho detto che dovevo andare da un cliente. E poi mi sono inzuppato, vedi come sono fortunato.»

Entrò in cucina un gentiluomo della City che sembrava aver passato la ventina, stanco ma ancora con un'aria da ragazzino. Un Christopher Robin cresciuto, con la faccia piena di efelidi e un completo gessato, snello con capelli chiari e ricciuti incollati alla testa per la pioggia, e con addosso una camicia bianca mezza fuori, le bretelle che pendevano dai pantaloni gessati a vita alta. Gettò una cravatta di seta color porpora sulla spalliera di una sedia e baciò la madre sulla fronte. Mrs Robbins mi presentò Benedict («Chiamami Ben»), proveniente dritto dritto dal suo letto di dolore come tirocinante contabile al terzo anno presso la Albert Anson Associates.

Ci valutammo immediatamente. Mi accorsi subito che Ben doveva avere quattro o cinque anni più di me (in effetti erano quasi otto), ma io avevo un vantaggio su di lui perché me n'ero andato da casa. Da meno di una settimana, certo, ma comunque questo fatto in qualche modo pareggiava i conti tra di noi.

«Oh, oh, oh, ma guarda, il favoleggiato pensionante è arrivato con un *cavalletto*, nientepopodimeno.» La sedia su cui mi ero accomodato non era passata inosservata. Cristo santo, era solo una sedia. «E qui le cose stanno già cambiando. C'è una gran bella vista da quel punto, non ti pare?» L'ultimo commento era più a beneficio della madre che mio. Il tono e il modo in cui aveva indugiato sulla parola «cavalletto» sembravano dire «E tu chi cazzo saresti?» Si allungò sul tavolo di cucina e mi strinse la mano. «Sei Adam, vero? Immagino che ti fermerai solo per una sessione, giusto?»

Aprii la bocca come un pesce, e la richiusi. Non avevo precisato per quanto tempo avrei avuto bisogno della stanza. Tre anni, per quanto ne sapevo.

«Ben, è appena arrivato», si intromise Mrs Robbins. «Piantala di fare il prepotente. Può restare quanto desidera.»

Ben si strinse nelle spalle. «Ma come *siamo* protettivi. Scusa, Adam. A volte sono un po' brusco. Giornata di merda. Una vera giornata di *merda*.» Allungò le braccia sopra la testa per distendere la schiena, mettendo in mostra per un attimo un pezzetto di pancia pelosa. Si accorse che lo stavo guardando, e restammo per un istante sconcertati. Ben aveva due braccia, due gambe e una bella faccia: tutto il necessario perché io mi sentissi attratto da lui. Avevo iniziato quella sessione proprio nel modo in cui intendevo continuarla.

Mrs Robbins si ricordò una cosa. «Oh, c'è un messaggio vicino al telefono per te, credo da parte di Geoff. L'ha preso Carmel.»

«Geoff? *Davvero?* Che cosa vuole?» Si diresse nell'atrio per leggere il messaggio e subito strillò, con voce esasperata: «Mamma, non riesco a leggere la scrittura di Mel. Dovresti dirle di scrivere i messaggi in stampatello».

Mrs Robbins si alzò e lo seguì dicendo: «Se vuoi posso ripeterglielo, ma sai bene che non serve a niente».

Rimasto solo in cucina, la mia attenzione venne attirata da una grande bacheca che si trovava tra due armadietti a muro: una lavagna coperta di Polaroid con scenette di felice vita familiare. Le foto più nuove erano attaccate con una puntina sopra quelle più vecchie, e in questo modo i bei tempi e i bei luoghi andati si mescolavano e si stratificavano. C'erano Mrs Robbins e Benedict e una giovane donna intorno ai venticinque, anche se in qualcuna delle foto più vecchie ai bordi, la ragazza non doveva avere molto più della mia età. Immaginai dovesse trattarsi di Carmel, quella con la pessima calligrafia. Una delle fotografie più recenti la rappresentava da sola in un giardino, e l'aveva scattata da sé, tenendo la macchina fotografica con il braccio teso. Era stata attaccata alla lavagna da poco, e prendeva una buona parte dell'ultimo strato. Mi avvicinai per guardare meglio.

Quello che accadde subito dopo mi era successo almeno una decina di volte al giorno nei tre anni precedenti. Mi innamorai all'istante ma, e questo *era* veramente strano, di una *foto*, di una Polaroid: una autentica attrazione istantanea. La ragazza non era carina, non era neppure bella in maniera convenzionale, ma potevo vedere nei suoi occhi color cioccolato che era immensamente sicura nella propria pelle. C'era in loro un'espressione che diceva, vai a cagare tu e anche il tuo cagnetto, e mi piaceva il fatto che fosse abbastanza vanesia da farsi una foto da sola. Tutti i diversi elementi che componevano la sua faccia erano perfetti, ma in un certo senso non andavano d'accordo: la mascella era meravigliosamente forte, ma forse troppo forte per le labbra sottili, la bocca forse era troppo larga per il naso, che era un meraviglioso bottoncino, ma forse troppo piccolo per la linea della mascella. Stabilii che se era molto fortunata e si comportava bene, allora avrebbe potuto restarmi tra i piedi e essere al mia musa e avrei potuto farle un ritratto ogni giorno. Ogni artista dovrebbe avere una musa, perché così, dopo la tua morte, qualcuno potrà scrivere la tua biografia, dicendo che in realtà tutto il lavoro era stato fatto dalla tua musa o da tua moglie. È normale. Ero ansioso di vederla in carne e ossa.

Ben mi chiamò dall'atrio, spezzando il mio magico momento Kodak. «Portiamo su la tua roba, grande artista?» Stava fissando lo zaino da montagna EC che avevo portato con me, e il suo sorriso cordiale si smorzò. «Non è esattamente una ventiquattrore di Louis Vuitton, eh?» sospirò, issandosi le sacche sulle spalle. Louis chi? Capii d'istinto che il sugo dell'arrosto di Mrs Robbins sarebbe stato preparato con un po' di vino rosso mescolato al sugo di cottura della carne. Massima eleganza.

Cominciammo a portare le sacche lungo un pianerottolo che era un trionfo di beige, largo abbastanza da poter essere una stanza a sé. Fiori secchi a go-go, fotografie di Ben e Carmel da bambini, alcuni scaffali che gemevano sotto il peso di una quantità di libri di Dick Francis, Catherine Cookson e Wilbur Smith, più di quanti un'intera vita potrebbe sopportare. C'era persino uno scaffale di LP di vinile. *The Visitors*, degli Abba, *Atlantic Crossing*, di Rod Stewart, tantissimi di Joni Mitchell (niente male) e una cosa scandalosa chiamata *The Mike Samms Singers Pay Tribute To Simon & Garfunkel*. Eh, sì, la casa era una capsula del tempo. La prima porta sul pianerottolo, quasi di fronte all'imbocco delle scale, aveva un adesivo scolorito di Holly Hobby che si stava staccando e diceva «ALLA LARGA DALLA STANZA DI MEL.» Ben si accorse che lo stavo guardando.

«La tiene chiusa a chiave, sono anni che lo fa. Ho sempre

sospettato che lo faccia perché ci tiene vibratori, bibbie e peni artificiali doppi accatastati negli angoli», spiegò tutto allegro, per poi passare a un tono da Barbie Guida Turistica: «Alla vostra sinistra, la stanza da bagno delle ragazze, niente soste, per favore, non è neppure il caso di entrarci, poi la stanza di mamma, accanto alla quale si trova la minuscola stanzetta di sgombro, e infine qui alla vostra destra ecco la mia camera e la tua ecco passa di qui, sopra il garage e poi il nostro bagno. Un tempo era solo mio, ma farò questo grande sacrificio per te. Va bene, va bene, non ti terrò il broncio».

Due bagni. Adesso sì che *ero* colpito. Portammo tutto nella mia stanza a tempo di record, trasportando a ogni viaggio molto più di quanto fossimo in grado, per non fare la figura delle mezze seghe. La pioggia adesso veniva giù davvero forte, rendendo impossibile vedere fuori dalle grandi finestre della mia stanza. La camera mi piaceva, era molto grande e ariosa con una quantità di armadi, e in più era a buon mercato – stavo per chiedere a Ben perché non la teneva per sé e si accontentava della stanza molto più piccola che avevo scorto, quando, in un certo senso, lui chiarì il mio dubbio.

«Non mi piace questa stanza. Troppo grande e troppo fredda.» Ben si guardò attorno, assumendo di colpo un'aria imbarazzata. «Mai piaciuta. È rimasta vuota per anni. Da quando mio...» Il gatto rosso entrò silenzioso nella stanza e mi mostrò i denti. Ben si interruppe e si inginocchiò ad accarezzarlo. Ebbi l'impressione che avrebbe comunque smesso di parlare. Da quando cosa? «Corelli, nemmeno a te piace questa stanza, vero? Eh no, proprio no.» *Corelli il Gatto?* Meglio non chiedere spiegazioni.

«Per me va benone», dissi. «Grandi finestre, un sacco di luce.»

Ben guardò le finestre. «Ha messo le tendine. Credo che

siano quelle che avevamo in soggiorno.» Guardò i pesanti drappeggi di velluto. «Forse con questi farà più caldo.» Non era affatto felice di trovarsi lì dentro. Per cambiare discorso, sollevò il mio portfolio. «E questo cos'è?» Sapeva bene di cosa si trattava, non era un idiota.

«Le mie opere», dissi, restando un po' sulla difensiva.

«Sei un'anima sensibile, vero?» disse Ben chinando il mento con un gesto che era, senza alcun dubbio, seduttivo. *Oh, capisco.* Lo guardai dritto negli occhi, sapevo bene che cosa stava succedendo.

«Ho avuto i miei momenti.» Messaggio ricevuto e registrato.

«Posso dare un'occhiata? *Adooooro* l'arte. E allora, che genere di *aaarte* pratichi? Quella che taglia a metà una mucca e la conserva nell'aceto? *Quell'aaarte?*» Si tirava su di morale prendendomi per il culo.

Decisi di non abboccare. «Sono un po' più sul genere tradizionale.»

Sedemmo accanto, sul pavimento, mentre Ben, lentamente, guardava uno dopo l'altro gli schizzi e i ritratti. Di quando in quando chiedeva delle precisazioni. Eravamo una strana coppia: il bancario più maturo, in completo gessato, che si sottoponeva alle opinioni del ragazzotto scarmigliato. Ben annuiva lentamente, infine disse, con un pessimo accento americano: «Bene, Jack... sono... sono molto buoni. Possiedi un autentico talento, Jack».

«Le piacciono davvero davvero, Miss Rose? Quanto quei Picassini e Monettini che ha in salotto?» Gli scoccai un sogghigno, contento che avessimo trovato un terreno comune. Lui commentò, quasi tra sé e sé: «Mi piacerebbe saper fare qualcosa del genere. Non faccio altro che sommare e sottrarre cifre, ed è già tanto». Sorrise mestamente.

Stavamo rimettendo a posto gli schizzi quando si sentì la porta d'ingresso richiudersi di colpo e gli spruzzi di un torrente di urla e strilli giunsero fino a noi. Ben alzò gli occhi al cielo e si lasciò cadere all'indietro sul pavimento, fissando il soffitto. «Cazzo. Questa deve essere la mia cara sorellina che torna in anticipo dal lavoro perché ha litigato con un cliente o con il suo capo o magari con qualcuno alla fermata dell'autobus. Ci si può regolare l'orologio, mancano due giorni alle mestruazioni. Ormai vivo con queste due da tanto di quel tempo, che siamo sincronizzati. Sono un martire delle mestruazioni. Non vedo l'ora che vadano in menopausa. E in alternativa, una bella isterectomia totale.» Si rimise a sedere con un grugnito. Aveva esaurito le battute.

Attraversammo in punta di piedi il pianerottolo e restammo in cima alle scale a guardare Carmel che, scarmigliata e zuppa di pioggia, schizzava rabbia da tutti i pori, mentre Mrs Robbins cercava di infilare una parola qua e là nel discorso.

«... e *poi* quel cazzo di un *coglione* ha avuto il coraggio di dire che ero stata cafona con lui. E se n'è rimasto lì per dieci minuti, a farmi la *predica*. E io ero lì, schiumante di rabbia, e pensavo che nessun lavoro vale questa... questa... *merda*, e stavo giusto per dare le dimissioni quando quel *bastardo* del mio capo è arrivato e ha preso le difese del cliente, tutta una cosa tra *uomini*, naturalmente, e cosa fa? Eh? Cazzo, mi licenzia. Di fronte a tutti...»

Sentii Ben che trasaliva accanto a me. Poi mi sussurrò all'orecchio: «O le mie spese sono appena aumentate, o è appena aumentato il tuo affitto, o entrambi. Finisco sempre in rosso in banca quando lei viene licenziata». Carmel era sul punto di stabilire senza ombra di dubbio che quello era l'ultimo microonde del cazzo che avrebbe mai venduto in vita sua quando sentì che qualcuno parlottava in cima alle scale e alzò lo sguardo su di noi. Mrs Robbins la imitò e scambiò con Ben un'occhiata colma di sofferenza. Io ricambiai l'occhiata pensando che quella non era la Carmel calma e caramellosa che non vedevo l'ora di conoscere.

«Chi è?» sbottò lei. «Ben ha trovato un nuovo amichetto?»

«Adam, il nostro nuovo pensionante. Te ne avevo parlato», spiegò Mrs Robbins con tono rassicurante. «È arrivato proprio oggi. È un artista.»

«*Ma dai*. Pensavo che avremmo preso una ragazza. Avevi detto che sarebbe arrivata una giovane *studentessa*.» L'ultima parola fu pronunciata con disprezzo.

«No, credo di averti persino detto che il suo nome era Adam», spiegò Mrs Robbins con vivacità. Non aveva nessuna intenzione di farsi maltrattare. Carmel non mi toglieva gli occhi di dosso, e quindi mi impediva di guardare altrove. Era la venditrice di microonde più splendidamente terrificante che avessi mai visto.

«Ciao. Mi spiace che tu sia stata licenziata. Che sfiga», dissi, restando in cima alle scale. Ben fece una smorfia che esprimeva tutto il terrore, mentre Mrs Robbins spalancò ancora di più gli occhi. Perché avevo la sensazione di aver appena commesso un clamoroso errore?

«Tu credi?» disse Carmel con voce bassa, vibrante, che sembrava venire dall'occhio del ciclone. «Ho la sensazione di essere stata molto, davvero *molto* maleducata con un cliente, e di essermi meritata *tutto* quello che poi mi è accaduto.» Cominciò a salire le scale sorridendomi con cordialità, scostandosi da un occhio una ciocca di neri capelli bagnati. «Comunque, ora vado in camera mia ad asciugarmi. Magari mi faccio anche un bagno.» Quando arrivò al pianerottolo, aggiunse: «Ti piace il bagno di schiuma?»

«Il bagno di schiuma? Sì, certo.»

«E mi trovi carina?» continuò. «Da un punto di vista *artistico*.»

«*Carmel*», disse Mrs Robbins esasperata. Ben era senza parole per l'imbarazzo. A me non importava un accidente. Il sangue mi era defluito dal viso e ce n'era bisogno da qualche altra parte.

«No», mi limitai a rispondere. Carmel parve accasciarsi un po' dietro ai suoi profondi occhi scuri. Continuai. «Credo che tu sia bella, *più* che bella.» E aggiunsi. «Da un punto di vista artistico.»

«Buona risposta.» Carmel era stata sconfitta. Si voltò a guardare sua madre. «A che ora si cena?»

«Alla solita», rispose Mrs Robbins, sorpresa.

«A che ora? L'ho scordato.»

«Alle sette.»

«Ci sarò.»

«Ne saremo onorati», concluse Mrs Robbins, asciutta. «Scongelo un'altra braciola.»

Carmel mi passò accanto e prese una chiave dalla tasca della giacca. Mentre la inseriva nella toppa, mi guardò con curiosità. «Di dov'è il tuo accento? Sembra familiare.»

«Suffolk» risposi. Carmel e Ben guardarono la madre, che fece finta di non accorgersene. Esasperai l'accento. «Io veeengo da Low-stuff.»

«Lowestoft? Sulla costa? Conosci Orford?» chiese Carmel.

«Sì, piuttosto bene, perché?»

«Oh, niente...» Carmel guardò nuovamente sua madre. «È solo che da quelle parti abbiamo una specie di parenti, tutto qui.» Girò la chiave ma non riuscì a rinunciare a un'ultima frecciatina diretta a Ben. «Comunque sia, benvenuto nella nostra umile dimora, questa famiglia aveva proprio bisogno di un'iniezione di testosterone.»

Be', *questo* sì che era imbarazzante. Era tutto troppo concreto, e sapevo che non avrei dovuto assistere a quella scena. Carmel aveva un'aria di sfida ma lo sguardo le brillava. Si rendeva conto di essersi spinta troppo oltre davanti a un estraneo. «Sei una cogliona velenosa», disse Ben tranquillo. Buon insulto, un po' insolito, ma se l'era meritato, per quanto fosse carina. Carmel inspirò a fondo, pronta a replicare.

«*Ragazzi*», li minacciò Mrs Robbins dal fondo delle scale, per poi pentirsene immediatamente quando entrambi si girarono a guardarla con aria seccata. Carmel schierò le truppe.

«Ci ha chiamato di nuovo ragazzi, Benny», disse Carmel. «Scusa per l'iniezione di testosterone.» Entrò nella sua camera da letto.

Ben era chiaramente mortificato per il comportamento di Carmel, ma aspettò di sentire che si chiudeva la porta alle spalle. «Scusa per la scenata. Posso riportare giù le tue valige, Adam, e chiamarti un taxi. Capiremmo perfettamente.» Mrs Robbins parve sul punto di protestare, ma io non avevo intenzione di andare da nessuna parte. «No, nessun problema», risposi a Ben. «Ha avuto una giornataccia. Tu hai avuto una giornata di merda e io ho traslocato con tutta la mia roba. Nessun *problema*. E poi, dove potrei andare?»

«Ottimo ragionamento. Molto pragmatico.» Mrs Robbins sembrava sollevata.

Ben si aprì in un sorrisetto e sedette sull'ultimo scalino. Guardò Mrs Robbins con aria interrogativa. «Allora a cena siamo in quattro, mamma, non solo tu e io.»

«Ma pensa.» Mrs Robbins fece una smorfia di finto terrore, dicendo: «Potrei persino recuperare una tovaglia e accendere qualche candela».

«Attenta, vecchia pazza», ammonì Ben. «Ci metti niente a perdere il controllo, lo sai.»

Mrs Robbins ci fece una pernacchia. «Cerca di essere gentile con Carmel, a cena.»

«Bisogna essere in due per andare d'accordo, mamma.»

«Lo so, lo so. Ma provaci.»

***

Sì, figurati. Alle sette di sera in punto ci riunimmo tutti, io nel mio abito da ballo delle matricole (ossia docciato, con i miei migliori cargo e una maglietta pulita), e Carmel che sembrava la pubblicità dello stile di vita monocromo: camicetta avorio, cardigan aderente nero con solo il primo bottone allacciato, una gonnellina stretta che arrivava appena sopra il ginocchio. C'erano le candele, una tovaglia e vino, oltre al sugo delle grandi occasioni, proprio come avevo immaginato. Questa volta non ci furono obiezioni quando sedetti accanto alla finestra. Ero intenzionato a comportarmi al meglio ma mangiai di corsa perché ero affamato e chiesi il bis – il mio metabolismo ha una velocità che metterebbe in crisi persino Einstein. Tenni la testa china sul piatto mentre la Associazione Per La Rivalità Tra Fratelli entrava in funzione.

«Che genere di artista sei, Adam?» Mrs Robbins si era messa d'impegno per fare un po' di conversazione non appena ci fummo accomodati tutti. Mi ero già preparato a dover recitare anche la preghiera ma, grazie al cielo, non fu necessario.

«È bravo. Ho visto i suoi lavori», disse Ben. «Però non ci capisco un granché di arte.»

«Povero Ben.» Carmel versò l'acqua per tutti noi, fatta

eccezione per il fratello. «Non sei mai stato una cima in campo culturale, vero?»

«Fottiti, sorellina, io almeno non devo far conto sulle mance da parte del mio idiota ma vagamente solvente fratello, per tirare avanti.»

«Bene, adesso lo hai detto, piccolo Benny.»

«Ancora patate, Adam?» chiese Mrs Robbins.

«Non chiamarmi così», avvertì Ben. «Lo sai che lo detesto.»

«Grazie, Mrs Robbins, sarebbe magnifico, grazie.»

«Come vuoi, *Benedict*», replicò Carmel. «Avevo solo pensato che "vagamente solvente" fosse un termine un po' esagerato.»

«Be', ho una scrivania, tu sei fortunata se hai un registratore di cassa. Qual era quel fenomenale lavoro supertecnoproletario che avevi? Impacchettare torte di crema per Happy Shopper? *Delizioso*.»

«Era un lavoro estivo prima di passare in sesta...»

«Però ha stabilito il tono degli altri impieghi, vero, tesoro? Un marchio di qualità.»

«Non chiamarmi "tesoro", non fare il paterna...»

La madre disse, con calma: «Ma voi due dovete proprio litigare tanto?»

Carmel rivolse la sua attenzione a Mrs Robbins. «È l'unica cosa che viene bene a me e al piccolo Benny, mamma, tu hai fatto in modo che fosse così.»

«Non parlare così a mia madre.»

«È anche mia madre. Comunque, sai che sto scherzando, vero, mamma?»

«Sì, è molto divertente, tesoro. Adam deve essere felicissimo.»

«Ho due sorelle maggiori. Facciamo anche noi così», mentii. Questa gente viveva insieme da troppo tempo. *Decisamente*.

«Oh, mio *Dio*, ci sono altri come noi?» Carmel bevve un sorso di vino rosso. «Ne dubito fortemente.»

«Comunque, Adam fa tantissimi ritratti», disse Ben e sua madre gli scoccò un'occhiata di gratitudine per il cessare delle ostilità. «Un sacco di dettagli.»

«Ritratti? Di persone?» chiese Mrs Robbins di botto, sinceramente interessata. «Ora per questo genere di cose si usano le foto, no?» Ben lanciò uno sguardo alla lavagna piena di Polaroid e vide la nuova foto che sua madre mi aveva fatto attaccata in mezzo al pannello.

«È Adam quello sulla lavagna?» chiese, e la stanza cadde nel silenzio. Carmel si voltò subito a guardare. Questa sì che era grossa.

«Sì.» Mrs Robbins si chinò sul piatto. «Quando è arrivato, questo pomeriggio.»

«Ma è una *rivoluzione*, mamma», disse Carmel. «Buon per te. Ora non te ne puoi più andare, Adam, sei sulla lavagna.»

«Wow.» Ben si abbandonò sulla sedia, fissando il pannello. Mi resi conto che, a parte i componenti della famiglia, ero l'unica altra persona finita lì sopra. Mrs Robbins, Ben, Carmel e ora io. Solo molto più tardi capii perché amavano tanto le Polaroid. Non hanno negativi. Sono solo immagini positive a due dimensioni, e se le metti una sopra l'altra, riacquistano persino una terza dimensione. La felicità sembra più concreta.

«Posso dirvi perché dipingo ritratti?» chiesi senza troppa convinzione, cercando di cambiare il tono del discorso. «Ha un po' a che vedere con oggi, con l'incontrare le persone, come voi. I miei dipinti riguardano le nuove conoscenze.»

«Nuove conoscenze.» Mrs Robbins ripeté la frase per sentire se le andava a genio. «In che modo?»

E a quel punto i motivi per cui facevo ciò che facevo si rimescolarono tutti in un gran pasticcio con un'eccessiva quantità di impacci, impicci e «capite.» Ma il succo del discorso era abbastanza chiaro.

«Ma voi non trovate eccitante conoscere persone nuove? Ecco perché sono così eccitato all'idea di trasferirmi qui – non solo perché l'affitto è buono e la casa è a dieci minuti dal college, ma anche perché conosco gente nuova, capite? Mi sono svegliato alle sei e mezza ogni mattina solo perché sono così... così...»

«Eccitato?» disse Ben, con l'intento di aiutarmi.

«Già! Esattamente! Sì, è così!» esplosi, entusiasta, e continuai sulla stessa linea. «*Eccitato*... di conoscere voi ragazzi e quelli del corso, li vedrò tutti stasera e cominciamo il corso, domani. È bello conoscere una persona nuova, quando sai che potrebbe piacerti, o magari potrebbe non piacerti affatto, e tu proprio non sai come siano e in che modo le loro vite... sapete, si intersecheranno con la tua, quali saranno le zone in comune, proprio come su quei diagrammi Venn a scuola.»

«*Giusto*», concordò Carmel. Non riuscivo a capire se fosse sarcastica o se fosse d'accordo con me. Mi fermai per prendere fiato e li guardai. I loro volti riflettevano un tollerante divertimento per la fiammata di ottimismo giovanile che era appena esplosa al loro tavolo da pranzo. Probabilmente ora anch'io avevo la stessa espressione. Ma sembravano desiderare altre spiegazioni, e così mi lanciai nello sproloquio; era ormai troppo tardi per poter tornare indietro.

«E così quando dipingo cerco di mettere quell'*eccitazione* mentre li disegno in modo che quando tu guardi il dipinto o il disegno c'è quella *scoperta* di una persona nuova, di com'è, capite? Non sono sicuro di poterlo già fare ma è il mio scopo – in che modo la loro personalità si fonde con il loro corpo, come il loro modo di pensare fa funzionare i loro muscoli, capite quello che sto dicendo? E se sono abbastanza bravo allora quello che vedo si avvicina a quello che realmente sono, e se sono abbastanza bravo a farlo, allora, come dire, siamo vicini alla divinità, capite? *Trascendiamo*, vediamo le differenze tra di noi e quindi ciò che è universale. Ha senso ciò che dico? Un qualsiasi senso? Le persone sono fantastiche, ecco ciò che intendo dire, credo. Non ne incontri mai *abbastanza*.» Mi accasciai con la stessa rapidità con cui mi ero lanciato nell'impresa. «Ecco, è tutto.»

Silenzio.

«Bene», disse Ben, «ora mi sento meglio.»

«Quel che è sicuro è che ha spazzato via le ragnatele», aggiunse Mrs Robbins.

Carmel mi guardava come se fossi stato un cucciolo che ha appena imparato a prendere un bastoncino tra i denti. «Non vedevo una tale quantità di emozione pura in questa casa da quando...»

«Sei tornata a casa nel pomeriggio», concluse Ben.

«...è morta la Principessa del Galles.»

«Sia benedetta», disse Mrs Robbins con fervore.

«Riposi in pace», affermò Ben.

Socchiusi gli occhi. «Pezzi di merda», dissi, e tutti si misero a ridere alle mie spalle. Mrs Robbins mi versò un altro bicchiere di vino.

«Di sicuro è un piacere conoscere *te*», disse. «Credo che ti troverai molto bene, qui.» Facemmo tintinnare i bicchieri e sorseggiammo il vino. Era così dolcemente medio-borghese che mi fece stridere le otturazioni dei denti. Lanciai un'occhiata all'orologio a parete.

«Devo andare.» Finii il vino con una sorsata e mi alzai.

«Hai un appuntamento?» chiese Ben.

«Com'è *eccitante*», aggiunse Mrs Robbins, per sostenermi.

«Se assomiglia vagamente al mio ballo delle matricole, allora ci vediamo più o meno il prossimo anno» scherzò Carmel. Ben sollevò le sopracciglia.

«Sei andata all'università?» chiesi.

«Non a lungo», si intromise Ben, con tono trionfante. «Quasi per niente.»

«Comunque, ciao a tutti, grazie per l'ottima cena. Ci vediamo.»

Sono certo di non aver immaginato che una leggera ventata di invidia passò tra di noi mentre mi alzavo per recarmi a fare un'esperienza davvero notevole – la prima serata del mio primo trimestre al college. Invidia soprattutto da parte di Ben. Lui e la sorella non erano più i ragazzini di casa, e non avevano più il monopolio di cominciare qualcosa da capo, di avere delle potenzialità. Me li lasciai alle spalle, seduti a tavola a lume di candela, il canale radio di musica classica che risuonava in sottofondo, e mi avviai al college. Sapevo che mi sarebbe piaciuta la vita spericolata che aspetta un ragazzo a Londra. Ben e Carmel se ne sarebbero restati a casa con un barattolone di Haagen Dazs doppio cioccolato, se gli andava bene.

Tre ore più tardi, fu evidente che *fortunato* era la parola che meglio mi si adattava. Al ballo avevo agganciato un'adorabile ragazza d'alta classe, Emily Vattelapesca, che sarebbe stata nel mio corso, ed eravamo nel bel mezzo di un ballo lento e c'era un caldo da scoppiare. Ero *fortunato*. I londinesi non godono mai di questa liberazione a diciannove o diciotto anni. Non hanno nessun posto dove andare, e così assumono una superiorità che in realtà è solo l'inerzia di trovarsi al centro dell'universo. Non provano mai quell'istante di pura e assoluta paura e speranza che avevo sentito io entrando al ballo delle matricole. Ero *benedetto*. Non sarei rientrato in famiglia verso la trentina, niente da fare. Mi ero già innamorato di una dozzina delle mie compagne di corso, bellissime, fantastiche, e il giorno dopo non mi sarei ricordato di nessuna, avrei desiderato che fossero tutte mie amiche per sempre e sapevo che se ero splendido e pieno di talento anche solo la metà di quanto erano loro, avrei avuto una vita brillantissima, cazzo. Ero ciucco come una cocuzza, perché la vodka veniva 50 pence alla botta, il gruppo musicale era una merda, stavo con tre persone ma non con l'adorabile Emily, che ballava da far schifo con il ragazzo che ballava con la ragazza che tutti dicevano che se l'era fatta con il principe William in Svizzera quell'estate e rientrai barcollante a casa alle quattro del mattino. Non stavo vivendo con il tasto «pausa», avevo schiacciato l'«avanti veloce».

2

Nel mio primo giorno al North London College of Art and Design conobbi una quantità di ragazzi trendy, tutti usciti dalle scuole private, superiore a quella incontrata in tutto il resto della mia vita fino a quel momento. E sembrano tutti *uguali* come un voto di massa genetico. Non riuscivo a capire se io fossi il cacciatore o la preda: o io ero la volpe e tutti loro mi stavano inseguendo, oppure ero a un safari fotografico e la natura selvaggia era ben lungi dal trovarsi in pericolo. Erano tutti in perfettissima forma, alti, abbronzati, uno splendore, e nessuno di loro sembrava risentire della sbornia della sera prima. Ma continuavo a ripetermi che il mio talento mi permetteva di andare a testa alta e che andassero tutti a prenderselo nel culo.

Come primissima cosa, verificai com'erano vestiti, in modo da stabilire quale dovesse essere il mio prossimo, indispensabile acquisto. Grigio scuro e nero erano sempre di gran voga perché, ehi, noi eravamo *artisti*, la roba due taglie più grande era ancora di moda ma quella di pelle stava tornando, i berrettini di lana andavano fortissimo, le gonne sopra i pantaloni erano ancora il massimo per le ragazze e una quantità di ragazzi si era fatta crescere i capelli durante l'estate, maledizione, tanto che rimpiansi immediatamente la rapata che mi ero fatta dare dal parrucchiere quarantotto ore prima. Probabilmente mi sarei comprato il cappelluccio. Mi sentivo come un pigmeo malvestito.

Ero riuscito ad arrivare in tempo al college solo perché Mrs Robbins mi aveva svegliato alle nove e poi mi aveva accompagnato in macchina, in modo da non arrivare in ritardo al discorso di benvenuto del preside, alle dieci. Avevo fatto uno su tre rispetto a barba, doccia e cagata, e quindi ora la mia barba era ufficialmente impeccabile, però prima o poi avrei dovuto trovare un cesso. Una volta arrivati al college, in teoria avrei dovuto saltare fuori dall'auto perché il traffico era un disastro, ma restai sul mio sedile e sbirciai le torrette vittoriane degli edifici e le scalinate che portavano alla porta d'ingresso girevole. Mrs Robbins si fermò.

«Sarà una gran giornata per te. Sono molto invidiosa.» Fece cenno al college con la testa. «Coraggio. Diventa un artista, impara qualcosa.»

«Lei che cosa farà oggi?» C'era qualcosa che ancora mi impediva di scendere dall'auto.

«Io?» Mrs Robbins parve sorpresa della mia domanda. «È martedì, quindi andrò a lezione di yoga alle dieci e mezza, mangerò un panino da qualche parte e nel pomeriggio perderò il mio karma al supermercato.» Si strinse nelle spalle. «È martedì. Oh accidenti, mi si è spenta.» Girò nuovamente la chiavetta dell'accensione. «E anche tu ti sei incantato. Fuori, coraggio. Ci vediamo più tardi.»

«Grazie per il passaggio.»

«Nessun problema, però non ci fare l'abitudine», disse scherzando. «Ci vediamo dopo.»

Scesi. Mentre si avviava, Mrs Robbins suonò il clacson, ma io non mi voltai, lo sguardo fisso sul college. Era più grande di quanto ricordassi. Salii le scale con aria disinvolta, come se ci avessi passato tutta la vita. L'arte del bluff mi stava tornando comoda. Oltrepassai con lentezza le porte girevoli. Non mi piaceva l'idea di essere arrivato veramente a destinazione, e dal mio piccolo bozzolo di legno e vetro potevo osservare il mio nuovo mondo che si faceva sempre più vicino.

Il college era ospitato in un vecchio edificio vittoriano, un tempo sede di una società di assicurazioni: l'ingresso monumentale era un trionfo di tessere di mosaico e scritte intrecciate a tralci di vite che risalivano ai precedenti proprietari, e i tralci conducevano il prudente possessore di una polizza verso le radici della vigna, che si trovavano nel banco di castagno dell'accettazione. La luce entrava nel foyer direttamente da una cupola di vetro a circa sei metri da terra, e faceva sembrare gli addetti alla reception i guardiani dei cancelli del paradiso. E per me, quel giorno, lo erano. Le decorazioni vittoriane erano nascoste dalle bacheche con segnalazioni di mostre, annunci delle associazioni studentesche, e di incontri con persone che parlavano senza ascoltare.

La porta si aprì di appena mezzo centimetro, e venni sommerso dal chiacchiericcio di un mare di matricole. Riecheggiava e si rigirava nel foyer, come un flusso di corrente elettrica attraverso un amplificatore: energia pura.

Passai al setaccio la sala affollata, alla ricerca dell'adorabile Emily Vattelapesca della sera prima – era l'unica con la quale ricordassi di aver parlato, e quindi a quel punto era lei la mia migliore amica. Ma una quantità di ragazze corrispondeva al confuso ricordo che avevo di Emily: capelli lucidi e denti fantastici, gambe lunghe fino a terra, strutture ossee che proclamavano a gran voce un eccellente pedigree. Non avrei saputo se sellarle o chiedere loro un appuntamento. Moltissimi sembravano conoscersi già. Forse si erano incontrati la sera prima e avevano maggiore capacità di ricordare rispetto a me oppure, cosa più possibile, avevano chalet confinanti a Gstaad. Probabilmente erano tutti favolosi, pensai, cercando di soffocare la mia stupida invidia provinciale. Ormai ero un londinese e queste persone erano i miei nuovi amici, solo che non li conoscevo ancora. Trovai un pezzetto di parete libera alla quale appoggiarmi e aspettai che Emily si manifestasse. Di natura non sarei uno che fa tappezzeria, ma la sera prima, fatto e strafatto, quella mi era sembrata la soluzione più semplice. Alcune parole mi balzavano alla mente: imbranato, campagnolo, rozzo.

Il sistema di amplificazione riprese vita quando una addetta alla reception cominciò a parlare al microfono. «*Attenzione, studenti del primo anno, attenzione.*» Nell'atrio cadde il silenzio, a parte per un trio di ragazzi del terzo anno che continuarono come se nulla fosse. «*Il discorso di benvenuto del preside è stato posticipato di un'ora. Quindi inizierà alle undici in punto alla Hockney Hall. Grazie mille.*»

Si alzò immediatamente un brusio. Cercai di ascoltare quello che diceva un gruppetto che stava lì vicino.

«Sarà Torres che mette qualche bastone tra le ruote. È il nuovo preside.»

«Perché?»

«*Be'.*» Le teste si avvicinarono. «Ho sentito uno dei portinai della reception dire che c'era una riunione di facoltà alle nove. Va per le lunghe. Non vi affezionate a nessun professore, entro quattro settimane saranno tutti licenziati.»

Si allontanarono parlando del nuovo preside e della nuova direzione che avrebbe dato alla scuola, e io fui tentato di seguirli, ma Emily comparve dalle porte girevoli, tenendo stretti in mano un bicchiere di carta pieno di caffè e una grandissima borsa e tirando da una sigaretta come un annegato si aggrappa al salvagente. Sembrava scalcagnata quanto me, se non che lei aveva addosso un paio di occhiali da sole proprio come una diva che arriva a Heathrow e vuole nascondere il jet-lag. I capelli color miele erano tirati su e cacciati dentro un cappello e si era infilata nella più immensa pelliccia ecologica color fucsia che avessi mai visto. Era un'apparizione, ma se fosse stata un uomo, sarebbe sembrata un magnaccia anni Settanta. Probabilmente fu il suo doposbronza, così simile al mio, a farmela riconoscere.

«Emily?» Si guardò attorno e infine mi mise a fuoco.

«Tu, pezzo di merda, non voglio rivederti *mai* più. Che cazzo avevi messo nei bicchieri? Avevo sentito parlare di gente come te.» Ma guarda, le donne dell'alta società che smoccolavano mi eccitavano un casino.

«Se ti può consolare, mi sento di schifo anch'io.»

Emily mi guardò da sopra gli occhiali e disse asciutta: «È vero. Fai schifo. Ma balli come un lunatico e quindi ti perdono tutto». Gli occhiali tornarono al loro posto. «Non sono in ritardo? Torres Campanellino non doveva parlarci più o meno a quest'ora?» Le spiegai che cosa stava succedendo e il pettegolezzo che avevo sentito. Emily sbuffò. «Quello può parlare per ore, non la smette più. Visto che abbiamo tempo da perdere andiamo a vedere la mostra... credo che abbiano esposto alcune delle opere dei diplomati dell'anno scorso.» Bevve l'ultimo sorso di caffè, con un sospiro di insoddisfazione lasciò cadere nei fondi la sua Ultra Light rimasta a metà e con grande cautela appoggiò il bicchiere di carta in equilibrio su un estintore. Rimase a contemplare l'effetto finale.

Seguii il suo sguardo. «Che titolo gli vuoi dare?»

«*Senza titolo*. Ovviamente.» Fece una smorfia da stronza snob e mi prese sottobraccio mentre ci dirigevano al piccolo spazio espositivo accanto all'atrio principale.

«Non sapevo nemmeno che il vecchio preside se ne fosse andato», dissi, sentendomi molto fuori tempo. «Quindi tu conosci questo Torres?»

«Ho lavorato per lui l'anno scorso a Los Angeles; è l'unica ragione per cui mi trovo qui. Ma non ti avevo raccontato tutto ieri sera?»

«E chi cazzo lo sa. Perché Campanellino?»

Emily mi mostrò l'indice e il pollice. «Perché è alto *così*. Ti ho raccontato tutto, ne sono sicura. Ripetimelo un po', da dove viene il tuo accento?»

«Suffolk.» Quell'accento doveva sparire. «E il tuo?»

Emily rise e ignorò la domanda. Ovviamente non riteneva di averne uno. «Eccoci qua, la sala Augustus John. Che orrore.»

Pareti bianche e soffitti in cartongesso creavano uno spazio moderno, illuminato da faretti alogeni sospesi a supporti metallici. Visto che non c'era altro da fare, la sala era piena zeppa di matricole che guardavano i migliori lavori dell'anno precedente. Ci facemmo lentamente strada. Il centro dell'attrazione della mostra era una grande scultura azzurra di un demone, una cosa adatta al Millennium Dome, seduto sui calcagni, che faceva un ampio gesto evocativo. In un angolo c'era una pila di libri che a uno sguardo più attento risultavano essere fatti di stracci e di calze e mutande da donna. L'unico dipinto era un primo piano viscerale di un organo, un fegato o qualcosa del genere, rosa e luccicante.

Che delusione. Nessuna di quelle opere mi diceva qualcosa, ne detestavo ogni molecola. I miei ritrattini della vecchia Mrs Cranham, che viveva al di là della strada, non avevano niente a che spartire con queste cose.

«Non male, vero?» disse Emily, entusiasta, socchiudendo gli occhi per guardare meglio il demone azzurro. «Questo è un po' già visto, già fatto. Ma il resto è piuttosto audace. Adesso in America sbavano per questa roba.» Bene, se l'*America* li voleva, allora dovevano essere belli. Emily contemplava un mucchietto di cenere in una scatola di vetro, mormorando qualcosa con tono di ammirazione. Avrei voluto che si chiamasse «La prozia Violet» ma invece il titolo era «Carbon IV». Avevo come la sensazione di sapere tutto sui Carbon dal I al III. D'un tratto lei disse: «Voglio fare un'installazione sull'Irlanda del Nord usando bordate di munizioni, Tv e animali di peluche. Sarà strabiliante».

«Bello», replicai. Ricordavo vagamente che me ne aveva parlato al ballo ma allora mi era sembrata una buona idea, tanto quanto ora era insopportabilmente cazzona. Forse ero troppo tradizionale a parole, ma giù nel Suffolk ero stato la persona più schizzata di mia conoscenza. Mi ripassai mentalmente la frase. Non volevo trascorrere lì tre anni e poi ritrovarmi cambiato in una persona convinta che l'arte fosse uno schema di parole crociate da decodificare – ma il solo pensarlo mi faceva sentire un filisteo. Alle mie spalle un uomo rideva, una risata acuta, flautata, piena di sarcasmo e di una sensazione condivisa di ciò che era giusto e ciò che era ironico. Quella risata era sufficiente a farmi capire che razza di persona fosse. La mia immediata reazione alla risata di Piers Il Cazzone fu: probabilmente sta ridendo di me, perché sto facendo la figura dello stupido. Sentii che stavo arrossendo e che le palle mi rientravano nell'inguine, andando a sbattere contro i polmoni.

«Non riuscirò mai a fare niente del genere», sospirò Emily con gioia, senza crederci neppure per un istante. Si distolse, vide l'uomo che stava ridendo e urlò: «Edward? Eddie!» e corse verso di lui. L'intera sala da esposizione parve fermarsi, mentre tutti guardavano l'uomo che prendeva Emily tra le braccia e la faceva roteare, mancando di un millimetro la scultura azzurra, il che fu un vero peccato. Rimasi lì, aspettando una presentazione, mentre lei balbettando diceva che non lo vedeva da, Cristo, da quando? eccetera eccetera. Con addosso un impeccabile cashmere grunge, l'uomo era il fascino in persona, una cosa che potevo solo lontanamente figurarmi; mi venne voglia di salire su un treno alla stazione di Liverpool Street e tornarmene a casa. Non sarei riuscito a far parte di quell'ambiente, e non riuscivo a immaginare perché mai mi avessero concesso un posto. Mi avevano interrogato, visto le mie opere, eppure continuavano a volere che io ci andassi. Tutto ciò non è logico, Capitano.

«*Attenzione, gli studenti del primo anno, per favore, si dirigano alla Hockney Hall per il discorso di benvenuto del preside. Grazie mille.*»

«Andiamo a prendere dei buoni posti, Torres ne vale sempre la pena», disse Emily. «Oh, ma che cafona, Ed, ti presento Adam, e ho dimenticato i vostri cognomi. Ma siete tutti e due *adorabili.*» Ridendo, Ed mi strinse la mano e tornammo sui nostri passi fino alla Hockney Hall, che si trovava proprio dietro il banco della reception. Ed aveva messo un braccio attorno alle spalle di Emily e stava parlando di sua sorella, che era andata a scuola con lei. A quanto sembrava, era a Ginevra, per disintossicarsi. Che peccato.

La Hockney Hall era grande e alta, tanto da poter ospitare i pezzi più importanti delle esposizioni di fine anno. Su una parete si allineavano i ritratti a olio degli ex presidi, che andavano a ritroso fino a metà del XIX secolo; gli ultimi tre erano molto più vivaci e disinvolti degli altri, paludati con tanto di toga e di favoriti. Su un'altra parete c'era un celebre quadro di Hockney, quello con la piscina. C'erano delle file di sedie e nel mezzo della sala era stato eretto un palco.

Mentre entravamo ordinatamente, i membri di facoltà arrivavano da una porta laterale. Sedettero sulle sedie disposte sul palco e poi il nuovo preside, quel Torres, entrò, sorridendo a noi tutti. Scorse Emily e le fece un salutino con la mano, un cenno più o meno a livello del fianco. Alcuni si girarono per vedere chi stava salutando. Emily aveva ragione – non era più alto di un metro e mezzo, con lineamenti grossi, esagerati e capelli tagliati da recluta ma un po' più lunghi, tanto che gli stavano dritti in testa verticalmente, come uno scopino da cesso. Indossava abiti sportivi e attorno al collo aveva una lunga collanina fatta da una sola fila di perline indiane. Non avevo idea della sua età – poteva avere dai quaranta ai cinquantacinque. Salì sul palco d'un balzo.

«Coraggio, venite a sedervi. Che razza di eccitante MATTINATA, OH MIO DIO! Prendete una sedia. Ho già fatto perdere abbastanza tempo a tutti.» Una risatina percorse la platea – non aveva intenzione di fare il cerimonioso. Aveva un accento californiano che, come avrei imparato in seguito, poteva esagerare o minimizzare a seconda della situazione. Per il momento, ci riservava tutto il meglio della spiaggia di Malibu. Risi a dispetto di me stesso.

«Che cosa dirà?» si chiese Emily. «Non ha niente da perdere.»

Passeggiava sul piccolo palcoscenico misurandolo da sinistra a destra, come un cantante rock in uno stadio. «Voi INGLESI, siete così LENTI, come avrete mai fatto a VINCERE LA GUERRA? Ah ah ah!»

Finalmente eravamo tutti seduti. Torres ci fissò, girando lentamente di 360 gradi, in modo da guardare negli occhi ciascuno dei membri della facoltà, poi inspirò a fondo. Invece di gridare, come mi ero aspettato, sussurrò alcune parole. Immediatamente, tutti nella sala allungarono il collo per ascoltare.

«Ciao. Mi chiamo Michael. Non sono un'alcolista.» Quelli delle prime file sentirono tutto e scoppiarono a ridere. «Oggi sono molto nervoso. Per me è una giornata importante, il primo giorno del mio nuovo lavoro. Volevo fare una buona impressione.» Alle sue spalle un paio dei membri più giovani della facoltà alzarono appena gli occhi al cielo. Torres percepì che per un secondo l'attenzione del pubblico era stata distratta e alzò il volume per riconquistarla. «Ma sono nervoso e voi siete nervosi perché oggi è UN BUON GIORNO per essere nervosi. Oggi inizieremo a fare qualcosa di nuovo delle nostre vite, qualcosa che potrebbe essere fantastico, che DEVE essere fantastico, altrimenti perderemmo tutti il nostro tempo, giusto? Ora, non sono del tutto certo del motivo per cui mi trovo qui, tra le braccia calde delle istituzioni inglesi. Sono molto, molto felice di essere qui, così come sono sicuro che anche voi lo siete...» Soffocò una risatina. «Ma se esiste una sola ragione per la quale sono qui, è che qualcuno, da qualche parte, desidera che io DIA UNA SCROLLATA ALLE COSE. Avete visto tutti la mostra del materiale dello scorso anno?» Nessuno aprì bocca. «PRONTO, L'AVETE VISTA, VOI INGLESI REPRESSI?» Si alzò un borbottio di assenso e qualche risatina nervosa. «Siete vivi? Bene. Credevo di essere morto e di essere finito nel paradiso dei mercanti d'avorio. Comunque, quella roba là è una SCHIFEZZA, ed è DATATA, e non vi PORTERÀ DA NESSUNA PARTE.» Alcuni membri della facoltà avevano un'aria molto seccata, ma per la prima volta Torres stava attirando la mia attenzione. Tornò a guardare i membri del suo staff. «Siete ancora lì? Ne sono lieto.» Si voltò verso di noi. Si sarebbe sentita volare una mosca. «Nel documento fascista di fondazione di questo posto c'è una frase che dice che dobbiamo prepararvi per le necessità dell'industria. IO QUESTO NON LO VOGLIO FARE. Se siete preparati per l'industria allora l'industria è pronta per voi e io voglio che l'industria sia COLTA DI SORPRESA da voi.»

Torres si chinò in avanti e sussurrò di nuovo. Sembrava avere le lacrime agli occhi. Questa volta eravamo preparati e udimmo ogni parola. «Voi siete persone molto fortunate. Tutti noi siamo estremamente fortunati. Fate ciò che vi piace e questa è una cosa rara e preziosa. Oggi sono così poche le persone al mondo che lo possono dire e voi siete riusciti ad arrivare qui, il che è già in sé un gran successo, e io sono molto fiero di guidarvi nci prossimi tre anni. Molto fiero.»

Fece una pausa di dieci secondi, quindici secondi, il che è un mare di silenzio. Poi ripeté, «Così fiero» per quattro volte, a voce sempre più bassa, mentre una lacrima gli scorreva lungo la guancia. Ci sorrise con aria beata e annuì con la testa in un gesto che esprimeva la sua totale e massima sincerità, giusto nel caso in cui non l'avessimo capito.

«Ecco le regole: ripudiate il passato recente... tutta quella merda nella sala accanto, rompete tutte le regole e vivete pienamente, mentre siete qui. La vostra vita è il vostro lavoro. Rompete tutte le regole. È questa la regola, mentre io ricopro questo incarico. Se l'ho già visto prima, allora non mi piace.» Alzò nuovamente la voce. «E io ho già visto TUTTO. Non voglio un'arte che piacerebbe a Tony Blair, non voglio *artisti* chc piacerebbero a Tony Blair. Ed ecco perché tutti *quei* quadri *là*» – fece scattare l'indice verso i ritratti degli ex presidi – «verranno rimossi e messi in magazzino IMMEDIATAMENTE. Quella tradizione va a fare in culo per sempre. Ho intenzione di farvi DOMANDE e farvi RIFLETTERE su QUALSIASI decisione prenderete. RICOMINCIAMO DA CAPO.» Alcuni dei membri di facoltà alle soglie della mezza età, quelli attorno alla quarantina, avevano un'aria decisamente infelice, ma quelli più giovani e della generazione sessantottina erano in delirio.

Torres fece un ampio gesto con la mano, indicandoci tutti con le sue dita tozze. «Finché starete qui, questa sarà la vostra famiglia; gli artisti lavorano da soli e vi aspettano anni di solitudine, quindi, godetevi il tempo che trascorrerete insieme, nutritevi l'un l'altro, nutrite *me*. LA VOSTRA VITA È IL VOSTRO LAVORO. ROMPETE TUTTE LE REGOLE. Fateci piangere tutti con l'unicità della vostra generazione. Noi siamo una famiglia.» Inspirò a fondo, guardandoci tutti e si passò le mani sui capelli a spazzola, poi concluse, con tono denigratorio: «Sapete, questo non è gel, è che io dormo come i pipistrelli».

L'assemblea rise molto più di quanto la battuta non meritasse, allentando la tensione. Emily ridacchiò con l'aria di chi ha già visto tutto e mi sussurrò: «Sembra proprio una scena da *L'attimo fuggente*, vero?» Annuii – non sapevo se sentirmi stupefatto o sollevato da quello che Torres aveva detto. Di sicuro ci aveva in pugno, ma se la roba esposta nella mostra era datata allora ero fottuto e la stazione di Liverpool Street mi reclamava a grandissima voce.

«Qualcuno di voi se ne vuole andare?» disse Torres. Nessuno si mosse. «Allora, alzatevi in piedi, se siete con me. Coraggio, alzatevi se siete con me.»

Chissà se i nazisti ai raduni di Norimberga avevano provato qualcosa di simile. Emily si era coperta la faccia con le mani e rideva. «Non riesco a credere che lo stia facendo sul serio.» Ma alcuni studenti si erano alzati, annuendo con entusiasmo. Torres stava chiedendo a un pugno di figli di papà di rompere tutte le regole e cambiare il mondo – roba da star male. Ed, il fighetto tutto sorrisi, che stava all'altro lato di Emily, si alzò e a poco a poco tutti si alzarono, me compreso. Volevo e non volevo. Qualcuno cominciò ad applaudire e l'applauso risuonò per tutta la sala, poi si levarono dei fischi. Torres si rivolse ai professori. «OK?» chiese. Ci guardò al di sopra della spalla con aria birichina. «Siete liberi di andare.» Non appena tornò a girarsi, la sala risuonò di chiacchiere. Un membro della facoltà avanzò cercando di zittirci e dicendo che doveva fare alcuni annunci di routine. Torres intervenne. «Oh, per amor del cielo, lascia perdere, dai. Lasciamoli andare, ci rivedremo con loro dopo pranzo.» Poi gridò: «Di nuovo qui dopo pranzo, riflettete su quello che ho detto».

Il foyer si riempì di nuovo di folla, ma stavolta eravamo tutti su di giri, parlavamo di quello che Torres intendeva con rompere tutte le regole, la vostra vita è il vostro lavoro. Alcuni del secondo e terzo anno cominciarono a riunirsi, a mano a mano che si diffondeva nel college la notizia di quello che il preside aveva detto. Ora eravamo noi l'anno di punta, perché avevamo sentito di prima mano le parole di Torres. Cominciavo a capire perché i quattro Vangeli non concordavano: ciascuno aveva un'opinione diversa di quello che l'ometto aveva detto. Quando poi lui in persona uscì nel foyer, fu come se Madonna si fosse manifestata e avesse chiesto indicazioni sulla strada da prendere: gli studenti si fecero avanti come un sol uomo per presentarsi e stringergli la mano. Torres disse agli addetti alla reception di andare nella Hockney Hall e di tirare giù i ritratti degli ex presidi. Dopo qualche discussione obbedirono, tra applausi distratti. Era così imbarazzantemente sessantottino che mi veniva da vomitare.

«Vuoi che ti presenti?» disse Emily, sorridendo nel caos con l'aria di chi la sa lunga.

Scossi il capo. «Un'altra volta.»

Mentre lei si avvicinava a salutare il preside, io arretrai con tutta calma verso la porta girevole, e uscii. Mi diressi alla fermata dell'autobus e tornai in Christie Avenue, quasi pronto a rifare le valigie e a tornarmene a casa, inculato alla grande.

Ma sapevo che se fossi tornato a casa avrei detestato ancora di più il paesello. Ricordavo dei compagni di scuola di un anno avanti, andati via da Lowestoft, che si erano iscritti all'università ma avevano resistito appena una settimana ed erano tornati dritti dritti a casuccia, con la coda tra le gambe. Li avevo guardati col massimo disprezzo perché poi avevano trovato impiego in un banca del centro o erano diventati vicedirettori di un supermercato, proprio come tutti gli altri. Io non volevo vedere quell'arietta di soddisfazione negli occhi delle persone che avrei incontrato per caso in centro, con la mia camicia bianca e la mia cravatta a buon mercato. «*Voleva diventare un artista e se n'era andato a Londra. Prima della fine di settembre era già tornato.*»

Entrai in casa e scaraventai la borsa contro la parete. Che bello essere in un posto silenzioso. Tirai una bestemmia e richiusi di colpo la porta d'ingresso, restando ad ascoltare il rumore che si disperdeva.

«Chi è?» Carmel si affacciò in cima alle scale, facendomi sobbalzare. Era a piedi nudi, in jeans e T-shirt, i capelli legati a coda di cavallo, gli occhiali sul naso e una penna in mano. «Oh, sei tu. Sei già di ritorno?» Era sorpresa di vedermi: era appena mezzogiorno.

«Um, è stata, be', una mattinata strana. Scusa se ti ho disturbata.»

«Nessun problema. Sto solo facendo... qualcosa», disse, indicando con la penna la sua stanza da letto. Socchiuse gli occhi per guardarmi meglio e mise la penna dietro l'orecchio. «Conosco quell'espressione. Ce l'ho addosso di continuo. E sbatto anch'io la porta a quel modo. Non è andata così male, vero?»

«Avrebbe potuto.» Sedetti sul primo gradino. «Credo di aver combinato una cazzata. Non è il posto che fa per me.»

Carmel scese le scale e sedette accanto a me, togliendosi gli occhiali. «Servono solo per leggere e scrivere», spiegò, issandoseli sulla fronte. Aveva l'odore di una che ha appena fatto il bagno. «Che c'è che non va? Ieri sera eri pieno di entusiasmo.»

Le raccontai quello che era successo. «Sono piuttosto tradizionale, quindi non gli piacerò. Questo è certo. Io faccio *ritratti*, capisci? Faccio cose che la maggior parte della gente ha almeno una probabilità di *capire*.» La guardai mentre ascoltava con attenzione quello che stavo dicendo. Per un istante, era sembrata esattamente come la ragazza della Polaroid di cui mi ero innamorato il giorno prima. Appoggiai la testa sulla sua spalla. «Parlami, o saggia. Consigliami.»

Carmel rise, sinceramente divertita, e scrollò il capo, accarezzandomi la mano. «Chi, io? Non sarò certo io a dar consigli su come riuscire all'Università.»

«Ma cosa ti è successo?»

«Eh?» Stupefatta che le avessi rivolto una domanda così diretta, si scostò per guardarmi in faccia. Diede la stura alla litania dei fallimenti. «Ehhh, dunque… *esaurimento* nervoso, c'era anche un *tizio*, non riuscivo a farmi degli amici, non sopportavo di stare lontano da *casa*.» Buttò fuori l'aria, sfinita. «L'intero repertorio di sfighe.»

«Dov'eri?»

«Brighton, Cristo santo.» Rise, questa volta per una buona ragione. Dopo qualche anno era in grado di vedere il lato buffo della faccenda. «Non è a più di un'ora di distanza, una vera stronzata farsi prendere dalla nostalgia.» Scosse nuovamente il capo. «Mi preoccupavo troppo, ero troppo intelligente, ma così *testona*. A dire la verità da allora non è cambiato niente.»

«Però oggi te la spassi, senza vendere forni a microonde,

no?» Non volevo che si mettesse a fare la lagna con me. Quella era la mia depressione e stavamo parlando di me, cazzo.

«Oh sì, è piacevole.» Tornò immediatamente al presente e ripeté con sentimento: «Oh, *sì*. Sono completamente al verde ma non me ne importa». Si appoggiò all'indietro, sostenendosi sui gomiti. «Posso dirti una cosa?» Rifletté con calma, gli occhi fissi e la bocca aperta, pronta a parlare, poi continuò. «Ho *sempre* rimpianto di non aver portato a termine il primo trimestre e questo è riuscito a mandarmi tutto a puttane per anni... anzi, fino a questo preciso momento.» Tirò su con il naso e distolse lo sguardo. «Bene, non l'avevo *mai* detto prima e non raccontare a mamma e a Ben che l'ho fatto. Ma lasciare il Sussex mi è stato d'intralcio, mi ha fatto tornare indietro, in effetti. La cosa peggiore che avrei potuto fare.» Si mordicchiò il labbro inferiore, come se fosse stata costretta a riflettere con sincerità. «Non lo so.» Si rianimò, le era venuta un'idea e alzò lo sguardo su di me. «Questo tizio americano sembra un piccolo Napoleone ma potrebbe essere il massimo per te, e a quanto mi hai detto voi concordate almeno su un punto.»

«Quale?»

«Entrambi odiate la roba esposta alla mostra.»

«Questo è vero.» Mi tirai a sedere più dritto.

«E quindi... avete qualcosa in comune», suggerì.

«Rifiutate il passato prossimo, ha detto», rammentai.

«Ha detto così? Sono d'accordo sul rifiuto.» D'un tratto, Carmel parve entusiasta. «Dovrei venire a parlargli di persona. Mi sembra un tizio in gamba. Ricorda, la tua opinione è valida e sembra che questa sia l'unica cosa che quel tuo tizio dice.»

«La mia opinione *è* valida, vero?»

Carmel sbuffò. «Se devi chiederlo...»

Mi alzai in piedi. «Ok, ok, recepito il messaggio, grazie. Torno indietro. Non dire a tua madre e a Ben che sono rientrato e me la sono fatta sotto a questo modo.»

«Sarà il nostro segreto.» Anche lei si alzò e riprese gli occhiali dalla fronte, ma nel farlo fece cadere la penna a terra. Ci chinammo entrambi per raccoglierla e mentre gliela porgevo, i nostri occhi si incontrarono per un millesimo di secondo, un istante in cui qualcosa sarebbe potuto succedere, se uno di noi fosse stato abbastanza coraggioso.

«Adesso torno indietro», dissi, piuttosto imbarazzato, con il desiderio che quell'istante tornasse.

«Così mi piaci.»

«Allora vado.»

«Ciao.»

«Ciao.»

«Grazie.»

«Ma figurati.»

«Solo una cosa...»

«Cosa?» Carmel mi guardò, piena di aspettativa.

«Come ti rivolgi alle persone davvero snob se non le conosci?»

«Accidenti, questa sì che è dura. Non saprei. Sono tutti posti che non hai mai visto e persone che non hai mai conosciuto, vero? Cerca di non lasciarti intimidire da loro.»

«Ma lo *sono*. Vengo da un paesino *piccolo piccolo*. Tu dici aranciata, e loro succo d'arancia. Tu dici maionese, e loro condimento per insalata. Non sono mai stato in *America*.»

«Adam, non ha importanza. Come ha detto quell'ometto, rompi tutte le regole.» Carmel annuì, in segno d'approvazione. «Vorrei che qualcuno me l'avesse detto. *Non ha importanza*: fai quello che vuoi.»

Sembrava quasi un altro invito a provare a baciarla, ma

non lo feci. Sulla soglia di casa, Carmel mi salutò restando a guardarmi mentre tornavo al college. Mentre l'autobus attraversava la parte settentrionale di Londra, capii che ero in mezzo a milioni di persone e potevo rompere qualsiasi regola, tanto nessuno l'avrebbe mai saputo; che potevo dipingere esattamente quello che volevo e prendere il meglio di quello che gli insegnanti avevano da offrire e buttare via il resto e che se continuavo su quella strada, forse avrei trovato anche il coraggio di tener testa anche a gente come quel tizio, l'Ed che ride. Di ritorno al college, constatai che nessuno si era accorto della mia assenza. Era curiosamente liberatorio.

Trovai la caffetteria, presi una tazza di caffè e andai a sedermi a un tavolino.

«Ciao, sono Adam, sei del primo anno, giusto? Mica male il discorso di stamattina, vero?»

Ovviamente, al tavolino non c'era seduto ancora nessuno. Non ero così coraggioso. Ma prima poi o poi ci sarebbe stato. Era un inizio. Soffiai sul caffè, che era troppo caldo, e mi guardai attorno.

3

Erano le 8.41 del lunedì mattina della mia seconda settimana a Londra, ero più o meno sopravvissuto alla prima grazie a un mix di alcol, notti insonni e quel cenno della testa che sta a significare «so esattamente di cosa stai parlando» ed ero seduto sul cesso, cercando di pensare a come cavarmela al meglio nei prossimi cinque giorni. La prima settimana era stata un misto di semplicissime nozioni di base ricapitolate per le teste di legno tra di noi, oltre ad alcune conferenze che contenevano un tal numero di parole straniere e termini semi-incomprensibili che mi veniva voglia di nascondermi sottoterra. Avrei dovuto leggere un bel po' di libri.

Con un gemito di dolore, pensai ai soldi. Nel weekend avevo controllato il mio conto in banca e appreso la lezione: non lo avrei controllato mai più. La terribile prospettiva di dovermi procurare un lavoretto qualsiasi, magari a rivoltare hamburger, si sarebbe palesata all'orizzonte, se avessi continuato a spendere a destra e a manca come avevo fatto in quella prima settimana. Avevo passato una sola serata davanti alla tele, io e il mio mal di testa, Mrs Robbins e Corelli, il gatto, ma le altre erano state un buco nero in cui erano precipitati i miei contanti.

Sul fronte domestico, Ben era stato a Francoforte per qualche giorno, per lavoro, ed era rientrato nella tarda serata di sabato. Come una gatta misteriosa, Carmel se n'era stata per i fatti suoi, uscendo di casa verso le due e mezza, così diceva Mrs Robbins, e rientrando a notte fonda. Avevo una mezza idea che si fosse procurata un lavoretto da qualche parte e non volesse dirlo a nessuno. Non l'avevo vista un granché, perché rientravo a casa persino più tardi di lei. E anch'io non ero stato molto in casa; avevo passato la maggior parte del tempo con Emily a vedere qualsiasi film proiettassero e stranamente non ero riuscito a combinare assolutamente niente con lei. Probabilmente pensava che fossi il suo amichetto del cuore. Sì, io, la bomba al testosterone.

Qualcuno bussò alla porta del bagno.

«Prova all'entrata di servizio», dissi.

«Non vorrei dovertele dare, Adam. Fammi entrare», mi minacciò Ben da dietro la porta. «Sono in ritardo al lavoro e ho assoluto bisogno di una doccia.» Pausa. «*Adam.*»

«Sto cagando», risposi senza giri di parole. «Anch'io sono in ritardo per il college, sai.»

«Sono *molto* in ritardo. Devo fare la doccia *subito.*» D'un tratto, la voce di Ben si fece conciliante, tutta latte e miele. «*Ti prego*, è molto importante. Non è la mattinata giusta per arrivare in ritardo: devo conoscere il mio nuovo capo, poi devo parlare con uno dei miei scagnozzi, che mi fa rabbrividire da quanto ne sa più di me e *poi* devo portare a pranzo un cliente molto nervoso, quindi se oggi devo proprio morire, il che mi accadrà se arriverò in ritardo, allora voglio farlo profumando di Dolce & Gabbana.»

«Grazie per aver condiviso con me i tuoi progetti. Esco tra due secondi.»

«*Subito.*»

«Perché non usi l'altro?» chiesi.

«L'altro cosa?»

«L'altro... *acc*... bagno.»

Un lungo silenzio. «No, non posso.»

«Perché no? Tua madre è già uscita, Mel sta dormendo...» La mia sequenza di pensieri si spense a poco a poco. Per un attimo gli intestini ebbero tutta la mia concentrazione. «Ohhh.»

«Non posso usare il loro bagno e basta, okay? Non l'ho mai fatto. Ho bisogno delle mie cose, del mio... asciugamano», concluse debolmente Ben. «Insomma, cazzo, vuoi uscire di lì?»

Dalla mia postazione, alzai lo sguardo sul formidabile schieramento di articoli da bagno che Ben teneva in bella mostra accanto al mio triste astuccio con dentifricio, Imperial Leather e shampoo Head & Shoulders. Forse Ben aveva ragione. Allungai la mano verso la carta igienica, senza aver elaborato una strategia conclusiva per la settimana. Che razza di modo cazzuto di iniziare la settimana.

«Allora?» insisté Ben al di là della porta.

«Cristo santo di un dio, e dammi un minuto, no?»

«Cristo santo di un dio? Cominciamo presto al mattino, eh?»

Abbassai volutamente la voce in modo che Ben potesse appena sentirmi. «*Cazzone.* Non posso neanche farmi una cagata in pace, non c'è giustizia in questo mondo e bla bla bla...»

«Ma che ridere, cazzo. Guarda che ti sento che dici bla bla bla, sai?» Ben stava ridacchiando, anche se non avrebbe voluto.

Tirai lo sciacquone e aprii la porta. Ora eravamo uno di fronte all'altro, ciascuno nella magnificenza delle proprie mutande. «E che cazzo, era ora», disse Ben spingendomi da parte. Rimase impalato a guardare la tazza del cesso, inspirando l'odore violento. «Oh *Gesù*, chi cavolo ti è entrato dentro e ci è rimasto secco?»

«Nessuno di tua conoscenza...», replicai, appoggiandomi allo stipite della porta e godendomi il suo disgusto.

«Scommetto che non lo conosci neppure tu», replicò secco Ben. Oh, ma guarda guarda, pensai. Incredibile quanto fosse facile passare all'ironia da checche. Ben si sfilò rapidamente i boxer ed entrò nella vasca. Scorsi per un secondo dei gioielli di famiglia decisamente degni di rispetto. Poi, proprio mentre stava per richiudere la tenda della doccia, Ben si voltò a guardarmi. «Scusami, è evidente che non sei riuscito a vedere abbastanza bene. Credevo di sì.» Allargò le braccia come la statua del Cristo di Rio, mettendo in mostra la mercanzia. Ero imbarazzato, ma guardai, non avrei potuto fare altro.

Ben era piuttosto in forma, aveva appena un accenno di maniglie dell'amore, e il corpo glabro, a parte gambe e stomaco. Aveva i capezzoli più piccoli che avessi mai visto, e stavo per fare una battuta in proposito, ma la faccia di Ben non mostrava nessun segno dell'ironia insita nella situazione. Disse: «Unico proprietario, più o meno due volte al giorno, spazio disponibile nella norma, tutti gli optional di serie più alcuni che potrebbero rivelarsi una sorpresa. Sono di corsa, ma vuoi unirti a me?»

Essere in ritardo e temere per il tuo lavoro non è una buona ragione per fare una proposta esplicita alle nove meno un quarto del mattino. Certo, sarebbe stata una ragione perfetta dodici ore più tardi. Ma comunque Ben non faceva sul serio. Cominciai a borbottare una specie di risposta, mentre il rossore mi bruciava le guance. «Io... non avevo...»

«No, ma *certo* che no», mi interruppe Ben. «Ora hai intenzione di mostrarmi i tuoi? Giusto per correttezza?» Mi guardò in faccia, ero una tela bianca di imbarazzo, e abbassò le braccia, vergognandosi un po' di ciò che aveva fatto. «Lasciami solo, Ad. Una ragazza ha bisogno di un minimo di privacy mentre si lava le palle.» Ma la gran voglia di avere l'ultima parola l'ebbe vinta. «Ora vai pure a giocare con la tua scatola di colori fino a quando non avrò finito. Magari potresti fare uno di quei ritrattini così carini, come quelli che mi hai mostrato, e poi li attaccheremo allo sportello del frigo.»

Recuperai un grammo di coraggio. «Non prendertela con me solo perché sei in ritardo...» Ben di colpo parve rimettersi in azione, tirò la tenda e aprì l'acqua della doccia. Quando il getto freddo lo colpì ansimò e imprecò. Dovetti alzare la voce per farmi sentire: «*...solo perché sei in ritardo e detesti il tuo lavoro.*»

«Vaffanculo.» Ben gridò per farsi sentire nonostante la doccia scrosciante. «Sei qui da una settimana e credi già di conoscermi, vero?»

La tua vita è la tua opera, rompi tutte le regole. Non c'era forse una regola che diceva di non sputare nel piatto in cui mangi e di non scopare sul lavoro? Era il momento di mettere in pratica la teoria. Misi la mano dentro alle mutande e strofinai con vigore per un paio di secondi. «Ben?» Nessuna risposta. «*Benedict*?»

«Che c'è?» Ben sembrava quasi star male al pensiero di un ulteriore ritardo.

«Solo un istante del tuo tempo prezioso.»

Un po' seccato, Ben fece capolino con la testa piena di shampoo. «Spero che sia per un buon motivo.»

Scivolai fuori dai boxer e mi presentai al giudizio di Ben. Il cuore mi batteva all'impazzata, ma non volevo darlo a vedere. Ben mi squadrò in lungo e in largo. Provate a immaginare di vedere per la prima volta una grande opera d'arte; ora immaginate che sia fatta di cioccolato; ora immaginate quanto sareste felici di mangiarvela guardando il vostro film preferito.

«Oh, *bravo*, hai reso molto felice il ragazzino», disse Ben, tenendo saldamente tirata la tenda della doccia per celare il suo crescente entusiasmo. Non riusciva a capire se si trattasse di una proposta e non lo sapevo neppure io – dopo tutto eravamo stati sul punto di litigare. Adesso cercavamo di interpretare i segnali, in tutta fretta. Lui notò, e in effetti non avrebbe potuto evitarlo, che mostravo una certa semi-tumescenza non del tutto sgradevole – «un po' barzotto» per usare un eufemismo. Ma non mi avvicinavo. Incrociai le braccia e lasciai che Ben guardasse per bene.

«È da un po' che mi tieni gli occhi addosso. Mostrati all'altezza della situazione», dissi.

Sopra il bastone della tenda il vapore si alzava in volute.

«Sei tu o è l'acqua, Ben?»

«È l'acqua. Non darti troppe arie.»

Abbassai lo sguardo su di me, poi tornai a guardare Ben.

«Fuoriserie, assicurazione al minimo, appena immatricolata, solo poche miglia di percorrenza, da 0 a 60 tutte le volte che vuoi», dissi. Ben non sembrava affatto compiaciuto di sentirsi dire che era più vecchio, più lento, più usato e più piccolo.

«È un dato di fatto?» si espose debolmente.

Ignorai la domanda e chiesi a mia volta: «A che cosa stai pensando, Ben?»

«Penso che niente riesce a battere un grosso cazzo di provincia», replicò, felice di aver recuperato un punto. Mi stavo chinando per raccogliere i miei boxer con un sorrisone di trionfo spalmato sulla faccia quando la voce di Carmel ci interruppe dal pianerottolo.

«Sto *cercando* di dormire. Ho lavorato fino alle quattro. Non so di che cosa stiate discutendo, ma abbassate la voce.»

«*Lavorato*? Allora va bene» gridò Ben di rimando e sparì

di nuovo nella doccia. «Cazzo. Sono così in ritardo, che probabilmente neppure *io* avrò più un lavoro.» Ma sembrava più allegro di prima. «E allora dove andremo a finire? In uno schifoso ospizio.» Alzò nuovamente la voce così che Carmel lo potesse sentire. «Ma Dio sa che *qualcuno* deve lavorare da queste parti.»

Mi rimisi i boxer e uscii sul pianerottolo, chiudendomi alle spalle la porta del bagno. Ben continuò a blaterare a vuoto. Sul lato opposto del pianerottolo Carmel, con gli occhi cisposi, era poggiata alla parete, con addosso solo un paio di mutandine e una corta T-shirt. «'giorno» dissi. Era strano che ci vedessimo l'un l'altro seminudi per la prima volta in quella situazione, ma restammo a fissarci per cinque lunghi secondi. Ben e Carmel avevano corporature simili, ereditate da Mrs Robbins, con gambe lunghe che sostenevano un corpo piuttosto breve. E mi eccitava che Carmel fosse appena più alta di me.

«Scusa Mel», dissi, e mi avviai bel bello in camera. Mi sentivo il re dell'universo. Ero ancora un po' arrabbiato con Ben per il suo comportamento odioso, ma ero fiero di essermi difeso bene, perfino con un pizzico di *stile*. Mi sembrava di avere un cazzo di trenta centimetri. Ma solo se lo piegavo a metà. Sarebbe stato un buon aneddoto per la biografia ufficiale del più grande artista inglese del ventunesimo secolo, capace di dimostrare la qualità iconoclasta, rompi-tutte-le-regole di gran parte delle sue prime opere. Lasciai sbattere la porta alle mie spalle e mi sdraiai sul letto. Un inizio di settimana molto soddisfacente: avevo appena visto Carmel in mutande, oltre a Ben nudo come un verme. Due al prezzo di uno. Abbassai lo sguardo sul mio cazzo che stava diventando molto duro al pensiero della virilità appena dimostrata dal suo proprietario. Una vera e propria lotta tra cervi per il possesso del territorio.

Mi concessi una smaneggiatina veloce, pensando alla faccia di Ben quando mi ero tolto i boxer. Così imparava, porco sborrone. Che a Ben lo spettacolo fosse piaciuto era evidente. Anch'io andavo di fretta e così, per venire prima, pensai a me, Ben e Carmel impegnati in una specie di frenetico alterco tutti insieme sotto la doccia. Era quello che ci voleva. Dovevo vedermi con Emily per un caffè di lì a venti minuti, ci sarei arrivato per un pelo. Al diavolo l'igiene, sotto con le gambe. Sentii Carmel che mi salutava mentre correvo giù per le scale. Ritornai su di un paio di gradini. Era seduta alla scrivania, mi voltava le spalle, si stava lisciando i capelli all'indietro e fissava fuori dalla finestra. Si passò le mani sulla nuca, e poi sul collo, in avanti, dove non potevo vedere. L'idea di quale fosse la loro destinazione finale mi faceva impazzire, ma fui costretto a strapparmi di lì e a correre da Emily.

Avevo dato appuntamento a Emily nella tavola calda vicino al college che stava diventando per me una specie di seconda casa. Nadotti era gestito da una prolifica e rumorosa famiglia italiana, che il primo giorno in cui ero entrato si era data la pena di ricordare il mio nome e come volevo il mio tè e il mio caffè. Si poteva avere un piatto di spaghetti con sugo fatto in casa per tre sterline e con altri 95 pence potevi farti un pasticcio di rognone e quattro qualità di verdure. Inoltre Emily e io avevamo trascorso ore e ore della nostra prima settimana al college a scaldarci con quelli che, così lei mi assicurava, erano degli autentici cappuccini (la dimostrazione, secondo lei, era il cacao che formava un cuore sulla schiuma), e nessuno ci chiedeva di andarcene quando litigavamo a proposito di ciò che Torres aveva detto il primo giorno. Per quei prezzi e quel servizio, sarebbe stato da taccagni non lasciarci una notevole percentuale del denaro dei miei genitori. Il posto non era stato più ritoccato dal 1965, ma era pulitissimo, con le pareti coperte di stampe firmate e dipinti lasciati dagli studenti nel corso degli anni.

Emily mi stava aspettando, leggendo «The Guardian» con la sua pelliccia ecologica color porpora piazzata sul sedile accanto, come un fedele cane da guardia. Eravamo stati quasi inseparabili per tutta la settimana ed eravamo riusciti a occupare dei banchi adiacenti, così tutto quello che dovevamo fare era passare attorno alla paretina che ci divideva oppure passarci un bigliettino al di sopra. Mi aveva lasciato un messaggio sul cellulare dicendo che aveva grosse novità. Non l'avevo vista per un giorno intero nel corso del weekend e quindi ero curioso. Quella mattina era persino riuscita ad acchiappare un separé nella caffetteria, il che, nel mondo di Nadotti, era come raggiungere la terra promessa. Mi insinuai fra i tavolini affollati.

«Adamo caro, caffelatte?»

Sentii la parola «latte» associata al mio nome, annuii e feci cenno alla figlia dei Nadotti che stava al bancone, mentre scivolavo sul panchetto del separé. Emily mi aveva fatto conoscere il caffelatte e non aveva riso troppo quando avevo detto che era come il caffè con latte che mia madre preparava per le sue amiche quando venivano a farle una visitina la mattina.

«Scusa per il terribile ritardo», dissi. Stavo cercando di assumere il linguaggio londinese e mi servivo di Emily per fare pratica. «Mi sono alzato alle cinque per seguire il mercato borsistico giapponese e poi mi sono ritrovato invischiato nel traffico. Kudos per essere riuscita ad agguantare il separé.» Se una cosa era stata fatta bene dicevi «Kudos per, eccetera.» Dovevo ricordarmi di non dirlo a casa, quando sarei tornato a Natale. «Mmm, kudos per il buono omaggio per un disco da WH, nonnina.» Mi sentivo un po' manierato, ma mi ci stavo abituando. Non ero ancora certo che l'espressione giusta fosse «kudos a» o «kudos per».

«Ma guardati», disse Emily con un'espressione impassibile.

«Che c'è?» chiesi seccato.

«Il giovane selvaggio: qualcuno deve aver sparso della cocaina sul *tuo* porridge, stamane.»

«Forse che sì, forse che no.» Le mostrai la lingua.

«Hai fatto un sacco di sesso questo weekend.»

«Lo capisci dalla mia *lingua*?»

«Hai una certa luminosità, ecco tutto. Sta succedendo qualcosa, io sento l'odore del sesso a un miglio di distanza.»

«Cazzo. Ora, prima di tutto le cose importanti, è Maria o Giovanna quella dietro il bancone? Continuo a confonderle.» Stabilirsi dai Nadotti e saper riconoscere i diversi membri della famiglia si stava rivelando cruciale.

Emily allungò lo sguardo verso il bancone. «Da principio mi sbagliavo. Difficile dirlo, ma questa è... è Maria. È quella che di solito tiene i capelli legati ma oggi li tiene giù. E si è messa un rossetto diverso dal solito.» Maria mi portò il caffè, poi lei ed Emily chiacchierarono in italiano per un paio di minuti. Un reggimoccolo monolingua davvero fuori posto. Per la decima volta da quando ero arrivato a Londra, giurai che mi sarei procurato un corso di lingua in cassette. Francese, italiano, spagnolo e tedesco fluenti alla fine del trimestre, ecco il mio programma. Entro Pasqua avrei conseguito anche il diploma in astrofisica.

«Ola», dissi quando Maria si allontanò seguita da una sfilza di «ciao bella.» «Qual è la grossa novità?»

«Torres», rispose Emily sinistramente. «La saga infinita di quel che Campanellino fece.»

Aveva già costretto il vicepreside a rassegnare le dimissioni e nel college si mormorava che fossero stati chiamati gli avvocati per stabilire i termini nei quali il vice, così vecchio che probabilmente aveva insegnato anche a Leonardo da Vinci, fosse pronto ad andarsene. Emily aveva trascorso buona parte del weekend con Torres, visto che era la sua ex assistente e una delle poche persone di cui lui si fidasse lì dentro. Ero sorpreso che Emily continuasse a rivolgermi la parola, viste le sue conoscenze altolocate, ma stavamo confutando la regola secondo la quale molli subito gli amici che ti sei fatto nella prima settimana di scuola.

«È un calcolatore coi fiocchi, vero?»

«A dire la verità il suo non è un calcolo, anzi... in effetti è stato un mio suggerimento.» Emily era in fibrillazione, e si vedeva, per il fatto che la sua brillante idea fosse stata accettata. Annuii e le feci cenno di continuare. Emily assunse un'aria cospiratoria. «Per il momento non devi dirlo a nessun altro. Nelle prossime due settimane, lui ci chiamerà per un colloquio, a gruppi di tre o quattro, forse persino uno alla volta, e ci dirà che genere di lavoro potremmo fare, la direzione che potremmo prendere. È veramente interessato alla cosa. Non è fantastico?»

«Cose che potremmo o *dovremmo* fare?» chiesi bruscamente.

Emily ammiccò. «Potremmo, senza dubbio, potremmo.»

«*Favoloso*. Non vedo l'ora. E questa ordalia quando avrà luogo?»

«La prossima settimana, quella seguente. Ci farà un gran bene, secondo me.» Stava annuendo, convinta, del tutto sincera in proposito. Avrei potuto soffocarla con quella sua stupida pelliccia. Ci avrebbe fatto bene quanto l'olio di fegato di merluzzo, una crudeltà perpetrata per il nostro bene. Stavo male solo a pensarci: il preside Torres avrebbe esaminato i miei schizzi e i ritratti della mia famiglia, dei miei amici e dei miei vicini, per stabilire se avevano qualcosa di nuovo da offrire al mondo dell'Arte. Con quelli ero arrivato appena a un livello decente, erano riusciti a farmi passare il corso di base, quindi non avrebbero di certo infiammato il Tamigi. Non era bello sapere di avercela fatta per il rotto della cuffia. Avrei dovuto alzare la posta.

Passai il resto della giornata in uno stato di completa depressione, sobbalzando ogni volta che vedevo Torres aggirarsi per le aule o che udivo la sua sonora risata, fatta apposta per attirare l'attenzione, giungere dal fondo di un corridoio. Aveva adottato un trucco molto elegante: era arrivato al college solo da una settimana ma conosceva già i nomi di tutti i nuovi arrivati. Il venerdì precedente mi aveva salutato chiamandomi per nome, e per poco non mi era venuta una trombosi fulminante. «Adam Fox, allora, come va? Sei amico di quella matta di Emily, vero? Bene, bene, BENE! Ci vediamo.»

A casa, quando rientrai, c'era solo Mrs Robbins. Stava guardando il notiziario del tardo pomeriggio con Corelli sulle ginocchia. Salii in camera ed esaminai con attenzione il materiale nel mio portfolio. Era tutta merda vecchia come il cucco. Meglio scordarsi tutti quei «bene, bene, bene.» Ero fottuto, alla grande. Sentii l'ansia crescere a dismisura, e finii per menamelo di nuovo, ma stavolta nella doccia, pensando a Ben e Carmel quella mattina, con una mano appoggiata al muro e tutta la potenza del getto della doccia che mi schiaffeggiava la nuca, la testa china per la frustrazione. Mi rasai, mi cosparsi completamente con i profumi di Ben, poi presi a gironzolare per la mia stanza, lanciando delle occhiate di traverso al contenuto del portfolio ancora sparpagliato sul pavimento, fino a quando non sentii Ben rientrare dal lavoro. In quel momento mi resi conto di aver aspettato con ansia che arrivasse. Anzi, che non vedevo l'ora di sentirlo tornare.

Scesi al pianterreno con aria disinvolta, per nascondere la mia ansia. Ben era il ritratto perfetto dell'impiegato della City, completo di ventiquattrore, alla fine di una giornata di merda. L'abito non sembrava affatto fresco di tintoria, anzi, era potenzialmente una schifezza, aveva il primo bottone della camicia slacciato e la cravatta pendeva dalla tasca della giacca. Mrs Robbins era in soggiorno, con la porta chiusa.

Non appena Ben mi scorse, i suoi occhi stanchi si illuminarono. Si scostò dall'attaccapanni, per assicurarsi che sua madre non potesse sentire. «Allora, giovane superdotato, come butta?»

«Come mi hai chiamato?», chiesi con finto orrore, sedendomi sull'ultimo scalino. Quel rapido massaggino mattutino era servito, eccome. Era bello rivederlo.

«Hai sentito.» Ben annusò tutt'intorno. «Che buon odore, profumi come... *me*. Eccoti un suggerimento: probabilmente non hai bisogno di mettertene così tanto.»

«E allora, sei arrivato in ritardo al lavoro?»

Ben si strinse nelle spalle. «Un *po'* in ritardo, ma niente di grave. Ho un sacco di attacchi di panico, fa parte del mestiere.» Ben posò la valigetta a terra, sospirando. Chiuse gli occhi e intonò un mantra. «Il panico è il preliminare dell'incompetente.» Fece una smorfia, ingobbì le spalle fino alle orecchie e poi le distese. Si abbassarono di circa dieci centimetri. Aprì gli occhi. «Tensione, hai visto che tensione? L'hai vista? Che *bello* essere a casa.» Tacque e rabbrividì. «No, cancella. È insolitamente bello essere a casa. In questa casa, intendo. È *meglio* che non essere un'altra rotella nell'ingranaggio che cerca di controllare il colon spastico di Albert Anderson e dei suoi associati.» Si tolse il Burberry a tre quarti, blu navy, in misto cashmere, e lo appese con cura. Gli spazzolò la manica e disse con voce alla John Wayne. «Tra un po' tornerò con uno zuccherino e una sacca di avena per te.»

«Ma quanto sei scemo.» Risi, ero completamente incantato. Non avevo mai visto Ben così.

«A volte devo decomprimermi, sfogare la tensione. Sai, non posso fare lo *spiritoso* al lavoro, tutti sono così maledettamente *seri*. Ignorami, tanto lo fanno tutti», disse appendendo la giacca accanto al soprabito. Mi lanciò un'occhiata di traverso. Sapeva di avere in me un pubblico attento e si mise a canticchiare, rivolto al suo completo gessato: «Ti odio, ti detesto, non potresti farmi più schifo di così». Togliendo un bruscolo dalla spalla, si scostò appena da me e disse: «Senti, mi spiace di aver fatto la fighetta, stamattina».

«Non lo eri affatto», scherzai. «Semmai potevi essere un cazzone.»

Ben rise oscenamente e si guardò attorno. «Sì, certo. Ora non abbiamo più segreti uno per l'altro, vero?»

«Immagino di no», risposi. A quel punto avrei forse potuto raccontargli del mio quasi-bacio con Carmel. Ma non volevo sciupare quel momento.

Ben si slacciò i gemelli Paul Smith e mi passò accanto salendo le scale, togliendosi dalle spalle con un gesto rapido le bretelle Boss e sbottonando la camicia Yves St Laurent, con un gridolino di libertà. Riapparve di lì a cinque minuti con un paio di short estivi a quadretti, molto portati e molto amati, e una maglietta Gap strausata: era il suo segnale al mondo intero che Ben era a casa e per quella sera non intendeva ricevere visite. Io avevo sulla faccia un sorrisetto idiota perché la mia stima per lui aumentava a vista d'occhio – non era un cretino, mi faceva ridere ed era molto attraente. Se quella mattina fosse stata la prima audizione e il ritorno a casa fosse stato il secondo provino, avrebbe sicuramente ottenuto la parte.

Carmel non rientrò per cena. L'atmosfera a tavola era lieve e ironica. Ben ci raccontò quello che aveva fatto a Francoforte e io spifferai tutti i pettegolezzi su Torres e il college, dando l'impressione di essere uno aggiornato, e non un poveraccio che se ne stava fuori, al freddo e al gelo, alitando sul ghiaccio che copriva il vetro della finestra per cercare di capire quel che stava succedendo dentro. Mrs Robbins sembrava apprezzare la situazione, unica rosa tra due affascinanti e giovani spine, e ci parlò di un pranzo di beneficenza per *Save The Children* al quale si era recata quel giorno, il che spiegava perché era vestita con molta più cura del solito. Invece di jeans appena stirati e camicetta indossava una blusa di seta nera e la gonna di un tailleur verde pallido, che le arrivava appena sopra il ginocchio. Sotto i capelli biondo cenere scintillavano orecchini d'argento e grazie al make up i suoi occhi sembravano ancora più azzurri. Ben fu ancora più solerte del solito nei confronti della madre, attento a non interromperla mentre parlava, trattandola con una cortesia che trovai abbastanza commovente. Del resto, per quanto mi riguardava Ben non poteva commettere grandi errori, quel giorno.

Dopo cena Ben si scusò, dicendo che doveva studiare per certi esami che stava preparando, mi scoccò un sorriso smagliante e scomparve al piano di sopra. Io aiutai Mrs Robbins a sparecchiare e a caricare la lavastoviglie.

«Era veramente gustoso, grazie, Mrs Robbins.» Ero il modello dell'Ospite Perfetto: vomitevole. In genere non uso parole come «gustoso».

Si rialzò dalla lavastoviglie. «Potresti farmi un favore? Chiamami Diane. Quando mi chiami Mrs Robbins mi sento un rudere.»

«Allora Diane, come vuoi», dissi porgendole due tazze da caffè.

Mi sorrise. «Fantastico: non ci sono molte persone che mi chiamano Diane, sono sempre mamma oppure la vecchia, cara Mrs Robbins, capisci?»

«Allora sono io il fortunato», dissi tornando al tavolo e impilando le tovagliette al centro. «Adesso ti chiamerò Diane dalla mattina alla sera.»

«Bene. Siamo molto, molto felici che tu sia qui con noi. È davvero bello avere di nuovo in casa qualcuno con un po' di energia, un autentico fermento. Mio marito era così, aveva sempre un sacco di carne al fuoco, comitati e riunioni di genitori, elenchi di cose da fare lunghi da qui a lì.»

Quella era la prima volta che si faceva riferimento al mitico signor Robbins e quindi commentai con cautela, scuotendo la testa con aria interrogativa. «Tuo marito è…»

Diane annuì con un gesto che significava «naturalmente» e si girò verso i rubinetti, riempiendo il lavello per lavare pentole e tegami.

«Non so perché non ho mai preso dei pensionanti prima di oggi.» Evidentemente non voleva soffermarsi sull'argomento. Cambiammo immediatamente discorso.

«Io sono il primo, vero? Be', non saresti mai riuscita a trovare uno come me.»

«Probabilmente hai ragione.» Mise una pastiglia di detersivo nella macchina e la fece partire. «*Adoro* questa macchina.» Si interruppe per un istante e poi aggiunse: «Di che cosa stavamo parlando?»

«Di quanto sono intelligente.»

«Come ho potuto scordarlo? No, sembrava che non fosse mai il momento giusto per avere un'altra persona per casa, da quando… fino a oggi, a dire il vero.» Tutto continuava a ruotare intorno a Mr Robbins. Diane lavò una grande padella e me la porse perché la asciugassi. Restò a fissare oltre il riflesso del suo viso sul vetro, nel buio del giardino sul retro della casa. Nel riflesso, il suo volto era più giovane, le rughe si spianavano e la sua pelle appariva più liscia. «È successo molto tempo fa, saranno quattordici anni il prossimo dicembre, ma abbiamo avuto bisogno di molto tempo per digerirla. Ray aveva solo trentasette anni. Fu una cosa molto rapida.»

«Ma è incredibile, era giovanissimo», commentai con empatia, non sapendo che altro dire. Era evidente che il tempo non aveva guarito del tutto la ferita.

«E Ben e Carmel avevano quattordici e dodici anni, più o meno. Brutta età per perdere il padre.» Brutta età per non avere più quella roccia che io avevo avuto, sempre pronto con un biglietto da dieci nuovo di zecca, un'opinione sulla politica e un passaggio a casa dal bar e dai concerti.

«Deve essere stata dura per tutti voi.»

«Più per loro. È stata più dura per i ragazzi.» Diane alzò improvvisamente lo sguardo su di me, osservandomi con attenzione, come a soppesarmi. «Posso confidarti una cosa, Adam? Un segreto? Non lo devi dire né a Ben né a Carmel.»

«Certo», risposi, sinceramente incuriosito.

«*Sul serio*, non una parola.»

«Giuro.»

Inspirò a fondo. «Ti ho offerto la stanza per una ragione precisa, non perché avessimo bisogno dei soldi dell'affitto o per fare una cortesia al college. Pensavo, magari è una stupidaggine, che se entrambi vedevano quanto ti godevi il college, come è bello vivere lontano da casa per la prima volta, allora forse avrebbero trovato la forza di alzare il *culo*.» L'esclamazione mi colpì come una fucilata: non l'avevo mai sentita smoccolare. «Alzare il culo e finalmente combinare qualcosa nella vita: andarsene via di qui, essere più felici. Loro non sono felici e io... è come se li avessi delusi nelle loro aspettative.» Dopo un impercettibile attimo di estrema tristezza riprese animo. «Se posso offrire loro l'esempio di una persona che è, che è... oh, come si dice? L'esempio di qualcuno che *forgia* la sua propria esistenza, allora potrebbero trovare il coraggio di farlo anche loro. Siamo rimasti isolati per troppo tempo.»

«Che cosa vuoi che faccia, in pratica?» chiesi.

«Tutto quello che fanno di solito gli studenti. Mi sono accorta che ti trovano simpatico, quindi ti darebbero retta.» E si lanciò nella descrizione di quello che, secondo lei, fanno gli studenti. «*Divertiti*, lavora sodo, sorprenditi delle tue scelte, datti un gran da fare, innamorati di persone impossibili e poi supera la crisi, spezza qualche cuore e fattelo spezzare, fai quello che non avresti mai sognato di fare, non accontentarti di emozioni da poco, fai scemenze e sputa sentenze, ubriacati ma mai da solo, fai sesso sicuro a lungo e più che puoi, dimenticati di telefonare a casa, fai il bagno spesso, esprimi con chiarezza estrema quello che desideri, riconosci di essere nato con la camicia, vai a mangiare una pizza alle due di notte, fatti più amici di quelli che riesci a gestire, fattela con due insieme, vai a dormire tardi, alzati presto, prova ogni cosa due volte...» Si interruppe per riprendere fiato.

«Insomma, il solito», la interruppi, cercando di restare serio. Accidenti, che donna.

«Se lo dici tu.» Diane assunse un tono più duro. «Fai solo in modo che loro sappiano tutto questo. Specialmente Ben.»

«Ma io credevo che Ben...» Cominciai la frase, ma Diane la terminò al mio posto: «...che restasse qui per prendersi cura di me?» Di colpo assunse un terrificante accento americano. «Per badare alla povera vedova? Forse è quello che crede di fare, crede di essere l'uomo di casa, e cerca di fare un lavoro che detesta perché è ben pagato. No, continua solo a tenere la testa bassa, senza cogliere nessuna opportunità.» Diane mi appoggiò con dolcezza una mano sul braccio. «Non ti sto chiedendo troppo, vero? Dopo tutto, l'affitto è molto basso.»

«Me ne stavo chiedendo il motivo», replicai, senza altri commenti.

«Adesso lo sai. Ricordati, nessuno ti da niente per niente. E allora, che ne dici?»

«Ma certo che lo farò, come vuoi. Probabilmente l'avrei fatto comunque. Hai detto sul serio che dovrei far sesso di gruppo? Sei la miglior padrona di casa del mondo.»

Sembrò sconvolta. «No, credo di aver detto di avere due relazioni contemporaneamente. È diverso, no?»

«Non credo proprio.»

«Oh. *Davvero*? Allora non lo fare. Ma fai tutto il resto.»

Mi passò un altro piatto da asciugare. Lo presi e dissi: «Hai detto anche che dovrei fare il bagno spesso. Non mi sembra un consiglio così scapigliato e studentesco, no?»

«Non vedo proprio perché non dovrebbe esserlo. E comunque era più un consiglio per l'immediato futuro, *tesoro*.»

«Scusa. Stamattina Ben ha monopolizzato la doccia.»

Annuì sorridendo, ma ormai non mi stava più ascoltando, guardava fisso davanti a sé pensando a qualcosa o a qualcuno di un milione di anni fa. Lasciò cadere una teglia da forno sul ripiano, spezzando l'incanto. «Ecco fatto. Lascia lì i piatti ad asciugare. Adesso devo dar da mangiare al gatto, quel poveraccio starà morendo di fame.» Andò in dispensa a prendere una scatoletta di cibo per gatti. Basta confidenze, per quella sera. Ma non volevo lasciarla così triste.

«...Diane?»

Rise. «È così carino risentire il mio nome.»

«Avrei delle cose da fare al piano di sopra, e quindi...»

«Sì, fai pure ciò che devi fare...»

«Tutto a posto?»

«Ma sicuro, perché non dovrebbe esserlo?» Tamburellò con l'apriscatole sulla lattina, aspettando che il gatto si facesse vivo.

Salii di sopra e rimasi a bighellonare in camera, finendo, di svuotare le ultime valige e guardando qualcosa alla mia tele portatile. Rimisi insieme tutti i ritratti e gli schizzi che avevo fatto, riponendoli con un sospiro. Almeno quella sera non mi ero dato all'alcol. Verso le undici sentii Carmel rientrare. Corse di filato in camera sua, e non riuscii a intercettarla per fare due chiacchiere: ero arrivato appena alla mia porta quando sentii che girava la chiave nella serratura della sua.

A mezzanotte in punto Diane salì a dormire. Entrai svelto nel bagno che dividevo con Ben e mi lavai i denti. Da sotto la porta di Ben non filtrava nessuna luce: probabilmente aveva finito di lavorare presto ed era crollato per il sonno. La luce di Carmel era ancora accesa, ma in pratica passava la notte a scrivere chissà cosa sul computer portatile, visto che per il momento non doveva alzarsi presto per andare al lavoro. Spensi la luce del pianerottolo e schizzai di nuovo in camera, chiedendomi, mentre tiravo le tende pesanti per mantenere la stanza il più calda possibile, se Diane avesse intenzione di accendere il riscaldamento centrale. Spensi la luce e mi stesi a letto. Grazie alle tende era buio pesto, e mi stavo chiedendo come avrei fatto ad alzarmi la mattina dopo, al suonare della sveglia, perché mi sarebbe sembrato di essere ancora nel cuore della notte. Cercai, senza riuscirci, di non pensare all'imminente incontro con Torres.

Stavo finalmente per assopirmi quando la porta, silenziosamente, si aprì e una lama di luce lunare tagliò il pavimento della mia stanza. Svanì con la stessa rapidità, mentre l'uscio veniva richiuso con cautela. Il cuore mi esplodeva in petto. Chi era? Fosse stato Ben, sarebbe stato divertente. Fosse stata Carmel, sarebbe stato favoloso. Sarebbe stato interessante persino se si fosse trattato di Diane, anche se la cosa non era molto probabile. Mi resi conto di essere attratto da tutta la famiglia Robbins. A modo loro, erano tutti sexy, e non avevo intenzione di respingere nessuno di loro. Comunque, era passato un bel po' da quando qualcuno aveva onorato il mio letto della sua presenza. Quello poteva essere il mio debutto londinese.

La persona attraversò con cautela la stanza, cercando di non inciampare in qualcosa. Scivolò nel letto con me, togliendomi di dosso quasi tutte le coperte. Era Carmel. Poteva trattarsi solo di Carmel.

Nelle ristrettezze del mio lettino singolo, eravamo distesi quasi completamente uno accanto all'altra. La mia schiena nuda era contro la parete fredda. Con un brivido mi spostai sotto le coperte e la mia bocca cercò la sua. Ci baciammo. Un bacio lento, casto, che ci fece andare fuori di testa perché era il primo che ci scambiavamo. Ogni terminazione nervosa dei nostri cervelli richiedeva insistentemente attenzione, era come se avessimo i capelli elettrici, le guance in fiamme, i nasi immensi e ingombranti. Facendo scorrere le mani sul suo corpo, mi accorsi che Carmel era nuda, e che aveva la pelle d'oca. Doveva aver attraversato il pianerottolo senza niente addosso. Per avere venticinque anni aveva un corpo da favola, come quello delle persone con cui l'avevo fatto in quarta, se non addirittura migliore. Però, che grande invenzione, l'educazione universitaria.

«Com'è che avevi detto?» sussurrò Carmel con insistenza. «Se desideri qualcosa con tutte le tue forze, allora vai e prendila? Prendila? Posso farlo. Posso farlo come i migliori. So di poterlo fare.»

Mi districai dai pantaloni della tuta che avevo infilato per tenermi al caldo e li scalciai in fondo al letto. Carmel si strinse più forte a me e sentì il calore della mia erezione contro la pancia, ma non mi toccò. Le baciai il collo, le accarezzai il seno, cercando di scoprire cosa le piacesse. Gradiva abbastanza tutto, ma mentre le mordicchiavo con delicatezza il lobo dell'orecchio, si allontanò da me.

«Non resto. Verrò a trovarti un'altra sera. Volevo solo essere sicura di aver interpretato bene i segnali.»

Se ne stava andando. Se ne stava *andando*? Non poteva mollarmi così, con un accidenti di gigantesco remo ma senza canoa. Era una cosa che non si faceva e basta, lo sapevo persino io. Carmel scivolò fuori dal letto con un ultimo bacio, lasciandomi intonso da mano umana in zone cruciali. La lama di luce riapparve e scorsi per un istante il profilo di Carmel. Tornò il silenzio. Si udivano solo i miei tentativi di riprendere fiato.

Rimasi lì per un minuto, instupidito, cercando di capire quanto era appena successo. Cominciai a lavorarmi quasi senza pensarci, automaticamente. Dovevo esserle piaciuto da subito. Brillante. Stavo frequentando un corso di Arte ed era probabile che avrei praticato regolarmente sesso con una donna sexy e leggermente più grande di me. Mica male, per una sola settimana di impegno. La porta si aprì di nuovo e si richiuse rapidamente. Tolsi le coperte in modo che Carmel potesse mettersi subito sotto al caldo.

«Lo sapevo che non ce l'avresti fatta», dissi. «Sono così contento.»

«Lo sei, adesso? Bastardello del cazzo», sussurrò Ben, smoccolando dopo essere inciampato sui miei calzoni, nel buio. Mi raggelai. Ben sibilò: «Non riesco a vedere un cazzo. Perché è così buio?» Entrò nel letto. «Cogli l'attimo, fatti il pensionante», disse, ridacchiando. Con lui nel letto c'era molto meno spazio di quanto ce ne fosse stato con sua sorella. «Allora, vediamo se è vero che sei così contento.» Si alitò sulle mani fredde per scaldarsele. «So mungere con coscienza, io.» Allungò la mano. «*Accidenti*, non ne vedi proprio l'ora, eh?» Mi baciò, e la sua lingua cercò immediatamente la fase seguente, la sua ruvida barba lunga contro la mia guancia più morbida. Reagii all'erotismo della situazione: prima la sorella e adesso il fratello, assolutamente fenomenale. Quando si è in ballo, bisogna ballare. Allungai le mani su Ben e scoprii che era pronto, abile e arruolato quanto me.

«Siediti sul bordo del letto», ordinò, e si inginocchiò per terra tra le mie gambe. Pose le mani sulla vita e mi baciò lo stomaco e l'interno delle cosce, gemendo con tenerezza quando le sue labbra toccarono la mia pelle. Disse che ero bellissimo, che ero intelligente, che ero tutto ciò che avrebbe voluto essere e che non poteva essere. Si sbagliava, ma non lo corressi.

Mi sentivo adorato. Com'è che aveva detto Diane: prova tutto due volte? Non pensavo che volesse riferirsi ai suoi figli, però. Non ero mai stato... non sono sicuro che sia la parola giusta ma voglio dire facile alle passioni. Intendo dire che non ho mai fumato, che non ho mai bevuto solo per il gusto di farlo. Ma ero *doppiamente* adorato, e la cosa mi piaceva in modo stratosferico. Oh, quanto mi piaceva.

4

Un paio di giorni dopo, Ben e io eravamo nella sua stanza – erano circa le quattro del mattino, mercoledì notte o l'alba del giovedì. Stipati come acciughe nel suo letto, che era persino più stretto del mio, stavo giusto pensando di tornarmene in camera mia per farmi qualche ora di sonno.

«Non hai detto niente alla mamma, vero?» sussurrò Ben. Era un po' patetico per un uomo vicino alla trentina ma non lo feci notare. Continuò. «La cosa potrebbe non andarle a genio, visto che sei un pensionante e sei un po' più giovane.»

Non avevo intenzione di fargliela passare liscia. «Un po'?» lo canzonai.

«*Mica tanto*. Piantala di sfottere. E comunque, sono giovane dentro.»

«E questo è ciò che conta, no?»

«Esattamente.» Ignorò il mio sarcasmo. «Comunque, è ciò che continuo a ripetermi. Non hai detto niente, vero?»

«*Certo* che sì.» Sentii che si irrigidiva accanto a me. «Ma no, stupido.»

«Non chiamarmi stupido.» Per un attimo, Ben si fece serio. «Non mi piace essere chiamato stupido.»

«Ehi, tranquillo. Non ho aperto bocca, Diane non c'entra per niente, giusto?» Era tempo di svignarsela, la mogliettina cominciava a brontolare. E questo dopo solo due giorni. Mi tirai a sedere sul letto e tastai in giro, nel buio, cercando i miei vestiti. «Forse dovrei tornarmene in camera… questa settimana al college mi hanno proprio massacrato.»

«Chissà mai perché?» cercò di scherzare Ben. «Non andartene ancora, non volevo rimproverarti.»

«Non ti preoccupare, nessun problema. Ma lei sa di te, vero?»

«La mamma?» Una pausa. «Be', credo di sì, sono certo di sì, in effetti, ma non abbiamo mai… capisci, parlato dell'argomento.»

«Però date tutti l'impressione di parlare molto di ciò che succede.»

«Ma mai delle cose serie, delle cose veramente importanti.» Ben sospirò profondamente. Non voleva pensarci. «Non sia mai!»

«Non dirò niente, non fartela nelle mutande. A proposito, dove sono le mie?»

«Potrebbero essere ovunque. Adesso accendo la luce. La porta è chiusa?»

«Sì.»

Nel cuore della notte la stanza di Ben aveva un certo mistero. Con la luce accesa, si rivelava un tempio in decadenza dedicato al tipico adolescente degli anni Ottanta. Sembra incredibile, ma la carta da parati era a disegni dello Space Shuttle, e lui non permetteva a Diane di cambiarla. C'era un poster di John McEnroe, che a quanto mi dicono un tempo giocava a tennis, un poster di James Dean, un tizio che un tempo correva in macchina, e poster di spettacoli della Royal Shakespeare Company ai quali aveva assistito con la scuola al Barbican nel 1985 e scaffali e scaffali di libri di fantascienza sciupati dall'uso e di libri di ragioneria nuovi di pacca. Quella stanza era una capsula del tempo.

«Trovate. Ci vediamo domani.» Lo abbracciai, lo baciai,

poi mi avviai alla porta, mentre Ben spegneva la sua lampada da comodino, un omaggio ad Han Solo.

«Buona notte, meraviglia delle meraviglie.» Ben sbadigliò. «Cristo, ho sonno anch'io, che cavolo mi hai fatto? Non vedo l'ora che sia domani per rivederti.»

Appena pochi giorni dopo aver iniziato la mia convivenza con i Robbins, gli anni del finisci-subito-gli-spinaci-e-le carote stavamo rapidamente diventando un ricordo sbiadito. Ora vivevo qui e avevo abbandonato tutti i pensieri della settimana prima a proposito del desiderio di tornare a casa: si erano trasformati nella semplice tensione tipica del primo giorno di scuola. Era successa la stessa cosa all'asilo, inconsolabile fino a quando la mamma non tornava a prendermi. La sensazione di essere al centro dell'attenzione a Christie Avenue mi stava consolando delle delusioni subite al college. E attenzione, con Carmel non stava accadendo assolutamente niente – continuava a tenermi in equilibrio su una corda posta molto, molto in alto. Non avevo la sensazione di fare il doppio gioco con lei, perché non lo stavo facendo. La seconda settimana era stata dedicata a Ben il più spesso possibile, il che di solito significava fare le ore non piccole, ma piccolissime, evitare la sessione di orientamento con il preside Torres grazie a un giustificato appuntamento con il dentista, trascorrere troppo tempo da Nadotti e non vedere molto Carmel.

Non che Carmel facesse la preziosa; era come se non avesse mai fatto la facile. Forse avevo sognato la sua visita notturna oppure le era accaduto qualcosa un po' alla *X-Files*, e il suo corpo era stato posseduto da una forma di vita aliena. Se Ben era un biglietto per l'Inter-rail sessuale, pronto e desideroso di andare ovunque, allora Carmel era l'equivalente sessuale delle colonnine spartitraffico: l'avanzata era stabilita soltanto da loro ed era lentissima, oppure mi ero fermato io. Verso la fine della settimana mi mandò una e-mail, che lessi al college. Aveva scelto una font davvero antiquata:

> qui la nebbia si sta lentamente alzando STOP spero riprendere presto il viaggio STOP scusate il ritardo STOP non è necessario rispondere. Miss C. Robbins.

Mi sembrò una cosetta piuttosto spiritosa ed elegante e finii per perdonarle tutto. Era strano ricevere e-mail della massima importanza da qualcuno che viveva e dormiva nella mia stessa casa, ma la faccenda sembrava adattarsi alla perfezione a Carmel. Le nuove tecnologie le permettevano di ridurre ulteriormente la comunicazione. Per fortuna quando ci capitò l'occasione di parlare a tu per tu eravamo entrambi un po' brilli. Era venerdì sera, la Sera dei Video per la Famiglia Robbins, e io sarei stato messo a conoscenza del rito. La prima volta in cui avevo sentito che la cosa stava per verificarsi fu il venerdì mattina, quando sentii Ben che, al pianterreno, parlava con Diane prima di recarsi al lavoro.

«Devo prendere una cassetta per stasera, mamma?»

«Oh, è venerdì, vero? *Sì*, buona idea.»

«Qualche preferenza? Comico? Romantico? Drammatico? Lassativo?»

«Piantala. Sei di buonumore, eh? Basta che non ci sia Robin Williams.»

«*Ok*... non sono sicuro che esista un genere cinematografico di questo tipo, mamma.»

«Per quanto *mi* riguarda c'è, Ben», replicò Diane, compitissima.

«Accidenti, adesso sono nei guai. Un tempo mi costringevi persino a guardare *Mork e Mindy* dai vicini, ricordi? Va bene, devo scappare. Tu prendi la cioccolata e il vino e i giornali, ok?»

«Bene. Lo farò dopo la lezione di yoga. Buona giornata.»

«Mi sembra *altamente* improbabile. Ci vediamo.» La porta si chiuse di colpo. Non ci pensai più fino a quando non rientrai, piuttosto tardi e un po' brillo per aver festeggiato la decisione del preside Torres di posticipare tutte le sessioni di orientamento di una settimana. Il frastuono veniva dal piano di sopra.

«Ciaooo», intonai.

«L'inquilino è tornato, sia reso onore all'inquilino», replicò salmodiando Ben. Dedussi che fosse anche lui un po' brillo per fare una battuta così antiquata.

«Adam? Vieni, vieni quassù», mi chiamò Diane.

Ma qui c'è una festa, pensai. Diane gridò di nuovo. «Ti servirà un bicchiere, Adam.» *Benissimo*, ecco una casa bohémienne – ben diversa da casa mia, dove l'alcol se ne stava rinchiuso in una bottiglia dal giorno di capodanno fino al Natale seguente. Andai in cucina, agguantai un bicchiere da vino e corsi su per le scale: ero curioso di vedere come cominciava il weekend chez Robbins. A quanto sembrava, il venerdì sera si svolgeva al piano di sopra. Sul pianerottolo tutte le luci erano accese, persino la stanza di Carmel non era chiusa a chiave e la porta era socchiusa. Notai il décor, molto carino. Erano tutti in camera di Diane. Feci capolino. «Ciao ciao ciao, che succede qua di bello?»

Un tramestio di benvenuto. «Vieni dentro, Adam, non fare complimenti», disse Diane. I Robbins stavano guardando qualcosa con Sandra Bullock sul grande combinato Tv-Videoregistratore che Diane teneva davanti al letto. Prima di quel momento non avevo mai visto la stanza di Diane. Accanto al letto c'era una lampada accesa, ma la luce arrivava soprattutto dalla tele. Per prima cosa notai soprammobili e ninnoli, a perdita d'occhio: vaporizzatori per profumo vuoti e mai usati, una statuina in porcellana che ritraeva una signora anni Venti, una stella marina di cristallo, un drago cinese. Come le Polaroid sulla bacheca, anche i souvenir erano ammassati uno sull'altro. Abiti appena stirati erano appesi agli sportelli del guardaroba e i prodotti da trucco erano ordinatamente disposti sulla toletta.

Diane era seduta con la schiena appoggiata alla testiera del letto, e si era tolta le scarpe. Ben era, a dirla con parole semplici, fatto come una cocuzza, e si era infilato sotto il piumone a fiori, con addosso una T-shirt e i pantaloni della tuta. La T-shirt gli era risalita sul dietro, lasciandogli scoperta metà della schiena. Teneva la testa in grembo a Diane, che sorseggiava un bicchiere di vino e accarezzava il braccio nudo del figlio. Ben aveva la pelle d'oca. Un po' morboso, ma tenero. Carmel stava su una sedia accanto alla porta e leggeva l'ultimo numero di «Vanity Fair». Era appena uscita dal bagno e indossava un accappatoio, con i capelli umidi pettinati all'indietro. Grazie, Dio. I suoi piedi, che erano da brivido, al termine di due gambe FENOMENALI, erano appoggiati sul letto, cosparso di carte di cioccolatini e altri giornali – «Hello», «Talk», «OK» e, sorpresa, «Newsweek» – e su cui vidi anche tre tappi e quattro bottiglie vuote. Ed erano solo quelle che potevo vedere. Per l'ennesima volta in quella settimana, resi grazie per la mancanza una Residenza per Matricole in quella parte di Londra. Non sapevo più dove posare gli occhi.

Carmel mi guardò con sufficienza, mentre individuavo gli elementi della scena. «Cerca di ubriacarti alla svelta», mi consigliò. «Non è una soluzione ma allevia il dolore. Parlando per me, e posso parlare solo per me, sono *sbronza persa.*»

«Che linguaggio», commentò Diane, sprezzante.

«Carmel ha tutta l'apparenza della sobrietà, ma non ne ha la sostanza», spifferò Ben.

«E mamma è completamente brilla», aggiunse Carmel. «Sta solo cercando di mantenere le apparenze davanti a te. Per poco non ci costringeva a guardare i video *al piano di sotto.*»

«Ma pensa che roba», borbottò Ben, con aria assonnata. «Una serata di video a pianoterra.»

«Sono già un po' brillo, per dirla tutta», ammisi allegramente.

«Evvai», sbottò Ben, facendo festa alla mia ubriacatura senza aprire gli occhi.

«Hai un sacco di oggettini qui dentro» dissi, guardandomi attorno. Gli occhi di Carmel e Ben ebbero un fremito e si fissarono sui soprammobili, come se li vedessero sul serio per la prima volta. L'atmosfera si raggelò. Avevo detto qualcosa di sbagliato. Diane annuì senza dare troppo peso alla cosa e senza togliere gli occhi dallo schermo.

«Oh sì, roba di tanto, *tanto* tempo fa.» Carmel bevve una generosa sorsata, in ricordo dei giorni andati.

«In memoria di molte giornate straordinarie.» Ben scoppiò in una risata ironica. Ma in quella risata c'era qualcosa che stonava. Stava nascondendo qualcosa. «Ricordi la fattoria delle farfalle nel Jersey, Mel? Che razza di inferno.»

Diane gli assestò un colpo sulla spalla: a lei la fattoria delle farfalle era piaciuta. Mi fece cenno di entrare. «Hai preso un bicchiere?»

Ben si mise a cantare con sentimento, «Roger, the Dodgy Lodger, *anche* lui è brillo, ma bene, ma bene.» Aprì un occhio e mi guardò e io mi resi conto che, contrariamente a sua sorella, non era ubriaco neppure la metà di quanto avevo pensato. Sollevò la testa e mi fece linguaccia, con un guizzo di ironia nell'unico occhio aperto. Risi e lui tornò ad accoccolarsi contro sua madre.

«Sei *pesante*», disse lei, come se si rivolgesse a un bambino che è cresciuto tutto d'un colpo.

«*Ovvio* che sono pesante, ho ventotto anni», rise Ben.

«Oh, taci», replicò Diane, gli occhi fissi sullo schermo. «Credo che la famiglia dell'uomo in coma creda che Sandra sia la sua fidanzata.»

«Chi se ne frega. Mi spiace di averlo scelto», gemette Ben, respingendo il film con un cenno della mano. «Quella non è Sandra Bullock, quella è Sandra *Bullone*.»

«A me piace, è carino», disse Diane. «Ma *Shakespeare in love* era proprio bello, vero Carmel?» Carmel annuì, continuando a leggere il giornale. Diane scompigliò i capelli di Ben. «No, hai scelto bene, caro.»

«Non ho fallito, non ho fallito.» Ben alzò le mani al cielo, a celebrare il suo fugace trionfo. «Per la prima volta da dieci anni a questa parte.»

«Carmel, versa da bere ad Adam», disse Diane. «Accomodati, Adam, se riesci a trovare un posto.»

Rimasi dov'ero e sedetti sul tappeto contro la porta chiusa della stanza, con la testa appoggiata al comodino in modo da poter vedere lo schermo. Da quella posizione avevo anche un'ottima visuale delle gambe di Carmel, anche se solo da metà coscia in giù. Ancora arrossate per il bagno, erano molto lisce e sottili, con muscoli tonici e definiti. Non ho intenzione di sostenere che Carmel fosse una specie di super-modella, ma dalla mia posizione privilegiata, guardandole dal basso, sembravano *lunghe* abbastanza, e si allontanavano fino a svanire appena fuori dalla mia portata, sul letto. Indugiai su una efelide sulla caviglia destra, ossessionato all'idea di leccarla, immaginando l'angoscia, dopo aver leccato l'efelide, di dover decidere se continuare a mordicchiare in giù, verso i suoi piedi, oppure se farmi strada verso nord. Mettendo insieme l'efelide, l'alcol, il fatto che mi trovavo in una stanza da letto con gambe nude e schiene nude in piena vista, devo ammettere che, tutto considerato, quelli furono dieci secondi molto felici.

«Dov'è il tuo bicchiere? Adam? Adam?» Carmel interruppe la mia sequenza di pensieri osceni. Beccato con le mani nel sacco. Mentre si allungava per versarmi un po' di vino rosso scorsi la possibilità di altri dieci secondi molto felici. Riuscii a vedere in parte il suo seno sinistro, una fuggevole visione di uno stomaco piatto. Dicono che le donne non riducono gli uomini a parti del corpo, eseguendo una specie di autopsia sessuale, ma io non ci credo. Carmel disse: «Tutto bene? Devo aprire una finestra?» Scossi il capo, e subito dopo mi diedi dell'imbecille per aver commesso lo sbaglio di non farla muovere con addosso l'accappatoio. Errore da pivello. Mormorò: «Questa è una seratona, *due* video, nientepopodimeno.» Carmel riprese la sua posizione e tornò a leggere. Dopo un istante con un borbottio di sorpresa mi mostrò una foto su «Vanity Fair» di una vecchia attrice cinematografica, che non riconobbi. «Guardala, credi che si sia fatta rifare?»

Prima che potessi rispondere ma sì, non c'è dubbio, Ben si intromise. «Ma *certo* che sì... i capezzoli sono praticamente degli *orecchini*, gli occhi le arrivano alla nuca e ha più collagene nelle labbra che in.. che in...» La voce di Ben si dissolse nel nulla.

«Come dicevi, Oscar? E dai, fuori la battuta» lo schernì Carmel. «Più collagene che in...?»

Continuando a tenere gli occhi chiusi, Ben si irrigidì, cercando di trovare la battuta finale. Trattenne il respiro e contrasse il viso, inarcando la schiena sul letto per lo sforzo, poi ricadde di colpo su se stesso. «Non lo so, *cazzo*, non lo so. Dio, sono uno schifo. Sono brillo, patetico, nei miei pantalonacci della tuta di fronte al nostro pensionante». Si rigirò su se stesso e mi guardò di nuovo. «Sono un ragazzaccio, ho bisogno di una buona *sculacciata*...» Gli restituii il sorrisetto – forse più tardi.

«Zitto, tesoro», lo rimproverò Diane, prendendo un pezzo di Fruit'n'Nut e lanciandomi il resto della barretta, per farsi perdonare. «Non parlate con questa boccaccia sboccata, sapete bene che non mi piace.»

Ben si contorse dal ridere, alzando lo sguardo su sua madre, gli occhi brillanti di divertimento. «Un *classico*, "Boccaccia sboccata".» Si riempì per bene la bocca di quella frase. «Hai sentito la mamma, Mel? "Boccaccia sboccata", l'ultima novità da McDonald's. Mamma, sei favolosa.» Carmel scuoteva il capo, ridacchiando. Diane si guardò attorno, esasperata, con la bocca piena di cioccolata. Dopo aver inghiottito, disse: «Che ho detto? Che ho detto di strano? Ho detto di nuovo una stupidaggine? Qualcosa di incidentalmente *moderno*?» A ogni parola i suoi figli si sbellicavano sempre di più dalle risate, fino a quando Diane non si arrese, chiedendo che le passassero il vino. «Ma guarda che roba, qui non si può più nemmeno aprir bocca.»

«Lo fate tutte le settimane?» chiesi, con un sorriso da un orecchio all'altro. Diane fece una smorfia, fingendosi seccata, e Ben continuò a ridacchiare. Carmel rispose, «Dio mio, no», e sfogliò rapida due o tre pagine del giornale. «Una volta ogni tre o quattro settimane. Nessuno di noi potrebbe sopportarlo più di frequente. Solo quando scoppia la pace, capisci.»

«A quanto sembra, la nebbia sta per diradarsi, come ho letto da qualche parte» dissi a proposito di niente. Carmel mi scoccò un'occhiata di traverso.

«C'è la nebbia?» chiese Ben, confuso.

«Sembra che ci sia un gran nebbione. Su al Nord», disse Carmel, zittendomi. Ben sogghignò al pensiero del tristissimo Nord e riprese il suo posto.

«Adesso ho freddo. C'è una finestra aperta?» si lamentò Diane. Si alzò dal letto e si accomodò sotto il piumone. Ben espresse la sua soddisfazione facendo qualche grugnito, come un animaletto della foresta, e si avvicinò alla madre, circondandola con un braccio. Feci del mio meglio per evitare di muovere anche un solo muscolo. Ma tutto sembrava molto naturale, normale, almeno per loro.

Carmel mi osservava divertita mentre cercavo di tenere gli occhi sulla tele e di non fissare troppo palesemente la scenetta. Mi sono sempre vantato, allora ma anche adesso, di essere un tipetto neo-hippy, molto tollerante, capace di accettare qualsiasi cosa (forse più adesso che allora): se non lo metti troppo in mostra e non fa danno a nessuno allora è *tuuutto okeeey*, gioia. Ma le mie nuove attitudini metropolitane non erano ancora un dato di fatto. Si vedevano le mie radici. Forse molte famiglie sono così, pensavo, in Alabama. O nel Norfolk settentrionale. E forse nella parte settentrionale di Londra. Il mio amico James, in quarta, era un londinese e i suoi genitori scopavano di continuo e andavano in vacanza nei campi nudisti. Una volta mi avevano mostrato delle foto dove giocavano nudi a volley. «Bella spiaggia», avevo detto, paonazzo.

I Robbins non sembravano dediti alla nudità familiare – forse restavano vestiti per riguardo a me, ma non so perché, ne dubitavo. L'idea che si mettessero nudi per guardare dei video non mi suonava bene. Starsene nudi in famiglia a guardare un porno aveva una sua certa logica perversa, ma non se il film è *Shakespeare in love*. Forse era colpa mia, forse la mia educazione rigida mi faceva sembrare tutto strano. Mentre me ne stavo lì seduto a sorseggiare il vino, teso come una corda di violino, chiedendomi dove si trovassero esattamente le mani sotto il piumone e sapendo che in realtà la situazione era corretta, a parte la mia immaginazione malata, sentii che i miei orizzonti si espandevano. Be', di sicuro qualcosa si stava espandendo. Se volevo diventare un vero artista allora dovevo trascendere il mio limitato orizzonte e scoprire in che modo si viveva la vita. Abbracciare l'umanità e rendere la mia vita la mia opera, proprio come aveva detto Campanellino. Forse il nanerottolo non aveva tutti i torti. A giudicare da quel momento, la vita come viene vissuta era molto più divertente di quella che si svolgeva a casa dei miei.

A poco a poco, con mio grande sollievo, Ben si addormentò addosso a Diane permettendomi di concentrarmi sul diradarsi della nebbia di Carmel. Potevo anche tornare alla mia «dolce ma strana» sceneggiatura originale riguardo alla relazione tra Ben e Diane. Non avevo nessuna voglia di portare avanti una storia con un uomo che aveva dei progetti su sua madre. In ogni caso non apertamente. In casa mia non c'era mai stata quell'intimità disinvolta, e di sicuro nessuno di noi aveva mai praticato il nudismo, né parziale né totale.

Una volta avevo visto mio padre nudo (all'epoca avevo più o meno quattordici anni) negli spogliatoi di una piscina, ma quella era roba da ragazzi, da spogliatoio dei maschi, e quindi era accettabile, persino prevedibile. La situazione era un po' strana, ma papà aveva continuato a dire cosa pensava della possibilità che Saddam dovesse essere prelevato dai SAS, e aveva condiviso con noi il suo pensiero sul charter dell'ONU, con le palle in bella vista. Da questo episodio potete dedurre che non eravamo la più «tattile» delle famiglie. Credo che mia madre mi abbia visto nudo per l'ultima volta quando avevo circa sette-otto anni. Ero in piedi nella vasca da bagno, le voltavo le spalle e lei mi passava una spugna sulla pelle, lavandomi la schiena. Doveva esserci qualcosa di particolare nell'acqua calda, nel sentirla scorrere giù lungo la schiena e le gambe, perché quello è il mio primo ricordo di un'erezione. Dunque, a sette, otto anni, non credo che si tratti di una di quelle visioni che ti sconvolgono, ma è significativo e di sicuro la cosa provocò una reazione in mia madre, quando mi voltai per farmi lavare anche davanti. Accidenti, ero fierissimo di me. *Guarda che cosa riesco a fare, mamma, adesso so dove appendere il cappello.* Lei mi porse la spugna e disse che era meglio se da allora in poi mi sciacquavo da solo. Durante il bagno seguente ebbi la prova che si era verificato un incontro al vertice tra i miei genitori, perché mio padre mi raggiunse e mi mostrò come lavarmi il prepuzio. Se mi avesse detto che potevo volare non sarei stato altrettanto stupefatto.

«Questo ti serve per coprire la punta del tuo, del tuo... [*cenno della testa al posto di un eufemismo*]... e a volte sotto si ferma un po' di sporco. Non devi vergognarti di questo, è solo... solo un *fatto della vita*... ma tutte le volte che fai il bagno devi tirarlo indietro con attenzione, *così*...»

«*Ahia*!»

«...e poi pulirlo. Piantala di piangere o chiamo tua madre.»

E quella fu l'ultima volta in cui il mio prepuzio o qualsiasi altra cosa legata al sesso fu argomento di conversazione in famiglia. Grazie a Dio. A casa si parlava di compiti da fare, di carne con due contorni, e di rispettare il coprifuoco televisivo delle 9 di sera. Guardavamo il telegiornale della BBC e compravamo il «Daily Mirror» e papà diceva, due volte al giorno, che i Tories erano una iattura. Il sesso non era oggetto di discussione e non scherzavamo mai su chi si potesse considerare attraente e chi no. «Argh!» non era un suono frequente, in casa nostra. Chi andava al cesso o faceva il bagno chiudeva la porta a chiave. I piaceri venivano presi sul serio: al momento di mangiare un cioccolatino ripieno e di preparare l'albero di Natale si esibivano facce di marmo. Non ho nessuna intenzione di mettermi a *discutere* il Natale.

A dispetto di questa mancanza di informazioni di base nei miei anni formativi, in un modo o nell'altro avevo intuito che nella vita c'era dell'altro, oltre alle equazioni di secondo grado e ai verbi all'imperfetto, perché sapevo disegnare e avevo anche scoperto che la vodka può farmi sentire molto sicuro di me. E dopo mi fa sentire una schifezza.

Il vino rosso, le gambe di Carmel e la schiena di Ben mi stavano facendo sentire sicuro di me. Mi bastava guardarli per sentirmi molto pieno di me stesso. Carmel sembrava essere consapevole del mio sguardo, perché si agitava sulla sedia più di quanto fosse strettamente necessario. «Vanity Fair» è un gran bel giornale, ma non ti fa *dimenare*. Carmel si alzò e buttò il giornale sul letto. «Che barba. Coraggio, Adam, lasciamo soli i videodipendenti.»

Diane non distolse lo sguardo da Sandra Bullock. «Sei in piedi. Che meraviglia. Fammi un caffè, Carmel. Decaffeinato. Te ne sarei molto grata.»

«Ci *penserò*, mamma.»

Mi alzai per permettere a Carmel di uscire dalla stanza. Di nuovo, l'accappatoio si aprì leggermente mentre si girava verso di me. Ebbi l'impressione che indossasse una specie di corsetto, o un reggiseno sportivo. Non mi dispiaceva che non fosse nuda, ero pateticamente grato al cielo per il semplice fatto di aver *sbirciato* qualcosa. Ogni briciola ha la sua importanza. Anche se quella sera non fosse successo nient'altro, e dubitavo che sarebbe successo, se Carmel si fosse dimostrata quello che sembrava, allora il dettaglio della biancheria era molto importante per la smanettata che si stava rapidamente palesando all'orizzonte secondo modalità tipicamente maschili.

In quell'istante, la Carmel della Polaroid nel parco e dalle lunghe gambe avrebbe potuto chiedermi di infilarmi degli spilli nel mio prepuzio pulito come un osso (ero un ragazzino ubbidiente) e di starmene con la testa infilata in un secchio di sabbia a cantare *Wonderwall*. Ci avrei provato. Invece uscimmo sul pianerottolo e lei mi sussurrò:

«Dipingimi».

Nella mia mente apparve all'istante l'immagine di Kate Winslet ritratta da un Leo sudaticcio.

«Vado a prendere l'album da disegno.»

«Ma no, *scemo*», disse Carmel. Era davvero brilla. Molto più di me. Avrei approfittato della situazione? Certo, senza il minimo dubbio. Carmel era più vecchia di me, sapeva quel che faceva. Sussurrò con tono confidenziale: «*Mi sento un po' fuori di zucca.*»

«*Pure io*», le sussurrai di rimando. A questo punto le carte prevedevano almeno un bacio.

«*No, vieni più vicino, sto parlando a bassa voce, da lì non mi puoi sentire.* PIÙ VICINO. *Zitto, zitto. Voglio dire che dovresti dipingere me. Sarò la tua tela. Ti va?*»

Se mi andava? Le api ronzano, forse? Le ginocchia si inginocchiano, forse? Tony Blair è innamorato di se stesso, forse? I conduttori della Tv dei ragazzi sono sessualmente ambigui, forse? Il debito del Terzo Mondo non dovrebbe forse essere cancellato? È vero o no che la seconda opera è sempre più difficile della prima?

Risposta disinvolta e noncurante. «Ma certo. Perché no? Potrebbe essere divertente.»

Non dissi niente del genere. Mi sentivo un idiota completo. A cinque centimetri dalla sua faccia, mi limitai a deglutire un malloppone di saliva, mentre il mio pene diventava capace di fare trasfusioni di sangue a una barcata di feriti, e balbettai: «Eh... [*inghiotto*]... come? Davvero? Fantastico... adesso?».

«Adesso. Nella mia stanza», replicò lei, dondolandosi appena.

«Acrilici o acquarelli?»

«Decisioni, sempre decisioni. Acrilici.»

Più sexy ma più costosi. Chissà di quante mani avrebbe avuto bisogno.

«Saranno più difficili da togliere. Io li porto tutti e due.» E schizzai nella mia stanza a fattore di deformazione 10. Tre millisecondi più tardi, ero davanti alla porta della sua stanza, e cercavo di ridarmi un tono. Carmel era in piedi, in mezzo alla camera, e stringeva a sé un lenzuolo piegato, ondeggiando appena. La stanza era minuscola, la più piccola della casa, ma lei l'aveva arredata in modo straordinario. Non c'era da meravigliarsi che non ne uscisse mai – ora che ero lì, non ne sarei mai più uscito nemmeno io.

Illuminata da un piccolo lume a stelo in un angolo, la camera era completamente dipinta di bianco – anzi, di mille sfumature diverse di bianco. Dei leggeri scaffali di legno per Cd, Cd-Rom e libri coprivano la quantità giusta di spazio sulle pareti. Nessun segno di ciarpame o di oggetti accumulati: era evidente che metteva ordine nella sua vita con grande regolarità. La piccola biblioteca era formata da classici Penguin con il dorso nero, piuttosto malconci – roba di tutto rispetto, ma riconobbi alcuni titoli. Il letto a una piazza era ricoperto da un merletto antico che si raccoglieva in pieghe sul pavimento, mentre le uniche note di colore erano costituite da una dozzina di uova di pietra scolpita, di dimensioni diverse ma tutte ben lucidate. Ogni uovo aveva un piedistallo e un piccolo scaffale tutto per sé. Il marmo e l'onice rilucevano di verde oliva, azzurro polvere e rosa pallidissimo contro lo sfondo neutro. Sentii l'improvvisa necessità di tenere in mano dei cristalli e mettermi a meditare sotto una piramide di plastica.

«Tu non *entri* mai, Adam, vero?» E di chi è la colpa, pensai, senza però aprire bocca. «Ti limiti a *ronzare* sulla soglia.»

Feci un passo avanti, manifestando una grande decisione. «*Au contraire*. Credevo solo di aver bisogno di un passaporto per entrare.»

Carmel chiuse la porta alle mie spalle. Il lato interno della porta era tutto uno specchio: così mi vidi con gli occhioni spalancati per l'eccitazione mentre lei si appoggiava allo specchio, spiegando: «Un po' di *intimità*». Annuii con convinzione. Lo specchio mi dava l'impressione che il mondo all'esterno fosse scomparso. Carmel continuò. «Ultimamente hai parlato troppo con Ben.»

«Che vuoi dire?» *Che cosa aveva visto, o sentito?*

«Lui non è mai andato oltre la dogana, ma tu hai ottenuto il visto.»

«Oh. Ne sono onorato.»

«Ci puoi contare.»

«Ho portato i colori.»

«Vedo.» Una pausa di imbarazzo.

Dissi: «È una stanza fantastica. È... raffinata».

«Perfetta per me.» E non parve affatto che se la tirasse perché avevo giudicato la sua stanza raffinata e perché lei aveva concordato sul fatto che era perfetta per lei.

«È perfetta per te», risposi. «Completamente.»

Avevo superato un test. Carmel chiuse la porta, girando

la chiave nella toppa con le mani dietro la schiena, senza staccarmi gli occhi di dosso. Che successo.

«Dovrei essere nuda, vero?» disse, con tono indifferente.

O la va o la spacca. «Potremmo esserlo entrambi.»

«Solo io. Preferisci che stia in piedi o sdraiata?»

«In piedi.»

Carmel stese per terra il lenzuolo e si tolse l'accappatoio, senza mai permettermi di distogliere lo sguardo. Doveva essersi spogliata mentre andavo a prendere i colori, perché ora era nuda, e il bianco quasi assoluto della sua pelle si fondeva con quello della stanza. Osservai con attenzione la mia tela. Per la prima volta in vita mia ebbi la sensazione di non poter migliorare una tela vergine. Nuda, era perfettamente a suo agio – non cambiava né lei, né il modo in cui ti considerava, qualunque fosse l'effetto che la sua nudità potesse provocare in te. Non era soltanto alta, era *lunga* e senza alcun dubbio era la donna più attraente che mai avessi visto nuda. Di sicuro batteva Lisa Burroughs (voi non la conoscete). Con le donne alte, ci si aspetta che il seno non sia degno di nota, ma quello di Carmel era regalmente più abbondante di quello che una mano potrebbe contenere, con i capezzoli pallidi di un rosa aranciato alla luce della lampada. Stava in piedi, tranquilla, in attesa che io iniziassi, il respiro lieve e rapido era l'unico segnale della sua aspettativa.

Aprii un vasetto di blu oltremare e scelsi il pennello più piccolo, più sottile che riuscii a trovare. Non era il momento giusto per dipingere con le dita, con crudezza, con colori primari, anche se era quello che avrei tanto voluto fare. La donna che aveva creato quella stanza non lo avrebbe accettato. Alzai il pennello, tremante.

«Parlami», disse. Restammo a guardare una goccia che cadeva sul lenzuolo. «Oh, stai attento.»

«Forse ti farò il solletico», risposi, decidendo dove posare il pennello per primo. «Ecco.» Tracciai una linea sicura e serpeggiante che partendo dalla fossetta, della gola scendeva appena sotto il seno. Al pennello piaceva quella sensazione di una materia cedevole, l'elasticità di lavorare sulla pelle. Carmel abbassò lo sguardo, mordendosi il labbro inferiore e sorridendo tra sé per la prima volta. «Che sensazione si prova?»

«Appiccica.»

«Bella parola.» Presi ancora un po' di colore con il pennello e continuai la linea serpeggiante verso il basso. «Ecco, così ti accorgerai quanto è difficile lavarlo via.» Rigirai il pennello dentro il suo ombelico.

«Questo sì che fa il solletico.» Si abbandonò a un'insolita risata gutturale e si dimenò, saltellando da un piede all'altro per riprendere compostezza. Respirando a fondo, osservò la linea. «E allora, quale sarebbe la grande idea, il concetto della sottile linea blu?»

Osservai a mia volta la linea. «È un fiume», stabilii, «che passa tra due montagne possenti...»

«Due collinette da niente», mi corresse con tono triste.

«Che attraversa una bellissima vallata...» Cominciai a dipingere delle linee curve, più sottili, che si univano al fiume. «Questi sono gli affluenti: si dice così?»

«Si dice così.»

«Gli affluenti si riversano dai versanti delle colline.» Ecco una pennellata di valore. «E si uniscono al fiume principale.» Cercai di seguire le curve della cassa toracica con dei tocchi brevi. In alternativa avrei potuto lasciare che il pennello scendesse verso il suo stomaco e poi giù, lungo le cosce. Che razza di faccenda. Feci un passo indietro e ammirai i miei progressi. Gesticolando con il pennello, dissi, con un buffo accento francese: «Mi piace pensare che sto, come dite voi, celebrando il corpo femminile».

«È così che lo chiamate oggidì, vero?» Carmel si osservò per bene. «Ora tocca a un altro colore, non credi?»

Stranamente, mentre lavoravo avevo avuto e perduto un'erezione, ma ero incredibilmente eccitato, tutte le mie terminazioni nervose vibravano. Mi spostai sul suo braccio destro e lo avvolsi in una spirale color giallo ocra. Carmel sollevò il braccio e restò a osservarmi mentre le giravo attorno, perfezionando la spirale. «È il sole?» chiese. Annuii, la signora poteva chiamarlo come più le piaceva, era quello che era. «È carino, mi piace.» Ci fu una pausa, mentre sparivo alle sue spalle per lavorare sulla parte posteriore del braccio. I peli leggeri e biondi sull'avambraccio si rizzarono mentre il pennello si faceva strada. «Adam?»

La guardai. «Sì?»

«Il giorno in cui sei arrivato... quando hai detto che ero bella.»

«S-sì?» replicai, con cautela.

«Perché l'hai detto?»

«Sei a caccia di complimenti?» *Avrebbe sopportato un pizzico di ironia?*

«No, affatto.» *Che faccia seria, tutto d'un tratto. Marcia indietro.*

«No, non lo fai mai, vero? Scusami.» Ripensai al primo giorno. «L'ho detto perché tu me l'avevi chiesto e io ho pensato che avrei fatto meglio a dirti la verità.»

«Ti facevo paura?»

«Un po'», ammisi.

Lentamente, piegò le dita della mano destra. Restammo a osservare i muscoli e i tendini del braccio muoversi sotto la vernice luccicante. Disse, con voce tenera e affettuosa: «Nessuno mi aveva mai detto niente del genere».

«Allora il mondo è pieno di pazzi.»

«Tu lo credi? Io sì, a volte lo penso davvero.» Si voltò verso di me ma io la feci girare a mia volta, tenendola per il braccio con il sole a spirale, e le baciai il lato del collo, una, due, tre volte.

«Adam, io non... io non...» Fummo interrotti proprio mentre i miei preliminari artistici stavano quasi per essere respinti: Ben misurava avanti e indietro il pianerottolo.

«Adam? Sei ancora lì dentro?» Urlò e poi bussò alla porta di Carmel, facendo sobbalzare le nostre immagini riflesse sullo specchio. «Mel? Hai visto quella barba del pensionante?»

«No. Forse è in cucina.»

«Non credo. Cazzo, dove è finito?» Sentimmo Ben scendere al pianterreno e accendere tutte le luci, chiamandomi a voce alta.

«È meglio che tu vada», disse.

«Mi spiace se ho fatto qualcosa di sbagliato...» Cercai di rimettere in pista la situazione.

«No, mi è piaciuto quando mi hai baciato. Mi è piaciuto quando mi hai dipinto. Mi piace il sole. Ma non voglio che loro sappiano di...» Incespicò, a corto di parole.

«Di cosa?» la istigai.

«Adesso sei tu a caccia di complimenti.»

«Già.»

Sembrava a disagio, come se l'avessi messa all'angolo, come se non le piacesse essere costretta a dire qualcosa. Non c'era nessuna e-mail che potesse parlare al posto suo. «Be', a proposito di questo... noi... qualsiasi cosa sia.» Era un'altra Carmel, goffa e diffidente, che cercava disperatamente di trovare le parole giuste. Raccolsi i miei colori e lei aprì la porta, dicendo: «Avrò bisogno di un paio di giorni per rifletterci sopra».

Un paio di giorni... «Tu rifletti un sacco, vero?»

«Devo farlo. È quello che mi riesce meglio.»

Al piano di sotto, Ben cominciò a dare in escandescenze e sentimmo che Diane scendeva anche lei. Carmel, sospirando, spiegò: «Spuntino di mezzanotte. Brindisi e danze in cucina».

Nel giro di dieci minuti mi stavo scalmanando al ritmo dei successi disco degli anni Settanta, con il davanti della camicia pieno di briciole. Carmel non ricomparve. Ma le previsioni del tempo sembravano annunciare che la nebbia si stava alzando e che al più tardi lunedì o martedì il cielo sarebbe stato sgombro. Un sacco di gente se ne sarebbe rallegrata, io compreso.

Ahhh, che sballo!

5

Sono circa le due di notte, sono in piedi, al centro esatto del pianerottolo buio: da sotto la porta di Ben, e quella di Carmel si spande una lama di luce, e so che entrambi mi stanno aspettando. Su una scala da uno a dieci, il livello del mio panico è undici. Che cosa devo fare? «Per prima cosa, non fare il cazzone», vi sento rispondere. Grazie tante, simpatici emuli di Monsieur Lapalisse. Be', avete ragione, mi stavo comportando da cazzone, e quel momento di confusione assoluta era solo dovuto al fatto che cominciavo a rendermene conto.

Quello stesso giorno, al college, avevo controllato la mia e-mail e avevo trovato un altro messaggio nella categoria «Personali». Da Carmel. Era ben lungi dal rappresentare uno sviluppo sgradito e, di certo era il segnale che la sua disposizione voglio-essere-corteggiata-un-millimetro-alla-volta era cambiata:

> nella mia stonza stanotte dopo chhhe tutti sono andati a dormire. non vedo lora Cxxx.

Perché mai nessuno corregge l'ortografia nelle e-mail? Come se me ne importasse. Quelle sì che erano novità sensazionali. Risposi immediatamente:

> oh sì. oh sì. oh sì. oh sì. oh sì. A

Quasi Shakespeare. Ne ero piuttosto orgoglioso. Sembrava indicare vivo desiderio ma non disperazione (tutto era merito dei punti e degli spazi), era un messaggio appassionato eppure spiritosamente ironico. Come avrebbe potuto resistere? E, cosa che le avrebbe dato un certo tormento, niente baci. *Lei* aveva messo tre baci alla fine della *sua* e-mail. A paragone, adesso ero io quello difficile da conquistare. Ma solo in sottotraccia e solo se badavi al minimo dettaglio. Era perfetto.

Tuttavia, c'era un neo. Avevo già preso accordi con Ben per vederci quella sera. Ma questa sarebbe stata *la* sera con Carmel – mi sarei liberato di Ben. Insomma, può sempre capitare un piccolo disguido, no? Chiamai Ben al lavoro e lui si portò il cellulare nel magazzino della cancelleria, per poter parlare in pace.

«Per stasera c'è un problemino, Ben. Mi spiace.»

«Oh...» Una pausa di delusione. «...bene.»

«Ho appena saputo che domani dovrò essere qui prestissimo...»

«Ah, quel turno di scultura a ore antelucane. Deve essere dura.»

«Non fare così, ho bisogno di dormire, lo sai...»

«...no, va bene, non c'è problema.»

Il che significava, Houston, abbiamo un problema. Sembrava seccato. E a quel punto commisi il mio grande errore. Avrei dovuto svignarmela nel momento in cui le cose sembravano andare per il verso giusto.

«Sei *sicuro* che non sia un problema?» dissi.

«Be', visto che me lo chiedi, in effetti *no*. Avevo tanta voglia di vederti, ecco tutto. Oh, ma *dove* sarà quella carta per fotocopie, non ce n'è mai una scorta adeguata, ciao Tim, come va? Sì, bene, *completamente* sommersi dalla neve, mai visto niente del genere… ci vediamo dopo… scusa, è entrato qualcuno… cosa stavo dicendo? Ah, sì, sai, non ti *vedo* da quando sono tornato da Bruxelles, martedì scorso.»

«Sì, lo so…»

«Appena un'ora… mi manchi tanto. Ho pensato a te per tutto il giorno.»

«Davvero?»

Dare a qualcuno il modo per cavarsela e rispondere «Davvero?». Mi ero cacciato in un bel guaio. Ma lui aveva pensato a me…

«Sì, *davvero*», replicò Ben. «Senti, quando tutti saranno andati a letto, vieni da me. Possiamo limitarci a parlare, sai?»

Ed eccomi lì, ero cascato nella trappola di una frase, «*Possiamo limitarci a parlare*», vecchia come il mondo e di una sola tacca meno elegante di «*Possiamo limitarci a starcene lì sdraiati, nudi, senza fare niente, abbracciati*». Mi stavo comportando come una scolaretta di sedici anni. Che tonto, meritavo tutto quello che mi stava capitando. Rimasi in silenzio.

«Adam, sei ancora lì?»

«Sì, sono ancora qui. Va bene, dopo che tutti sono andati a dormire, nessun problema.»

«*Fantastico*. Allora ci vediamo. Non vedo l'ora.»

«Ciao.»

Cazzo. Quella sera non tornai al numero 52 per cena, ma chiamai Mrs Robbins per dirle che avevo del lavoro da finire. Restai nel bar dell'associazione studentesca cercando di escogitare una via d'uscita. Sia Ben sia Carmel «non vedevano l'ora» – tre pinte e mezzo di Guinness dopo non riuscivo a reggermi in piedi. Ovviamente, non sapevo ancora che cosa fare. Per esempio, potevo non andare affatto a casa. Potevo dormire nel parco oppure andarmi a buttare sul pavimento in casa di qualcuno. La soluzione «parco» sembrava un po' esagerata. *Oppure* potevo sgattaiolare in casa senza fare rumore e andarmene filato a letto e, capite, insomma, *dormire*. Che pensiero rivoluzionario: andarmene a casa e mettermi a dormire sembrava la soluzione giusta. Lascia che il mondo vada per la sua strada, e tu metti la testa nella sabbia come uno struzzo.

Così, senza avere un solo piano intelligente, tornai a Christie Avenue verso l'una di notte. Avevo aspettato secoli un bus notturno e quando arrivai a casa ero solo un po' seccato e per niente stanco.

Christie Avenue era diventava un luogo molto diverso Dopo Che Tutti Erano Andati A Dormire. Il silenzio si prolungava per miglia e miglia. Era una fiaba dove il mondo cambiava al calare delle tenebre e d'un tratto potevano verificarsi degli incantesimi. La casa sembrava più grande, il pianerottolo era un'immensa autostrada illuminata ai due lati da riflessi monocromi provenienti dai dipinti sotto vetro alle pareti. Era il luogo in cui ero innamorato degli abitanti. Era il luogo in cui gli abitanti erano innamorati di me. Sembrava non avere la benché minima connessione con il mondo reale.

Entrai in casa, salii con circospezione le scale, attenzione al quinto gradino che scricchiola sempre, molto bene, eccoci qui, al sicuro sul sesto gradino, oh, devo assolutamente andare al cesso, quasi a cavallo e quasi sul pianerottolo...

E il nono gradino scricchiolò. Come aveva potuto farmi questo? Non scricchiolava *mai*. Ve lo giuro, il nono gradino non aveva mai scricchiolato prima, e in seguito non emise mai più il minimo suono. Immediatamente la luce apparve sotto le porte di Ben e Carmel, come se avessi fatto scattare un sistema d'allarme. Non si davano per vinti nelle faccende d'amore, i Robbins, nessuno poteva mandare a monte un appuntamento e andarsene a dormire come se niente fosse. Attraversai come un lampo il pianerottolo e arrivai sano e salvo nella mia stanza. Non potevo rischiare che si incontrassero a metà strada. Poi udii una porta aprirsi dietro di me. Mi appoggiai alla mia porta chiusa, cercando di capire se qualcuno si stesse muovendo nella casa.

Nessuno cercò di entrare. Stranamente offeso, mi spogliai in fretta e mi misi maglietta e boxer puliti – se Mrs Robbins mi avesse sentito avrei potuto dire che mi ero svegliato e stavo andando a prendermi un bicchiere d'acqua, o qualcosa di altrettanto improbabile. Ecco una buona idea: adesso non avevo più voglia di andarmene semplicemente a dormire. Il mio spirito bellicoso era alto, tanto per coniare una frase. Ora non volevo far altro che raggiungere la stanza di Carmel, a tre milioni di miglia di distanza, dall'altra parte del pianerottolo, farmi una pisciata *lungo la strada* e non andare affatto da Ben. Da vero maschio qual ero, non volevo quello che già conoscevo, o comunque non stanotte.

Il problema era riuscire a passare davanti alla stanza di Ben.

Aprii la porta della mia camera e sbirciai fuori. Il pianerottolo era buio, a parte i riflessi della luna. Da Ben la luce era spenta, ma da Mel brillava ancora sotto la sua porta. Uscii ostentando una sicurezza superiore a quella che provavo veramente, dirigendomi al bagno dei ragazzi, e avevo fatto appena due passi quando la porta di Ben si aprì come uno di quei granchi della sabbia che David Attemborough scruta con tanta attenzione nei suoi documentari alla tele. Mi afferrò attirandomi a sé.

«Ma guarda, il signor, "Voglio solo parlarti e starti accanto"», citai a bassa voce. Lui non mi sentì neppure, mormorò: «Il defunto Adam Fox», e prese a baciarmi lì, sulla soglia della porta aperta. Un atto non così doloroso o stravagante quanto può sembrare, ma molto pericoloso per me: Carmel avrebbe potuto apparire in qualsiasi momento.

Ben era un gran baciatore, ma quel bacio era come prendere una tazza di quello che tu credi sia tè e scoprire che si tratta di caffè – non importa quanto sia delizioso il caffè, come tè fa schifo, e quindi non è quello che desideri. Ero dell'umore giusto per Carmel e Ben non era Carmel. Però come Ben era una delizia...

Con la coda dell'occhio vidi la porta di Carmel aprirsi lentamente. Con un singulto che doveva simulare una passione enorme e montante, spinsi Ben nella sua stanza. «Sta arrivando Carmel», sussurrai. Restammo immobili, in ascolto. La stanza di Ben era buia e chiudemmo la porta solo quando si sentì quella di Carmel che si richiudeva di nuovo. Con cautela, cercando di fare meno rumore possibile, spinsi la porta di Ben. Tra me e me pregai che Carmel fosse tornata nella sua stanza e non fosse andata a cercarmi, perché non ero in nessun posto dove avrebbe potuto cercarmi: in quel momento, in piedi contro la porta, venivo energicamente lavorato da Ben, che sia benedetto. Mi sfilò la maglietta dalla testa e la buttò in un angolo. Quella notte era molto più rude del solito. Forse dopo tutto non era così malaccio... potevo restarmene lì e poi raccontare a Carmel quello che avevo avuto intenzione di dire a Ben: sono tornato a casa stravolto e mi sono addormentato, sono proprio una schifezza d'uomo eccetera e così via.

Ben doveva essersi mantenuto a uno stato di eccitazione altissimo perché sembrava un fuoco artificiale sessuale in piena esplosione. Mi spinse sul letto e si sdraiò sopra di me. Tirò su col naso e odorò il mio alito. «Quanto sei sbronzo?»

«Abbastanza», risposi, soffocando un rutto. «Scusami, sono un po' conciato.»

«Delizioso, mi sento davvero *concupito.*»

Bene, era stata la stessa sensazione che avevo avuto io, agguantato nel buio, e ora avevo la sua stecca che mi premeva contro la gamba. Non stanotte, Benedict. Decisamente avevo voglia di tè e non di caffè. Mi ero promesso di farmi un *tè*. Ma come potevo andare da Carmel, a quel punto? Quella notte non sarebbe accaduto. Senza contare che io stesso ero molto lontano dall'essere un fuoco d'artificio. In un certo senso ero pronto all'azione ma in realtà ero solo gonfio di pipì. Il che significava che l'unica ragione per cui avevo una specie di erezione era che il mio corpo stava cercando di impedirmi di farmi addosso una buona parte di quelle tre pinte e mezzo di Guinness. Quando sei in quello stato non hai neppure la sensazione di quello che sta accadendo davvero. Non aveva niente a che vedere con l'erotismo, mentre aveva tutto a che vedere con Ben sdraiato su di me e che mi schiacciava fortissimo la vescica, facendomi un male cane. Si spostò e per un decimo di secondo sopportai tutto il suo peso – poteva essre pure snello, ma era *tosto*.

«Ahiiiaaa... Ben, devo assolutamente andare al gabinetto», dissi con tono di scusa.

Ben sbuffò, sfiatato. «Va bene, madonna quanto sei sexy. Torna subito.»

Sgattaiolai via da sotto Ben e uscii sul pianerottolo, chiudendomi con cautela la porta alle spalle. Stavo per entrare nel bagno, proprio lì accanto, quando la porta di Carmel si aprì.

Immaginate una tromba jazz, grande e sexy: uno schianto *fenomenale*. Va-va-voom in abbondanza. Mitica. Indossava una vestaglietta di seta écru che le arrivava a malapena a metà coscia ed ero disposto a scommettere una bella sommetta che là sotto non c'era un granché, fatta eccezione per Carmel Robbins.

«Ehi!» sussurrò. «Dove sei stato, Mr Oh sì oh sì oh sì?»

In quella frase c'erano troppe «s», Ben avrebbe finito per sentirla. «Zitta, piano.» Mi avvicinai con passo felpato avanzando sul pianerottolo. Mi chinai vicino vicino, così da non far praticamente nessun rumore. «Sei uno schianto.»

«Davvero? Però così è meglio, vero?» Mi scostò, slacciò la cintura della vestaglia e la lasciò cadere a terra. Proprio come in un film, proprio come in un film di Bond! La cinepresa avrebbe staccato sull'inquadratura della seta che si accumulava alle sue caviglie, per poi tornare a Pierce Brosnan che, senza dubbio, avrebbe indossato una versione più sofisticata del sorrisetto da perfetto idiota immediatamente stampatosi sulla mia faccia.

Un'occhiata più attenta a quello splendore che si stagliava quasi di profilo sarebbe stata l'ideale, ma ero ben consapevole che le ultime parole pronunciate da Ben erano state, «Torna subito.» Di lì a un istante quel pianerottolo sarebbe stato affollato come Trafalgar Square la notte di Capodanno. Ero così seccato che non riuscivo a godermi niente di tutto questo, e dovevo ancora andare al gabinetto. Carmel premette il fianco contro il mio, senza rendersi conto che il mio stato di eccitazione era un falso bello e buono, un fuoco di paglia. Improvvisai: «Sei così bella... ma devi morire dal freddo. Guarda lì.» Indicai i suoi capezzoli eretti, stupefatto di quanto fossero grandi. Più o meno grandi quanto una patatina Pai.

«Non hanno niente a che vedere con la temperatura», replicò Carmel. Deglutì, poi aggiunse, a voce bassa e molto, *molto* seriamente: «Ti voglio dentro di me, Adam. Stanotte. Lo sai, vero?»

In una notte come si deve quello sarebbe stato il momento giusto perché si levassero in coro migliaia di voci in un Alleluia. Dentro Carmel era dove volevo essere anch'io quella notte. Ma invece dissi:

«Ohh. Che bello. Zitta, qualcuno potrebbe sentire.» Cazzo. Cazzo e controcazzo. Sentivo anche che stavo sudando un po' troppo. Cosa che non è mai piacevole, nel corso di una conversazione. A Carmel caddero le braccia e le patatine Pai non furono più le patatine che erano. Non era quello che lei aveva immaginato per tutta la serata.

La sua voce si abbassò in un sussurro ancor più lieve. «Non vuoi entrare?» Prese a tirarmi dentro la sua stanza.

«Non posso. Mi spiace.» Per prima cosa dovevo, in qualche modo, liberarmi di Ben.

«Perché no?» Adesso sì che era incazzata. Acc.

«Devo prendere un preservativo.»

«Ne ho io. Ne ho comprati un po' oggi.» Allungò la mano nella stanza e mi sbatté in faccia un pacchetto di tre Extra-Sicuri.

«Quelli non li posso usare.»

«Come fai a saperlo?»

«Non mi si adattano. Ho i miei *speciali* nella mia stanza. Torna dentro, ti raggiungo in due minuti. Due minuti precisi. *Prometto*.»

Tornò dentro, con un'espressione un po' confusa. Non che la potessi biasimare: in pratica le avevo detto che i preservativi Extra-Forti mi rovinavano la digestione. Sei proprio una volpe astutissima, Mr Fox.

Detto questo, almeno stava emergendo qualcosa di simile a un piano. Scivolai silenziosamente nel bagno che dividevo con Ben, all'estremità opposta del pianerottolo, non mi feci una pisciata perché Ben avrebbe sentito e si sarebbe chiesto che cosa avevo fatto per tutto quel tempo (un ragionamento che, al momento, mi sembrò più che sensato), tirai l'acqua, spruzzai attorno una quantità di deodorante per ambienti e poi, riaprendo la porta, feci un bel po' di fracasso. Ben apparve immediatamente alla porta.

«Credevo che ci fossi caduto dentro», sibilò, arricciando il naso mentre il deodorante si diffondeva nel pianerottolo. Cercò di abbracciarmi di nuovo. Gli feci cenno di scostarsi.

«Non credo che potrei piacerti in questo momento», dissi, fingendo di essere seccato. «Cazzo, niente carta da cesso. Ho pezzi di merda che mi pendono dal culo.» Ben si allontanò di colpo con un'espressione di disgusto e un sogghigno. Aggiunsi. «Vado a vedere nel bagno di tua madre.» Questo mi avrebbe permesso di tornare in tutta sicurezza da Carmel, al lato opposto del pianerottolo.

«Ok, *però sbrigati*. La pillolina azzurra non dura in eterno, dovresti saperlo.»

«Prendi il Viagra?»

«Ma no, pezzo di idiota merdoso, stavo scherzando. Il *Viagra*, figurati.» Ben sbuffò, guardandomi disgustato. «Non capiresti una battuta omo neppure se te la raccontasse Liza Minnelli. Oh cazzo, devo farmi subito una pisciata.» Mi passò accanto e chiuse la porta. Mi diressi al bagno delle ragazze, ma non prima di sentire Ben grugnire di sorpresa davanti a un pacco sano di quattro rotoli di carta accanto al gabinetto. Non esiste il piano perfetto...

Finalmente ero in un bagno e tutto quello che dovevo fare era pisciare. Che grande concetto. Mi preparai per un grande sospiro di sollievo, mentre piegavo il mio membro tristemente eretto in giù, verso la tazza.

Ma non riuscii a pisciare.

Non potevo pisciare.

Ero troppo teso, un'overdose di stress.

Niente. *Peggio* che niente.

Ricordo che quando ero piccolo mio padre faceva un gioco con me: mi posava la mano sulla testa e mi teneva a distanza del suo braccio, mentre io agitavo i miei minuscoli pugni nel vano tentativo di colpirlo. La mia frustrazione aumentava a vista d'occhio, così come la mia rabbia. Questa situazione era altrettanto brutta, altrettanto primaria. Dopo aver trascorso circa un minuto a sbuffare e ansimare, l'unico liquido uscito da me fu qualche stilla di sudore sulla fronte e una calda lacrima di rabbia all'angolo dell'occhio destro. Ero molto incazzato.

Ero incazzato perché l'Inghilterra si aspettava che ogni uomo valido facesse il suo dovere, quella notte. Magari anche due volte. Feci capolino dalla porta del bagno di Mrs Robbins e di Carmel. Il pianerottolo era buio e deserto, la porta del mio bagno semi-aperta e la luce spenta, quindi Ben doveva essere tornato in camera, la sua porta era chiusa e il campo libero. Mi chiusi la porta alle spalle con uno scatto più sonoro di quanto intendessi. Ancora nessuna traccia di Ben. Potevo fare l'amore con Carmel senza che la pipì uscisse da me. Sarebbe andata benone, dopo tutto una stecca è una stecca. Una Filosofia Sempre Valida. Inspirai a fondo e mi diressi alla meta.

La stanza di Carmel era stupenda come al solito. Lei aveva un gusto così sopraffino, anche se dicevo lo stesso di me. C'erano delle candele profumate consumate per tre-quarti (era un bel po' che aspettava), e non avrebbe potuto essere più perfetto di così. Lei era sdraiata supina sul letto, circondata dall'alone di candele, la pelle ambrata sulla tela bianca delle lenzuola, un braccio sugli occhi, una gamba leggermente accavallata all'altra, a difesa della sua modestia. Il suo seno era così *maestoso*, appena un po' più abbondante di quello che una mano poteva contenere, e non so perché, ma alla luce delle candele le sue gambe erano più lunghe. Probabilmente non era vero, ma lo sembravano. Speravo che facessero lo stesso effetto su di me, se capite quello che intendo dire. Si era persino depilata le ascelle. E finalmente mi stava dando il Permesso di Accedere a Tutte le Aree. Avevo il vago sospetto che si fosse affrettata ad assumere quella posizione così apparentemente disinvolta quando aveva sentito richiudersi la porta del bagno. Ma chi se ne fregava.

«Stavo per inviare una squadra di Sanbernardo in tuo soccorso», disse, senza togliere il braccio dagli occhi. Cercava di interpretare la parte della *femme fatale*. «Hai preso quello che eri andato a cercare?»

«Prego?» Sentii a malapena una parola di quello che aveva detto perché la stavo fissando, in venerazione. Mi inginocchiai accanto al letto, e feci scorrere l'indice avanti e indietro sul suo stomaco.

«I tuoi preservativi speciali.» Sembrava quasi che mi avesse creduto.

«Ah, quelli. Sì. No. Non sono riuscito a trovarli. Correrò il rischio con uno dei tuoi – uno non potrà fare tanto danno.»

Carmel abbandonò il braccio lungo il fianco e aprì gli occhi. Verdissimi, scintillavano alla luce della candela. Sembrava quasi che avesse dentro delle piccole lacrime. Sorrise. «Ne useremo solo uno? Siamo di fretta?»

Le sorrisi. In effetti lo eravamo. Quanto tempo sarebbe passato prima che Ben venisse in avanscoperta? «Cominciamo, che ne dici?» Accidenti, *quello* era romanticismo.

«Pazzo sentimentale», miagolò, e si spostò per lasciarmi salire sul lettino singolo accanto a lei. Steso al suo fianco, mi divincolai fuori dai boxer.

«Scusami per il ritardo», dissi. «Non ho potuto farci niente. Non vedo l'ora di… lo sai.»

«Anch'io», sussurrò. Fece una risatina. «Sono venticinque anni che aspetto.»

FERMATE QUELLA DANNATA PRIMA PAGINA PER UN CAZZO DI SECONDO

«Vuoi forse dire che… che…» Il balbettio era eloquente.

«Lo sapevi che ero vergine, no?» replicò Carmel. «Ecco perché sono stata così… così *cauta*. Quanto più aspetti, tanto più diventa importante. Avresti dovuto immaginarlo. Sapevo che eri la persona giusta per fare l'amore con me per la prima volta…»

Mi sentivo svenire.

Continuò. «Ma dovevo esserne *sicura*, capisci? E quando ti sei dimostrato così gentile e paziente per tutte le volte in cui avevo quasi deciso di lasciare che accadesse, e non era accaduto, allora quella è stata la prova definitiva.»

Ma quello era accaduto perché non ero frustrato, visto che io e Ben stavamo facendo… Oh, non mi sentivo affatto bene.

«Bene, allora, che cosa abbiamo *qui*», disse. A dire il vero, quello che avevamo non era più quello di un minuto prima. La rivelazione che stavo per cogliere il frutto di Carmel (qualcosa che avevo creduto fosse un ricordo caro ma ormai sbiadito, in una lontana sezione della memoria) aveva fatto sì che la faccenda ora nelle mani di Carmel assumesse proporzioni molto più minute di quanto avrei voluto. Il pensiero dell'imene di Carmel, sei anni più vecchia di me, mi rendeva estremamente nervoso: era l'equivalente ginecologico dei Rolling Stones, ancora insieme dopo un triliardo di anni.

E ora che avevo perduto l'erezione, ora dovevo andare al cesso senza il minimo indugio, per evitare disastri.

Cosa imperdonabile, interruppi Carmel proprio mentre spiegava, con accorata passione, quanto fossi speciale. Sarebbe stato bellissimo restare ad ascoltarla, ma in quel momento dovevo liberarmi urgentemente di un po' di azioni Guinness.

«Oddio, mi viene da vomitare. Devo aver bevuto una pinta di birra avariata, credo. Scusami.»

Carmel smise di parlare. Ormai era evidente che troppi momenti magici stavano andando a puttane, e che la cosa stava accadendo troppo di frequente. Mi diressi alla porta.

«Tornerò.» Schwarzenegger non aveva mai dovuto pronunciare queste parole in questa situazione.

«Ma che *maschio* favoloso. Accidenti.» La Carmel nervosamente virginale stava rapidamente lasciando il posto alla donna che conoscevo. Sbirciai nel pianerottolo. Nessuno in vista. Nel timore di mettere sul chi vive Ben, decisi di non correre il rischio di fare il lungo tragitto fino al mio bagno. Spinsi la porta di quello delle ragazze. Era chiusa a chiave.

«Sono io, Carmel», sbadigliò Mrs Robbins. «Ci vorrà solo un secondo.»

Oh, cazzo e poi cazzo. Schizzai verso il mio bagno, incapace di trattenermi per un solo secondo in più, ma facendo decisamente troppo rumore. Nel caso che Ben non mi avesse ancora sentito, urinai come un bue nel bel mezzo dell'acqua stagnante nel vaso. Sembrava un monsone su un tetto di lamiera. Le piastrelle del bagno riecheggiarono. *Ma chi se ne fregava. Dovevo farlo.* Fu una pisciata trionfale. Durò per due completi, liquidi, interi minuti, a flusso costante. Avreste potuto misurarci il tempo di cottura di un uovo bazzotto.

Dopo aver finalmente terminato, mi calmai un po'. Fu

come se la mia sanità mentale tornasse, e proprio in quel frangente ebbi il momento di lucidità di cui ho parlato all'inizio: ero nudo in mezzo al pianerottolo, e una lama di luce filtrava sia da sotto la porta chiusa di Ben, sia da sotto quella di Carmel, entrambi mi stavano aspettando. Ma io ero una brava persona. Le brave persone non trattano così gli altri. Che cosa stavo per fare? Scoparmeli entrambi nella stessa notte? Non mi piaceva essere l'uomo capace di fare una cosa del genere. Ma ero l'uomo che l'aveva già quasi fatto.

Il pomolo della porta del bagno delle ragazze girò e Mrs Robbins, con una camicia da notte al ginocchio, uscì sul pianerottolo. Ero molto felice che non dormisse nuda.

«Scusa se ci è voluto tanto... oh! Adam! Che spavento. Adam? Adam?»

Grazie al cielo avevo sentito il pomolo girare e avevo avuto la presenza di spirito di fingermi sonnambulo.

Sì, proprio così, *sonnambulo*. Che idea di merda.

Abbassai le spalle e adottai un'espressione vitrea, gli occhi appena rivolti a terra. Una specie di principessa Diana un po' depressa. A parte i genitali, naturalmente, visto che Diana era una donna fatta e finita.

Me ne stavo nudo di fronte alla mia padrona di casa, la madre dei miei amanti, e mimavo il gesto di infilarmi una vestaglia e far scivolare i piedi in un paio di pantofole. Indumenti che non possedevo nella vita reale. Chi mai porta le pantofole? Speravo con tutto il cuore che la mimica fosse sufficientemente buona. Poi attraversai il pianerottolo fino alla parete mettendomi proprio accanto a Mrs Robbins, restando faccia al muro in modo che non potesse più vedermi il cazzo, e finsi di essere in bagno, intento ad aprire il rubinetto. Premetti un po' di dentifricio immaginario su un immaginario spazzolino e cominciai a darmi una pulita con i controfiocchi ai denti. Nel frattempo sentii la porta di Ben cigolare, e lui uscì dalla stanza a cercarmi. Speravo davvero che avesse addosso qualcosa. Sentii che diceva: «Mamma? Sei tu? Che succede?»

«Credo che Adam sia sonnambulo», sussurrò di rimando Mrs Robbins. «Non ho mai visto nessuno soffrire di sonnambulismo, prima di ora. Guarda, adesso si mette in faccia la crema da barba.»

A dire la verità, mi stavo lavando il viso con una spugnetta. Possibile che non lo capisse? Ovviamente, non era il momento di discutere di sottigliezze interpretative e continuai a fare quello che aveva detto, poi cominciai a radermi, mimando la passata di un rasoio e sciacquandolo nel lavabo invisibile di fronte a me. Qualunque cosa facesse credere a Diane che fossi sonnambulo, ero pronto a farla, nei limiti della ragionevolezza. Se ci fosse stata abbastanza luce, credo che si sarebbe potuto veder chiaramente il cuore battermi in petto. Avevo una gran voglia di piangere.

«Credo ci si debba solo assicurare che non si facciano del male», disse saggiamente Mrs Robbins.

Carmel, chc aveva sentito delle voci, uscì dalla stanza. La sentii sbadigliare in modo sensazionale. «Ohhhhahhhh, che è 'sto casino? Che sonno! Stavo dormendo come un sasso.» Pessima improvvisazione, pensai, davvero *pessima*.

«Adam è sonnambulo», disse Ben appena un po' troppo in fretta.

«Oh, accidenti, che cavolo possiamo fare?» esclamò Carmel. Che brutto momento per scoprire che lei era la peggior attrice del mondo, con un orecchio infallibile per i dialoghi dei film di serie B. Quasi quasi mi aspettavo che dicesse: «Ora andiamocene tutti di qui!» Per distogliere l'attenzione dall'esibizione da Oscar di Carmel, allungai la mano per prendere la mia inesistente lozione dopobarba e feci il gesto di spruzzarmela sulla faccia e sul collo, facendo finta che mi pizzicasse, saltellando leggermente da un piede all'altro. Ben era accanto a me. «Non esagerare con i dettagli, micetto», mi rimproverò a bassa voce. Era nel suo interesse fare in modo che la madre non scoprisse che scopavo con lui. O almeno pensava che fosse così.

Anche Mrs Robbins non mi perdeva di vista. «Credo che abbia finito di radersi.»

«E adesso che cosa fa?» chiese Carmel, riuscendo a malapena a soffocare una risata.

«Credo che stia versando dei cornflakes. Osservate il movimento del polso», spiegò Diane con aria assorta. Nella mia intenzione si trattava di cornflakes integrali, ma andavano bene anche i cornflakes semplici.

«*Ottimo* lavoro di polso», confermò Ben. Non riuscivo a credere che avesse detto una cosa del genere – come poteva rischiare che scoppiassi a ridere? Ben continuò, con malignità. «Ma quando è andato in cucina? E non l'ho visto neppure prendere la scodella per i cereali.» Com'è che di colpo era diventato un esperto di consequenzialità? Era stato lui a dirmi di non esagerare con i dettagli. Avevo una gran voglia di spaccargli la testa.

Entrai solennemente nella mia stanza, voltandomi con cautela in modo che Diane continuasse a non vedermi il pene, con tutti e tre i Robbins alle calcagna. Sedetti alla scrivania mangiando i cornflakes. Andatevene, via tutti. Si ammassarono sulla soglia.

«Oh, c'è un bel po' di casino qua dentro, vero? Cos'è questa puzza?» disse Ben con tono innocente, come se non fosse mai stato lì dentro. «La tipica stanza da studente.»

«Quando sono state messe su quelle vecchie tende?»

chiese Carmel, stabilendo le sue credenziali: per-quanto-mi-riguarda-conosco-a-malapena-il-nuovo-inquilino. In quella famiglia non sapevano un accidente uno dell'altro. Al numero 52 erano bravi a mantenere i segreti. Grazie a Dio.

«Dovremmo provare a metterlo a letto», suggerì Mrs Robbins.

«*Questa* sì che è un'idea, madre», concordò acutamente Carmel.

«Non di certo mentre sta *dormendo*, mamma», replicò Ben con una nota di rimprovero nella voce.

«Piantala, Ben», lo rimproverò Mrs Robbins, e poi non riuscì a trattenere una risatina. «Non era affatto quello che intendevo dire.» Cercò di zittirsi, per non svegliarmi, ma se la stava spassando un mondo. Ero lieto che qualcuno si stesse divertendo. Nel frattempo veniva consumata la più grossa ciotola di cornflakes invisibili del mondo perché sapevo che, se mi fossi fermato, sarei scoppiato a ridere. Avevo la pancia che mi faceva male per la tensione. Probabilmente la mia ulcera cominciò quella sera.

Carmel prese in mano la situazione e si avvicinò a me. «Posso prendere il tuo piatto di cereali, Adam? Hai finito?» disse, autoritaria.

«Oh, attenta», intervenne Diane, calmandosi un po'. «Non dovresti svegliarlo. Dicono che possono uscirne molto traumatizzati. L'ho letto una volta».

«Il Reader's Digest ha un sacco di responsabilità in queste faccede», fece notare Ben. «Andrà tutto *bene*. So che sarà così. Chiediglielo ancora, Carmel. Credo che ti abbia già sentito. Questa volta te lo darà.» Sapevo riconoscere un'istruzione, quando la sentivo.

Purtroppo, l'ultima cosa che avrei fatto sarebbe stato darlo a Carmel. Quella avrebbe dovuto essere una delle più belle notti della mia vita. Alla fine porsi a Carmel la scodella invisibile. Lei la prese dalle mie mani con una delle più mediocri mimiche che si possano immaginare. Mi alzai in piedi e Diane cercò di sospingermi verso il letto con piccoli gesti, dicendo: «Avrai bisogno di fare un *sonnellino*, Adam, oh, ma che aria *stanca* che hai, Adam». Probabilmente era vero – ero esausto. Per pura cortesia nei suoi confronti, sbadigliai, tenendo il corpo scostato dal suo, e cercando di ignorare le risate trattenute di Ben e Carmel. Mi misi a letto, voltai la faccia verso la parete e desiderai di essere morto.

«Vi sembra a posto?» chiese Mrs Robbins. Sentivo che erano tutti chinati su di me. «Pare proprio di sì. Credo che ora tu possa posare il piatto di cereali, Carmel.»

«Oh.» Scoppiarono tutti a ridere.

«Sembra che stia dormendo sodo», la rassicurò Ben. «*Non se ne andrà più a zonzo.*»

Un altro ordine: ora Ben non aveva nessuna intenzione di rischiare.

«No, non credo che si alzerà di nuovo», concordò Carmel, dandomi una spintarella alle costole, a conferma. Niente frutti maturi da cogliere, quella sera. Che sollievo – e tanto a quel punto avevo un coso piccolo come una patatina Pai. Se c'è una regola primordiale nella vita è che il pene di un uomo dovrebbe essere più lungo dei capezzoli della sua donna. È una faccenda che va da sé. Non che Carmel fosse la mia donna, neppure alla lontana.

Sentii che uscivano piano piano dalla stanza, sghignazzando tutti sotto i baffi.

«Che razza di *avventura*. Domani mattina dovremo raccontargli tutto», sentii dire a Mrs Robbins. «Non ha un culetto delizioso?» il che non fece altro che scatenare un'ondata di ilarità a mie spese, con Ben e Carmel sicuri di essere i soli a capire lo scherzo. Oh, perfetto, perfettissimo. Ero felice di essere riuscito a mettere d'accordo la famiglia, per una volta.

Sapevate che esiste una incompatibilità fisica tra addormentarsi e arrossire? Credo di no. Bene, ora lo sapete.

6

«Ma guarda in che stato sei ridotto», disse Carmel a mezza voce quando, entrai in cucina il mattino seguente. Socchiuse gli occhi, guardandomi con aria disgustata. «Hai gli occhi cisposi, gonfi, i postumi della sbronza... sei una *favola*.» Mi stava aspettando, era evidente, appoggiata al piano da lavoro, con addosso il cappotto.

«Non ho dormito un granché», biascicai, chiedendomi quando sarebbero cominciate le battutacce a proposito della notte prima. Il sole era alto in cielo. Dove diavolo va a finire, quando ne hai bisogno, quell'unica eclisse che spetta a tutti nella vita? «Che ore sono?»

«Le 12 e 45. Del pomeriggio, bastardo di un poltrone. Io sono in piedi dalle sette.»

«Bel colpo, brava.» Riuscii a scoccarle un mezzo sorriso.

Un quarto all'*una*: avevo mancato un appuntamento con il mio tutor «giusto per capire come me la sto cavando», la conferenza di un esperto che mi interessava veramente sentire sarebbe terminata di lì a quindici minuti, e non ero in grado di tenere in mano un pennello o una matita senza avere l'aria di chi è entrato in una classe di arte-terapia per malati di Parkinson. Al diavolo. Un'altra giornata andata a farsi benedire, e non era ancora nemmeno l'ora di pranzo. Girai i tacchi per tornarmene a letto.

«Non te ne andare. Passa la giornata con me», mi richiamò Carmel. Nella sua voce c'era una nota di supplica. «Sono rimasta nei paraggi apposta per te. Voglio mostrarti una cosa.»

«Che cosa?»

«*Segreto.*» Cazzo, ma perché doveva essere così misteriosa? Mi voltai a guardarla: mi stava porgendo una tazza. «Caffè? Hai l'aria di averne bisogno.»

«Oh, quanto sei carina.» Presi il caffè, gemendo. «Hai messo lo zucchero?»

«Oh, bevilo e basta. E, a proposito, accetto le tue scuse.»

«Quali scuse? Per che cosa?» Appena alzato riesco a essere veramente gentile ed eloquente.

«Per aver rovinato la notte scorsa. La mia deflorazione. O la mia non. Non c'è problema.»

«Oh. Già. Scusa. Tua madre...» Gesticolai come un idiota e distolsi lo sguardo, di nuovo in preda all'imbarazzo. Avevo mostrato il culo a Mrs Robbins per non so quanto tempo e Carmel non avrebbe dovuto pronunciare «deflorazione» con quell'evidente godimento. Mi sentivo una merda. Sedetti al tavolo di cucina e nascosi la faccia tra le mani.

«No, no, no. Niente riposo», disse brusca Carmel. «Bevi, svelto, dobbiamo uscire.»

«Dove?» Non in pieno sole, niente sorgenti naturali di vitamina D e aria fresca, tutto ma non questo: mi sarei polverizzato all'istante.

Carmel prese la sua borsa e verificò il contenuto. «Bene, per prima cosa troveremo un terreno neutrale, qui non posso parlare, e poi via al posto che ti voglio mostrare.»

«Giusto.»

«Solo bisillabi, oggi?» Sospirò. «Perché mai mi sembra di essere Natalie Portman che parla ad Anakin?» Avrei riflettuto più tardi su tutte le possibili implicazioni di quella frase. Non sarebbero state piacevoli.

«Scusate, Vostra Maestà.» Con uno sforzo supremo, scolai il caffè e diedi una manata sul tavolo. «La Forza è vagamente con me, andiamo.»

Quel giorno Carmel fu una continua fonte di sorprese. Invece di portarmi in un parco o in un localino tranquillo, scelse un centro commerciale in piena attività. Dopo aver preso un altro caffè, sedemmo su una panca in mezzo a una umanità in fermento a caccia di affari, mentre un impianto musicale a nastro suonava i grandi successi anni Novanta, «quelli che avevamo tanto amato». Il chiacchiericcio degli acquirenti soddisfatti saliva e risuonava sul soffitto a volte. Carmel sembrava diversa. Per la prima volta sentivo, nel profondo del cuore, che era più vecchia di me. Aveva più esperienza, un paio di tacche in meno di ottimismo, e poiché eravamo lontani da casa lei non doveva comportarsi da figlia o da sorella.

Sorseggiai il caffè. Ero davvero curioso di sapere dove ci avrebbe condotto quella gita. Nessuno di noi aveva soldi, quindi non si trattava di fare acquisti. «Allora... *parla*.» Un lungo silenzio.

«Mi dispiace», disse infine.

«Per che cosa?»

«Perché non sono, non so, *normale*, una femmina normale. Una ragazza normale.»

«Qualsiasi cosa *ciò* significhi.» Tra noi non era ancora accaduto niente, ma Carmel stava parlando come se fossimo insieme da anni. Mi accorsi per la prima volta che era stanca quanto me; le occhiaie scure mi facevano pensare che non avesse dormito per niente.

Con una smorfia alzò gli occhi al cielo, cercando con lo

sguardo le nuvole al di là dell'alto soffitto a vetrata, perché le suggerissero le parole che voleva dire. Quando le trovò, era molto sicura di sé. «A dire il vero, *non* mi dispiace. Ho letto tutti quegli stupidi romanzi che dicono sempre le stesse cose sulle donne della mia età, ed è come se io arrivassi da un altro pianeta. Ci sono giorni in cui tutto ciò che desidero è essere normalmente depressa e angosciarmi per il sovrappeso e tutte quelle altre stronzate di cui parla quella demente di Bridget Jones, e poi ci sono giornate, come oggi...», a questo punto mi guardò in faccia, «in cui vorrei essere presa sul serio come una persona con un cervello grande quanto un pianeta. Il che è vero, a proposito. Ma ci sono alcuni giorni, pochissimi, in cui sono "normale", e ieri era uno di questi. Avrebbe potuto essere il tuo giorno fortunato e forse anche il mio.» Inspirò a fondo. «Ti *volevo* veramente.» Quello sì era un pessimo uso del tempo passato.

Seduta lì, su una panchina in un centro commerciale, con l'altoparlante che suonava una pessima versione di *Road Rage* dei Catatonia, le spalle ingobbite, mentre si sfregava il naso cercando di dire esattamente quello che stava pensando, mi sembrava quasi perfetta – una bambola d'alta classe, da tenere da conto. In fondo non conoscevo affatto Carmel nel suo intimo: tutto era successo troppo in fretta per avere il tempo di farlo. Lei presumeva che io la conoscessi, ma io avevo solo incontrato una Carmel nuda e furtiva nel cuore della notte, oppure la sua versione familiare, umorale e riservata. Di sicuro non riconoscevo questa persona intensa ma abbastanza rilassata che cercava di spiegarmi la sua vita. Certo, a dirla tutta, l'avevo già vista prima: nella Polaroid sulla parete il giorno del mio arrivo. Almeno ora avrei avuto l'occasione di conoscere quella Carmel.

Si tirò i capelli, fingendo un attacco di frustrazione. «La

scorsa notte, era come se fossi lì, ad aspettare che il telefono suonasse. Come un *pezzo di fica*. E questa è la prima e ultima volta in cui userò *questa* frase. Stavo lì, seduta sul letto, in attesa che tu tornassi a casa in modo che potessi... be'... hai capito, *provvedere* a me. Era... era *assurdo*, ecco cos'era. Non voglio programmare in anticipo di avere un uomo dentro di me; non posso credere di averti detto una cosa del genere, e mi dispiace molto. Non desidero avere la sensazione che potrei aver bisogno di un uomo, no, affatto.» Alzò le mani al cielo. «Tutto sarebbe molto più semplice se fossi lesbica.»

«Non ci farei molto conto.»

Di colpo, posò il suo caffè, mi prese il viso tra le mani e mi baciò con violenza sulla bocca: mi baciò come se io fossi una ragazza. Aveva accumulato una tale quantità di adrenalina, con quella confessione così sincera, da essere più energica del solito. Il mondo ci ignorava – due signore in età ci passarono accanto parlando del principe Alberto di Monaco e un altoparlante avvertì di tenere sempre sotto controllo gli oggetti personali. Carmel si distaccò e ricominciò a parlare come se il bacio non fosse mai avvenuto.

«E così eccomi qui, a venticinque anni, e che cosa *dovrei* fare della mia vita? *Dovrei* avere una carriera di qualche genere con un bel fidanzato accanto e poi di qui a quattro o cinque anni il mio apparato riproduttivo comincerebbe a dare fuori di matto e al quel punto *dovrei* iniziare a desiderare dei bambini, come se stessero diventando fuori moda. Non sto facendo niente del genere e l'ultima cosa che desidero sono dei *figli*. Non so nemmeno baciare come si deve.»

«Non direi.» Mi massaggiai con cautela il labbro inferiore, sorpreso di non trovarci del sangue. Persino Ben non baciava con tanta foga.

«Il problema è, il *punto* è...»

«Il punto è il problema?»

«Il punto è che non voglio essere per te come qualsiasi altra ragazza...»

«Non lo saresti, non sei...»

Regola numero 1: non dire mai troppo in fretta a una persona importante e prudente quello che vuol sentirsi dire. Lascia che te lo strappino di bocca.

«Insomma, ascolta e basta, Casanova. Non voglio essere come chiunque altra, solo un *incidente*.» Si guardò attorno e trovò ciò che non voleva essere. «Perfetto, una famigliola felice», disse indicando una giovane madre affannata che scendeva dalle scale mobili, urlando a un piccolino di due o tre anni di piantarla di frignare: «Jonah, stai *zitto*. E piantala! Ti prego, Jonah, ti prego. *Per favore*, non ho intenzione di ripeterlo». Carmel continuò a guardare la donna, che probabilmente non aveva più di ventidue o ventitré anni – di certo era più giovane di lei. «Non è il lieto fine che desidero», disse. «Non è lieto e non credo che avrà mai fine. Per mia madre non è mai finita.»

«Perché mi stai dicendo queste cose, Carmel?»

«Ovunque vada vedo donne infelici, rese ancora più infelici da uomini stronzi...» *Bene, tanto per rimettermi al mio posto.* «...e non ti permetterò di farmi una cosa del genere.»

Mi ersi a difesa del mio sesso. «Tutti gli uomini lo fanno? Non bisogna generalizzare a proposito delle donne ma per gli uomini si può fare?»

Carmel sembrò sinceramente sorpresa. «Ma *certo*. Le donne sono complesse, sai? Ecco perché io le *capisco*. Noi. È molto più facile che mi facciano girare la testa le donne, che non tipi come te.» Credo che con questo intendesse dire gli uomini. Carmel mi fornì la sua versione della notte precedente. «...gente come te che ha tutta la profondità di una trottola. Io ti do la carica, e ti viene duro. Causa ed effetto, ciò che si può alzare, si alzerà. Che cosa *succede* al tuo cervello quando ti viene duro, Adam? Svanisce, vero? Diventa inversamente proporzionale alle dimensioni del tuo... *coso*. Posso aver dato l'impressione di essermi semplicemente tolta la vestaglia, ma la faccenda era un po' più complicata e tu non l'hai capito, vero? E pensavo che l'avresti fatto. Ecco che cosa non riuscivo a capire. È stato come se tu fossi diventato una persona diversa.» La sua voce si fece più flebile. «Non mi rendo vulnerabile per *chiunque*, Adam, non per chiunque, e farlo solo perché tu possa fartelo diventare duro e cacciarmelo dentro e fuori, è un investimento troppo grosso, con un ritorno troppo infimo, e non credo di desiderarlo.»

Mi vergogno di dire che mi era diventato un po' barzotto, quando lei aveva cominciato a parlare del mio coso duro e di togliersi la vestaglia e di cacciarlo dentro e fuori. Era paragonabile a una risatina nervosa, una reazione alla serietà della conversazione. Aveva notato che la sera prima non ero stato me stesso – da quel momento in poi dovevo mettermi d'impegno per tenere una cosa separata dall'altra e blindare la mia vita in compartimenti stagni diversi a seconda delle persone che frequentavo. Avrei persino potuto cercare di non fare il puzzone doppiogiochista, anche se tecnicamente parlando non lo ero ancora.

Cercai di alleggerire l'atmosfera. «Vuoi sapere una cosa, Carmel? Tu pensi troppo.»

O-o – errore. Penso a me che dico cose del genere e mi rendo conto di quanto fossi giovane e incapace di profondità.

«Be', è ovvio che le donne non dovrebbero pensare affatto, vero?» sbottò Carmel. «È come un episodio di *X-files* con una cospirazione governativa: dove cavolo sono finite tutte le donne intelligenti? Sono cinque anni che non ne incontro una. Dovremmo limitarci a girellare qua e là nude, in attesa che arrivi l'uomo...»

«*Va bene*... ho detto che mi dispiace per la scorsa notte.»

«*Non stavo parlando della scorsa notte.*» Carmel diede un'occhiata all'orologio e la sua indignazione svanì nel nulla. «Accidenti, siamo un po' in ritardo. Forza, il prossimo evento è in programma. Devi darmi una mano, sono sola oggi.»

Sola in che senso? Non aveva ancora intenzione di dirmelo. Ci dirigemmo alla fermata dell'autobus: la musica diffusa diventò una versione sintetizzatore e archi, un vero crimine contro l'umanità, di *The Drugs Don't Work*. Il vento autunnale era tagliente, a confronto dell'aria condizionata del centro commerciale. Lei mi prese per un braccio, un gesto così poco tipico di Carmel e molto eccitante, e lo strinse. Guardava avanti, la testa alta, godendosi l'aria fresca. «Non riesco proprio a capire perché tu mi piaccia, non sei altro che un ragazzino secco, ignorante, vestito come uno spaventapasseri.»

«Vediamo... perché abito sul pianerottolo e tu non vai mai fuori?»

Con mio grande sollievo, scoppiò a ridere. «Probabilmente hai ragione», disse. «Dio, che *tragedia*.» Restammo in piedi in attesa dell'autobus, accanto a un vecchietto sui settanta che teneva stretto un sacchetto di generi alimentari. Carmel aveva ancora un mezzo sorriso sulle labbra.

«Sei un amore, Adam», disse senza guardarmi. «Ho creduto di dovertelo dire.» Il vecchio mi scoccò un'occhiata. Carmel gli disse: «Lei che ne pensa? È un amore o no?»

Il vecchio mi squadrò dalla testa ai piedi. Poi si strinse nelle spalle. «Io ero meglio, sa. Non che sia una gara.» Ci strizzò l'occhio e continuò ad aspettare.

Visto che ero riuscito a metterla di buon umore, trovai il modo di dire la mia, cercando di sembrare ottimista e simpatico. «Perché mai dovremmo essere uguali a tutti gli altri? Possiamo far in modo che funzioni, so che possiamo farcela.»

Era come se avessi offeso il senso della logica di un vulcano. «Oh, ma dai, perché mai *io* dovrei essere in qualche modo diversa? O *tu*, se è per questo? Non sono delusa, non sono un'adolescente.» Perché aveva detto una cosa del genere? Riteneva che fossi un adolescente? «Gli uomini tradiscono le donne, lo fanno. E per quanto ne so, sembra che a loro piaccia.»

Quale poteva mai essere questo sapere a cui la Signorina Totalmente Illibata si stava riferendo? In retrospettiva, Carmel non aveva tutti i torti: in un certo modo mi ero divertito mentre tracciavo un solco sul tappeto avanti e indietro tra la stanza di Carmel e quella di Ben. Quello sì che era *vivere*, mi aveva fatto battere il cuore all'impazzata, era una cosa che non avrei potuto raccontare ai miei nipotini.

Un bus rosso a due piani si fermò proprio davanti al centro commerciale. «Bene, faremo appena in tempo a tirare fuori tutto e a prepararlo.» Carmel mi porse la mano aperta. «Vuoi scommettere? Cinquanta sterline.»

«Su che cosa? E poi non ho cinquanta sterline.»

«E io sì? Cinquanta sterline che un giorno tu, Adam Fox, tradirai me, Carmel Robbins.» Quella scommessa era come una perversa promessa matrimoniale. Mi prese la mano e me la strinse. «Una scommessa, eh? Com'è eccitante.» Salì sull'autobus, lasciandomi sul marciapiede. Quelle erano le cinquanta sterline più facili che avrebbe mai guadagnato. Anzi, se le era già messe in tasca.

«E allora, sali o vuoi che ti massacri le dita dei piedi mentre me ne vado?» disse l'autista del bus. Caspita, è un mondo di spiritosoni. Le cose non sono più le stesse, da quando hanno cominciato ad arricchire l'acqua potabile con secchiate di ironia. Salii a fatica sul mezzo, frugandomi le tasche in cerca di spiccioli. Carmel era già sparita di sopra.

«Dove stiamo andando?» le urlai.

L'autista scrollò il capo. «Amico, se devo risolvere i tuoi problemi esistenziali, allora devo risolvere quelli di tutti gli altri. Regola della casa.»

«Winterton Road», urlò Carmel dal piano superiore. «Proprietà Crossley.»

Il frutto bastardo dei lombi di Oscar Wilde e Jean-Paul Sartre mi diede il biglietto e raggiunsi Carmel, che aveva occupato con la borsa i due sedili proprio sul davanti, i più ambiti. Era proprio una bambina.

«Che c'è alla proprietà Crossley?» chiesi. «Ha un'aria esotica.»

«Il mio lavoro.»

«Ma tu sei disoccupata.»

«Aha, la trama s'infittisce. Da-duh-*daaah*.» Carmel voleva tenermi sulla corda fino all'ultimo.

Cambiai argomento, per tornare a un punto che continuava a tormentarmi. Nel centro commerciale lei aveva detto qualcosa sul fatto che non voleva investire troppo per un guadagno misero. «Non è che prima siamo quasi arrivati al punto di litigare per sempre? Giusto?»

Mi guardò negli occhi, riflettendo e pensando. «Forse. Ma non ti preoccupare, testolina.»

Come era possibile che una vergine di venticinque anni avesse tutto quel controllo sessuale? Ma comunque, che altro avrebbe potuto avere?

***

Arrivammo a Winterton Road: chiunque fosse Mr Winterton, non sarebbe stato soddisfatto dell'ignobile monumento dedicato alla sua vita e alle sue opere. La proprietà Crossley sembrava piuttosto male in arnese e la finta gemma sulla sua corona di cartone era il centro sociale verso il quale si diresse Carmel, continuando a guardare l'orologio. Era un postaccio quasi in rovina con il tetto a terrazza, messo su negli anni Settanta: un prefabbricato da quattro soldi, per niente allegro. Aveva bisogno di restauri ma non era tanto in sfacelo da far sì che qualcuno si muovesse in tempi brevi. Il centro era protetto da un'alta staccionata e tutte le finestre erano munite di inferriate. Dei cartelli incollati sulla porta d'ingresso assicuravano che nell'edificio non si teneva denaro in deposito. Bella comunità.

Mi guardai attorno ai mattoni di case a schiera dal colore di una vecchia cicatrice, ai vicoli angusti che, ogni due porte, conducevano ai cortili e ai giardinetti sul retro. Mia nonna aveva vissuto per anni in una casa di quel genere, perciò sapevo di che cosa si trattava. E nessuna di loro sembrava avere molto a che vedere con la Carmel che conoscevo, quella che restava in camera ad ascoltare Beethoven e a leggere George Eliot.

«Che cosa fai qui?» chiesi, mentre Carmel prendeva dalla borsa un grosso mazzo di chiavi. Sembrava intimidita all'idea di parlarmene.

«È un doposcuola per bambini con genitori che lavorano fino a tardi; ci vengo più o meno un paio di volte la settimana quando lavoro, ma adesso che da un po' non ho un impiego fisso vengo più spesso. Lo faccio da quattro, cinque anni.» Annuii, sorpreso. Aspettai che continuasse, ma sembrava invece che lei attendesse una replica da parte mia. Quando si rese conto che non ci sarebbe stata, si mise sulle difensive, come quando era in famiglia. «Volevo mostrartelo, ecco tutto. Non è necessario che tu rimanga. Tra poco dovrebbe passare un bus, e ci possiamo rivedere a casa.»

«Avevi detto che dovevo darti una mano, perciò resto nei paraggi. E poi, mi piacerebbe vederti all'opera. Vedere che cosa sai fare.» Con questo piccolo doppio senso, cercai di baciarla sul collo, mentre infilava la chiave nella toppa. La porta si spalancò senza che lei girasse la chiave, rivelando un minuscolo atrio tappezzato di vecchi manifesti per la campagna pubblica dell'igiene dentale. Carmel si mostrò immediatamente preoccupata.

«Ti prego, fa che non ci abbiano scassinati.» Si diresse al corridoio principale chiamando a voce alta. «C'è nessuno? Louise, sei tu?»

Un bimbetto di quattro o cinque anni, con capelli biondi a caschetto, arrivò di corsa nel corridoio uscendo da una stanza laterale, urlando BU' per spaventare Carmel. Lei si inginocchiò a salutarlo. «Sam! Ti avevo preso per uno scassinatore! La mamma è qui?» Sam annuì e indicò la stanza da cui era appena uscito. «Cucina», disse con una vocetta stranamente solenne e profonda, e stava per aggiungere qualcos'altro quando vide che facevo capolino dalla porta d'ingresso. Divenne silenzioso, fissandomi con sguardo minaccioso.

Carmel si occupò delle presentazioni ufficiali prima che cominciassero le ostilità. «Sam, questo è Adam, un mio amico.»

«Ciao, Sam. Tutto bene?» Sam l'Ometto non sarebbe diventato il mio miglior amico, questo era evidente. Si girò e corse nella direzione che aveva indicato, finendo abbarbicato alle ginocchia di sua madre che, nel frattempo, era arrivata nel corridoio per vedere chi stesse parlando. Probabilmente si trattava di Louise. Aveva più o meno trentacinque anni, portava una camicia da uomo informe, a quadrotti, con un paio di fuseaux, ed era fatta in modo tale da suggerire che Sam non fosse figlio unico. L'accento poteva essere di Newcastle, ma non esattamente, come se ormai abitasse a Londra da un bel po'.

«Carmel, tesoro, alla fine ce l'ho fatta. Non mi sono preoccupata di chiamarti, e alla fine sono persino arrivata qui presto per...» Mi scorse. «Oh, ciao, tu, laggiù nell'ombra, posso fare qualcosa per te?»

Il piccolo Sam mise la madre al corrente della situazione: «Questo è Adam. È un *amico*». Mica stupido. Louise osservò Sam, poi valutò Carmel e me, facendo due più due.

«*Benissimo*», disse tirando le somme. «È sempre bello avere un amico.» Poi tornò al tono professionale. «Comunque, non resta che tirare fuori i giocattoli.»

«Lo faccio io, ditemi solo dove li devo portare», dissi, ansioso di mettere in mostra tutta la mia buona volontà.

Louise disse a Carmel: «L'hai già istruito per bene, vero?» e tornò immediatamente in cucina, prima che Carmel potesse escogitare una secca replica di puro stampo anglosassone. Sam ci abbandonò e seguì la madre.

«Louise non avrebbe dovuto essere qui», sussurrò Carmel. «Doveva andare a trovare sua cognata all'ospedale.»

«Non sta bene?»

«Non starà affatto bene, se mi fa un altro scherzetto del genere.»

«Ma no, non Louise, sua cognata.»

«Ha importanza? Te ne importa?»

«Che ti frega se Louise è qui? È veramente importante?»

Carmel esitò. «Credo di no. Solo che nessuno sa che faccio questo e nessuno sa di te. E quindi è strano.» Si avvicinò a un grande armadio a muro e cominciò a tirarne fuori dei tricicli e delle motociclette di plastica.

«Che età hanno i bambini?»

«Dai quattro ai dieci. Asilo ed elementari. Un insegnante li lascerà qui tornando da scuola, più o meno tra cinque minuti.»

«E così i tuoi diversi mondi collidono stranamente bene o stranamente male?»

Carmel mi passò un contenitore pieno di Lego, riflettendo sulla domanda. «Stranamente *strano*. Stranamente *nuovo*.»

«Benone. Avete carta e matite qui dentro?» chiesi. «Potrei fare dei disegni con qualcuno di loro.»

«Sarebbe fantastico, grazie. Non ci avevo nemmeno pensato. Gli piacerà moltissimo, sarà una novità.» Si mise a frugare nell'armadio e trovò una scatola di vecchi pennarelli, matite colorate e carta da pacchi.

«Perfetto», dissi. «Mi sistemerò in quell'angolo laggiù.»

«Bene.» Carmel sorrise per la prima volta da un bel po', rilassandosi di nuovo. Sembrava affrontare bene la novità della situazione.

Due minuti più tardi, Carmel si stava in effetti dimostrando più che capace di affrontare la situazione. Era una meraviglia stare a guardare in che modo lei e Louise mettevano in riga gli oltre venti bambini iperattivi che erano arrivati dalla scuola. Tutti i bambini chiamavano Carmel «signorina» ed era evidente che lei non avrebbe tollerato nessun capriccio da parte loro. Però non li trattava neppure come imbecilli. Parlava loro con franchezza, come se fossero allo stesso livello suo: era un po' lo stesso modo in cui parlava a *me*, un fatto sul quale preferii non riflettere troppo. Aveva detto qualche ora prima che con me era come parlare ad Anakin e tutti sappiamo cosa *gli* è accaduto alla fine della storia.

Mi presentarono al gruppo come «un artista» e alcune bambine (l'Arte era evidentemente ancora una materia per femminucce) vennero con me nell'angolo per disegnare. I ragazzini cominciarono a scatenarsi, e a poco a poco il frastuono nella sala raggiunse livelli da concerto rock. I maschietti correvano come matti per la stanza, ma attorno a me si formò subito un crocchio non appena cominciai a fare il ritratto a una piccolina di sei anni, di nome Claire, che si era addormentata dopo una lunga giornata, con la matita ancora in mano. Sam si avvicinò e diede un'occhiata a quello che stavo facendo, spingendosi fino al punto di dire che non era niente male, evento che considerai un elogio di tutto rispetto e misi nel conto come il primo commento favorevole che avevo ricevuto sul mio lavoro da quando ero arrivato a Londra.

A un certo punto Louise si avvicinò, fingendo di voler vedere quello che stavo facendo, ma il suo vero scopo era tenermi sotto controllo. Fece un cenno con la testa in direzione di Carmel, che era distratta, all'estremità opposta della sala, intenta ad allacciare le scarpe di un bambino e ad ascoltare con attenzione ciò che lui aveva da dirle. «È fantastica, vero?»

Annuii, fingendo di essere intento a disegnare Claire, che dormiva della grossa. Louise restò a sbirciare alle mie spalle, a caccia di informazioni.

«È la prima volta che conosco un amico di Carmel», disse pensosamente al mio orecchio.

«Strano.» Cercai di non sembrare troppo interessato.

«Sì, in effetti *è* strano, tesoro.» Ora Louise stava facendo la misteriosa. «Devi essere un tipo veramente *speciale*.» Allungò la mano e prese la matita dalla manina abbandonata di Claire. «Potrebbe infilarsela nell'occhio quando si sveglia. E allora, quanti anni hai?» Lo disse con tanta grazia che mi prese un po' in contropiede.

«Ehhh… venti. Quasi.»

«Quasi venti.» Louise si picchiettò la punta del naso con la matita. «Be', lei è in svantaggio, non c'è dubbio.»

«Lou, puoi venire qui un momento?» Carmel aveva notato Louise e me che facevamo comunella nell'angolo. Louise si avvicinò lentamente a Carmel e scatenò un accesso di tosse sussurrandole qualcosa nell'orecchio, accompagnato da un gesto inequivocabile con la matita. Carmel borbottò. «Lou! Non posso credere che tu abbia *detto* una cosa del genere!» Tutti i bambini interruppero quello che stavano facendo e rimasero immobili, con sulla faccia quel sorrisetto che vuol dire e allora, che c'è da ridere? e che tirano fuori quando gli adulti fanno cose da adulti. Carmel e Louise sparirono in cucina per ricomporsi e riemersero con un'espressione impassibile cercando palesemente di non guardare nella mia direzione. Era stranamente strano e stranamente bello vedere Carmel che coltivava un'amicizia sincera con qualcuno. A casa aveva sempre quell'atteggiamento da voglio starmene per i fatti miei, e lo sosteneva così bene che avevo immaginato fosse proprio autentico.

Dopo circa un'ora genitori e nonni, donne soprattutto, ma anche qualche uomo, cominciarono ad arrivare, e a poco a poco il gruppo di bambini si assottigliò. La piccola Claire, che dormiva sodo nella mia classe di disegno, fu l'ultima a essere prelevata. La sessione doveva terminare al massimo alle sei e mezza e alle sei e ventotto minuti, proprio quando cominciavo a preoccuparmi per le sorti di Claire, un uomo di bell'aspetto, vicino alla trentina, con addosso una tuta sporca di unto, arrivò di corsa, convinto di essere in ritardo. Non la finiva più di scusarsi per aver fatto attendere tutti.

«Allora, mettiamo in pista Clairey-Mary», disse e poi scorse il mio schizzo. «Ehi, è la mia piccolina?» chiese, sollevando la figlia dalla sedia. «È uguale sputata a lei, giuro. Io mi chiamo Jez. Ciao, meglio se non ci stringiamo la mano.»

«Adam, amico di Carmel. Puoi prenderlo, se vuoi. Prendilo», dissi, porgendogli il piccolo ritratto. Poi dichiarai: «Claire è stata una modella modello, non si è mossa neppure una volta».

Jez esaminò il ritratto, accarezzando la schiena della figlia. Sentivo che Carmel ci stava studiando dal lato opposto della sala, mentre metteva in ordine i giocattoli. «Lo metterò nella sua stanza, questo è sicuro, Adam, grazie mille, amico.» Arrotolai con attenzione il disegno e lo infilai nella cartella di Claire. Ora Jez doveva parlarmi da uomo a uomo. «Conosci Carmel, vero?» Ammiccò palesemente. «Carina... detto tra me e te, non mi dispiacerebbe farci un giretto.»

Jez mi ringraziò di nuovo e se ne andò, ma non prima che Carmel gli facesse un discorsetto, proprio sull'uscio. Lei parlava, lui annuiva. Ci fu un attimo di confusione sulla porta, mentre Louise e Sam se ne andavano in gran fretta. Lei mi salutò alzando il pollice in segno di vittoria, mentre Sam mi scoccò il genere di sguardo che significa: la prossima volta ti troverai nei pasticci. Dopo che se ne furono andati, Carmel scrisse quello che doveva essere un numero telefonico sul dorso della mano di Jez. Lui le diede un bacetto sulla guancia, mi sorrise e quindi uscì, diretto a casa.

E a quel punto la gelosia, il grande mostro verde, giunse a tutta birra a bussare alla mia porta. A TUTTA BIRRA. Perché Jez mi aveva sorriso? Era una autentica scemenza, non era possibile che Carmel gli avesse dato il suo numero di telefono, non di fronte a me, e tuttavia me ne restai con la bocca ben serrata, con l'aria scocciata, mentre Carmel controllava tutte le finestre e le porte, prima di chiudere il centro sociale. Non era neppure lontanamente una reazione adulta, anche se un sacco di adulti si comportano a questo modo. Mentre sbatacchiavo senza motivo le ultime due sedie una sopra l'altra, una vocina dentro mi diceva che mi stavo comportando come un ragazzino idiota. Ma continuavo a farlo, perché una volta entrato in quella specie di nebbia cupa dovevo continuare a restarci, altrimenti avrei dovuto ammettere di aver avuto torto, e questo non sia mai.

C'era dell'altro: quel giorno Carmel mi aveva dimostrato quanto era forte, e così, in qualche zona del mio cervello, io stavo cercando di riaffermare una qualche influenza su di lei facendo sì che tutto girasse attorno a me. Era imperdonabile e lo abbiamo fatto tutti: cercavo di scoprire quanto ero importante, e stavo veramente scegliendo il momento sbagliato per farlo.

Carmel notò che ero seccato. Mentre chiudeva a chiave il centro sociale spezzò il silenzio. «È stato carino da parte tua fare quel ritratto a Claire. Jez ha detto che gli è piaciuto molto.»

«Davvero?»

«Sono dei gran bravi ragazzi, vero?» Carmel tornò nel vago, cercando di scoprire cosa non andava.

«Già, sei proprio una chioccia.»

Si voltò a fissarmi. Aveva ancora una serratura da chiudere. «E questo che cosa vorrebbe dire?»

«È davvero strano: un minuto dici che non vuoi dei figli e un minuto dopo sei tutta stereotipi e fai la chioccia, completamente all'opposto. Non è coerente.» *E quella vocina mi urlava di piantarla, mi implorava di dirle che era da ammirare per quello che faceva, per la sua grande sollecitudine.*

Carmel chiuse a chiave l'ultimo lucchetto. «Sei troppo giovane. Non avrei dovuto portarti qui.»

«Scusami se sono così giovane.»

«Scuse accettate.»

Arrivammo alla fermata dell'autobus, deserta, senza aprire bocca. Carmel camminava davanti a me. Ormai era quasi buio e l'oscurità non migliorava l'aspetto di Winterton Road. Attendemmo in silenzio, mentre le auto ci passavano accanto veloci. Tornavano a casa dal lavoro.

Carmel chiuse gli occhi e di botto portò le mani al viso, le dita tese e aperte, inspirando, come se fosse stata sul punto di parlare, per poi interrompersi. Qualsiasi cosa fosse sul punto di dire, voleva essere precisa ed esatta. Aveva cercato di farlo nel centro commerciale, aveva cercato di mostrarmelo nel gruppo del doposcuola e ora era ancora lì, tentando di spiegarmi con chi mi ero andato a impegolare. Voleva farmelo capire, e io, ancora una volta, non ascoltavo con la necessaria concentrazione.

«Non voglio essere una *madre*, Adam, voglio smettere di essere una *figlia*. Sei uno *stupido*. Pensavo che tu lo avessi capito. Che avessi messo insieme gli elementi. Qualunque sia la vita di quei bambini, la mia è stata decisamente peggiore, e quindi so come parlare con loro. E se li sto aiutando, significa che non sono così *inutile* come credo di essere.»

«Che intendi dire, perché la tua vita è stata peggiore? Troppo da bambolina, per te? Non avevi sale da bagno a sufficienza? Se è stata così schifosa, allora perché sei ancora lì? Avresti dovuto andartene secoli fa.» *Non farlo, spiega perché sei così stronzo. Chiedi scusa.*

«Oh, che sbaglio che è stato. Sono proprio un'idiota.» Carmel parlava tra sé e sé.

«In che modo è stata peggiore?» Continuavo a scavare, tormentando la ferita aperta. «Non mi sembra che sia stato poi così malaccio, non come questo.» Con la mano indicai il centro sociale, le case che ci circondavano: quelli non erano i sobborghi della buona borghesia. Ero pronto a scommettere che Louise non sapesse dove abitava Carmel.

Carmel si chiuse a riccio. «*Era peggiore*. Ti devi fidare di me, è tutto quello che posso dirti. Non continuare su questa linea, Adam, non farlo e basta.» Cercava di girare attorno a quello che non mi poteva confidare. «Per me è difficile andarmene da casa, mentre non è difficile restarci. Non posso spiegartelo.»

«Che cosa hai scritto sulla mano di quel tizio?» sbottai. La vocina mi stava dicendo che da quel momento in poi ogni istante sarebbe stato buono per fare la figura del completo imbecille.

Carmel mi guardò, la bocca aperta per la sorpresa. «È tutto qui il problema? *Jez*? Sei un cazzone.» Un autobus comparve in lontananza alla luce del crepuscolo e lei fece un cenno con il braccio, dicendomi, senza voltarsi a guardarmi: «Non salire su questo bus. Non ho voglia di parlarti. Per tua informazione, e non so per che cazzo mi prendo la briga di dirtelo, ho dato a Jez il numero di una ragazza del centro che ha appena terminato il corso di pediatria e potrebbe dargli una mano ora che è solo. Ok? Posso *farlo*? Me lo *permetti*?» Un pensiero le attraversò la mente. «A questo punto non mi devi cinquanta sterline? Ma questo non è un "tradimento" vero e proprio, giusto? Assomiglia più a un "mollami nella merda." La seconda volta di fila, poi. Possiamo dire che con questi due colpi ormai sei fuori gioco?»

Carmel salì sull'autobus, mostrò il suo abbonamento e il mezzo si allontanò.

Avete presente quando hai appena concluso un litigio e continui a rimuginare senza posa su quello che hai detto e ti viene in mente un ziliardo di frasette giuste per mettere l'altro al suo posto e giri di parole e modi perfetti per scusarsi e sistemi per far sì che l'altro ti perdoni e ti voglia di nuovo bene? Be', io lo feci per un po', aspettando l'autobus seguente mentre il traffico si faceva sempre meno intenso, fino a cessare del tutto, e continuai a borbottare battute fulminanti, tutte al livello di «E lo stesso a te.» Qualcuno si unì a me alla fermata, ma si allontanò accorgendosi che stavo brontolando tra me e me. Quando finalmente il mezzo arrivò, non avevo ancora trovato il modo di riconquistare Carmel. Le porte si aprirono e c'era di nuovo lo stesso autista filosofo che avevo incontrato in precedenza.

Lasciai salire prima gli altri. L'autista mi guardò e disse con disprezzo: «Hai poi deciso dove stai andando?»

«Intendi, "esistenzialmente?"» chiesi.

«Intendo, "nella vita"», confermò l'autista, osservandomi con un'aria stavolta un po' meno sarcastica, perché si era accorto quanto fossi infelice.

«No. La risposta dovrebbe essere "no".»

«Bravo, esattamente come tutti noi. Entra, dai, l'acqua è *deliziosa*.»

Tutta questa roba da grandi era… difficile. Salii sull'autobus.

7

Per due settimane intere Carmel mi gelò con la lucida disinvoltura di chi è riuscito, con pieno successo, a evitare per anni la propria famiglia. Persino l'allegato a una e-mail con la Pantera Rosa che ballava danze anni Sessanta e poi le augurava una giornata da sballo non ebbe effetto. Ormai mi consideravo telepaticamente scaricato, senza dubbio alcuno. C'era Ben-sempre-pronto, ma anche lui non era molto disponibile, visto che lavorava ogni ora che Dio mandava in terra per un qualche super-importante esame di ragioneria, del tipo o lo passi o te ne vai. Per tutti questi motivi diventai una figura più familiare al college, dove l'argomento del giorno era Torres e le sue «sessioni di consulenza» a tu per tu.

Quelli dell'infornata della prima settimana erano emersi dall'ora di colloquio con l'Oracolo pallidi, ma ancora pubblicamente convinti che ciascuno di loro fosse L'Eletto, capace di distruggere l'establishment dell'arte britannica. Poi, a poco a poco, cominciò a trapelare che Torres era convinto che il medico pietoso rende la piaga ulcerosa, e che faceva a pezzi tutti gli allievi per il loro proprio bene, in modo che potessero «rimettersi in sesto». Il college si divise nettamente in due: gente che era rimasta traumatizzata e gente che stava per esserlo. Nessuno rivolgeva più la parola a Emily, perché, ai tempi in cui pensava che una cosa del genere le avrebbe dato lustro, aveva raccontato a tutti che le sessioni erano state una sua idea. E poi il sangue cominciò a scorrere... Fui uno degli ultimi a vedere Torres e l'appuntamento di Emily con la morte era per quello stesso giorno. Il mio era fissato per le quattro del pomeriggio e quello di Emily a mezzogiorno: decidemmo di incontrarci per pranzo da Nadotti.

Emily era rimasta sorpresa di essere stata convocata: lei aveva lavorato per Torres, aveva parlato con lui delle sue opere un sacco di volte, per cui immaginava che il loro incontro non sarebbe stato altro che un suggello sul materiale visto da Torres in precedenza. Ma capii che era accaduto qualcosa di veramente orribile nell'istante preciso in cui Emily, con addosso gli occhiali da sole speciali riservati ai momenti difficili, entrò da Nadotti accendendosi una Gitanes (e non la sua solita Ultra Light) e ordinò un doppio espresso con un cornetto alle mandorle. Roba pesante. Sedette davanti a me, si tolse gli occhiali da sole e in quel momento seppi che faccia dovevano avere gli aristocratici nel momento in cui venivano condotti alla ghigliottina. Dignitosa, a testa alta, Emily non aveva la minima intenzione di mostrare a questo villico quanto era stata ferita. Parlammo a voce bassa, perché il locale era pieno di studenti del college.

«Come è andata?»

Una tiratona dalla Gitanes. Rispose calma, con un guizzo incomprensibile negli occhi. «Sono tiepida. Evidentemente.» Un'altra tirata. Si voltò verso il bancone e sbottò. «Ehi, ho ordinato un caffè, c'è qualche remota possibilità che arrivi?» Il Nadotti impegnato alla macchina del caffè sollevò le sopracciglia e borbottò una sconosciuta parolaccia in italiano. Emily disse: «*Guarda che capisco*». Poi, rivolta a me: «Qui non ci torniamo più».

«Ok.» Volevo mantenere il mio contributo conciso e concentrato sul soggetto.

La sua voce si fece più stridula. «*Sono* tiepida. Sono tiepida. Sono...»

«Tiepida.»

«Grazie, non c'è bisogno di ripeterlo.»

«Perché sei tiepida?»

A quel punto non avevo una gran voglia di andare al mio incontro con Torres. Quello faceva a pezzetti persone che conosceva bene e che gli piacevano davvero, e per quanto mi riguardava mi aveva a malapena notato. Mi avrebbe schiacciato come una mosca senza pensarci due volte. Emily si accese un'altra sigaretta con la cicca della prima, poi accettò di malagrazia il caffè e il cornetto. Versò una cucchiaiata di zucchero nella tazza, sbuffando fumo come una lavandaia. A volte le classi superiori così ordinarie. Cercò di rammentare altre citazioni scelte.

«Dunque, il mio lavoro possiede un cinismo mal ponderato e distorto, molto compiaciuto.» Il cucchiaino tremò nella sua mano.

«Cazzo.»

«Non credo che potrebbe essere d'aiuto. Comunque grazie per l'offerta.» Si scolò l'espresso in due sorsate e ne ordinò un altro. «Queste sessioni di orientamento sono state la peggiore idea che abbia mai avuto. In tutta la mia vita. Tutta.» Di lì a due minuti avrebbe avuto un attacco isterico da caffeina, ma non me ne sarebbe potuto fregare di meno – non riuscivo neppure ad assaporare il raro piacere di assistere all'umiliazione di un'amica, perché il prossimo sarei stato io.

«Qualche consiglio su cosa dovrei fare?»

Rise amaramente. «Preparati al peggio. Il peggio che puoi immaginare.» Con una sola tirata, un buon centimetro della sua sigaretta si trasformò in cenere penzolante. «Non avrei mai pensato che mi parlasse a quel modo. *Compiaciuto*.» Seguì un elenco delle sue credenziali, a dire il vero espresso in modo molto compiaciuto. «Per diciotto mesi ho svolto servizio di consulenza all'Atlantic College… e come risultato, per poco questo non mi ha fottuto il mio baccalaureato internazionale. Ho impedito al principe ereditario di quel cazzo del *Lussemburgo* di FOTTERSI la sera precedente il mio primo esame, lo sapevi? E sono stata una delle prime del mio corso a stracciare la tessera del New Labour.» Spense con cattiveria la sigaretta nel cornetto. «Sono membro di Amnesty da quando avevo *undici* anni, Cristo santo.» Il cameriere con cui era stata brusca le portò il secondo caffè. «Ho scritto più lettere di san Pietro.»

«San Paolo», la corresse il cameriere, con evidente soddisfazione. «Una sterlina e cinquanta.»

«Ci scusi, questa è una conversazione privata. Ecco i suoi soldi, grazie mille.» Lasciò il caffè intatto, prendendo con irritazione un'altra sigaretta. «San Paolo, chiunque sia.»

Aggrottai la fronte, cercando di trovare almeno un lato buono nella situazione. «Forse si sta comportando in modo palesemente stronzo con le persone che ritiene migliori. Tu non hai bisogno di lodi, perché ne ricevi già tante, e quindi hai bisogno di qualche critica.»

«Psicologia al contrario. Tanto banale?» Emily si fermò a riflettere. Non sembrava convinta. «Potrebbe essere un triplo bluff. È un nanerottolo complicato.»

«Credo di sì. Più te ne dice, più sei grande.»

«Allora devo essere Michelangelo», borbottò, e poi si alzò con aria decisa, ricacciandosi sul naso gli occhiali da sole. «Ho intenzione di far sputare sangue alla mia carta di credito, giù a Kensington. Mi sembra l'unica soluzione a breve termine.»

«Qual è la soluzione a lungo termine?» Mi aggrappavo a ogni possibile speranza.

«Non sono arrivata a quel punto. A che ora devi incontrarlo?»

«Alle quattro.»

«Per quanto riguarda la soluzione a medio termine, stasera dovremmo ubriacarci come cucuzze», stabilì Emily, illuminandosi tutta. «Ne avremo entrambi bisogno. Ci vediamo dopo.»

***

Alle quattro meno cinque in punto, uscii da un ascensore cigolante e mi trovai nel Corridoio del Potere, dove tenevano le chiappe Torres e tutti i pezzi grossi, come l'economo. L'ascensore era piccolo, relitto di un'epoca ormai passata: saliva di tre centimetri al secondo e le porte non erano automatiche, quindi ebbi qualche difficoltà a spingere le porte a soffietto ed emergere con il mio portfolio allo stesso tempo. Procedendo fino al fondo del corridoio ricoperto di moquette, dove si trovava l'ufficio del preside, sentivo provenire da dietro le porte chiuse degli uffici i mormorii delle conversazioni telefoniche e il clicchettare delle tastiere dei computer. Un'impiegata dell'amministrazione aveva la porta socchiusa e mi osservò con simpatia quando le passai davanti: ultimamente aveva visto una quantità di studenti tornare sui loro passi in lacrime.

Andai davanti a una porta con su scritto Segreteria della Presidenza: nell'ufficio c'erano una scrivania vuota e un computer con un salvaschermo animato dell'*Urlo* di Munch. Feci del mio meglio per ignorarlo. «È permesso? C'è nessuno?» chiesi con voce tremante. «Mr Torres?»

L'accento strascicato losangelino di Torres emerse dalla stanza vicina. «Adam Fox? Sei tu? In perfetto orario. Vieni.»

Vedendomi entrare Torres, che era disteso su un divano, scese con un ampio movimento delle gambe. Indossava una polo nera, pantalonacci grigi e delle collanine di perline rosse e gialle. Le scarpe da ginnastica erano sotto la scrivania: se le era tolte e lì le aveva lasciate. Le pareti dell'ufficio erano rigate dalle ombre delle tende alla veneziana che schermavano il sole pomeridiano, ormai basso all'orizzonte.

«Ciao, Adam, che piacere!» Mi prese la mano e me la strinse energicamente, guardandomi con un sorriso pieno di convinzione. «È fantastico incontrarti, finalmente, non abbiamo avuto molte occasioni di parlare, vero?» Mr Torres era in piena campagna elettorale: se avessi avuto con me un bambino, lo avrebbe baciato e si sarebbe messo in posa per farsi fotografare. Abbassò lo sguardo sui piedini coperti da un paio di calze sportive e arricciò le dita. «Scusa la mia posizione sul divano. Mi stavo facendo un pisolino ristoratore, sai com'è, per noi *pezzi grossi*, ah ah.» Rise, per farmi capire che stava scherzando. «Coraggio, non fare il timido. Vedo che hai portato i tuoi disegni, carino da parte tua. Dove ci dobbiamo mettere? Decidi tu.»

Mi chiedevo se non fosse una specie di test psicologico. Se dicevo che ci dovevamo sedere per terra significava che ero un certo tipo di persona, se preferivo il divano ero un altro tipo e così via. Dovete capire che a quel punto ero proprio in paranoia. Avevo tutte le antenne tese, pronte a percepire una qualsiasi inflessione nella sua voce, un indizio che potesse aiutarmi a superare la prossima ora. Decisi di giocare d'attacco.

«Mi metterò al suo posto, se le va bene», dissi, facendo cenno con la testa alla sua scrivania. Così gliela facevo vedere, tanto valeva partire con il piede sbagliato, con quello stronzo.

«Certo, certo, se è quello che vuoi.» Torres ammiccò e mi sorrise. «Faccio spazio, così possiamo metterci comodi.» Impilò dei documenti e li mise da parte. «E allora, come te la *passi*? Riesci a sopravvivere il primo trimestre?»

Era una domanda trabocchetto? «Per ora tutto bene.» Posai il portfolio sulla scrivania e lo aprii. Dai, continua a rimandargli la palla. «E lei, riesce a sopravvivere al *suo* primo trimestre?»

Ci pensò sopra. «*A malapena*, grazie per l'interessamento. Hai già imparato qualcosa?» Mi sorrise di nuovo, impacciato, tanto per farmi vedere che stava scherzando, ma avevo la vaga sensazione che quell'uomo non scherzasse mai senza un secondo fine. Nell'impeto del momento, decisi che avrei risposto alle sue domande nel modo più sincero possibile, per disarmarlo.

Osservai i miei disegni, impilati nella cartella. «Ho imparato solo che non sono un granché, mentre avevo sempre pensato di essere il migliore.»

Torres avvicinò una sedia, osservandomi con più attenzione. «È normale, no?»

«Non lo so, non ho mai fatto prima qualcosa del genere.»

«Suppongo di no.»

«In questo momento ho una gran paura», dissi, sempre senza guardarlo. «Tutti escono da questi incontri a terra.»

«Davvero?» Torres fece una faccia che poteva significare indifferentemente «*ma che peccato*» oppure «*e chi se ne fotte*». «Giuro, non è così terribile, sono solo sincero e la sincerità può essere dura da sopportare, non credi?» Inforcò un paio di occhiali da lettura senza montatura, molto di tendenza, sedette e con un tonfo posò sulla scrivania le mani intrecciate. «Ok, Egregio Signor Fox, mostrami che cosa hai fatto. Di che pasta sei fatto?»

Restai in piedi passandogli, uno alla volta, i miei disegni: i ritratti della mia famiglia, dei vicini, quelli degli operai che lavoravano nei magazzini di Lowestoft, la chiesa di Blythburgh vista da lontano. In pratica, tutto quello che avevo portato con me a Londra, più tutto quello che avevo fatto fino a quel momento al corso, compreso un ritratto di Diane che sarebbe stato il mio regalo per Natale, finito solo la settimana prima. Avevo anche un album di fotografie delle mie grandi tele astratte, che Torres sfogliò: risalivano alla fase eccentrica del mio corso di base, e ora stavano immagazzinate a casa, a Lowestoft. Il preside non mi fece una sola domanda, e io non gli diedi nessuna spiegazione. Tutta la faccenda richiese circa un quarto d'ora. Infine Torres si tolse gli occhiali e li mise da parte.

«In cosa credi, Adam?» Sporse il labbro inferiore e arricciò il naso, osservandomi con grande attenzione, in attesa di una risposta. Riuscivo quasi a sentire quell'enorme cervello che si metteva in moto, e passava alla marcia superiore.

«Nella gente», risposi. «Credo nella gente.»

«Gente? *People who need people*, come cantava la Streisand?» canticchiò Torres. «È la gente più fortunata del mondo, lo sapevi?»

«Prego?» Ma di che cavolo stava parlando?

«Non eri ancora nato. Lascia perdere.» Socchiuse gli occhi. «Sei forse uno di quei figuri che dicono: amo starmene seduto in un caffè a osservare il mondo che gira? Guardano i passanti e si chiedono come saranno le loro vite, tutti hanno una storia che aspetta solo di essere raccontata, ciascuno di noi è unico, no? Sei uno di quei tizi?»

«È un male?» Sembrava quasi che mi avesse ascoltato di nascosto.

«No, solo non credo che tu sia una persona che ama la gente. Non nel profondo del cuore. Credo che tu sia troppo vanesio. Oh, ma guarda che faccia, sono stato di nuovo troppo franco. Quanti anni hai?»

Adesso sì che me le aveva fatte girare. Detto ciò, eravamo sempre sul mio argomento preferito, io. «Diciannove. E lei?»

«Quarantotto il mese prossimo.»

«Tanti auguri. Spero di essere ancora qui a festeggiare con lei.»

«Sono sicuro di sì: è questo il motivo per cui sei così frizioso?»

«Frizioso?»

«È un termine del Tennessee, sai bene che cosa significa. E rilassati, cazzo.»

«Credevo che avesse poco più di quarant'anni. Non se la passa male.»

Torres era in estasi. «Mr Fox, lei sta illuminando la mia giornata.»

«Ma lei non sta illuminando la mia», replicai, il più asciutto possibile.

Mi scoccò un sorrisetto. «Lo so.» Con Torres l'umorismo sembrava essere un buon sistema di approccio: starmene lì a fare il broncio come un ragazzino non mi avrebbe portato da nessuna parte.

Passai di nuovo all'offensiva. «E allora, secondo lei perché non mi piace la gente? Come fa a dirlo? Perché ho diciannove anni? La gente le piace di più solo perché ha quasi mezzo secolo?»

«Ahi, che male. Che razza di accento hai?» chiese Torres.

«Non cominci, eh.» La mia parlata diventava più evidente quando prendevo fuoco.

«Ma come siamo permalosi.» Torres si alzò in piedi e si avvicinò al divano. «Vieni a sederti qui.» Sedetti e lui si accomodò guardandomi, a gambe accavallate, pensieroso. Ricordo che pensai: un idiota, arrivato fin qui dritto dritto dagli anni Sessanta.

«Ti sei già tolto il dente del giudizio, Adam?»

«No. Sono sani, toccando ferro», replicai secco, tamburellando sulla testa con un dito. Dove voleva andare a parare?

«Posso raccontarti una storia? I miei erano tutti... eh, compressi, così si dice, perché ho questa mascella inferiore strana.» Mi fece toccare la sua mascella. «Capisci che cosa intendo?» A me sembrava normalissima. «Comunque era...» I suoi occhi ebbero un flash minaccioso. «...un quarto di secolo fa e io avevo venticinque anni, più o meno, quando me li feci togliere, perché detesto andare dal dentista e avevo continuato a rimandare e a rimandare. Più o meno come sei riuscito tu a rimandare questo incontro.» Non gli sfuggiva niente. «Allora, sono in una saletta appartata nello studio del mio dentista, e mi sto risvegliando dall'anestesia generale dopo essermi fatto estrarre i denti del giudizio. Ti hanno mai fatto l'anestesia generale?» Scossi il capo. «È una faccenda straordinaria, Adam. Abbiamo tutti cinque anni, quando emergiamo da una anestesia generale. C'è una infermiera sulla cinquantina a prendersi cura di me, bella morbida, consolante, e ti giuro, frigno e mi lamento come se Dio si fosse preso un giorno di ferie e mi avesse mollato lì con tutti i guai del mondo. Nessuna inibizione, nessuna idea del perché sto piangendo. Se mai diventerò uno psicoterapeuta, riserverò l'anestesia generale come cura estrema per i miei pazienti più difficili. Per gente come te, Adam, ah ah!»

«Sono un paziente difficile?»

Torres si entusiasmò. «Spero di no. Di sicuro non credo che tu lo sia.»

«Sono un agnellino.» Incalzai. «Come va a finire la storia?»

«Dunque, sono lì che strillo e frigno e l'infermiera mi abbraccia e dice...» Al ricordo, Torres scoppiò a ridere. «Usò quel particolare tono di voce che senti solo in certe donne di mezza età, sai cosa intendo, veramente seccata e delusa, e dice: "Voi uomini, vi tenete tutto dentro, vero? Ecco il motivo di tutte queste guerre". E a quel punto io scoppio a ridere e a piangere allo stesso tempo, e dalla bocca mi escono lacrime e sangue... che roba, che schifo. *Comunque*, questa è la storia.»

Risi, anche se mi sentivo sulle spine.

«Oh, ti ho strappato un sorriso. Questo sì che è un successo.»

Dimmi quello che mi devi dire, pensai. «Qual è la morale della storia? Vorrei che lei mi trattasse a pesci in faccia e la facesse finita con questa faccenda.»

Per la prima volta Torres sembrò sinceramente seccato. Ero riuscito a scalfire la sua calma, e provai un sussulto di trionfo. «Forse è stata una cattiva idea», borbottò.

«Emily ne è convinta», scherzai.

«Davvero?» Torres fece una smorfia e si avvicinò alla finestra più grande dell'ufficio. Alzò le tende alla veneziana, inondando la stanza di sole pomeridiano e rimase a fissare fuori. Londra. Sospirò, abbassò lo sguardo a terra, poi si stropicciò gli occhi. Forse io avevo fatto piangere *lui*: che nemesi. Con voce ferma disse: «Vieni qui a guardare, Adam». Lo raggiunsi alla finestra, cercando di capire se aveva le lacrime agli occhi. L'ufficio di Torres era al sesto piano e aveva una bella vista sulla parte settentrionale di Londra, giù fino ai grattacieli della City. Sembrava piuttosto commosso mentre diceva: «È un posto complicato. Confuso. La gente non sa che cosa sta facendo, capisci?» Poi assunse un tono più deciso. «La gente ritratta nelle tue opere non è affatto complicata né confusa. Prendi questa.» Andò alla scrivania e tornò con il ritratto di Diane. «Hai una buona tecnica e di sicuro a un certo punto ti hanno insegnato tutte le regole, ma questa donna, secondo questo foglio, non ha *anima*. Non è neppure neutra come un cartoncino di auguri, è vuota di *qualsiasi cosa*. Ma lei non lo è, vero?»

Osservai il ritratto. Non era la mia opera migliore, bisognava ammetterlo. Era un regalino di Natale da quattro soldi, nella pura tradizione Fox. «Certo che no. È una gran donna, molto gentile, anche un po' triste. In effetti, in un certo senso è un po' vuota.» Per la prima volta pensavo veramente a Diane.

«Però è un tipo di vuoto diverso, vero? Perché non l'hai colto? Che cosa ti ha fermato?» Colsi il suo sguardo mentre tornava alla morale della storia sui denti del giudizio. Continuò. «Il mondo è un luogo profondamente ambiguo...»

Lo interruppi. «Questo lo so. Se c'è *qualcuno* che lo sa, quello sono io.»

«Davvero? Diventi più interessante ogni minuto che passa. *E allora mostralo*.» Voltò le spalle alla finestra. «È tutto qui: mettici un po' d'anima.»

Ecco la frase colma di saggezza: mettici un po' d'anima. Torres, in piedi dietro la scrivania, cominciò a frugare tra certi documenti, fissando il suo computer. Mi guardò, quasi sorpreso che fossi ancora lì. «Ehi, grazie per essere venuto, spero che non sia stato troppo orribile.»

«Che intende dire con mettici un po' d'anima?» Non riuscivo a credere che la cosa finisse così. «Mi dica che cosa devo fare.»

«Oh, non sono mica un orco», disse Torres con modestia, stringendosi i documenti al petto. In quella frase c'era ben più di un'ombra di ironia. Mi aveva proprio conciato per le feste.

«Me lo dica e basta.» Mi lasciai cadere su una sedia davanti alla sua scrivania – il posto dell'imputato sul quale non mi ero voluto mettere – e infine mi arresi al processo. Torres era un grande insegnante – mi aveva fatto fare quello che voleva dal momento stesso in cui ero entrato nella stanza. Ormai ero stato assimilato dai Borg, come in *Star Trek*, la mia resistenza era risultata inutile. «Come posso migliorare?»

Torres rimise giù i documenti con un tonfo e un sogghigno malizioso. «E allora vuoi un suggerimento? Lo vuoi? Davvero?»

«Sì, *sì*, lo voglio», risposi, colpendo con i pugni i braccioli della sedia, fingendo un accesso di entusiasmo.

Rise. «Sei *strano*, lo sai?»

«*Lei* definisce *me* strano? Adesso sì che sono nei guai.» Mi circondai le spalle con le braccia. «Mi dica qualcosa di profondo, o mio maestro.»

«Ci proverò, saltapicchio.» La sua voce era colma di certezze. Ne ero incantato. «Fai un autoritratto, prova ad analizzare te stesso. Non importa se ti fa male. Poniti delle domande e non cercare per forza delle risposte, non è compito tuo fornire delle risposte. Arriveranno se vogliono arrivare e forse non ti piaceranno. Ma se poni delle domande su te stesso allora la gente che guarda le tue opere si farà a sua volta delle domande. In questo momento tutti i tuoi disegni sono pieni di facili risposte, quando dovrebbero essere una ridda di domande difficili. Tu stai tirando avanti grazie a un sorriso e a un sacco di fascino innato. Non è sufficiente. Chi sei? Non pensare a dipingere altre persone fino a quando non conoscerai te stesso.» Mi scoccò un'occhiata inquisitoria, mentre le sue parole mi penetravano nel profondo. Infine lanciò un'occhiata all'orologio. «E per ora questo è tutto, caro signor Fox. Ci vedremo in qualche parte nel cosmo, senza dubbio alcuno.»

Mi alzai, sentendomi intontito. «Grazie», mormorai a

mezza voce, e raccolsi i miei lavori dalla scrivania. «Allora ciao.» Mi diede il suo caratteristico abbraccio da orso e un fiume di parole ancora più caratteristiche per spiegarmi come fosse stato bello parlare e ora me ne sarei tornato là fuori, nel grande mondo, là dove non si parlava continuamente di me, e, percorrendo a fatica il corridoio moquettato, improvvisamente sentii che Torres aveva avuto la meglio su di me, a livelli tali che ormai non me ne importava più. Ebbi la sensazione che, nell'istante in cui richiuse la porta alle mie spalle, non pensava già più a me. Il vecchio ascensore non rispose alle ripetute chiamate – qualcuno doveva aver lasciato le porte aperte a un altro piano – e mi avviai a piedi al foyer, rimuginando su quello che Torres aveva detto. Di sicuro non ero arrabbiato come altri lo erano stati dopo l'incontro, e quella poteva essere una bella cosa, oppure no.

Emily mi stava aspettando nel foyer, con un'aria molto più felice di quando l'avevo vista l'ultima volta. Kensington era stata trasformata in una terra desolata di negozi ridotti in cenere e commesse sfinite. «Dimmi tutto, ti ha trattato in modo ignobile?» chiese. «Ero così incazzata, che sono a malapena riuscita a combinare qualcosa.»

«A dire le verità è stato gentile.» Annuii, pensoso. «Mi ha detto che il mio lavoro manca di anima.»

«E questo tu lo chiami *gentile*?» Emily fece una smorfia. «Ti basta così?»

«Già», risposi. «Probabilmente ha ragione. È stato importante per me. Hai visto le mie cose, vero?»

Emily annuì, e si sforzò coraggiosamente di dire qualcosa che potesse implicare che ero più tagliente di un tritatutto Moulinex. Scoppiammo entrambi a ridere: avevamo tacitamente stabilito che le mie opere fino a quel momento erano, a dire la verità, men che banali. Uscimmo al fresco per andare a farci quella super bevutona che ci eravamo promessi di fare. Il mio buonumore era del tutto sorprendente. Mentre scendevamo la scalinata del college guardai al lato opposto della strada e vidi Ben in piedi, sul marciapiede. Mi salutò con la mano, con un sorrisetto ironico sulla faccia. Fu un momento molto tenero: ero sorpreso di essere così felice di vederlo.

«Mi sono appena ricordato che avevo già un impegno», dissi a Emily. «Possiamo andare a bere un'altra volta?»

Emily sembrò seccata; in fondo si era appena trascinata fin lì da Kensington solo per quel motivo, ma era troppo ben educata per dire qualcosa. «Ma certo, domani, quando vuoi. Allora ciao; sono felice che Torres non ti abbia maltrattato.»

Ci separammo ai piedi della scalinata e attraversai la strada per andare da Ben. Era bardato dalla testa ai piedi con le insegne del vero figlio della City, ma non sembrava stanco come quando rientrava dal lavoro. Mi fermai a qualche metro da lui e chinai la testa di lato.

«Ciao, bellezza», disse Ben.

«Ciao, bellezza.»

«Com'è andata?» chiese.

«Che cosa?»

«Il tuo grande incontro con il piccolo capo. Era oggi, vero?»

Se ne era ricordato. Ero commosso. Mi avvicinai. «È andata bene. Ma tu non dovresti ripassare per i tuoi esami?»

Ben fece una smorfia. «Oggi non riuscivo a combinare un cazzo. Me la sono svignata per venire a trovarti.»

«Wow. È gentile da parte tua.» Posai a terra il mio portfolio e lo abbracciai, d'impulso. Lui si irrigidì e si guardò rapidamente attorno. Mi ritrassi e gli chiesi: «E allora, come va? Sul serio.»

Ora era il turno di Ben di sorprendersi. «Io? Non malaccio. Credo. Davvero. Cerco di non pensare a me, a dirti la verità, sarebbe controproducente, data la vita che faccio. Non ne posso più di tutti questi ripassi, questo è sicuro. Ma per fortuna ci sei tu.» Torres mi aveva detto che non ero una persona autenticamente interessata agli altri: ora una persona con la quale avevo una relazione era rimasta sconcertata solo perché le avevo chiesto come stava, e perché avevo detto che desideravo una risposta seria.

«E allora, qual è il tuo posto?» chiese Ben. Ci girammo a guardare il college, e gli indicai le finestre delle aule più importanti. Emily, ancora ai piedi della scalinata, osservava Ben e me con grande curiosità. Probabilmente aveva visto il nostro abbraccio. Quando ci voltammo, lei si allontanò. La distanza che ci separava era appena sufficiente perché potessimo fingere di non esserci visti. Credo che si sentisse ferita per essere stata abbandonata così bruscamente. In un modo o nell'altro avrei rimediato.

«Ho una sorpresa per te», disse Ben, assumendo un terrificante accento dell'East End. «Ce ne andiamo in centro per una seratona con i fiocchi. Sei mio ospite, bambolotto.» Esibì due biglietti teatrali con un gesto elegante. «Non hai impegni per stasera, vero? Per favore, dì che non ne hai.»

«No. Che spettacolo è?»

«Si intitola *Art*. Mi sembrava adatto all'occasione.» Dovevo aver fatto una faccia delusa al pensiero di altra Arte: per quel giorno ne avevo abbastanza. «Non ti preoccupare, è una commedia, ho controllato.»

«Be', grandioso. Grazie. Non sono mai stato a uno spettacolo a Londra.»

«Davvero? Benone, è una prima. Saranno elettrizzati di avere tra il pubblico un vero artista, completo di macchie di vernice, penseranno tutti che fai parte del cast.» Ben si chinò su di me e aggiunse. «Oggi sono proprio pazzo di te. Non ho mai smesso di pensarti. Neppure per un istante.»

Accettavo che Ben mi dicesse di essere pazzo di me come se mi fosse dovuto. In fondo pensavo che lui fosse buffo e fico, mentre io ero bello, e quindi era *ovvio* che mi amasse. Il fatto che trascorressi un giorno dopo l'altro cercando di disegnarmi e di scoprire come fosse la mia anima la diceva lunga a proposito del grado di autoconsapevolezza che avevo all'epoca. Era una cosa così *tipicamente* giovanile: solo gente come Rembrandt può concederselo in età matura e farla franca. Io passavo ore e ore davanti allo specchio.

Disegnare me stesso. Disegnare il vero me stesso, pensai. *Chiunque* possa essere. Autoritratto come scelta multipla, Adam Fox era

A. un bastardo doppiogiochista,

B. un tipico *maschio* che tiene per sé tutte le emozioni, come aveva detto l'infermiera,

C. un povero ragazzino sperduto che cercava l'amore dappertutto, che strazio,

D. tutte le risposte precedenti,

E. nessuna delle risposte precedenti?

I risultati del test alla fine del capitolo.

I lineamenti essenziali della mia faccia venivano riprodotti abbastanza facilmente sulla carta. Torres aveva ragione, si trattava solo di tecnica, e quella l'avevo sempre avuta. Ma ciò che Torres voleva che io facessi non aveva niente a che fare con il guardarsi allo specchio. Se fossi rimasto seduto lì abbastanza a lungo, a pensare pensare pensare, qualcosa nella mia testa, ciò che mi faceva essere quello che intrinsecamente ero, sarebbe diventato un segno sul foglio – un guizzo nella linea che formava la palpebra oppure un'inclinazione della testa o del mento che avrebbe fatto vivere l'intero disegno.

Ci provavo e riprovavo. E non ci riuscivo. O almeno così credevo allora.

Qualcosa mi costrinse a conservare quel ritratto, anche se lo detestavo. Non è un capolavoro e gli occhi e la bocca sono stati cancellati e ridisegnati tante di quelle volte che la carta è ormai quasi consumata. Ora è molto fragile e, come qualsiasi ricordo, devi maneggiarlo con cura. Ma l'effetto dello sforzo di provare a disegnare *me stesso* e tutti gli errori che ho commesso facendolo è di evocare con una certa accuratezza il diciannovenne che l'ha realizzato: le linee incerte ed esitanti mi fanno sembrare smarrito, tutto domande e niente risposte, come aveva detto Torres. E *allora* ti accorgi che, cazzo, ero proprio un gran bel tipo. Anche la vanità vince, ma guadagna solo la medaglia di bronzo: smarrito, perplesso e *poi* attraente, in quest'ordine. È il primo bel disegno che abbia mai fatto, anche se all'epoca non lo sapevo. Sapevo solo che non mi riconoscevo.

Sembra che io stia cercando di ingannarvi doppiamente e di fare in modo di farmi amare da voi – la pura e sola verità è che non riservai un solo pensiero a Carmel e che trascorsi una bellissima serata insieme a Ben, a teatro e poi in un locale notturno. Neppure un pensiero. Scoprii che potevo chiudere la saracinesca a tenuta stagna quando mi andava di farlo. Ci sono molte cose che vi sto confidando delle quali ora non vado fiero, ma che hanno fatto di me l'uomo che sono oggi.

Risultato del test

La risposta giusta è B, oppure B&C, C oppure E. Se avete risposto A oppure D, mi sorprende che siate arrivati al capitolo sette. Con affetto, e dico sul serio, Adam, baci baci baci.

8

Cinque giorni dopo me ne sto sul marciapiede davanti al numero 52 e mi chiedo: che fare? Si sentiva chiaramente che c'era un litigio in corso. Tre porte e due pareti di mattoni non erano sufficienti ad arginare il rumore. E io avrei avuto una gran voglia di una seratina davanti alla tele a guardare qualche merdaccia in compagnia di una lattina di birra. Era stata una lunga giornata al college e per un momento pensai di girare i tacchi e andarmi a sedere in un pub per un'oretta, lasciando che i Robbins si calmassero. Ma avevo fame, si stava facendo tardi e la curiosità ebbe la meglio.

Avrei potuto sbattere la porta d'ingresso, tanto non mi avrebbero sentito. Rimasi immobile, le orecchie tese, mentre Carmel vuotava il sacco. Non mi parlava da più di due settimane e da quel che sembrava ce l'aveva a morte con Ben e Diane, che l'attaccavano compatti. Però lei si difendeva bene:

«Ben, questo non ha un *cazzo* a che vedere con te, stavo parlando a mamma di una faccenda *privata*...»

«Non è privata, se poi sono io a dovermi fare il culo e a tirare fuori il grano così che tu possa girarti i pollici tutta la mattina in vestaglia, sentendoti vittima di un'ingiustizia...»

«*Coglione*.»

«Piantatela, *tutti* e due, non ne posso più...»

Il tentativo di Diane di calmare le acque non ebbe il minimo successo. Da come stava andando la baruffa di famiglia, si era oltre lo standard dei Corleone, e in seguito ci sarebbe voluto l'intervento delle truppe ONU per pattugliare le zone cuscinetto della casa. E solo per mantenere la tregua. I tre stavano per azzannarsi alla giugulare e a giudicare dal tono di voce aspro e tagliente come un bisturi che di quando in quando emergeva, capivo che il soggetto poteva essere solo i soldi. La domenica sera, a casa dei miei, era usanza che gli *Inni di Lode* venissero bellamente ignorati, mentre i miei genitori si accapigliavano ritualmente sulle spese della settimana. Ero cresciuto pensando che «superlusso» fosse un aggettivo comunemente applicato ai cibi in scatola di marca e che l'espressione «andare in rosso» fosse strettamente correlata al girone più basso dell'inferno. Naturalmente, una volta compiuti vent'anni, scoprii che era davvero così. Non vi infastidisce da morire quando viene fuori che i vostri genitori avevano ragione? O meglio ancora, quando vi trasformate nei vostri genitori?

Così, più per forza dell'abitudine che per altro, mi nascosi in cima alle scale ad ascoltare, proprio come ai vecchi tempi. Dalla porta socchiusa della cucina potevo sentirli benissimo e sapevo per esperienza che probabilmente il litigio era alle prime fasi, perché stavano ancora urlando. Solo quando il tono delle voci si abbassa e diventa intenso e denso di significato la baruffa si fa seria: per il momento, si era ancora alle prime bordate di artiglieria, tanto per intimorire il nemico, e non ancora ai ferri corti, al combattimento corpo a corpo.

Era peggio di quanto pensassi: stavano discutendo persino *l'attitudine* rispetto al denaro. La sostanza della nostra fondamentale diversità. Carmel stava dicendo: «Non so perché ti innervosisci quando si parla di soldi, Ben. Il denaro...

sono solo cifre in un computer. È ipotetico, non reale. Ti prego, non farne una questione così emotiva e complessa.»

In cima alle scale rabbrividii – persino io avevo imparato molto tempo prima a lasciar perdere quel tipo di discorso con la mia famiglia, e avevo sei anni meno di Carmel. La gente come Diane e i miei genitori può anche essere stata cresciuta negli anni Sessanta, ma quel che è certo è che non ha nessun tipo di attitudine hippy nei confronti del denaro.

Sentii Diane gemere. Tutto questo non la divertiva affatto. «È fuori discussione che io ti dia questo denaro, a meno che tu non mi dica a che cosa serve. Comunque, i soldi sono vincolati, e per dirtela tutta non mi va di gettar via del denaro sicuro per una sciocchezza.» *Cazzo, questa non è mai carina, da parte di nessuno, figuriamoci se viene da tua madre. In altre parole, finora ti sei limitata a occupare inutilmente dello spazio, perché mai dovrei sovvenzionarti ancora?*

«Dicci a che cosa serve», chiese deciso Ben. «Perché non ce lo puoi dire?»

Il classico dilemma per la pecora nera di casa: hai bisogno dell'aiuto della famiglia, ma non vuoi che abbiano l'occasione di approvare il tuo stile di vita. Così, ti attacchi a un'idea di amore materno incondizionato, secondo il quale dovresti sempre fare a modo tuo e offenderti se non accade. Di conseguenza, non puoi mai essere dalla parte del torto, esattamente come il Papa.

Diane disse: «Non ci hai mai chiesto così tanto, prima. Novecento sterline sono un sacco di soldi, non si danno così, come niente». Stava cercando di arginare il danno, ma sentivo ancora un tono di dubbio nella sua voce. «Credo davvero che dovresti dircelo. Puoi fidarti se ti sei messa in qualche guaio, lo sai, vero?»

Carmel rispose: «Non sono obbligata a dirvi per quale motivo li voglio. Ne ho bisogno, e so che noi li abbiamo».

«Che cos'è questo "noi", "noi" abbiamo i soldi, vero?» Sapevo che Carmel stava dandosi della stupida per il suo errore, mentre Ben la rimproverava aspramente. «Credevo che mamma avesse il lascito della nonna e che io avessi un lavoro. Cos'è questo "noi"?»

«Sei sempre stata negata per i soldi», aggiunse Diane, intromettendosi prima che Carmel potesse replicare. «Lo sai che è così. Devi dirci a che cosa servono, altrimenti saremo costretti a negarteli. Spiacenti.»

Carmel gettò la maschera della brava figliola. «Cristo, quando vuoi sei proprio una stronza, madre. Molto razionale, ma una *tale* stronza.»

Su, nel pianerottolo, spinsi la faccia contro le sbarre della ringhiera. Non ero sicuro di sapere per chi facevo il tifo. Ben mi piaceva molto – a quel punto ricambiavo la sua cotta – e sapevo benissimo che si dannava a fare un lavoro che detestava. Per questo simpatizzavo con la sua vecchia ideologia liberale, «raccogli i frutti della tua fatica e non aspettarti elemosine.» Detto questo, per quanto riguardava i quattrini avevo la visione standard di qualsiasi altro diciannovenne, ed era molto simile a quella di Carmel: i soldi erano come quello che tenevo nelle mutande, uno strumento che esigeva di essere usato. Mi piaceva avere la gestione delle mie finanze, ora che ero uscito di casa e me la stavo spassando un mondo a svuotare quello che fin troppo presto sarebbe diventato il primo conto in rosso. Stavo già sviluppando un certo gusto per le «piccole, care cose»: allungavo la carta di credito in un negozio di dischi, ed ecco un Cd; la allungavo in un negozio di forniture per artisti, e me ne uscivo con in mano un pennello fatto con i peli della coda di un pony argentino di sei mesi.

Ora, a ventotto anni, continuo a non avere il becco di un quattrino, ma mi capita di rado di pensare ai soldi – forse una volta la settimana – anche se sono passati solo pochi mesi da quando riuscivo a scorgere a venti passi la grana delle buste che la mia banca usa per i suoi clienti «speciali.» Che sollievo.

Me ne stavo lì seduto sulle scale e tutti gli anni da entusiasta spendaccione si dipanavano di fronte a me come un harem davanti a un sultano. Avevo ancora la sicurezza che i miei genitori avrebbero pagato la mia cauzione in prima battuta, ma nel corso dei quattro anni di studi divenne sempre più difficile accettare denaro dalla famiglia. Credo che fossero le prime avvisaglie dell'istintiva etica inglese calvinista. Non che questo mi impedisse di chiedere e di accettare i soldi. Doveva essere difficile per Carmel, alla veneranda età di venticinque anni, chiedere quattrini alla madre.

A questo punto le voci si abbassarono al livello di «intendo dire esattamente questo e cazzo, sono fuori dai gangheri.»

Carmel
Ho bisogno dei soldi, per favore, datemeli.

Ben
Nemmeno per sogno.

Diane
No. Non possiamo, punto e basta.

Dall'alto delle scale, immaginavo un grande fermo immagine alla Tarantino, con tutti che si puntavano reciprocamente addosso una pistola. Chi avrebbe sparato per primo? Invece di far cantare la sua rivoltella, Carmel estrasse il bazooka.

«Allora voglio la mia parte dell'assicurazione di papà. Voglio la mia eredità.»

Soldi e legami di sangue postumi: la faccenda non poteva essere più drammatica. Le voci restarono fisse sul volume baionette-puntate, nessuno-uscirà-vivo-di-qui. Niente al mondo mi avrebbe schiodato: erano lì lì per parlare del padre defunto, quello che, a quanto sembrava, non era mai stato fotografato, ma veniva nominato come se fosse della stessa schiatta di Gandhi e Nelson Mandela. Ma era morto anni prima: perché questa faccenda non era ancora stata sistemata? Come erano riusciti a tirare avanti dopo la morte di Mr Robbins, se non avevano usato i soldi dell'assicurazione? Non riuscivo a capire.

Scesi con cautela un paio di gradini per sentire meglio. Carmel: «...ho il diritto di averlo. Perché allora non posso?» Riuscivo appena a capire le sue parole.

«Ma non puoi.» Era Diane, con tono afflitto. «Avevamo stabilito di non toccarlo. *Eravamo d'accordo.*»

«Credo sia quello che lui avrebbe voluto», insisté Carmel.

Mi sfuggì un sibilo. Carmel rischiava grosso. Era presto per calare un jolly di quel calibro, ma avrebbe potuto funzionare. Traducendo: «*Ero la principessina di papà, so che sarebbe stato dalla mia parte*». Da come le cose sembravano andare da quelle parti, se papà l'avesse voluto, avrebbe anche potuto scriverlo su due tavole di pietra accanto a un roveto ardente, e farle portare in giro da Mosè.

Ben reagì, furioso. «Ma come diavolo fai a sapere quello che lui avrebbe voluto?» Proprio alla fine della frase la sua voce si incrinò appena, una lievissima esitazione.

«Possiamo evitare di parlare a questo modo?» disse Diane, con sincerità. «Non lo sopporto. Non voglio parlare così.»

Carmel, con la percezione di aver riguadagnato l'iniziativa, proseguì sulla stessa strada. «Come faccio a saperlo? Di sicuro so quello che lui *non avrebbe* voluto. Non avrebbe voluto che noi...»

Diane cedette per prima, urlando. «Non dire una parola di più! Non lo fare!»

«Guarda che cosa hai combinato», commentò Ben. Potevo solo immaginare lo sguardo ferito che stava puntando contro la sorella. Lui stesso sembrava sul punto di piangere. Papà proiettava ombre molto lunghe sulla sua famiglia.

La voce di Carmel si fece ancora più bassa, o forse sembrò solo diventarlo, dopo l'esplosione di Diane. Dovetti riadattare l'orecchio. Era pratica, fredda, clinica. «Sto cercando di andarmene da qui. Devo allontanarmi da voi. Non sono come voi. Voglio vivere la mia vita nel mondo reale, con gente vera e non in... in *gelatina*. In un *mausoleo*.» Inspirò profondamente. «Mio padre, comunque la possiamo pensare su di lui, avrebbe voluto che cominciassi una vita lontano da qui. Ho già trovato un appartamento dove trasferirmi, ma devo pagare una cauzione e un mese di affitto anticipato.»

Quella sì che era una sorpresa. Carmel mi aveva detto che niente l'avrebbe convinta a trasferirsi. L'unico fattore diverso ero io. *Si stava trasferendo perché in casa c'ero io.* Sapevo che quella doveva essere la ragione. Ero involontariamente la causa di tutto quel litigio. Senza di me, che facevo sembrare ogni cosa distorta, la sua vita sarebbe continuata come prima, col suo bel doposcuola, firmando il registro delle presenze e ascoltando i suoi Cd nella sua stanza.

«Non puoi andartene», disse Diane. Sembrava disperata. «Non ce la farai mai. Non ce la farai e basta.»

«Ce l'ho già fatta.»

«Per *tre mesi*», la derise Ben. «E poi sei tornata, *implorandoci* di riprenderti in casa.»

«Adesso sono più grande, sarà diverso.» Carmel si schiarì la gola. «Voglio i soldi. Sono miei.»

Capivo per quale motivo Diane si opponeva: voleva che se ne andassero a testa alta, con davanti a loro un futuro luminoso e non con lo sguardo amaro di Carmel. Però dire alla figlia che non sarebbe stata in grado di cavarsela non mi sembrava un buon modo di affrontare la questione. Nessuno vuole sapere quello che i genitori pensano veramente di lui, e Diane stava affermando in tutti i modi possibili che Carmel era una spostata che non avrebbe resistito cinque minuti fuori dalle mura di Christie Avenue. A paragone di questa, la mia famiglia cominciava a sembrare quella di *Tutti insieme appassionatamente*.

Carmel cercò di mettere insieme le sue due linee di condotta, senza risultare troppo convincente. «Il denaro dell'assicurazione non è consacrato: sono solo soldi, che stanno a marcire in banca.» Ovviamente non erano solo soldi, nemmeno per lei. Il denaro dell'assicurazione aveva un suo peso e un significato per i Robbins. Visto che in fondo non erano poi così ricchi, come mai non l'avevano usato prima?

Ben disse asciutto: «Sta marcendo al sei e sei per cento, ecco che cosa sta facendo».

A queste parole Carmel scattò. «Allora datemi parte degli interessi. Non toccate il capitale. Lasciatemelo fare; devo andarmene da casa, mamma. Sai che devo.» Dopo una piccola pausa aggiunse: «Lasciatemi andare. Tutti e due».

Infine Ben disse: «Mamma? Che ne pensi? Lei vale gli interessi?»

Volevo credere che fosse un lapsus e che Ben non stesse deliberatamente cercando di infilare tra le costole di Carmel un coltello. Gli veniva fin troppo facile. Seguì un altro lungo silenzio. Interessante: quand'era il momento di agire, tutte le decisioni importanti venivano prese da Diane. Alla fine i ragazzi si rivolgevano alla loro mamma per avere la sua approvazione, per i soldi, per un consiglio, e per il resto del tempo la trattavano o come una porcellana cinese, o come un pezzo di merda. Scesi ancora un gradino, allungando il collo per sentire.

Diane disse, con dolcezza: «Non posso toccare quel denaro. Eravamo tutti d'accordo di non farlo. Non penso neppure che sia una cosa nostra, non credo che lo possiamo spendere.»

«Ben detto, mamma», la rassicurò Ben.

La porta della cucina si spalancò senza preavviso come per un'esplosione e Carmel attraversò a gran passi l'atrio. Non ebbi il tempo di nascondermi o di sgattaiolare via, ma non ebbe importanza. Giuro che la sentii inghiottire un singhiozzo furibondo, mentre agguantava il cappotto dall'attaccapanni vicino alla porta d'ingresso e se ne andava, senza aggiungere una parola. Mi accorsi di aver trattenuto il fiato, in attesa che sbattesse la porta, ma non fece niente del genere. Corsi subito in camera e rimasi a guardare dalla finestra mentre si allontanava per la strada coperta di foglie, allacciandosi il cappotto per difendersi dall'aria fredda della sera, gli occhi fissi con protervia sul marciapiede. Ovviamente non aveva idea di dove stesse andando. All'incrocio attraversò la strada e si voltò a guardare la casa. Anche a una distanza di una sessantina di metri, nella luce incerta della sera, sono certo che mi vide. Per un secondo ci guardammo negli occhi, poi mi ritrassi dalla finestra, e quando tornai ad affacciarmi se n'era andata. Avrei voluto correrle dietro, ma in quel momento ero l'ultima persona che volesse vedere. O almeno quella fu la mia scusa.

Quando tornai in punta di piedi in cima alle scale, dalla

cucina giungeva solo una specie di sibilo affannoso. Probabilmente Diane era in preda a una specie di attacco di panico in seguito al litigio, ma quando sentii la sua cantilena consolatoria mi resi conto che era Ben a trovarsi in iperventilazione. Le sue parole erano scandite da pesanti singulti che indicavano la fame di ossigeno. «Noi... dobbiamo stare insieme... lei non può... andarsene... Non riesco a respirare, mamma... dove è andata?... Andrà a parlare con qualcuno?... cercherà... di avere i soldi? Noi non possiamo... toccarli... tu l'hai sempre detto.»

«Calmati, Ben, pensa a qualcosa di bello, ricordati che cosa ha detto il dottore. Qualcosa di bello.»

Ben continuò ad ansimare. «*Tennis*... giocavamo a tennis, papà e io... nei weekend... al parco. Solo papà e io. Ti ricordi?... ricordi?» Sembrava indispensabile che Diane ricordasse. «A volte giocavamo solo per un'ora, ma di solito per due. Lui pagava il guardiano, sessanta pence all'ora.»

«Allora questo risale a molto tempo fa.» Diane cercava di far sorridere Ben, la cui voce si faceva sempre più lenta e bassa.

«Mi aveva insegnato tutti i colpi, voleva che imparassi a servire decentemente. Si metteva dietro di me, tenendomi per i polsi, guidando le mie mani, mostrandomi come dare rotazione alla palla, accompagnando il colpo con me. Alla fine facevamo sempre almeno cinque games, e a volte lo battevo.»

Sentii la sedia grattare contro il pavimento della cucina, e il tintinnio di bicchieri e bottiglie. Ancora un po' ansante, Ben continuò con voce più calma e controllata. «Chissà perché mi è venuto in mente? Che strano.» Scoppiò in una risatina di circostanza, riprendendo immediatamente l'espressione seria, come se ne andasse della sua vita.

«Versane uno anche per me, Ben.» Diane sembrava scossa.

«Anche tu? Questa è stata grossa, vero? Secondo me, se ne andrà comunque.» La bottiglia venne rimessa accanto alle altre. «Ecco qua. Cristo, sono esausto.»

Diane, d'impulso, disse. «Forse Carmel non ha tutti i torti... se ne andrà comunque, come dici tu, e ha ragione, dovrebbe andarsene. Forse abbiamo appena commesso un grave errore.»

«Ma...»

«Domani tornerò alla banca, e vedrò se è possibile ottenere un prestito. Oggi non vedevano l'ora di farmene uno. In questo modo non toccheremmo il... il denaro dell'assicurazione e Carmel potrà fare quello che deve. Dopo tutto, quel che è successo non è stato colpa sua.»

«Ed è *stata* mia? È questo che intendi dire?» La voce di Ben era stridula.

«*No*, non ho detto questo. Cristo, Ben, fatti un altro bicchierino, piantala di perdere le staffe.»

Le voci si spostarono verso il lato opposto della cucina.

Scesi in punta di piedi al pianterreno e chiusi di colpo la porta d'ingresso. Ben e Diane uscirono immediatamente dalla cucina, pensando che fosse Carmel. Non appena mi videro, si incollarono sulla faccia un sorrisetto posticcio. Ben era pallido e malconcio. Per contrasto, Diane assomigliava pericolosamente alla Madrina di Christie Avenue, con i capelli tirati stretti all'indietro e un elegante completo nero e beige. Stringeva in mano un bicchiere da whisky, e aveva il volto un po' arrossato. Magnifica.

«Ehi, sei un figurino», dissi, apprezzando con una sola occhiata l'aspetto di Diane. Aveva persino le scarpe con i tacchi alti. «Stai uscendo? Fuori fa un freddo dell'accidente.»

«No, e quando mai esco?» mi schernì Diane, lanciando un'occhiata all'attaccapanni per controllare se Carmel avesse preso o no il cappotto. «Oggi ho visto il direttore della banca, ecco tutto. Ha sempre avuto un debole per me, e così gli mostro un po' le gambe per illuminargli la giornata: sai come vanno queste cose.»

«Mica tanto», replicai con un sorrisetto.

«Adam chiacchiera con i direttori di banca tutti i giorni», scherzò Ben, con voce rauca. Seguì uno strano silenzio in cui ognuno cercava di pensare alla prossima frase, capace di spazzar via tutto quello che era successo. Ben fu brillante nell'improvvisazione: «Come è andata al college?»

«Un altro giorno andato, mi hanno detto che sono ancorato al passato e che ho bisogno di avanzare nel futuro. Il solito.» Neppure una bugia nelle mie parole. «E a voi come è andata, a parte il direttore di banca?»

Diane mi scoccò un bel sorriso. «Come a te, Adam, quasi. Non diresti anche tu, Ben?» Tornò in cucina. Ben rimase a osservare la madre che si allontanava e alzò gli occhi al cielo. Mi guardò e disse, con molta calma, facendo in modo che ogni parola avesse un suo peso. «*È un vero piacere vederti.*»

«La frase scema dell'anno?» dissi con empatia, tanto per capire se intendesse parlarmi del litigio. Ovviamente non era così.

«Del decennio», confermò. Nella breve pausa che seguì avrebbe potuto aggiungere qualcosa.

«Che cosa voleva dire esattamente tua mamma sostenendo che la sua giornata era stata come la mia?»

Ben si strinse nelle spalle e cominciò a salire le scale. «Dio solo lo sa, vecchio scemo.» Si chinò sulla ringhiera e urlò: «Mammina? Io vado a farmi un pisolino».

«Buona idea», gridò lei di rimando.

«Non vuoi unirti a me?» disse Ben a bassa voce, in modo che solo io lo potessi sentire. «Ti prego.»

Chiusi in camera sua, mi abbracciò per un tempo infinito; non voleva staccarsi. Ben era un uomo forte, ma mentre si abbarbicava a me sembrava quasi fragile.

«Sei così bello», disse.

Al contrario di Carmel, più conoscevo Ben più sembrava essermi inferiore in esperienze e comportamento, ma nascondeva tutto sotto una cortina di sarcasmo. Non riuscivo a immaginarlo mentre lasciava casa senza guardarsi indietro. Ci sdraiammo, lo abbracciai da dietro. Come al solito, riuscivamo a malapena a infilarci nel lettino singolo; Ben teneva la faccia contro la parete fredda, e respirava di gola, a fatica.

«Parlami di tuo padre, Adam. Com'era?» Aveva una voce lenta, assonnata, come se chiedesse la favola della buonanotte.

«Come *è*, vorrai dire, visto che ha solo quarantotto anni.» Non mi piaceva la piega che stava prendendo la conversazione. Dovevo dire che era un'autentica schifezza o che era il padre migliore del mondo?

«Già, giusto... non riesco a immaginare che qualcuno abbia un padre ancora vivo. Si presume sempre che tutti siano come te, vero?»

«Penso di sì. Allora, com'è mio padre?» Era più difficile di quanto sembrasse, come cercare di descrivere il sapore della patata. Era Papino, e basta. «Ha i capelli grigi...»

«Ma dai.» Ben rise. «Chi l'avrebbe detto.»

«Lasciami pensare, è difficile.» Esaminai la nuca di Ben. Che cosa voleva sentirsi dire? «Ha una piccola tipografia, assomiglia un po' a Tommy Lee Jones incrociato con quel tizio, Sipowitz, quello di *New York Police Department*, se riesci a immaginarti una cosa del genere.»

«Non proprio.» Ben sospirò; qualcosa lo sconcertava. Si voltò a guardarmi, cosa non facilissima su quel lettino, ansioso di chiarire. «Dimmi *come* è, capisci? Qual è il ricordo più bello che hai di lui, di quando eri piccolo?»

«Mi sembra di stare sul divano di uno strizzacervelli.»

Ben replicò, con un buffo accento tedesco. «Ura mi parrrli tella zua infanzia.» Era così stanco che la gag non gli riuscì molto bene. Nella luce monocroma della sera, le sottili rughe che aveva sotto gli occhi e che tanto lo preoccupavano erano più pronunciate del solito. Tentò di scoccarmi un sorrisetto malizioso, ma svanì troppo presto per essere autentico. Per una volta, in quello che diceva non c'era molta ironia. Era un momento prezioso, voleva davvero sapere ciò che avevo da dire su papà. Eravamo sul suo lettino, il mio corpo incollato al suo dalla testa ai piedi, e continuavamo a nasconderci reciprocamente dettagli fondamentali della nostra vita. Io avevo un altro segretuccio da celare a qualcuno che meritava di potersi fidare di me. Raccoglievo segreti come fossero stati bonus di *Tomb Raider*: in ogni stanza in cui entravo ce n'era almeno uno in un angolo, se guardavo attentamente. Ma l'atmosfera tra Ben e me sembrava improntata alla più completa onestà e apertura. Ci sentivamo bene, disposti a continuare sulla stessa strada, accettando una fotocopia sbiadita di quello che l'intimità avrebbe dovuto essere.

Scelsi con grande cautela il mio ricordo preferito. «Ok. Ecco una cosa di lui che ricordo con molta chiarezza.» Raccontai a Ben di una vacanza di famiglia che avevamo fatto alle Canarie, secoli prima. All'epoca io avevo circa sei anni, o forse sette, e chissà perché papà aveva dovuto recarsi in città dalla spiaggia. Io volevo andare con lui e avevo scatenato un putiferio, fino a quando lui non aveva detto di sì. Così lasciammo mia madre sulla spiaggia a leggere e le mie sorelle a giocare sulla sabbia e ci incamminammo verso la città. Non era molto lontana, ma io ero piccoletto, e lui mi caricò sulle spalle. Credo che la storia mi sia rimasta impressa nella memoria in parte perché mio padre mi portò a quel modo: stavo diventando un po' troppo grande e pesante perché cose del genere mi capitassero spesso. Era un regalo speciale.

Ben ascoltava attentamente, e non mi accorsi che a un certo punto ricominciò a respirare affannosamente, appena appena. Gli bastava sentir parlare di un padre *qualsiasi*.

«Papà si inginocchiò e io mi arrampicai sulle spalle e lui si rialzò subito, e questo lo ricordo perché mia madre gli disse che avrebbe dovuto piegare di più le gambe quando mi prendeva da terra a quel modo.» A farmi trasportare sulla spiaggia a quel modo mi sentivo un piccolo rajah: starsene a più di due metri dal terreno è una gran cosa, quando hai sei anni. «Si avviò in città e dovette attraversare un ponte sul canale del porto. A metà del ponte incontrammo un'altra famiglia che stava al nostro albergo, mamma, papà e due bambini, il più vecchio circa della mia età. Papà si fermò a parlare con loro, girandosi per guardarli in faccia, e si trovava vicinissimo alla ringhiera che costeggiava il ponte e così, quando si voltò, guardando in basso vedevo solo l'acqua sei-sette metri più in basso. Le barche entravano e uscivano dalla marina, pronte a mettermi sotto se non fossi annegato prima. Avevo la sensazione di poter cadere in qualsiasi momento, mentre papà prendeva accordi per la cena con i suoi amici. Mi sembrava di morire di lì a cinque minuti.»

A cinque centimetri da me, Ben mi interruppe. «Ma poiché eri sulle spalle di tuo padre, ti sentivi al sicuro, vero? Potevi fidarti di lui perché era il tuo papà, anche se pensavi che avresti potuto cadere. In fondo al cuore sapevi che non sarebbe successo. Giusto, ecco come andò.»

Mica tanto. Da quanto potevo ricordare, ero paralizzato

dal terrore e per poco non avevo fatto pipì proprio sulla schiena di papà, ma se quello era un modo per far sentire meglio Ben... «Giusto, mi sentivo del tutto al sicuro perché ero con lui, capisci? Come se fosse stato un vero papà, come quelli della tele.»

Un vero papà era un papà della televisione? Ma da dove mi era venuta? Ecco un buon argomento di riflessione per gli studenti di scienza della comunicazione. Ben però sembrava capire quello che intendevo dire, e si rintanò contro il mio petto. «Potremmo giocare a tennis, ti va?» disse, e poi aggiunse, lentamente. «Tu e io. Possiamo andare al parco domenica. Ci sono dei campi qui, o almeno un tempo c'erano. Non farà troppo freddo. Ci deve essere una vecchia racchetta, da qualche parte.» Non c'era bisogno di chiedere di chi fosse.

«Sì, certo, come vuoi.» *Macabri sviluppi ai quali non volevo pensare.*

«Ti amo, Adam», disse scivolando nel sonno, gli occhi socchiusi.

Ben sembrava aspettarsi una risposta. «Farfallone amoroso», dissi, sperando di farlo ridere, ma il suo viso si fece ancora più cupo perché non avevo replicato sullo stesso tono. Chiuse gli occhi, e la bocca assunse una piega triste. La sveglia segnava solo le 20.04, ma a poco a poco Ben cadde in un sonno inquieto: sotto le palpebre i movimenti erano frenetici come se sognasse di montagne, serpenti, ancore e querce o che altro si dovrebbe elaborare quando si è ossessionati dalle vicende paterne. I numeri della sveglia brillavano rossi nel buio della stanza: restai con Ben esattamente ventuno minuti, accarezzandogli i capelli e cercando di capirlo. Non andai molto oltre l'idea che forse volesse stare con me perché lui stesso non aveva emotivamente superato i diciannove anni. E quella sera si sentiva molto più vicino ai quattordici o ai quindici. Questo non me lo faceva amare o piacere di meno, ma capovolgeva completamente la relazione. Lui era più vecchio, più intelligente, più spiritoso e acuto di me, ma quando faceva così, mi veniva voglia di prendermi cura di lui. Il che è un errore, quando si tratta di una relazione consensuale: non bisogna prendersi cura delle persone che vogliono essere accudite.

Mi districai dal letto di Ben e mentre, con grande cautela, mi chiudevo la porta alle spalle, udii la voce di Diane: «Sta bene?» Feci un salto dallo spavento. Mi guardai attorno, cercandola, e infine scorsi la sua testa. Era in piedi su un gradino a circa un terzo della scala, e quindi non potevo vedere altro che la sua faccia, il collo e un braccio, a livello del pianerottolo. Senza un vero motivo, arrossii per essere stato sorpreso a uscire dalla camera di Ben.

Mentii clamorosamente e male. «Sta bene: si è addormentato... ma solo un paio di minuti fa.»

«Bene. Dovete aver parlato a lungo.» Diane mi guardò negli occhi. «Di che cosa ha parlato?»

«Di mio padre, per lo più.»

«*Tuo* padre?»

«Mio padre», confermai, con un sorriso faceto. «È un tipo simpatico.»

Era strano essere marcato stretto da una testa. Perché insisteva?

«Sono molto felice che tu vada d'accordo con lui», disse Diane. «Con Ben, non con tuo padre. Non ha moltissimi amici.»

«Chi, mio padre?» Ci aveva imbroccato.

«Ma no, Ben, scemo. Dovreste uscire insieme.» Interessante modo di esprimersi, grazie, dottor Freud. Stava forse insinuando qualcosa? «Una seratina tra voi ragazzi, come diceva sempre mio marito.»

«Credo che si dica ancora così», dissi, con una faccia di bronzo.

«Ma non mi dire.» La testa di Diane mi contemplava. «*Comunque*, sono venuta su solo per dire che la cena sarà pronta tra cinque minuti, se vuoi. Zuppa di pesce.» Fece una faccia strana. «Ce ne sarà un sacco.»

«Carmel non è a casa stasera?»

«No.» Diane abbassò gli occhi, inspirò profondamente e poi tornò a guardarmi. «No, non c'è.» Si girò e scese le scale, scomparendo alla vista.

Dissi a voce alta. «Ben è un buon amico per me che sono a Londra per la prima volta.»

Dal fondo delle scale Diane replicò. «Forse gli ci vorrebbe una ragazza, si calmerebbe un po'. Ma sarei l'ultima a saperlo.» La sentii entrare in cucina. Per quale ragione aveva detto quelle cose? Stavo per scoppiare a ridere, ero stupefatto per le sue parole. Ben voleva una ragazza tanto quanto Monna Lisa vuole un tappo infilato in culo. Ero al numero 52 da sei settimane e già ne sapevo di più sul conto di quei tre di quanto loro avessero scoperto in vent'anni.

Ma Diane mi stava nascondendo qualcosa. La faccenda si incasinava ogni secondo di più.

9

Dal punto di vista meteorologico la settimana che seguì la partenza di Carmel fu una favola, una autentica estate di San Martino nel cuore del mese di ottobre. Era come se le stagioni si fossero rimescolate: le mattinate cominciavano gelide ma si scaldavano rapidamente, i pomeriggi erano quasi torridi e poi perdevano calore nel giro di un'ora, così che le notti sembravano ancora più fredde di quanto non fossero. Gli espertoni alla tele non facevano che borbottare e gufare sul riscaldamento del globo e i londinesi non sapevano più che cosa mettersi. I golf dell'anno precedente entravano e uscivano dall'armadio come... be', come me. O come uno yo-yo. O su e giù come le mutande di una puttana. O come le mie mutande. Insomma, avete capito la situazione: era incredibilmente caldo per questo periodo dell'anno, non credete anche voi?

Il sole splendeva e la vita diventava più semplice: i due fatti non erano necessariamente correlati ma mi piaceva pensare che lo fossero. Io stavo con Ben, stavo solo con Ben, stava andando tutto a meraviglia, lui continuava a dannarsi su quegli esami che sembravano non finire mai e io avevo, da parte mia, una revisione scolastica da far paura. Per la prima volta in vita mia cominciai deliberatamente ad alzarmi presto e la cosa *mi piaceva*, così che potevo ciondolarmi fino al college al sole del mattino. Avevo letto da qualche parte che il succo di mirtillo è salutare, e io avevo dei reni in cui ti ci potevi specchiare.

Erano passati tre o quattro giorni da quando Carmel se l'era filata. Schizzai fuori dal letto come una molla a un'ora assurda, vidi il cielo terso come da previsione e mi venne in mente che dovevo vedermi con Emily per un caffè, prima delle lezioni. Mentre mi scofanavo una tazza di cereali, guardando fuori dalla finestra della cucina vidi Diane che si dava un gran daffare in giardino. C'era un falò acceso e contro la rimessa del giardino erano allineati gli utensili. Evidentemente se ne stava là fuori a rivoltare zolle ormai da un bel po'. Dal tetto della rimessa, Corelli montava di guardia alla padrona.

Sarei andato a salutarla. Da quando Carmel se n'era andata, Diane era diventata molto irritabile, silenziosa, anche se la figlia aveva chiamato la mattina seguente la partenza per dirle che stava bene. Un paio di volte Diane si era mostrata anche un po' brusca con me. Era chiaro che sarebbe stata una bella giornata, ma la mattinata era ancora fredda, così agguantai il cappotto e uscii in giardino, masticando una mela. Diane lavorava voltandomi la schiena, innaffiando con cura un alberello stentato nel suo «frutteto» che in realtà consisteva in cinque alberi di mele. Da come sembrava che andassero le cose, la mela che stavo mangiando era una parte non indifferente della produzione del frutteto per l'anno in corso. Diane non era al massimo dell'eleganza: indossava un paio di adorati e fidati stivali, pantalonacci di velluto, una maglietta di cotone pesante e un golf legato in vita. Un morso particolarmente sonoro alla mela la fece voltare.

«Adam! Mi hai fatto paura», disse, e diede un'occhiata all'orologio. «Ti sei alzato presto. È il compleanno di qualcuno?»

«Non essere maligna, non è presto come credi.»

«Non riuscivo a dormire», disse Diane, sollevando le sopracciglia tristemente. Era ancora preoccupata per Carmel. Continuò, seguendo il suo pensiero. «Credi che stia bene? Non mi ha neppure detto dove sarebbe andata a stare.»

«Starà con Louise, o qualcun altro», risposi, ricordandomi della donna che gestiva il doposcuola con Carmel, ma immediatamente mi pentii di aver aperto bocca.

«Louise? Chi è Louise?» Diane smise di annaffiare il melo e mi guardò. «Adam?»

«Una persona di cui Mel ha parlato una volta. È una sua amica.» *Merda, merda, merda. Mantenevo i suoi segreti proprio come se fossero stati i miei, eh?*

«Non l'ho mai sentita parlare di nessuna *amica*.» Diane pronunciò quella insolita parola come se stesse parlando swahili. «Amica di Carmel» era ovviamente un concetto incomprensibile per lei. «Per quanto ne sai, sta bene? Se la sta cavando?»

«*Assolutamente*.»

Carmel aveva bisogno solo di una spintarella per dimostrare che riusciva a cavarsela: Diane le aveva detto che poteva avere i soldi per la caparra dell'appartamento e quindi forse ora avrebbe potuto farcela. Lo speravo di cuore.

«Perché stai innaffiando un *albero*?» chiesi. «Non ho mai visto nessuno farlo.»

«Credo che sia morto.» Diane fece una smorfia, studiando i rami nudi. «L'ho piantato soltanto un paio di anni fa. Gli altri stanno bene e quindi continuo a sperare, nonostante tutto, lo curo e lo annaffio. Ma credo che sia destinato ad andarsene.» Senza riprender fiato continuò. «È solo che prima di ora non è mai stata per conto suo, non voglio che sia infelice.» In vent'anni di estati di San Martino avevo visto abbastanza di quei pessimi programmi Tv da capire che Diane probabilmente non stava parlando soltanto della figlia, oh no. Avrei fatto la mia figura seduto su una poltroncina leggiadra a prendere le telefonate delle telespettatrici.

Quel pomeriggio scoprii quanto la lontananza da casa rendesse infelice Carmel. Dovete immaginare questa scena al rallentatore, perché è così che io la ricordo:

Sono al college, quello stesso pomeriggio, fa un caldo tremendo, mi stanno insegnando tecniche dell'acquarello che già conosco e sto dipingendo una natura morta particolarmente immobile e priva di vita che ritrae due vecchi amici, un cedro e una brocca. Dunque, in questo momento state immaginando una natura morta ad acquerello al rallentatore. Forse vi ho già detto di farlo. Scusate. Ok, c'è il mio pennello che si muove mooolto, mooolto lentamente e d'un tratto si sente un tramestio in fondo all'aula piena di studenti. Alzo lo sguardo, dal pennello il colore cola a terra, sempre al rallentatore, formando una serie di anelli e sulla soglia c'è Carmel, che mi indica con il dito e mi fa un cenno con la mano. Non la vedo da giorni, non le parlo da settimane, fin da quando non sono riuscito a cogliere il suo fiorellino. Mi si avvicina a grandi passi, lungo il lato della sala con le finestre. Al rallentatore, non dimenticate. La parete alterna muro e finestroni e Carmel sembra apparire e scomparire mentre risplende, sorridente e serena nelle lame di luce solare dove danza il pulviscolo. Porta un paio di pantaloni grigi, scarpe da ginnastica nuove e una maglietta aderente che riflette il sole in tutte le direzioni. I suoi capelli risplendono, gli occhi risplendono, se fosse un cane avrebbe già vinto una quantità di coccarde ai concorsi di bellezza. Cinque giorni lontano dal numero 52 le hanno fatto un gran bene. Lasciate perdere il Prozac, e invece lasciate giù una caparra per un appartamentino: funziona sempre. D'un tratto tutti i membri del mio corso, Emily compresa, mi sembrano di nuovo troppo giovani per me. Questa Carmel, che ormai vive sola ed è fiera di averlo fatto, mi eccita. Arriva al mio banco e di botto torniamo alla realtà. «Ehi», dice, con un sorriso tutto fossette, proprio come nei film.

«Ma», risposi a Diane, «secondo me Carmel starà benone.»

«Davvero?» Diane non ne era troppo sicura.

«*Davvero*.»

«Bene, sembra che tu sappia quel che dici.» Diane tirò su con il naso e posò a terra l'innaffiatoio. «Io ho fatto tutto quello che potevo.» Forse stava parlando dell'albero, forse stava parlando della figlia. «Mi daresti una mano con il falò? Sei di fretta?»

«Ho ancora qualche minuto. Bella giornata, vero?» Cambiamo argomento, tanto per pararci il culo. Tutte le volte che metto in atto questa specie di inutile chiacchiericcio mi sento a disagio, però allora stavo imparando che era un eccellente modo per uscire dalle situazioni imbarazzanti.

«Fantastico, vero? Mai visto un ottobre del genere.» Diane replicò automaticamente. Seguì una breve pausa, mentre ci avvicinavamo a una grande catasta di legna secca e ramoscelli pronti per essere bruciati. Buttai una manciata di foglie secche nel punto più ardente del falò e mi stupii che esplodessero come castagnole, svanendo nel fumo. Diane rimase a guardare fisso le fiamme e disse: «Amo questo periodo dell'anno, quando si bruciano tutti i rimasugli del giardino. Ci avvicini un fiammifero e loro svaniscono. Meraviglioso». Spezzò qualche ramoscello contro il ginocchio piegato. «La notte scorsa ho fatto un sogno stranissimo.»

«Davvero? Pauroso?»

«Una specie. Non avevo le mani... non è strano? Ma sembrava *normale* ed ero molto tranquilla in proposito. Mi sono svegliata, e come risultato non vedevo l'ora di fare qualcosa: già alle sette e mezza ero qui fuori.»

«Roba da sballo», replicai; non le ero di grande aiuto nell'interpretazione del sogno. Non sarei mai stato capace di guadagnarmi i favori del Faraone con questo sistema. Diane mi guardò e fece per aggiungere qualcosa, poi si interruppe. Continuò a mettere rametti tra le fiamme, con aria assente. Io non staccavo gli occhi dal falò, affascinato dal legno che prendeva fuoco. Un attimo prima era una cosa morta e disseccata, e l'istante dopo era viva e danzante. Quando Carmel si era seduta davanti al mio banco, non ero riuscito a pensare ad altro che a quel legno che riprendeva vita. Aveva una nuova energia che veniva da dentro e d'un tratto era capace di far voltare la gente per strada, era impossibile ignorarla. E, a quanto sembrava, se ne rendeva conto.

Carmel guardò la mia merdosa natura morta di cedro. «Caspita, non è un granché, vero?» sorrise, radiosa. «E allora, è qui che tutto accade. La tua *oeuvre*, tutta questa creatività di cui continui a blaterare.» Guardò di nuovo gli agrumi. «Però non è questo ciò che tu vuoi veramente fare, no?»

«Non oggi. Oggi la musa è latitante.»

«Fino a questo momento.» Carmel mi sorrise, mettendo in mostra una quantità di denti e di personalità.

«Fino a questo momento», confermai. «Non ti ho mai fatto un ritratto, vero?»

«Be', dovresti, nel mio nuovo appartamento. C'è un sacco di luce.»

«Hai firmato il contratto d'affitto?»

«Credevo che non me lo avresti mai chiesto.» Carmel diede un pugno sul tavolo in segno di vittoria, e per poco non rovesciò il vasetto dell'acqua. «Ops, che scema che sono. *Ehhhsiii*, lo firmo questo pomeriggio, è proprio un bel posto, ai confini di Stoke Newington, quindi una zona di Londra completamente diversa...»

«Calma», chiesi. «Stai attenta.»

«Lo so, lo so, è troppo, vero?» Si scostò dal tavolo e venne a sedersi sulle mie ginocchia; la disapprovazione serpeggiò nell'aula. «Ma nella strada principale ci sono più o meno gli stessi negozi, lo sapevi? E gli stessi giornali, è tutto uguale.»

«Certe cose non cambiano mai», risposi, bilanciando il suo peso per farla accomodare meglio.

«Oh, non dire così.» Carmel rabbrividì. «Sto basando tutto sul fatto che questo non sia vero.» Si illuminò. «Devi venire a vederlo, è bellissimo.»

«Verrò, non ti preoccupare.»

«No, Adam.» Carmel inspirò. «Tu *devi venire* a *vederlo*.»

L'avevo già capito quando era venuta a sedersi in braccio a me, ma a quanto sembrava Carmel e io eravamo di nuovo uno nelle grazie dell'altro. Bene, benissimo.

«Allora sono stato perdonato?» chiesi.

«Non mi provocare», replicò lei inarcando per scherzo le sopracciglia. Lì, in un ambiente che le era estraneo come gli studi d'arte del college, Carmel sembrava più normale, meno sfuggente. Era sempre una donna insolita e carina, ma seduta lì, alla luce del sole, a scherzare e a ridere, tutti i suoi aspetti negativi sembravano meno significativi; forse erano rimasti al numero 52.

«E *grazie*», aggiunse. «Anzi, grazie a *te*.»

«A me? Perché?»

«Non me ne sarei andata se non fossi stata così incazzata con te, ma anche così...» Stava per dire qualcosa che entrambi avremmo poi rimpianto. «Be', tu sai già tutto. Adesso non sono *affatto* arrabbiata con te.» D'un tratto, sembrava di nuovo eccitata. «Mi trasferisco all'inizio della prossima settimana, è accaduto tutto molto in fretta, ha i soffitti altissimi. Sono stata molto fortunata.» Mi parlò persino del rosone di stucco attorno all'attacco per il lampadario. Evidentemente il manuale di feng-shui era stato consultato freneticamente, negli ultimi tempi. Saltò giù dalle mie ginocchia. «Bene, devo andare. Gente da vedere, assegni di cauzione da consegnare, cose da fare. Sai come vanno queste cose.»

«Vedo.» Ero stupefatto, e risi con lei.

«Se riesci a tenermi dietro, allora potrai prendermi. Ah, ah.» Carmel aveva fatto una battuta. *Carmel aveva fatto una battuta*. «Stasera? Verso le otto? Cancella tutti gli altri progetti. La febbre del venerdì sera in un grande appartamento vuoto.»

Carmel si chinò in avanti, esitò per qualche istante, come per stabilire quale lato dovesse prendere, poi mise la parte destra del naso contro la parte destra del mio. Da quale parte baciare è una grande decisione, che non si prende alla leggera. Sfiorò le mie labbra con le sue e poi le sue ciglia frullarono sulla mia guancia mentre chiudeva gli occhi e si concentrava sul bacio.

Anch'io chiusi gli occhi e di botto mi venne duro e avrei tanto voluto starmene in un angolino tranquillo e quando aprii gli occhi c'era Ben che mi baciava ed eravamo nei campi da tennis del parco, il giorno dopo, a giocare quella famosa partita di tennis edipico che gli avevo promesso. Avevo colpito una palla mandandola fuori dalla recinzione e la stavamo cercando tra gli alberi e il fogliame. D'un tratto lo vidi in piedi in una lama di sole, il viso chiazzato dalle ombre delle foglie; aveva appena ritrovato la palla, e stava sorridendo. La luce calda aveva spazzato via tutte le sue preoccupazioni, facendolo sembrare giovane quanto avrebbe dovuto essere. Aveva solo 28 anni, ma a volte sembrava molto più vecchio e triste, anche se non più saggio. Mi avvicinai, a grandi, lenti passi, così come Carmel si era avvicinata a me, e lui sorrise di nuovo, e mi baciò. Il campo era deserto, perciò Ben non era nervoso come al solito. Giocoso, erotico – meraviglioso.

Furono due baci grandiosi, perché fu lo stesso bacio. Per quanto mi riguarda. Ecco perché posso convivere con questo ricordo. Era lo stesso amore e lo stesso bacio. Mi scostai da Ben ed ero tornato al college, a guardare Carmel.

È così che ricordo questa storia. Giorni diversi, persone diverse, ma è tutt'uno.

Carmel si allontanò nella luce del sole, passando accanto a Emily che rientrava dopo essersi andata a fumare una sigaretta al bar. Emily squadrò Carmel dalla testa ai piedi, poi si rimise al suo posto di lavoro, accanto a me.

«Chi era? Stava parlando con te, vero? Non credo di conoscerla.»

«Non lo so, nessuno di speciale: ha detto che stava facendo un'ispezione al college, mi pare.» Volevo mantenere il più possibile separati questi due aspetti della mia vita. Il sole spendeva ancora, ma la vita non era più semplice. «A proposito, stasera non ce la faccio a venire al cinema... ho appena ricevuto un messaggio al telefonino da mio cugino, a Bromley... ha proprio bisogno di vedermi... roba di famiglia.»

«Oh, che peccato. Allora troverò qualcun altro con cui andare, detesto andare al cinema da sola il venerdì sera. Bromley? Cazzo.» Emily rimase a osservare Carmel che si allontanava e poi guardò nuovamente me, prima di decidere, saggiamente, che tutto andava per il meglio. «Non ti preoccupare, ci andremo un'altra volta.»

***

Quella notte feci l'amore con Carmel per la prima volta. Per Carmel, il sesso era un atto destinato ad avere un enorme significato e quindi si diede un gran daffare. Mi sembrava di essere finito in un film d'essai mitteleuropeo. Niente a che vedere con «Ed ora noi facciamo amore e ora noi abbiamo orgasmo, ja?», però fu un atto adulto, serio, qualcosa che non avevo mai provato prima. A lei non piaceva ridacchiare, voleva che in camera da letto aleggiasse soltanto una promettente tensione. Ebbi subito la sensazione che in lei si nascondesse una grossa vena di sadomaso pronta a esplodere, ma che avesse paura di riconoscerla e di affrontarla a viso aperto, nel timore di lasciarsi troppo andare e di rivelare troppo di se stessa. E lei detestava non avere il controllo della situazione: così mi fu fatto capire che mi *permetteva* di assumere il controllo. Se stavo sopra era perché lei voleva che ci fossi, se lei era sopra non aveva importanza quello che pensavo io.

Carmel aveva qualche piccola mania, il genere di stramberie che scopri nelle persone solo durante o dopo. Non voleva vedermi nudo e non voleva vedere il mio pene eretto. Non ci misi molto a scoprire che i pompini erano del tutto fuori questione. La cosa non fu mai espressa esplicitamente, ma in breve venni a sapere che Carmel era una donna da luci spente e che se io tenevo addosso qualche indumento allora era ancora meglio. Detto questo, lei era un fulmine a togliersi i vestiti di dosso – mi disse che spesso circolava nuda in casa sua perché non aveva mai potuto farlo al numero 52.

Il fatto che avesse il suo appartamento cambiava le cose. Ora che Carmel era a casa sua, anche se non si era ancora sistemata come avrebbe voluto, sembrava la sicurezza in persona e aveva organizzato la sua deflorazione con precisione matematica. Nessuna traccia più della timidezza della prima notte. La verginità era ormai morta e defunta, e sarebbe svanita al sorgere del sole. Sistemati cuscini sul pavimento del soggiorno, ancora da arredare? Fatto. Musica orientale di sottofondo? Fatto. Procurati profilattici in abbondanza? Fatto. Lo stallone era arrivato con il fiatone, portando una bottiglia di vino. Tutto pronto e oliato per mettersi in moto.

Era chiarissima la sensazione che tutto ruotasse attorno a lei, e non attorno a noi. Adam Fox, cazzo privato a noleggio, prezzi modici. Dopo, non la finiva più di parlare. Per Carmel un orgasmo era come una pasticca di anfetamine per il resto dell'umanità. Restammo distesi sui cuscini, al buio, mentre faceva il bilancio della sua esperienza.

«Non riesco a *capire*: perché le donne lo considerano un atto passivo? Suppongo, dalla mia *enorme* esperienza (ben due tentativi), che sia passivo se vuoi renderlo tale. E non mi ha fatto *per niente* male, io me l'aspettavo, ma all'inizio sei stato così dolce. Mentre me lo mettevi dentro sembrava che stessi riempiendo a poco a poco un bicchiere con uno sciroppo denso, quasi come il miele, e quando il bicchiere è stato pieno, il miele non la smetteva più di uscire. *Miele*... potremmo farlo con il *miele*, non è una buona idea? Ci hai mai provato? Un po' appiccicoso, forse, ma non c'è problema, ti pare? Ammettiamolo, è comunque una faccenda appiccicosa. Per me il migliore è stato quello sulla sedia, quando mi sono seduta a cavalcioni su di te e potevo andare su e giù oppure dondolarmi avanti e indietro mentre tu continuavi a restare dentro. È come se la donna trasformasse l'uomo in un enorme, gigantesco vibratore, ti pare?»

Cominciavo a dubitare di non essere stato abbastanza energico.

«Possiamo riprovarci?» chiesi. Così avrei potuto farle vedere l'uomo che non doveva trasformarsi in un *vibratore*.

«Così presto? Grandioso.»

«Grazie, troppo buona, grazie mille.»

«Pensavo che gli uomini avessero bisogno di un sacco di tempo tra una e l'altra.»

«Per me, quattro minuti dal lancio del missile a un nuovo conto alla rovescia», mi vantai. Avevo diciannove anni, ero sicuro che sarebbe sempre stato così. Pazzo illuso.

«Pensavo che questa volta dovresti *fare* di più, *dominarmi* veramente, trattarmi come se fossi la tua *troia.*»

«Carmel, se mi parli così un'altra volta, tra noi è finita.»

«Scusa, Adam, credevo che potesse piacerti.»

«Allora, stavolta mi permetterai di *fare* di più?»

«Farò del mio meglio.»

«Be', forse non sarà sufficiente.» Mi voleva macho o no?

«Adam, continua a parlare così, è *bellissimo*. Però devi fare sul serio, basta con le stupidaggini, devi fare sul *serio...*»

Il giorno dopo, al campo da tennis. Ben e io eravamo tornati al sole dopo aver ritrovato la palla perduta. La partita stava per finire e, ma pensa che sorpresa, mi stava battendo. Ero indietro di un set e lui era cinque a uno nel secondo set quando avevo mandato la palla tra gli alberi, in modo da fargli fare il match point. Le cose non si mettevano bene per il poveraccio abbonato alla sconfitta. Il suo servizio:

«mmmnnAARGH!!!»

«Fuori, Ben. Sai, quello è il grido che fai quando vieni.»

«Cazzo. Che schifo di servizio.»

«A me sembra che vada benone.» Aspettavo solo la sconfitta, ormai mi ero rassegnato.

«È passato tanto di quel tempo dall'ultima volta. Secondo servizio... mmmnnUUURGH!... Ace! e per giunta al secondo servizio! Grandissimo ricchione! Ah!»

«Ah-e che cazzo-ah. Bel colpo, sei il campione. Evviva evviva.»

«Non sai perdere, non sai perdere», mi canzonò Ben. Ci incontrammo alla rete, scambiandoci insulti. Eravamo felici di stare insieme. All'inizio della partita anche gli altri campi intorno erano occupati, ma ora, mentre le ombre si allungavano e la temperatura si abbassava, eravamo soli.

«Sono i tuoi rovesci a lasciarti in mutande, sai?» disse Ben.

«E anche i miei dritti e i miei pallonetti», risposi colpendo con forza la rete, fingendo di essere incazzato. «E il mio servizio, non scordartene.»

Ben oltrepassò la rete, dicendo: «Bisogna essere cauti, non voglio mettere in forse le mie opportunità di diventare papà.»

«Non vorrei mai rovinarle.»

«E che ne sai, una banca del seme potrebbe pagarmi una fortuna.»

«Saresti un magnifico papà», dissi, ambiguamente.

«Ho sempre pensato che potrei esserlo», replicò, serio serio. Mi assestò uno sculaccione con la racchetta. «No, il problema con il tuo rovescio...»

«Oddio, ti prego, non mettiamoci a parlare del mio rovescio.»

«... è la presa. Adesso ti faccio vedere.»

Ben assunse un'aria professionale: gli piaceva farmi da maestro, gli piaceva essere il più anziano, quello che la sapeva più lunga. Aveva ragione, sarebbe stato un bravo papà. Ora mi rendo conto che mi stava insegnando a eseguire un rovescio come Mr Robbins l'aveva insegnato a lui. Si mise alle mie spalle, con il braccio aderente al mio. «Il pollice deve stare lungo la parte posteriore del manico, altrimenti non hai il controllo della direzione del colpo.» La sua voce, il suo fiato mi stavano proprio contro l'orecchio destro, si stringeva a me, e adesso sì che la tenda è in piedi! Spiegandomi le mosse, il suo respiro si faceva sempre più profondo; io spingevo la schiena verso di lui e, per quanto ne potevo sapere, da qualche parte nel campo da tennis c'era il solito, sempre presente fantasma, e anche lui si stava facendo venire le scalmane. La faccenda si stava complicando troppo per i miei gusti. E, di conseguenza, diventava meno eccitante.

«Ho freddo, andiamo a casa», dichiarai. «Basta con il tennis, sono stufo.»

Mi girai. Ben aveva l'aria ferita, come se avessi rotto il suo giocattolo preferito. Cosa che, in parte, avevo fatto. Lo abbracciai. «Giochiamo di nuovo, un'altra volta. Sarebbe magnifico: ci sono dei campi al coperto, da queste parti?»

«Non lo so. Mi informerò.» Il volto di Ben si illuminò. «Tutto bene?»

«Io? Una favola.»

«Bene, lo sapevo.»

«Davvero, lo sapevi?» Ci sorridemmo stupidamente l'un l'altro. Riposta l'attrezzatura, tornammo alla macchina chiacchierando di tutto e di niente, stupide cazzate che persino in quel momento non avevano né capo né coda. Anche con Carmel riuscivo a parlare, ma si trattava di conversazioni meno fantasiose, molto più mirate, specie dopo che si era trasferita in una casa tutta sua e avevamo cominciato ad andare a letto insieme. In qualche modo riuscivamo a oziare insieme, ma avevo sempre la sensazione di dover riguadagnare terreno. Una volta rientrati a casa, Ben andò di sopra a cambiarsi.

In piedi davanti al lavello della cucina, mi scolai alla velocità del suono una gran quantità d'acqua, guardando i cinque meli là fuori, in giardino, nella luce color oro antico del tardo pomeriggio. Due alberi avevano i rami nudi: probabilmente i frutti erano già stati raccolti. Due erano carichi di mele, come il giorno prima, ma il quinto, quello morto, il più piccolo e debole stava scandalosamente fiorendo – rametti di fiori rosa, nuovi nuovi, contrastavano curiosamente con la decadenza fin troppo matura del resto del giardino. Corelli stava acciambellato contro il tronco, tenendo alla larga tutti i visitatori inopportuni. Chiamai Diane, perché venisse a vedere. Non riuscivo a spiegarmi perché fossi così eccitato, perché quella fioritura sembrasse avere tanto significato. Lei se n'era già accorta.

«È successo stamane, sorprendente, vero?» spiegò Diane tutta allegra mentre uscivamo in giardino per vedere meglio. «O si tratta di un Cox's Orange Pippin molto confuso, oppure non gliene frega niente delle stagioni.»

«È un melo anarchico», dichiarai.

«Fa' a modo suo.» Diane pronunciò la frase con grande piacere. «E ha perfettamente ragione.»

Gettò indietro la testa e scoppiò a ridere, e questa è la mia ultima scena di contributo alla soap opera, questo ricordo dei Robbins: Diane nella luce dorata della più calda sera d'ottobre che abbia mai visto, Ben nella pozza di sole che trova, trionfante, la palla da tennis e Carmel che avanza verso di me al college, fiammante di luce. È ancora bello pensare a loro a questo modo.

Diane inspirò, felice, ammirando il suo albero che sfidava la stagione. «Si è *svegliato*. E visto che fa così caldo, ha creduto che fosse primavera. Corelli sa che è un albero speciale.» Infilò un braccio sotto il mio. «Un *errore adorabile*, ti pare? Pieno di ottimismo. Prima gli ho fatto una fotografia, perché non durerà a lungo, una gelata ed è finita.»

«Però adesso è bellissimo», dissi, difendendo il diritto dell'albero di fare quel cazzo che gli andava.

«Sì, lo è.» Diane annuì e appoggiò la testa sulla mia spalla. Per un attimo mi ricordò Carmel e Ben e, d'impulso, le diedi un bacio sui capelli. Lei alzò lo sguardo su di me, stupefatta perché non era il tipo di bacio che dai a una vicemamma. Corelli capì che avevo rovinato tutto e si accinse a peggiorare le cose venendo a strusciarsi contro le nostre caviglie, la coda avviticchiata alle gambe. «Scusa, scusa», dissi, preso dal panico. Ma a che cazzo stavo pensando? *È sempre lo stesso bacio* che continua. Feci un passo indietro, e per poco non incespicai nel gatto. Credevo di aver rovinato tutto, ma Diane mi riprese sottobraccio.

«A quanto sembra è la giornata degli errori adorabili... ma non credo che questo sia stato un errore. Calmati.»

Cambiai argomento, qualsiasi argomento sarebbe andato bene, anche se volevo mettere bene in chiaro che si era trattato proprio di un *gravissimo* errore. «C'è il bollitore sul fuoco. Un tè dal buffo aroma per te, la solita melma delle British Rail per me. Possiamo tenere d'occhio l'albero dalla finestra.»

«Sì. È il *nostro* albero», stabilì Diane. Ci voltammo: Ben, dietro la finestra della cucina, ci osservava attentamente. Non sarebbe stata una buona idea mettersi tra Ben e sua madre. Staccai il braccio da quello di Diane, ma quel gesto mi fece solo sembrare più colpevole. Attraversammo il giardino, passo a passo, con Corelli alle calcagna. Ben si affacciò alla porta di servizio con in mano la scatola delle bustine di tè. Corelli gli si avvicinò miagolando seccato, e guardando con disprezzo Diane e me.

«Ci leggi nel pensiero, Ben», disse Diane, accennando alle bustine di tè. «Come è andato il tennis?»

«6-2, 6-1 per me, gliele ho suonate per bene su quel suo sedere eastangliano», disse con tono sgarbato. «Spero di non aver letto nei vostri pensieri. Sbaciucchiamenti in fondo al giardino, *nientemeno*, non so proprio cosa pensare. Che mai diranno i vicini di casa?» L'arietta sospettosa che ostentava era solo parzialmente scherzosa.

«Piantala, Ben, Adam e io eravamo felici per il nostro melo, ecco tutto.» Diane quasi arrossì.

«E così ora voi due avete un melo?» chiese Ben. «Bene, non andarci sotto con nessun altro a parte me, madre.»

Diana si voltò di nuovo a guardare il ribelle in fiore. «Com'è intelligente. Credo che sia un presagio. Sai, Carmel oggi ha chiamato e ha detto che farà un salto qui domani. Non è fantastico? Carmel che "fa un salto" a trovarci. Sembrava piena di *energia*, non la sentivo così da molto, molto tempo. Credo che, dopo tutto, le cose finiranno bene.» Diane aveva la stessa aria di sfida del suo albero. «Forse per tutti noi potrebbe finire bene.» Guardò Ben, e poi me. «Tutti noi. Si apre un capitolo completamente nuovo. Finalmente le cose stanno cambiando.»

Ben guardò l'albero. Ovviamente non ne era così certo.

10

«Ho ancora spazio là dietro? *Qualcuno* me lo dica.»

«Più o meno trenta centimetri, Adam, stai calmo.» Diane cercava di non lasciare trasparire la tensione.

«Non riesco a vedere un *accidente*… mi chiedo come sia possibile fare 'sta cosa.»

Ben, che stava sul sedile posteriore, disse: «Adesso esco e ti dò un colpo sul tettuccio della macchina quando devi fermarti. Mi vai in panico, hai saltato come un canguro per tutta Stoke Newington High Street. Spero solo che non ci siano danni al motore.»

«È quello che *speri* tu», sbottai. Quando voleva Ben riusciva proprio a farmi uscire dai gangheri, era solo un coglione pieno di boria.

«Tipico nervosismo dell'automobilista», segnalò Diane tra sé e sé.

La ignorai. «E non ho saltato come un canguro *per tutta la strada*… il traffico andava a singhiozzo perché è sabato e poi il motore si è spento, lo sai, e non è stato facile rimetterlo in moto…»

«Ti prego, non litigare, Ben», disse Diane, interrompendomi. «Voglio che oggi sia una bella giornata.»

Ben contò fino a dieci. «Non stavo litigando, *io*. Allora, *Adam*, vuoi che esca e che ti guidi in quello spazio, evidentemente inadeguato per parcheggiare? Se riuscirai a eseguire questa manovra sarai proclamato miglior guidatore di tutto il circondario.»

«Grazie, sarebbe meraviglioso», ribattei a denti stretti. Ben scese dall'auto mimando «guidatore alle prime armi» alle macchine che mi stavano dietro. Bastardo. Diane non si stava dimostrando il migliore degli istruttori di guida. Mentre Ben mi faceva cenno di indietreggiare nello spazio, lei disse. «Allora, qual è l'appartamento di Carmel? È al 105 o al 107 di Frayling Road?» Passò in rassegna, tutta eccitata, la lunga sfilza di case a schiera sul lato opposto della strada. Quello era un grande giorno: i Robbins si recavano per la prima volta nella nuova casa di Carmel; io mi ero unito al gruppo su richiesta di Diane e per fare sfoggio della mia abilità di autista con Ben. Dalla mattinata del falò Diane e io filavamo d'amore e d'accordo, e l'offerta di darmi lezioni di guida era venuta fuori quando le avevo detto di aver fallito il test per due volte l'anno prima. Mi aveva preso davvero in simpatia, era come se avesse fatto un progetto su di me, e non aveva intenzione di darsi per vinta.

Il motore si spense. Imprecai, abbandonando la testa sul volante.

«Stai attento, potresti far suonare il clacson o attivare l'airbag, o chissà che altro ancora.» Diane smise di cercare di scorgere Carmel affacciata a una finestra. «E non imprecare, Adam, è facilissimo scivolare in una di quelle situazioni idiote in cui il testosterone prende il sopravvento.»

Sagge parole.

«Caspita, che linguaggio tecnico», borbottai.

«Guardo sempre *Medici in prima linea*», replicò Diane, compita.

Mentre i guidatori delle auto in attesa cominciavano a urlare dai finestrini, Ben si affacciò nella macchina. «*Signore*, quando poi siete comode...», disse, osservandomi con disapprovazione, perché stavo scherzando con Diane. Cercò di scoccarmi un'occhiata di quelle che si possono scambiare solo gli amici più integerrimi, ma lo bloccai sul nascere.

Mi sporsi dal finestrino. «Posso andare ancora indietro?»

«Quando vuoi, tesorino. Sono pronto ad accoglierti, basta che *continui a venire*.» Ben riusciva a trovare un doppio senso nascosto in qualsiasi situazione. «Continua a venire... oh, *sì*...e...basta.» Diede un colpo sul tettuccio. «Adesso passami un kleenex.»

Spensi il motore. A dire il vero saltò prima che togliessi la chiave. «Grazie a Dio. Odio guidare a Londra. Odio *guidare*, è ufficiale.»

Un po' di attenzione e di cure amorose non mi avrebbero fatto male, e in genere la mia istruttrice di guida sarebbe stata pronta ad aiutarmi, ma era troppo occupata a staccare le sue unghie dal cruscotto e a uscire dall'auto: Diane era tesissima all'idea di vedere la nuova casa della figlia. Carmel aveva preso possesso dell'appartamento e aveva cominciato a sistemarsi all'inizio della settimana. Da allora io c'ero già stato un paio di volte, e mi ero persino fermato a dormire una notte, ma avrei dovuto fingere che fosse la prima volta anche per me. In realtà avrei preferito non partecipare alla gita, ma Diane aveva insistito, dicendo che sarebbe stato un bene se ci fossi stato anch'io. Secondo l'accordo che avevamo stabilito, Ben doveva vedermi nei panni del giovane ambizioso e pieno di fiducia nel futuro, esattamente come sua sorella, un giovane che era uscito di casa ed era pronto ad affrontare la vita intensa della città. Quindi, in realtà, era lui a essere sotto pressione. Questa era la teoria. Diane guardò dal finestrino. «Tu e Ben potete portare dentro lo scatolone che ho messo nel bagagliaio? Grazie, Adam.» Attese con impazienza che un'auto passasse, poi attraversò di corsa la strada, cercando nella tasca dei jeans il pezzo di carta con il numero dell'appartamento di Carmel.

Scesi, sbattendo lo sportello. Gettai le chiavi a Ben che, di pessimo umore, stava fissando Diane, in attesa davanti al numero 105. Quella non era una bella giornata per Ben e, per quanto lo adorassi, non era facile sentirsi attratti da lui mentre se ne stava lì, con il broncio, perché 1) sua sorella era uscita di casa prima di lui; 2) era stato costretto a venire e a dimostrare solidarietà familiare. Si era svegliato già con la luna di traverso. «Puoi guidare tu, al ritorno», gli dissi. «Io ne ho avuto abbastanza.»

Mi ributtò le chiavi. «No, fallo tu; te la stai proprio spassando, con mamma sul sedile davanti. Non vorrei essere d'impaccio al tuo stile. Prendiamo lo scatolone dal portabagagli.»

E, terzo) negli ultimi giorni Ben si era fatto molto nervoso, vedendo che Diane e io andavamo d'accordo. Avevo cercato di spiegargli che per me non era una novità, ero sempre andato d'accordo con le donne tra i quaranta e i cinquanta. La mia insegnante di arte a scuola, le amiche di mamma, chiunque: la cosa bella di queste donne che non sono tua madre è che hanno già passato i loro guai, emergendone più forti, più deboli, migliori o peggiori e, cosa fantastica, i guai che hanno passato non hanno niente a che vedere con *te*, ma sembrano comunque sapere delle cose su di te. E poiché sono donne piene di esperienza, possono dirti cose che gli uomini della generazione dei babyboomer, veri e propri buoni a nulla, non riescono a gestire, anzi, non sanno neppure di che cavolo si stia parlando. Tu hai tutto il vantaggio della loro esperienza e nessuno dei complessi o degli psicodrammi freudiani. E poi ho questa faccia che spinge la gente a confidarsi con me (credo che il segreto stia negli occhioni). Ecco perché a Diane piaceva chiacchierare e scherzare sulle foto dei divi che trovavamo sui giornaletti di pettegolezzi e che in spiaggia sembravano tutti troppo grassi. Il problema era che, prima del mio arrivo, lei faceva le stesse cose con Ben.

Dovemmo metterci in due per portare lo scatolone. In silenzio aspettavamo di poter attraversare la strada, quando iniziò tra di noi una variazione classica sul tema «Perché continui a dire che sembro *seccato*?» Ero troppo imberbe per sapere che questo genere di conversazione deve essere evitato su tutti i fronti e a ogni costo, ma ho fatto presto a imparare che la detesto più di quanto i pensionati non detestino il mese di febbraio. Occhi a terra:

«Tutto bene?» chiesi, con tono generico.

Non avevo ancora imparato che questo non è un modo per cominciare, anzi. Non puoi farci niente, lascia che l'altro si cucini nel suo brodo.

«Perché non dovrei stare bene?»

Permaloso. Ma persino io sapevo che non avrei dovuto rispondere: «Perché non sai se preferisci restare a casa e continuare a essere il cocco adorato della tua mamma oppure andartene, finalmente, come la tua sorellina».

«È solo che mi sembri seccato, ecco tutto.»

Errore. Mi stavo avvicinando al punto di non ritorno.

«Seccato?» Ben mi guardò, con aria canzonatoria. «Non sono *seccato*.»

E adesso potevo cominciare a dare segni di impazienza.

«E allora che cosa sei? Scegli tu la parola giusta. C'è qualcosa che non va.»

«Tutto bene. Lasciami in pace e basta, Adam. Non ha niente a che vedere con te. Giuro.»

Inspirai dal naso, stizzosamente. «Come vuoi.»

E ora potevo fare lo scostante e senza più fingere che me ne importasse qualcosa. Perfetto.

Forse poteva essere la crisi della settima settimana, ma nel profondo del mio cuore sapevo che la causa era Carmel: con lei mi trovavo nel bel mezzo della meraviglia dei primi quindici giorni. L'appartamento stava diventando una specie di seconda casa. Carmel aveva cominciato tardi, ma si stava rifacendo del tempo perduto, adattandosi all'amore così come anatre, pesci, idrogeno e ossigeno si adattano all'acqua: con la massima naturalezza. Ben e io eravamo uniti, ma era già iniziata la fase di discesa. Riuscivo a dividere perfettamente la mia vita in compartimenti stagni, senza fare paragoni. Detto questo, mentre dicevo «Come vuoi» giurai che se mi avesse rotto ancora il cazzo quella notte sarei stato tutto di Carmel e non suo, come avevo progettato. Lo pensai veramente: ora non ne vado affatto fiero. Stavo cominciando a ritenermi invincibile, il che è sempre un errore: tutta colpa della scuola che ho frequentato, dove non insegnavano i miti greci. Se li avessi studiati mi sarei accorto che il mio tallone d'Achille stava nelle mie mutande.

Diane era ancora in attesa di fronte alla porta del numero 105. «Forse non è in casa», disse. Aveva paura che Carmel avesse tirato un bidone, non rispettando l'appuntamento. «Era questa l'ora che avevamo stabilito.» Prima di uscire di casa mi aveva confidato. «Oggi il mio ruolo dovrà essere quello della madre amorosa. Forse sarò un po' stucchevole.» Per l'occasione Diane aveva persino messo un cardigan nuovo. Mi auguravo con tutto il cuore che Carmel fosse in casa.

Ben inspirò, facendo una smorfia di disappunto. «Ci deve essere. Non può essersene dimenticata, assolutamente no.» Non aveva più rivisto Carmel da quando se n'era andata, e quindi non poteva sapere quanto fosse cambiata. Si sentì qualcuno scendere di corsa le scale. Diane si rasserenò immediatamente, ma rimase a bocca aperta quando Carmel si affacciò alla porta spiegando che il campanello era rotto. Vedendola così allegra e disinvolta per Ben la situazione, naturalmente, peggiorò: sua sorella era uscita di casa, era cresciuta ed era *molto più felice*. Portava un paio di fuseaux grigi e una vecchia maglietta Gap, con una bandanna attorno alla testa. Aveva la faccia coperta di sporcizia, come una guerrigliera.

«Ti stai mimetizzando? Non vuoi che entriamo?» ridacchiò Ben.

«Siete in anticipo! Adesso mi ripulisco. Sto nel bel mezzo delle grandi pulizie di primavera. Dio solo sa cosa cucinasse in quel forno l'inquilino precedente, è *disgustoso*.» E poi Carmel si esibì in una delle sue solite, pessime interpretazioni: «Adam, *anche* tu qui, *che gioia*. È *tanto* che non ci vediamo.» Non so come, riusciva sempre a porre l'accento su una o due parole in modo del tutto incoerente.

Ben e io ci trascinammo dentro con lo scatolone. Il fratello fece un cenno di saluto alla sorella, e tra i due si distese un lungo momentaccio di silenzio. Vero, la vita è una gara, ed entrambi si rendevano conto che al momento Carmel era in vantaggio di parecchie lunghezze. Ben fu ancora più sorpreso quando Carmel condusse Diane su, al primo piano, spiegando che al momento c'era in casa la sua amica Louise. «È rimasta più di quanto previsto, ma abbiamo avuto da chiacchierare.»

«*Chiacchierare*?» mormorò Ben, in modo che solo io potessi sentire. «Mel non ha mai *chiacchierato* in tutta la sua vita. È sotto Prozac, secondo te?»

«E dai, cerca di essere carino per una volta in vita tua», dissi. Adesso cominciava davvero a darmi sui nervi.

Ben non replicò, ma mi guardò come se avessi appena messo sotto il suo cane. Riprese il controllo e osservò con attenzione l'atrio comune dell'edificio, con le immancabili bici chiuse da catena e lucchetto appoggiate al muro, mucchi disordinati di posta arretrata, elenchi telefonici che nessuno aveva ritirato, volantini e avvisi di quartiere. «Complimenti», commentò con disdegno.

«E sorridi», lo incoraggiai. «Avanti, fallo per me.»

«Per te? Ero convinto che il mio comportamento fosse *adorabile*. Sono qui dopotutto, no?» La sua espressione cambiò. «Sai che cosa vorrei tanto? Vorrei essere su una spiaggia assolata con te, molto, molto lontano.»

«Vorresti che fossi molto, molto lontano da te?»

«No, Adam...» Gli seccava che avessi deliberatamente frainteso le sue parole.

Diane fece capolino dalla porta di Carmel. «Che state combinando? L'avete lasciato cadere? Venite su, venite a vedere quanto è stata fortunata. È davvero un amore. *Un amore.*»

«Davvero un amore. Un amore», ripetè Ben con un grottesco ghigno da telepromozione, mentre portavamo lo scatolone sulle scale, fino alla porta da cui giungevano delle voci. Erano tutti nella piccola cucina sul retro dell'appartamento, e Carmel stava riempiendo d'acqua una pentola per preparare il tè.

Erano nuovamente tutti insieme nella stessa stanza. La mia vita era molto più semplice quando non lo erano. Rivolsi al cielo una preghierina affinché quel pomeriggio tutto filasse liscio: «Ti prego, fammi essere buono e fammi amare entrambe queste persone. Tutti noi meritiamo di essere felici. Non sono del tutto certo di ciò che sto facendo: questo dovrà pur contare qualcosa, giusto? Firmato, il cazzone.»

Ben diede un'occhiata a Louise e immediatamente decise

di ignorarla. Louise portava di nuovo i fuseaux, era sui trentacinque, era un po' sovrappeso ed evidentemente non era il tipo di persona che potesse piacere a Ben. Era una persona con la quale fare i conti, ma Ben avrebbe dovuto scoprirlo da solo. Forse lo spettacolo sarebbe stato persino divertente. Il figlio di Louise, Sam il Solenne, stava abbarbicato alle gambe della madre, mentre lei parlava con Diane, e come al solito teneva gli occhi spalancati e non si lasciava sfuggire niente.

Diane cercava con tutte le forze di comportarsi nel modo giusto, ed era una pena vederla. Si voltò verso Ben e me, che cercavamo di entrare con lo scatolone. «Oh, Carmel, ti ho portato un po' di cose, compreso quel bollitore in più che c'era a casa. Spero che vada bene. Non so che cosa sia compreso negli appartamenti ammobiliati, al giorno d'oggi. È passato un bel po' di tempo da quando ne ho abitato uno. Certo, io non stavo per conto mio: Ben era nato da poco, mi pare.» Diane sembrava prepararsi ad affrontare una tipica scenata alla Carmel del genere «posso farcela con le mie sole forze» e rimase ancora una volta sorpresa quando, invece, la figlia sembrò commossa e compiaciuta, esattamente come avrebbe fatto una persona normale. Appoggiammo lo scatolone sul piano di lavoro. Carmel lo aprì e si mise a tirare fuori tazze e padelle, con gridolini di gioia.

«È stato davvero gentile da parte sua, Mrs Robbins», disse Louise. Lei e Diane si scambiarono un cenno di approvazione; per età, Louise era a metà strada tra Carmel e Diane e avevo il sospetto che non fosse una coincidenza che si trovasse lì proprio in quel giorno ad altissima tensione.

«Ma dove ho la testa?» disse Carmel, estraendo dallo scatolone un bollitore elettrico. «Louise, questo è mio fratello Ben e questo è il nostro pensionante, Adam.» Louise sembrò un po' perplessa di essermi presentata di nuovo, ma stette al gioco.

«Piacere di conoscerti, Adam. Ho sentito molto parlare di te, Ben.»

«Davvero strano, perché io non ho mai sentito parlare di te», replicò Ben, con soverchia cortesia.

«Abbiamo tutti i nostri segretucci, Ben» chiosò Carmel, minacciosa. Ti prego, non cacciar via tuo fratello, pensai, potrebbe essere una scena sanguinosa e tu sei nel bel mezzo delle pulizie di primavera. La conversazione proseguì e io rimasi con gli occhi a terra trafitto da due sguardi, uno di Ben, uno di Carmel: ero il segreto di entrambi. Louise ci presentò Sam. Sam mi squadrò e con la sua strana vocina profonda disse, «*Dipingere*.» La sua confusione era del tutto giustificabile. Carmel abbassò lo sguardo, mascherando la preoccupazione con un moto di sorpresa. «Caspiterina, *è giusto*, Sam. Mi hai già *sentito* parlare *di* Adam?»

Diane disse. «Ti ho portato anche una teiera. È più simpatico preparare il tè in una teiera.»

«Bisogna mantenere alto lo standard di vita», commentò Louise, squadrandomi come al solito dall'alto in basso. Ben si accorse del suo sguardo e mi si avvicinò un poco, ma quasi cadde a terra per lo shock quando Carmel buttò le braccia al collo della madre. Immediatamente Diane cominciò a spandere lacrime per quell'inattesa dimostrazione di affetto. Credo fu la prima volta che vidi Carmel toccare sua madre. Sbirciai Ben che fissava la sua famiglia, ovviamente domandandosi quanto ancora poteva scivolare verso il basso nella classifica delle preferenze di sua madre, con me a casa e la meravigliosa signorina «vieni qui che ti abbraccio» in quell'appartamento. La cucina era attraversata da un tale numero di opposte correnti che mi veniva quasi il mal di mare. Decisi che avrei assunto il ruolo di quello che se ne sta in un angolino a osservare, e chiusi il becco. Louise si accorse delle lacrime che stavano spuntando negli occhi di Diane e si intromise, in modo da alleggerire la situazione.

«Ha già fatto il giro della casa, Mrs Robbins?»

«Chiamami Diane.»

Carmel disse. «Sì, accendiamo il mio *favoloso* bollitore e diamo un'occhiata attorno. Spero proprio che vi piaccia.»

«Io preparo il tè», si offrì Louise.

«E io ti do una mano», mi affrettai ad aggiungere. Era meglio che i Robbins restassero un momento da soli.

«Non ci vorrà molto, coraggio, visto che ci tocca» disse Ben, guardando il corridoietto su cui si affacciavano altre tre porte. Fingemmo tutti di non sentire. Con un sospiro, Ben si avviò alla parte dell'appartamento che dava sulla strada, seguito da Diane che gli raccomandava, sottovoce, di fare il bravo. Carmel fece una giravolta e mi scoccò un bacetto. «Ciao», disse. «Ciao, ciao, *ciao*.» Non era il momento adatto e la scostai con un sorriso, facendo cenno con la testa verso il corridoio. Non era il caso che Ben vedesse cose del genere, proprio no. Louise ci osservava con due occhi così, esattamente come Sam. Comportati come se fosse solo uno scherzo, sii disinvolto, mi dissi. Non c'è niente di importante, è solo un problema loro, ah ah.

«Il signorino prudentino», disse Carmel, rabbuiandosi. «Ci vediamo più tardi, vero?» Si diresse alla porta. «Ti prego. Lo sai che deve essere così.» Ma come no. «Dovremmo raccontargli tutto su di noi oggi», aggiunse con un sussurro melodrammatico.

«Ma che bella idea», disse Louise.

«*Bella idea*», confermò Sam.

«Una cosa per volta, vi pare?» replicai nervosamente.

«Probabilmente hai ragione.» Carmel scomparve nel corridoio. Mi voltai verso Louise e le scoccai un sorriso di circostanza, guardandola con aria interrogativa, mentre lei mi fissava maliziosamente.

«È pazza di te, tesorino. E allora, dove sono le bustine del tè?»

«In quella credenza», risposi, facendo cenno al mobile.

«Lo sapevo che l'avresti saputo. Oh sì, è una donna completamente nuova, la fortunata P-U-T-T-A-N-E-L-L-A.» Sam se stava ancora appiccicato alle gambe di Louise, che doveva proteggere le sue orecchie innocenti. Figuriamoci. Immerse i sacchetti del tè nella pentola e continuò. «Ma davvero non sanno niente di te e Carmel?» Scossi il capo. «Sai cosa sono? Un P-A-Z-Z-O-I-D-E dietro l'altro. Come una serie di tamponamenti a catena.» Ripose i sacchetti. «Però ce la stiamo cavando niente male, io e la mia amichetta. Uno dei punti della lista è stato portato a termine.»

«Quale lista?»

«Questa. Maligna ma necessaria, direi.» Louise aprì un cassetto, ridacchiando. Dentro non c'era altro che un foglio di carta A4 e un evidenziatore. Sul foglio c'erano dei propositi scritti a grandi lettere maiuscole, con i successivi ripensamenti tra parentesi:

COSE DA FARE

1. ABBRACCIARE LA MADRE
2. DIRLE CHE LE VOGLIO BENE (& non dire che la detesto)
3. NON LITIGARE CON BENEDICT (& non dirgli che lo detesto)
4. AVERE UN'ARIA ALLEGRA E POSITIVA

Con un ampio gesto della mano, Louise cancellò con l'evidenziatore il punto 1 e richiuse di botto il cassetto. «E pure il tre finirà bene, anche se quel porco di Ben non sta affatto collaborando e il punto quattro sarà una bazzeccola. Se facciamo solo metà del numero due, saremo a cavallo.»

«Secondo te sono tutti P-A-Z-Z-O-I-D-I?»

«Secondo te no?»

«A dire la verità, Ben è un bravo ragazzo», dissi, risoluto.

«Be', quel che è certo è che sua madre lo ama. Cristo, ancora a casa a ventotto anni, quel Ben. Dovrebbe esserci una legge che lo vieta. Sam, tu non vivrai con me fino ai ventotto anni, chiaro?»

«*Nieeente da faaare.*»

«Bravo.»

«*Pazzoidi.*» Il ragazzo sapeva mettere insieme le lettere, questo era certo.

Louise mi chiese scusa con un sogghigno, si strinse nelle spalle e poi continuò. «E allora, come puoi sopportare di viverci? Andrai fuori di testa anche tu, tesoro.»

A me piaceva molto. Era forse un problema? «Che mi venga un accidente se lo so», risposi. «A me piace, e poi, cazzo, costa poco.»

In punta di piedi, Louise si avvicinò alla porta della cucina. «Che ne dici, andiamo a vedere che combinano?»

L'appartamento di Carmel mi piaceva molto, era piccolo, ma non in modo insopportabile. Non era necessario definire quella casa un «gioiellino», ma era piacevole. Nel soggiorno, dominato da un enorme caminetto vittoriano con una mensola massiccia, il soffitto era piuttosto alto. Carmel aveva portato con sé un grande specchio, e visto che era una discreta adepta del feng shui l'aveva appeso sopra il caminetto, mentre la collezione di uova di pietra e i libri erano stati sistemati nelle librerie a muro ai lati del camino. Aveva già l'aria di uno spazio tipico di Carmel, e non aveva neppure cominciato a lavorare sulle diverse sfumature di bianco. Mentre ascoltava la sorella, il volto di Ben sprizzava invidia da tutti i pori.

«... e così ho messo sopra i mobili delle vecchie lenzuola, perché la roba fornita con la casa è alquanto mostruosa, capite, e allora...»

Ben non riuscì più a trattenersi. «Ma questa è una conversazione degna degli *anni* Ottanta! È *cooosì* anni Ottanta!» Carmel lanciò un'occhiata a Louise e me, non sapendo che fare. Non sarebbe stato facile portare a termine il punto numero 3. Bisognava sostenerla.

«A me sembra già molto bello», corresse Diane.

«È umidità, quella?» Ben indicò un punto nella strombatura della finestra. «Sembrerebbe umidità.»

Carmel non disse niente, limitandosi a stringere i pugni lungo i fianchi. Mi accorsi che stava per dire qualcosa di veramente spregevole, e mi intromisi: «È tipico nelle case così vecchie, non credi? Succede anche a casa dei miei genitori. È una caratteristica della zona.» Ancora una volta, avevo neutralizzato Ben. Non sembrava affatto felice di ciò che avevo fatto.

Diane disse con dolcezza. «Hai ragione, Adam. Credo che tutte le case di Christie Avenue siano piene di umidità. So che è così.»

«No, non la nostra», borbottò Ben. «*Per niente*x...»

«*Siamo sommersi dall'umidità.*» Diane era implacabile. Ben la guardò e poi scosse il capo. Con tono vivace, sua madre continuò. «E allora, che altro ci fai vedere, Mel? Dovresti avere una stanza da bagno, a te piace fare il bagno, vero? Louise, da dove viene il tuo accento? Da Newcastle...» Stava cercando di far dimenticare le gaffe del figlio e Carmel si affrettò a introdursi nel discorso, raccontando i problemi che aveva avuto col bruciatore a gas.

Ben era in piedi accanto alla strombatura della finestra, e guardava fuori, verso la strada. Se le sue spalle fossero state appena un po' più tese, si sarebbe frantumato in mille pezzi. Mi avvicinai e gli arruffai i capelli sulla nuca. «Non farlo», mi disse. E aggiunse: «Da che parte stai, Adam?»

«Cosa?»

«Mi hai sentito. E poi perché mai sei *qui*? Questo non ha *niente* a che vedere con te.» Dal suo punto di vista era vero: per quanto ne sapeva, la mia conoscenza di Carmel non era poi così profonda. Io mi ero trasferito da loro e lei se n'era andata un mese e mezzo dopo. «Lasciami in pace, per favore. Vai a fare lo stupidino con mamma, o quello che ti pare. Vai a dipingere un quadro.»

«Ben...» Mi arresi. Non potevo dire niente che Ben volesse sentire.

«Ti amo. E tu non stai nemmeno dalla mia parte.» Scosse nuovamente il capo: ovunque si voltasse, c'era qualcuno pronto a tradirlo.

«*Pazzoidi.*»

Mi girai di colpo e vidi Sam che schizzava fuori dalla stanza, lungo il corridoio. Che cosa aveva sentito? Merda. Cominciavo a sudare freddo: battuto da un demone-fanciullo. Ben scoppiò a ridere. «Quello schifido moccioso viziato, mica ha tutti i torti. Siamo proprio pazzoidi.» Si distolse, tornando a guardare fuori dalla finestra, tormentandosi il labbro inferiore con i denti. Doveva respirare dalla bocca per non scoppiare in lacrime. Sulle sue spalle si stavano accumulando mille problemi in una botta sola. Si aspettava che mi prendessi cura di lui, che fossi il legame con il mondo esterno capace di salvarlo da sua madre e da

Christie Avenue. E ora invece tutte le volte che tornava dal lavoro ci trovava a sfogliare copie di «Hello» e a chiacchierare in cucina.

Diane, in corridoio, rischiò di inciampare in Sam, e gli disse di badare a dove metteva i piedi. Entrò in soggiorno, e il suo radar Robbins le comunicò che lì stava succedendo qualcosa. «Tutto bene?» Lo disse a me, ma in realtà mi stava chiedendo di Ben. Annuii e feci cenno con la testa a Ben. Diane continuò, guardando le spalle del figlio. «Hai visto il resto dell'appartamento, Adam? È una *meraviglia*, veramente.» Quel giorno diceva solo cose giuste. Si avvicinò a Ben e gli mise le braccia attorno alla vita. Mi tornò in mente la sera che li avevo visti guardare la tele insieme, a letto, con Ben che dormiva appoggiando la testa in grembo alla madre. «Non sei contento, Ben? Ti prego, dì che lo sei, sarebbe molto importante per lei. È così felice e ha bisogno della nostra approvazione.» Lo costrinse a voltarsi. Ben aveva gli occhi rossi e gonfi. «Oh, ma guardati», disse Diane, accarezzandogli la faccia. In quel momento Carmel comparve sulla soglia. Le feci cenno con il capo di non entrare. Lei si ritirò silenziosamente in corridoio e si mise a sfaccendare in cucina, sbatacchiando le stoviglie.

Ben disse. «Mamma, non credo di poter condividere la parola "contento". Posso dirmi stanco e scazzato. Ti basta?»

«No, per esser franca.» Diane alzò lo sguardo su suo figlio, che la superava in altezza di una decina di centimetri, e si appellò a tutte le cortesie che gli aveva fatto, a tutte le volte in cui gli aveva soffiato il naso, a tutte le volte in cui gli aveva baciato una sbucciatura. «Fallo, ti prego. Fallo per *me*.»

Seguì una lunga pausa. Lui non aveva scelta.

«Per te.» Ben si passò una mano sugli occhi e disse, come se fosse una frase imparata a memoria in una recita natalizia fatta da bambino. «Perché-oggi-non-è-la-mia-festa.»

«Grazie.»

«Ma figurati.» Ben chinò il capo.

Diane gli prese la mano destra e la baciò. «È giusto che le cose cambino, Ben, e noi cambiamo con loro. Tu sarai il prossimo.»

«Ma tu...»

«*Io starò benone.*» Gli baciò nuovamente la mano e aggiunse a voce alta. «Ma non se non riesco ad avere una tazza di tè.»

Con un tempismo perfetto, Carmel gridò dalla cucina, «Che c'è, mamma?»

«Il tè. Hai bisogno di una mano?»

«È pronto subito.»

Carmel portò in soggiorno il vassoio, guardando me e la madre con aria interrogativa mentre lo appoggiava sul baule che faceva da tavolino. Diane, allegra e spumeggiante, fingeva che andasse tutto bene. C'erano solo un divanetto a due posti e una poltrona, ma saltò fuori una sedia, su cui si appollaiò Ben. Louise e Carmel sedettero una accanto all'altra per farsi coraggio, Diane si accomodò in poltrona. Sam e io sedemmo per terra, fissandoci con aria indignata. Non riuscivo a capire se avevo davanti un genio oppure un idiota fatto e finito. Avevo una mezza sensazione che fosse un genio, e d'un tratto mi venne in mente, con un brivido di terrore, quel vecchio film in cui una quantità di cloni di Hitler veniva allevata in segreto in diverse parti del globo.

Louise portò avanti la sua linea di condotta, prendendo la teiera e dicendo: «Faccio la parte della mamma? Ormai Diane sarà stufa marcia di sostenerla». Carmel e io ci scambiammo un'occhiata d'intesa, cercando in tutti i modi di non scoppiare a ridere. Nell'ultima settimana Carmel era stata un tesoro, tranquilla e serena. Decisi che quella sera sarei andato a trovarla: a Christie Avenue la notte sarebbe trascorsa tra silenzi ardenti e bottiglie vuote, e non ero certo di poterla sopportare.

Diane scoppiò a ridere di cuore. «Be', non so se sono stufa marcia del ruolo. In realtà non smetti mai di preoccuparti per i figli, sai?» Lanciò un'occhiata a Sam, che indicò con il dito grassoccio Ben e disse: «*Io ti amo*». Il piccolo nazista aveva ascoltato ogni singola parola pronunciata da me e Ben.

Carmel lo canzonò. «Gli piaci, Ben. Ha un ottimo istinto, il nostro Sam.» Stava cercando di far sorridere Ben, di farlo entrare nello spirito della giornata. Se volevano (e me ne ero accorto quando si alleavano contro Diane) riuscivano a formare un team molto affiatato.

«È un ragazzino con i controfiocchi», disse Ben, con uno sforzo supremo.

«Voi ragazzi non siete affatto i mostri che mi aspettavo», scherzò Louise, distribuendo le tazze di tè.

«Che cosa avevi raccontato di noi, Carmel?» chiese Diane, con appena un'ombra di tensione nella voce.

Louise corse ai ripari. «No, niente di preciso. Solo piccole cose che le ho sentito dire nel corso degli anni.»

«*Anni?*» Ben prese immediatamente la palla al balzo. «Da quanto tempo vi conoscete voi due?»

«Da quando sei entrata nel gruppo del doposcuola? Cinque anni?» Louise lo stava facendo di proposito: rivelava tutti i dettagli che conosceva in modo che Carmel potesse iniziare a condurre una vita normale, senza portarsi dietro una carrettata di ingombranti segreti. Speravo solo che non avesse intenzione di parlare di Carmel e me o che Sam non si rimettesse a dire «*Io ti amo*» o che all'improvviso diventasse in grado di esprimere più di una frase alla volta, e ne spiegasse il perché.

Venne fuori tutto a proposito del gruppo del doposcuola.

«Partecipo a questo gruppo, mamma, nella proprietà Crossley.» Carmel non era contenta di farlo sapere. Era come se stesse ammettendo di aver commesso un grave crimine, e non un lavoro di volontariato con i bambini.

«Dove vivo io», aggiunse Louise. «Ma a dire la verità è lei che in pratica gestisce il gruppo.»

A poco a poco emergeva che Carmel era un angelo di bontà in un covo di dolore, e contemporaneamente Ben si ritirava sempre di più in se stesso. La sorella aveva un appartamento tutto suo, la felicità a portata di mano e il piede sul primo scalino verso la santità. L'umore di Ben peggiorava a vista d'occhio.

«Perché non me l'hai mai detto?» chiese Diane, chiaramente ferita. «Magari sarei anche potuta venire a dare una mano.»

«Oh, ma davvero?» si intromise subito Louise. «Abbiamo sempre bisogno di gente nuova.»

«Ecco il perché, mamma.» Carmel fece una smorfia. «Sapevo che ti saresti intromessa. Volevo una cosa che fosse mia, capisci? Soltanto mia.» Arrischiò un'occhiata nella mia direzione e prese fiato, aggiungendo debolmente: «Sembra una cretinata.»

«No, non lo è», sbottò Ben. «A me sembra tutto molto sensato.»

«Ma adesso puoi venire, Diane. Senza problemi», disse Louise. «Perché siamo tutti *adulti.* Non so, io mi aspettavo dei mostri, come dicevo, e invece siete una famiglia normale, del tutto disfunzionale esattamente come la mia. E se ora volete sapere come sia una vera e propria *stronza*, niente a tuo confronto, Diane, allora ecco qua: la madre del mio papà, ora è morta, vecchia strega, comunque, quando mio papà era bambino lei lo menava tutti i giorni e poi lo chiudeva in un armadio. Hai mai fatto niente del genere?» Adesso Louise stava davvero esagerando.

Diane non mosse neppure un muscolo. «A volte ho avuto voglia di farlo. A volte, quando qualcuno mi irrita, avrei ancora voglia di farlo.» Sotto quel cardigan nuovo c'era una donna d'acciaio.

«*Armadio*», tuonò Sam, vittima di un riflesso pavloviano degno di C.S.Lewis.

Louise abbracciò il figlio. «Esatto, ti piacerebbe che lo facessi, piccolo birbante, vero?»

Ero a bocca aperta per l'ammirazione per Louise: immergeva il coltello nella merda, non si fermava davanti a niente e diceva le cose come stavano. Non che io o un qualsiasi membro della mia famiglia avessimo mai fatto niente del genere, in un migliaio di generazioni, a parte forse i miei antenati irlandesi. Quelli di ascendenza inglese si limitavano ad accasciarsi sulle loro angosce nelle capanne con i muri a cannicciata coperti di fango, e alla fine morivano di rigidità congenita del labbro superiore.

Louise continuò l'attacco, stavolta prendendo di mira Ben. «E allora, che te ne pare del posto? Grandioso, vero? Secondo me dovresti essere geloso di tua sorella, visto che te ne stai ancora a casa.»

Ecco qua, la parola tabù era stata pronunciata, e ora aleggiava tra di noi.

Tutti si voltarono a guardare Ben.

«Louise, ti chiami *Louise*, vero? Immagino che tutti ti chiamino "Lou". Ci siamo appena conosciuti e sei convinta di conoscermi a fondo.» Louise strabuzzò gli occhi di fronte alla sintassi di Ben. Ecco che partono le sirene della contraerea. Avrebbe mantenuto la promessa fatta alla madre? Diane abbassò la testa mentre Carmel alzava la sua, pronta a balzare in difesa dell'amica. «Posso essere del tutto e completamente sincero con te, Louise, e con te, sorellina, naturalmente?»

Per un istante Carmel sembrò la versione più pallida della ragazza che aveva vissuto a Christie Avenue e che aveva portato avanti la ribellione adolescenziale fino a oltre la metà del secondo decennio di vita. Se necessario, era pronta a saltare alla giugulare di Ben. Se la stanza fosse stata un saloon del Far West, ci saremmo rifugiati tutti sotto i tavoli e dietro il bancone del bar. Ben prese fiato e lanciò una rapida occhiata a sua madre. Diane si aspettava il peggio. Ben guardò me, poi fissò in faccia la sorella. Le dita titillarono nervosamente i grilletti. Per un istante il mondo smise di girare, poi:

«Credo che l'appartamento sia sensazionale, credo che diventerà una reggia non appena Carmel avrà potuto mettere in opera il suo tocco magico da decoratrice, e sono così geloso, e intendo dire G-E-L-O-S-O, della casa e ovviamente di lei, ossia di mia S-O-R-E-L-L-A, che riesco a malapena a spiaccicar parola».

Sam applaudì e tutti ci unimmo a lui. «*Io ti amo*», ripeté il bambino. Ben si alzò e fece un inchino, poi sedette di nuovo, stremato. «Ho bisogno di qualche biscotto, il mio livello di zuccheri è appena sceso a zero: troppe, decisamente troppe emozioni autentiche in una sola giornata.»

Dopo quell'episodio il pomeriggio scivolò via senza un intoppo o una parola dura. Carmel e Ben stavano facendo un gioco nel quale lei doveva cercare di fargli pronunciare di nuovo quella parola che cominciava per G. Ben faceva finta di non capire quello che lei intendeva e invece continuava a dire qualsiasi parola gli venisse in mente che cominciasse con la stessa iniziale. Era arrivato appena a «giochetto» e a «godimento» quando riuscii a introdurmi tra di loro, andando a sedermi appoggiato alle loro ginocchia. Quel giorno non avrei potuto essere più vicino al paradiso.

«Guarda, Ben, la nostra mascotte», disse Carmel.

«Tutto bene? Vuoi ancora un po' di torta?» chiese Ben, dandomi un buffetto sulla guancia.

«*Io ti amo*», gridò Sam.

«Ma certo», disse Diane, guardando i suoi figli e sorridendo davvero, finalmente. «Certo.»

«Giustissimo», concordò Ben e si sentì per un istante parte della famiglia, mentre premeva leggermente il ginocchio contro la mia schiena. Sam se ne accorse e alzò lo sguardo su di me, facendo tanto d'occhi.

«Oh sì», disse Carmel, accarezzando, senza farsi vedere, il retro del mio braccio, e guardando sua madre. Sam si fece molto serio.

«Numero due!» disse Louise, e corse in cucina a eliminare una voce dalla lista.

«Già.» Questo ero io, che concordavo con entrambi a voce bassissima, in modo che Diane non potesse sentire.

«Voi tre state d'incanto insieme», disse Diane, fissandoci. Aveva uno strano tono: aveva forse visto anche lei quello che aveva visto Sam? «Avrei dovuto portare la macchina fotografica.» Tornò subito di buonumore.

Il mio problema più grosso era stabilire dove avrei trascorso la serata. Proprio quando cominciava a darmi sui nervi, Ben tornava a essere adorabile e proprio quando avevo concluso che Carmel era una sballata, veniva fuori che aveva bisogno solo di un appartamento nuovo e di una pasticceria aperta 24 ore su 24.

Rimasi a fissare Sam che si era portato le mani alle tempie ululando «Tragedia!» Fingendo di morire in preda agli spasmi, scomparve dietro il tavolino. Stava parlando troppo presto. Avrebbe potuto funzionare, dopo tutto.

11

I maschi di diciannove anni e le donne che si avviano alla fine dei quaranta non dovrebbero andare al cinema insieme: la scelta del film da vedere è piuttosto limitata. Provate a immaginare chi, tra me e Diane, disse le seguenti frasi:

«Niente che faccia paura.»

«Niente film strappalacrime.»

«Niente di troppo violento.»

«Niente con Julia Roberts.»

«Non uno di quei filmetti scemi.»

«Niente con i sottotitoli.»

«Ma certo che no, sei matto?»

«Che ne dici di una commedia?»

«Buona idea. Che c'è?»

«...» Venne fatto il titolo di un film, non importa quale, avrebbe potuto essere uno qualsiasi.

«Non ne ho mai sentito parlare; sarà pieno di parolacce, non è vero?»

Ero rimasto un po' sorpreso quando Diane mi aveva proposto di andare, «se non ti secca essere visto in giro con una vecchia signora.» Se non seccava a lei non seccava neppure a me, e decidemmo per il primo spettacolo di un martedì sera. A me andava benone perché Ben stava lavorando come un matto per completare un'interminabile verifica contabile e Carmel ogni martedì del mese era di turno fino a tardi al centro. Comunque, stare con Diane non era affatto una punizione, e neppure una seconda scelta: mi piaceva molto la sua compagnia e sapevo che avrei potuto farmi vivo da Carmel più tardi. Se solo Diane avesse voluto vedere un film decente...

Morale, ci ritrovammo a fare la fila per i biglietti per l'ultima commediola inglese sconsigliata ai minori. Tra i protagonisti c'erano delle super mega star della tele: non stavo più nella pelle. Ma Diane era ansiosa di andarci: non era un horror, non era pieno di violenza e non conteneva nessuna parola più forte di «culo.» Comunque, avevo l'impressione che lei fosse un tantino nervosa.

Prendemmo i biglietti: stranamente, la nostra sala non sembrava affatto piena, anche se il foyer era affollatissimo. Forse tutti gli altri preferivano dei bei filmoni pieni di superstar. Facemmo la fila per il pop-corn.

«Sale o zucchero?» chiesi, infilando la mano in tasca, senza troppa convinzione.

«No, pago io», insistette Diane. «Tu che cosa vuoi?»

«Ma tu hai già preso i biglietti», protestai appena.

«Sei uno studente, lascia che offra io. Avanti.»

«E Dio sa che non è una condizione così divertente» ammisi. A queste parole Diane fece una smorfia, spingendosi oltre un gruppo di ragazzini. Mi arresi, ma tanto, tanto a malincuore. «Però la prossima volta pago tutto io. Una coca media e pop-corn dolci, medi, grazie.»

Per me andava benone così. A dire la verità mi aspettavo che pagasse lei, ma comunque avevo portato un po' di soldi. I quattrini cominciavano a scarseggiare e mancava ancora quasi un mese alla fine. Stava diventando chiaro che, ancora una volta, per Natale avrei regalato a tutti acquarelli in miniatura in cornici di plexiglass. E che, come al solito, la nonna avrebbe detto che il suo era «molto colorato.»

Diane fece tanto d'occhi, vedendo le dimensioni delle bibite e del pop-corn «medi.» «Non riesco a capire perché mai te ne diano così *tanto*», si lamentò mentre salivamo alla saletta 8, la più in alto della multisala, dove venivano proiettati i film davvero importanti. «Non riuscirò mai a finirlo tutto.» Si accorse della faccia che avevo fatto davanti alle sue lagne. «Oddio, scommetto che ti sembro terribilmente antiquata. Però è vero, *non riuscirò mai* a mangiarlo tutto.»

«Oh no, saremo costretti a sprecare del *pop-corn*.»

Scosse la testa, ma agli angoli della bocca aleggiava un sorriso. Le scale sembravano non finire mai e il frastuono che proveniva dal foyer affollato si allontanava sempre di più. Arrivati a un piccolo pianerottolo, Diane chiese: «Accidenti, mancherà molto?»

«Scommetto che adesso vuoi che fossimo andati a vedere *So cosa hai fatto*, vero? Devi fare solo dieci metri per entrare in quella sala.»

«Come?» sbuffò.

«Niente, nonnina», scherzai.

«Non ci sono molte probabilità che qualcuno mi chiami così.» Questa sì che era una notizia interessante, forse Diane aveva notato più di quanto desse a vedere. «Siamo arrivati, grazie a Dio.»

Su alla sala 8, dove per l'altitudine venivano fornite le maschere d'ossigeno, un miserando cartello «Fila qui» era stato posto, speranzosamente, davanti alla porta chiusa. Le porte erano ancora chiuse perché non erano ancora pronti a far entrare gli spettatori, una quindicina in tutto. Sembrava quasi che non ne valesse la pena. Sedemmo su una panca accanto alla sagoma di cartone a grandezza naturale di un Pierce Brosnan con l'aria umorale e Diane assaggiò i pop-corn.

«Oh, però, buoni.» Sbocconcellando, si appoggiò allo schienale, soddisfatta. I dolci le piacevano moltissimo. «Devi ignorarmi quando blatero così, Adam.»

«Ma lo faccio, non ti preoccupare.»

«Sai, mi esercito a diventare una vecchietta malmostosa.»

«Tu non sei vecchia» replicai automaticamente. Lo dicevo di continuo al suoi figli, specie a Ben, e quindi perché non avrei dovuto dirlo a lei?

«Mi sento vecchia quando sto con te, *bimbo*.»

«Non sono un bimbo», mi imbronciai.

«*Non* sono un bimbo», rispose Diane imitando la mia voce e mettendo il broncio. Aveva ragione. «Non sei affatto un bambino, anzi.»

Le lanciai un'occhiata incuriosita, ma Diane si stava guardando attorno con aria innocente. Forse aveva flirtato un po' con me, ma non ne ero sicurissimo. «Bene, io so che tu non sei affatto una vecchietta. Per niente.» Gli angoli della sua bocca fremettero di nuovo. «Ma quando lo diventerai, sarai una vecchietta *buonissima*. Ti darai all'uncinetto.»

Diane si era girata a guardarmi con l'aria di chi ha appena avuto una idea grandiosa, quando una voce ben impostata proveniente dalla cima delle scale disse: «Diane! Diane Robbins! Ma guarda che coincidenza».

Diane impallidì visibilmente. Era chiaro che non si trattava di un piacevole incontro casuale. Una coppia di mezza età camminava verso di noi, senza fiato per la salita. Era stata la donna a chiamare Diane, salutandoci con la mano: era sui cinquantacinque, i capelli tinti con discrezione ma pettinati all'indietro e laccati, orecchini di perle a clip e una giacca verde Barbour. L'uomo, presumibilmente il marito, era sulla sessantina, e aveva l'aria di uno venuto al mondo con già addosso un paio di guanti da guida. Nel corso della seguente conversazione aprì a malapena bocca.

«Jennifer», disse Diane, «che piacere vederti. Non sapevo che fossi una appassionata di cinema.» Stava usando la voce che usava di solito al telefono: formale, trattenuta, neutra.

Senza alcuna ragione apparente, Jennifer si mise a ridere sguaiatamente. «Ma come, non ricordi, io adoro il cinema; questo non fa che dimostrare che non ci vediamo da un sacco di tempo. No, siamo qui ogni martedì, qualsiasi cosa accada, vero Derek? Ricordi Derek, vero? Questa è Diane, Derek.»

Derek annuì, e sperai che dentro di sé si sentisse un po' morire, all'idea di tutti i martedì trascorsi in compagnia di quella persona. O forse era un feticista, attratto dalle donne con un elmetto al posto dei capelli. Ma ne dubitavo.

Jennifer mi stava guardando con curiosità malcelata. «Allora, questo non può essere Benedict...» La voce si spense, in attesa di una presentazione.

Diane si finse divertita. «No, Benedict ha ormai ventotto anni...»

«Ma davvero, ventotto, crescono e se ne vanno, vero?»

Diane esitò. «Così dicono. No, questo è Adam, il mio pensionante.» Annuii cortesemente, in segno di saluto. Diane focalizzò lo sguardo su Jennifer. «Gli ho affittato quella grande stanza sopra il garage, ti ricordi quale, vero?»

Jennifer scosse il capo. «No, non credo di ricordarla, siamo venuti solo un paio di volte a trovare te e... e Ray, non è così?»

«Coraggio, *devi* ricordare. Dovresti proprio.»

Jennifer si strinse nelle spalle, e d'un tratto si fece gelida. Derek, inaspettatamente, si inserì nel discorso. «Era lo studio di Ray, non è vero? Mi piaceva quella stanza. Ci si poteva isolare dal resto del mondo.» La sua voce era stranamente lenta, come se non fosse solito parlare in pubblico. Diane balbettò. «Lo studio di Ray, esatto.» Forse aveva esitato sentendo il nome del marito usato due volte in modo così casuale. Finalmente sapevo perché occupavo la stanza più grande e perché Carmel e Ben fossero rimasti nelle stesse camere che avevano occupato da bambini. Nella mia camera aleggiava ancora troppa aria di paparino. E a quanto mi sembrava di capire, forse anche troppa aria di Jennifer.

Jennifer stava cercando di capire in che modo mi inserivo nella situazione. Io ricambiavo il suo sguardo inquisitorio: quella sera non avevo nessuna voglia di interpretare la parte dell'adolescente timido. Era evidente che stava cercando un po' di autentico marciume in cui immergere il cucchiaio, ma non ne avrebbe trovato da nessuna parte, non con me e Diane. Disse: «Questo non mi sembra proprio il tuo genere di film, Adam». Allora non era poi così ottusa.

Prima che potessi rispondere, Diane replicò: «L'ho convinto a venire, contro il suo stesso volere...»

«Non mi ha dovuto convincere», la interruppi. Lo sguardo di Jennifer si illuminò appena di interesse.

Diane continuò. «Mi sta accompagnando al cinema, perché detesto venirci da sola.»

«È così per *tutti.* Ma ormai dovresti esserci abituata», commentò Jennifer con tono mellifluo. Quella rispettabile signora (anche se non era così elegante come avrebbe voluto far credere, e ora me ne accorgevo) aveva davvero detto una cattiveria del genere. «È decisamente più piacevole con un uomo accanto. Come se fosse un appuntamento.» Mentre pronunciava la parola «appuntamento» una maschera aprì le porte del cinema con un gesto appena trattenuto, come se ci fosse restato un po' male, salvando Diane e me dall'imbarazzo degli indiscreti commenti di Jennifer.

«Eccoci qua», disse Diane con vivacità. «Godetevi il film.» Balzammo in piedi come un sol uomo, affrettandoci a entrare prima di tutti gli altri. Diane mi diresse verso il fondo della sala e quando fummo abbastanza lontani da non essere sentiti, buttò fuori una rabbia che non le avevo mai sentito esprimere. «Quella *troia*, non la vedo da anni ed è rimasta *esattamente* la stessa.»

«Chi è?»

«Mio marito... Ray... era un collega di Derek.» Non riusciva più a parlare, stava osservando Jennifer che non sapeva decidersi su quale posto mettersi a sedere. Diane continuò. «Mi sorprende, davvero, constatare che continuo a detestarla tanto»; nel frattempo fece un cenno con la mano a Jennifer che finalmente si stava togliendo il cappotto e si accomodava. Non potei evitare di fare un sorrisetto e di ricambiare il saluto. Jennifer si rese conto che la stavamo prendendo per i fondelli, e si irrigidì. Sedette, bisbigliando furiosamente qualcosa all'orecchio di Derek.

«E dai, è solo gelosa», dissi. «Ma guarda che razza di capelli e di marito che si ritrova.»

Diane si ringalluzzì. «Forse lo *è*. Questo sì che è un colpo di scena. E non è una cosa del tutto irrealistica, vero, Adam?»

«Che...»

«Che tu sia il mio...»

«Che io sia il tuo...»

«Il mio...»

«Gigolo?»

«*Esattamente.*»

Jennifer si era alzata nuovamente e stava andando alla toilette. Mentre risaliva la corsia posai il capo sulla spalla di Diane. «Facciamola ingelosire *davvero*», sussurrai. Diane mi accarezzò la guancia fino a quando Jennifer non si fu allontanata. Attaccai a ridacchiare, ma Diane non era affatto divertita.

«Sei molto sicuro di te stesso, vero?» disse. Le luci che si abbassavano mentre iniziavano gli spot pubblicitari interruppero la conversazione. Passai tutto il tempo del film a chiedermi che cosa Diane avesse voluto dire.

Ero sicuro di me stesso, molto più sicuro di quanto non fossi stato quando mi ero presentato a casa sua, un paio di mesi prima. Ma non si trattava soltanto di sicurezza. Io mi sentivo *invincibile*. L'unico modo in cui posso descrivere la sensazione è paragonarla a quando, da bambino, fai una corsa: hai otto anni, e fili come il vento in un campo o nel cortile, solo per il gusto di farlo. Ricordate l'ultima volta in cui vi siete messi a correre solo perché vi faceva sentire un dio? Perché il vostro corpo ha una capacità di passare da 0 a 60 che probabilmente ha a che fare con i centri gravitazionali dei bambini e con gli ormoni della crescita, ma che di sicuro ha a che vedere solo con l'eccitazione di essere vivi. Corri alla massima velocità alla quale puoi correre. La velocità terminale.

Ero invincibile perché era così eccitante essere amato da due persone straordinarie come Ben e Carmel, amarle a mia volta e *riuscire a sfangarla*. Non mi limitavo a mettere le mani nel vasetto della marmellata, io *ero* la marmellata, io ero il *vasetto*. Comunque fosse, credo di aver dato l'idea: era il *massimo*. Le mie settimane erano piene, si svolgevano attorno al lavoro al college, che andava a gonfie vele, e alla camera da letto, dove mi stavo egualmente dimostrando un grande artista, anche se talvolta un po' stanchino, e se me lo dico da solo... Dopo tutto, non mi risparmiavo, né in un senso, né nell'altro.

Adesso quasi mi dispiace di averlo scritto, forse suona un po' volgare, ma all'epoca mi sentivo così. Non sono un frignone, non ero certo infelice per sovrabbondanza di sesso. Vi è mai capitato di avere troppo sesso? Non mi fraintendete, è mille volte preferibile che non averne a sufficienza, ma è situazione più rarefatta, *esclusiva*: se non avere sesso a sufficienza è un fungo, allora averne troppo è un tartufo. A volte l'idea di finire a letto con Ben o con Carmel era come imbarcarmi su un volo senza scalo per l'Australia: sai benissimo che sarai felice, una volta giunto a destinazione, ma sai che sarà una gran *fatica*. E quindi di quando in quando, *occasionalmente*, facevo in modo di avere una notte senza sesso, per quanto possa sembrare sconvolgente. È un po' come lasciare le verdure nel piatto: «*Devi goderti questa notte di passione, ingrato: pensa a tutti quelli in Africa che sarebbero felici di averla*». Ovviamente, quando riuscivo a tenermi una notte libera, era la volta che avevo più voglia di scopare. Mai che si riesca a fare una vacanza esattamente quando la si vuole, ho ragione o no?

Non che la cosa mi fermasse: un saggio ha detto una volta che non si dovrebbe mai declinare un'opportunità di fare sesso o di andare in Tv. Durante il mio primo trimestre al college, le mie apparizioni alla tele furono senza dubbio limitate, ma il mio carnet di ballo fu sempre pieno. Accludo un utile orario che misi insieme all'epoca, e che rappresenta una normale settimana di quel periodo tra ottobre e novembre. Non sono fiero di conservare ricordi di questo genere, ma all'epoca ero molto giovane. Anzi, l'unico modo per giustificare l'esistenza di un documento del genere è che ero molto giovane, e quindi non devo vergognarmene troppo. È un monumento alla mia giovinezza. Vi prego di notare che il seguente orario non comprende il weekend.

LUNEDÌ	Mattino	B. b. S. #
	Sera	C. a. d. ###
MARTEDÌ	Mattino	C. a. S. #
	Sera	B. cB. cm. ## + S. # (giardino)
MERCOLEDÌ	Pomeriggio	C. a. # (saltato lezioni)
	Sera	C. a. # + B. cB. S. # (alle 2 di notte)
GIOVEDÌ	Mattino	B. b. S. # (anzi mezza, non mi chiedete perché)
	Sera	C. a. s. ## (una piccola bruciatura sul tappeto)
VENERDÌ	Mattino	C. a. #
	Sera	B. cm. ###

Legenda:

C. =	Carmel
B. =	Ben
a. =	appartamento di Carmel
b. =	bagno al 52 di Christie Avenue
cm. =	camera mia
cB. =	camera di Ben
S. =	sveltina
d. =	fermato a dormire
s. =	soggiorno
# =	eiaculazione

La cosa sconvolgente era che *riuscivo a cavarmela benissimo.* Mi sentivo come se potevo scoparmi chiunque, ero sicuro di poterlo fare. E se pensate che questo sia proprio il genere di sicurezza che poi ti fa finire a culo per terra, potreste anche essere nel giusto.

Non riuscii a seguire la trama il film: forse parlava di giovani professioniste della media borghesia, tra i venti e i trenta, che in questo nuovo millennio trovavano qualche difficoltà a individuare un partner adatto. Be', qualcosa che poteva dare dei frutti. Grazie al cielo, il film terminò e Jennifer e Derek schizzarono verso un'uscita laterale senza neppure un cenno di saluto. Diane e io non avevamo un granché da dirci, sia perché ci sentivamo sempre più distanti uno dall'altra, sia perché il film era davvero insulso, uno di quei film che ti lasciano con la medesima sensazione che provi quando resti a letto troppo a lungo. Ti chiedi per quale motivo senti un po' di nausea nel profondo, e ti dai anche la risposta: perché ancora una volta hai buttato via un pezzetto della tua vita.

Ci avviammo a piedi al garage vicino al cinema; Diane era scura in faccia. Provammo a parlare un po' del film, ma il suo ricordo stava svanendo dalla nostra mente fin troppo in fretta. Lei non aveva voglia di chiacchierare: d'un tratto, la sua attenzione era rivolta altrove. Sbirciai l'orologio, e probabilmente Diane mi vide: 20.32. Di lì a poco Carmel sarebbe rientrata dal centro comunitario: le avrei fatto una sorpresa. Mentre aspettavamo l'ascensore che ci avrebbe portato all'auto, Diane rabbrividì. «Detesto questi posti», disse, «sono felice che tu sia qui con me.» «Tranquilla», replicai, mentre l'ascensore arrivava. Ci spostammo di lato per permettere a un gruppetto di anziane signore di scendere. La puzza di disinfettante riusciva a malapena a coprire la reale sporcizia del garage: in questi edifici c'è qualcosa di strano, non si riesce mai a capire se ci si trova in un posto all'aperto o al chiuso. Mentre le porte si chiudevano, dissi. «Ti dispiace lasciarmi a una fermata dell'autobus, mentre torniamo?»

Diane sembrò seccata che non andassi a casa con lei. In quel momento pensai che forse aveva voglia di parlare ancora dell'incontro con quella Jennifer. «Vai a una festa?» chiese.

La generazione più vecchia crede sempre che quella più giovane stia andando «a una festa.» Come quando eri un ragazzino, e tutte le sacrosante estati erano piene di sole e vacanze sulla spiaggia e tutti quelli come te erano fuori di melone, capite, davvero sballati.

«È solo un'amica del college che ha messo insieme un po' di gente, niente di speciale.»

Mentre scendevamo sulla rampa verso l'uscita, fino alla strada principale, lei non disse quasi niente. Poi: «Dove stai andando? Posso accompagnarti, se non è troppo lontano».

«Ti porterebbe fuori strada, è nell'altra direzione.» Però era un'offerta allettante, perché ci voleva una buona mezzora per arrivare da Carmel. Diane fermò la macchina a una fermata dell'autobus e io le scoccai un bacetto sulla guancia. Mentre scendevo, disse. «Posso chiederti un favore? Non dire a Ben e a Carmel con chi ci siamo imbattuti.»

«Non sono affari miei», replicai. «Non lo avrei fatto comunque, abito da voi da abbastanza per capire che non è il caso.»

«Che peccato», disse Diane, fissando la strada davanti a sé e le luci del semaforo che da verdi diventavano rosse. Qualcosa mi spinse a non chiederle cosa intendesse con «peccato». Non volevo saperlo. Riprese animo, ma la sua voce suonò falsa, proprio come quella che aveva usato per parlare con Jennifer. «Bene, allora ci vediamo domani. Il film era carino, vero?»

«Puoi dirlo. Non essere triste.»

«Non sono triste, sto solo riflettendo.» Mi guardò fisso negli occhi, come a volerci cercare qualcosa. «Fai il bravo. Ciao.»

Il semaforo diventò verde e lei partì. Attraversai la strada e salii su un bus che andava a sud, verso Stoke Newington. Una volta a bordo, controllai i messaggi sul mio cellulare. Ce n'erano due: uno da Ben e l'altro da Emily, la mia amica del college. Ben sembrava un po' brillo. La ricezione era pessima, e riuscii a sentirlo a malapena:

> Adam, Adam Adam dove sei? Vorrei tanto che tu fossi qui perché ho passato gli esami – l'ho saputo oggi sul tardi, i risultati sono arrivati con un giorno di anticipo. E così mi sono detto, fanculo quel cazzo di revisioni, voglio festeggiare con Adam e il riscaldamento centralizzato non funziona nemmeno, e figuriamoci se tu sei qui a festeggiare con me... ohh, sei andato a vedere quel filmetto di merda con mammina, vero? Non ci sei mai quando ho bisogno di te. Ci vediamo più tardi. Adesso vado al pub, o da qualche altra parte... tutto solo... sniff... ti faccio vedere io quanto mi importa perché sono intelligente e adesso è ufficiale. Perché sono un bravo ragazzo, perché sono un bravo ragazzo eccetera... un abbraccione, ciao.

Emily non era ubriaca, ma stava progettando di esserlo presto:

> Ads, sono Em, probabilmente non ti interesserà perché sei un vero eremita, ma la mia missione è procurarti una specie di vita sociale, prima o poi. La banda vuole andare al pub e poi a fare quattro salti se vuoi venire – e tu sai di volerlo – tanto per cominciare ci sarò io, ah ah! Come puoi resistere? Dai, vieni, non riesco mai a vederti quanto vorrei. Baciotti.

Un abbraccione, baciotti, dio buono, pensai, tutti mi vogliono, tutti mi cercano. Di lì a poco avrei avuto bisogno di un addetto stampa. Per un attimo provai il desiderio andare da Ben e di non essere su un autobus che avanzava lentamente verso Stoke Newington, verso casa di Carmel. Scelte, sempre scelte: fu una gran bella corsetta in autobus, a rimirare tutti quelli che mi correvano dietro.

Pensandoci adesso, avevo proprio bisogno di un bel calcione in culo. Per fortuna di lì a poco ne avrei ricevuto uno.

Mi fermai a un negozio di alcolici per comprare una bottiglia di vino forte e rosso, oltre a un pacchetto di Extra-Safe. Un cocktail potente. Armato e pericoloso, mi diressi a casa di Carmel, felice come un topo nel formaggio, come avrebbe detto mia nonna. Ogni cosa era a suo posto e Dio, dall'alto dei cieli, vegliava su di me.

A una ventina di metri dalla porta d'ingresso di Carmel, mi fermai improvvisamente: in una stradina laterale c'era l'auto di Diane, vuota. Controllai la targa: eh sì, era proprio la sua. Aveva detto che sarebbe tornata dritta a casa e non rientrava nel suo stile fare una capatina da Carmel la sera: i genitori non dovrebbero mai fare niente del genere ai figli adulti, perché il *coitus interruptus* per cause genitoriali è un metodo più che sicuro per infrangere le illusioni. E allora perché mai Diane era qui, senza un avviso risalente almeno a una settimana prima?

Mi avvicinai con cautela alla casa di Carmel, guardando su verso la finestra del soggiorno. Nessuna traccia di movimento all'interno. Che cosa dovevo fare? Avrei potuto aspettare fuori, ma quella sera faceva un certo frescolino, e a me piace stare comodo. Forse Diane voleva parlare con qualcuno dell'incontro con Jennifer dopo tanti anni, ma mi aveva fatto giurare di mantenere il silenzio sulla faccenda, e quindi la cosa non sembrava credibile. Forse non aveva avuto voglia di rientrare in una casa vuota.

D'un tratto Diane comparve alla finestra, e guardò giù, verso la strada. Con il cuore in tumulto, mi infilai in un giardinetto e mi nascosi nell'arco di una porta. Sbirciando fuori, riuscii appena a vedere che stava sorseggiando qualcosa e parlava a qualcuno alle sue spalle; ma era senza dubbio in attesa di qualcosa o di qualcuno. Sembrava che stesse ridendo e sorridendo, poi si voltò ad ascoltare, annuendo e sorridendo ancora. Per un istante, ebbi la sensazione che stesse guardando proprio me, ma di nuovo si girò.

Ero felice che si divertissero, ma mi stavano rovinando la serata. Brontolando tra i denti mi appoggiai contro il pilastro dell'arco della porta e, senza volerlo, premetti un campanello. Immediatamente nell'atrio si accese la luce e scorsi una figura massiccia che si avvicinava all'uscio. Non potevo tornare sul marciapiede perché Diane mi avrebbe visto, e così mi arrampicai su un muretto di mattoni fino alla porta accanto e mi accucciai nell'ombra.

La porta si aprì, ci fu un fruscio di plastica e un'esclamazione di sorpresa.

«Maggie, qualcuno ci ha lasciato una bottiglia di vino rosso e un pacchetto di preservativi.»

E così avevo sprecato più di cinque bigliettoni. Cazzo.

«Come?» La voce della donna si fece più chiara, mentre si avvicinava all'uscio. «Di che cosa stai parlando?»

«Guarda.» Percepii l'uomo che usciva nell'aria fredda della sera. «Non c'è nessuno in giro. Cristo, fa fresco stasera.»

«Non possiamo berlo, Linus. Probabilmente quelli del Fronte di Liberazione degli Animali ci hanno messo dentro del mercurio e avranno bucato i preservativi. Il mondo è pieno di schizzati, sei troppo fiducioso...»

La porta si richiuse e le voci si allontanarono. Come fai ad affrontare le insidie della vita con un nome come «Linus» Cristo santo? Poi alle mie spalle sentii che un manico di scopa veniva spinto con forza fuori dallo sportellino per la posta. Al di là della porta chiusa una vecchia signora sibilò: «Se non te ne vai, chiamerò la polizia, mi hai sentito? Mi hai sentito?» Allungai il collo per arrischiare un'occhiata alla finestra di Carmel e non appena vidi che non c'era più pericolo schizzai via, risalendo la strada verso l'arteria principale. Arrivato all'angolo mi appoggiai, senza fiato, al muro, ridendo come un matto, tanto per convincere i rari passanti che ero fuori di zucca per il crack. Ma io non avevo bisogno di droghe: essere lì lì per farmi scoprire mi aveva mandato in circolo dosi massime di adrenalina, un'eccitazione da gioco d'azzardo con il misero budget di uno studente. Ero davvero fuori di testa, ve lo dico io.

Continuando a ridere, feci il numero di Carmel ma mi rispose la segreteria. Riagganciai prima del beep, facendo del mio meglio per non mettere sul chi va là Diane, nel caso che Carmel stesse selezionando le chiamate mentre parlava con mamma. E allora, qual era il Piano B per risolvere una fresca serata di martedì? Risalii la strada, sempre al massimo dell'eccitazione, e chiamai al numero 52 per vedere se Ben fosse nei paraggi: avrei potuto rientrare e festeggiare con lui i risultati degli esami. Sarebbe stata una gran bella azione, anche se voleva dire fare un gran giro da una parte all'altra di Londra: Ben ne valeva la pena. Anche qui rispose la segreteria – era ancora al pub – e gli lasciai detto di chiamarmi al cellulare. Feci in modo che sembrasse semplicemente un messaggio da parte del suo amico Adam, che si congratulava con lui per gli esami: questo nel caso che Diane fosse rientrata per prima. Dovevo stare attento a un sacco di cose.

Piano C: forse avrei dovuto fare qualcosa di studentesco e andare a trovare Emily, oppure Piano D: potevo provare a tornare a casa sperando che alla tele ci fosse un buon film in seconda serata. Però non so perché, ma niente di tutto questo mi sembrava allettante. Sul marciapiede opposto scorsi un bar, Old Nick's: aveva un'aria giovane e trendy, a giudicare dal nome e dallo stile: in precedenza era stato una stazione di polizia, e gli arcobaleni disegnati sulle finestre indicavano quale tipo di clientela stava cercando di attrarre. Non era il genere di locale che frequentavo di solito, ma l'adrenalina e la felicità di essere giovane, libero e pieno di energia mi diede un'idea. Nessuno lo avrebbe mai saputo.

Avrei fatto un gioco con me stesso: dovevo entrare in quel bar a vedere se riuscivo a dragare qualcuno, così. Mettere in mostra i muscoli e capire se, dopo tutto, ero proprio irresistibile. Non avevo intenzione di combinare davvero qualcosa, non avevo intenzione di essere infedele a Carmel e Ben. Non volevo mettermi a rimorchiare tizi nei bar, volevo sapere se avrei potuto farlo. Credo ci sia una parola per quello che stavo per fare, non è molto carina, ed è «civettare».

Entrai nel bar. Guarda caso, era tutto arredato sul tema poliziesco: un sacco di vecchie foto di poliziotti edoardiani con baffoni a manubrio, manette e sfollagente, disposti artisticamente sulle pareti azzurre e bianche. Era tutto fin troppo perfetto, se capite cosa intendo dire, come se fossero stati un po' troppo diligenti. La clientela era di genere misto, ma essendo martedì sera il locale non era pieno: pochi tavoli occupati da gruppetti, altri da coppiette. A uno due donne, con l'aria di giovani professioniste, sedevano intente a una partita di backgammon e quattro uomini, appena più grandi di me, giocavano a biliardo. Vedendomi entrare qualcuno alzò lo sguardo, ma non suscitai il clamore che mi aspettavo. Magari mi faccio solo un bicchiere, pensai, mentre la mia eccitazione svaniva insieme al mio piano di conquista. Gli altoparlanti cominciarono a strimpellare *Voulez Vous*. Detesto gli Abba.

Era così tranquillo da non esserci nessuno dietro al bar. Una nuvoletta di moscerini della frutta stazionava sopra una ciotola di limoni tagliati, o svolazzava dentro e fuori le bottiglie appese in bella mostra lungo il bancone. Non aveva l'aria di essere uno di quei locali con salette riservate di cui avevo sentito tanto parlare: la Londra eccitante, quella che faceva parlare di sé, non aveva niente a che vedere con quel buco, almeno non di martedì sera. Mi misi a contare le impronte lasciate dai bicchieri sul bancone, in attesa che qualcuno mi servisse.

E poi lo vidi, seduto tutto solo a leggere un libro a un tavolino vicino alle vetrine. Non era Brad Pitt, ma aveva tutte le sue cosette al posto giusto. Poco più che trentenne, in giacca e cravatta e stava leggendo, ergo possedeva un cervello. Non aveva senso rimorchiare uno scervellato, pensai.

Finalmente qualcuno mi servì e rimasi a fissare il Non-Brad, chiedendomi se mi avesse notato. Non sapevo di preciso come dovevo comportarmi, prima di allora non avevo mai fatto niente del genere. Lui non alzò lo sguardo, troppo preso dal suo libro. Mosse la testa girando il collo: il suo radar si mise in azione, perlustrò la sala con un'occhiata e mi vide. Aveva la cravatta allentata, e si scorgeva appena un ciuffetto di pelo ricciuto. Mi restituì lo sguardo con un'espressione indifferente, poi tornò al suo libro. Ma non era più concentrato come prima. Ero certo che potesse sentire il mio cuore battere, ma mi avvicinai. Non riuscivo a credere alle mie orecchie, mentre dicevo: «Questo posto è occupato? Ti spiace se mi siedo? Credo che mi abbia dato buca».

Nessuno di noi due credette alle mie parole.

«Ma quante domande», replicò Non-Brad. Mi fece cenno di sedere e io mi accomodai davanti a lui. Ripiegò l'angolo della pagina che stava leggendo e posò il libro sulla panca, accanto a sé. Mi guardò con un sorrisetto mezzo-divertito. «Ciao, io sono Simon.» La sua voce era neutra, il tipico inglese standard ma celava un accento regionale che non riuscivo a situare. Da vero inglese, sapevo già d'istinto molte cose di lui: educazione universitaria, non era andato a una scuola privata. E, naturalmente, lui sapeva un sacco di cose su di me.

Gli dissi il mio nome e gli scoccai un gran sorriso, con un'ombra di timidezza, che voleva dire: «Non lo faccio molto spesso» (il che era vero). Cercavo di colmare una distanza in una conversazione che non era neppure iniziata. Mi guardò con grandi occhi ironici, grigio fumo. Era un po' vecchio per me, ma era simpatico.

«Chi ti ha dato buca?» chiese, lento e cauto.

«Prego?»

«Segui il labiale: chi-ti-ha-dato-buca?»

Però, era sarcastico. Alzai la posta.

«Oh... un tizio... non ha importanza. O comunque non ha *più* importanza.»

Ebbe un lampo negli occhi. Non poteva non aver colto l'allusione: non avrebbe potuto essere più chiara, a meno che non l'avessi dichiarata a chiarissime lettere.

«Che frastuono questa musica, vero?» disse. «Non riesco a sentire i tuoi pensieri.» Non era poi così alta. So riconoscere un invito quando ne sento uno. O almeno così credevo. Mi spostai oltre l'angolo del tavolo per andarmi a sedere sulla panca accanto a lui. Vidi che deglutiva a vuoto. Buon segno, buon segno.

«*Adesso* riesci a sentirmi, nonnina?» Per la prima volta sorrise come se intendesse davvero farlo: poteva accettare lo scherzo oppure incazzarsi. Mi piaceva sempre di più. Dovevo continuare a ripetermi che quella sera, lì, non sarebbe successo niente di niente. «Che cosa fai, Simon?»

«Ho un'agenzia di viaggi, giù a Brighton.»

«Oh… fantastico.» Non ero sicurissimo di quale dovesse essere la mia reazione. «Riesci a farti delle vacanze gratis?» Mi voltai un poco, cercando di sfruttare al massimo il linguaggio del corpo. Probabilmente stavo facendo la figura della zoccola, in un qualche modo piuttosto contorto mi esibivo nell'equivalente maschile del mostrare le tette. All'epoca avevo un torace di appena novanta centimetri. Lui si chinò in avanti.

«Sconti», disse. Avevo quasi scordato la domanda fattagli, e quindi non avevo idea di che cosa stesse parlando. Lui si spiegò, parlando lentamente. «Non faccio vacanze gratis, ma posso avere degli sconti.» Non riuscivo a capire se mi stesse ascoltando pieno di rapimento o se non riuscisse bene a credere a quel che stavo facendo. Scoprii la verità circa due minuti dopo.

«E tu che cosa fai?» chiese educatamente.

«Tutto quello che mi sembra giusto al momento.» Ragazzi, *questa sì che era una bella frase*. Mi sentii piuttosto fiero di me stesso: stava alla pari con «Ti basta unire le labbra e soffiare» e «Sei l'altra metà della mia mela» e «Non riesci a gestire la verità.» Decisi di ripeterla, questa volta con abbandono: «Tutto *quello* che mi sembra *giusto*…»

«Al momento. Sì, l'hai già detto.» Si spostò un po' più vicino a me. «È un dato di fatto?»

«Più che altro una *verità*.» Non avevo la più pallida idea di quello che volessi dire, ma mi sembrava una frase raffinata. La mia mano si mosse sotto il tavolo fino a fermarsi sulla sua coscia. Una volta arrivato lì, non seppi più che cosa farci, così la lasciai sulla gamba di Simon, come se non fosse stata una parte di me, in attesa di autopsia. L'anatomopatologo avrebbe guardato la mano e avrebbe detto: «Appartiene a un giovane uomo, ovviamente molto nervoso, che rimpiange intensamente qualcosa».

«Adam?»

«Sì?» Cercavo di sembrare fico, ma strillai stridulo come un sorcio, troppo per mettere in funzione il misuratore di figaggine.

«Ti piace il vitello?»

«Ehhh… no.»

«Nemmeno a me. Non è questo il modo di fare certe cose, Adam.»

«Di che cosa stai parlando?» Ritrassi la mano. Non stavo solo arrossendo, avevo la faccia in piena combustione.

«Non sarei mai dovuto venire qui», disse Simon. «Devo essere fuori di testa.» Sembrava che non gli importasse molto che lo ascoltassi oppure no. «Senti, hai bussato alla porta giusta, ma al momento sbagliato. Non mi fraintendere, sei un gran bel ragazzo. Quanti anni hai?»

«Ventiquattro.»

«Sì, come no. Comunque, *Adam*, eccoti un consiglio, completamente gratis. Non hai *bisogno* di comportarti come un caso umano. La volgarità non è sexy, è solo volgare. E non è sexy neppure comportarsi come un gigolo che *lo dà via per poco*. È eccitante più o meno quanto un porno soft. In posti come questi non incontri solo dei cliché, sai, anche se tutti credono il contrario. L'unica cosa che depone in tuo favore è che, mentre cercavi di essere stronzamente seduttivo, avevi un'aria così *impacciata*, che per poco non ha funzionato. Cristo, mi sento vecchio come Matusalemme. E per concludere, sei un amore, ma ci stai mettendo troppo impegno. È un po'… *non sexy.*» Si alzò, si infilò il cappotto, prese il suo libro e lo mise nella borsa. Cercai di pensare in gran fretta a qualche frasetta molto intelligente, ma la mia mente era un grande schermo bianco: vuoto assoluto. Non osavo guardarmi attorno, perché era possibile che tutto il bar si fosse fermato, come una serie di statuine, e mi stesse osservando. Simon concluse. «Vai a casa. È dove dovrei essere anch'io. Davvero.» E se ne andò.

Per circa tre minuti, non riuscii a fare altro che starmene lì seduto, cercando di non scoppiare in lacrime, con le guance in fiamme. Andai a prendere un altro drink e rimuginai, furibondo. Ma che razza di cazzone era quel vecchiaccio: mi ero presentato a lui su un piatto d'argento, e non ha saputo far altro che darsela a gambe. Doveva avere dei *problemi.* E poi cos'era quella faccenda del porno soft? A me piace molto. Aveva detto che ero

VOLGARE
NON SEXY
UN CASO UMANO

Oh, scusatemi tanto se ho offeso la sua sensibilità. Quando morirò, mi apriranno il petto e troveranno queste parole incise sul mio cuore. La mia reazione finale, dopo quei tre minuti, fu: «Ma che vada a prenderselo nel culo». E prima che possiate aggiungerlo voi, so benissimo che è una reazione del tipo «Lei non sa chi sono io.» Non ero seccato, ero

incazzato nero

ma molto ma molto incazzato. Non ero distrutto, ero regalmente

furibondo

e avevo una gran voglia di «fargli vedere chi ero.» Era il momento di andare dove qualcuno mi avrebbe apprezzato, dove qualcuno mi desiderava. Chiamai Carmel: nessuna risposta. Dunque, ricapitoliamo: Carmel era stata rapita da sua madre, quello stronzo di un agente di viaggio non mi aveva voluto, Ben era fuori e avevo la sensazione che Emily volesse fare qualcosa di più che andare a ballare in un localaccio puzzolente. Erano solo le dieci e mezza. Ritorno al Piano C: chiamai Emily.

Non so se amo o odio il mio cellulare: ai vecchi tempi avrei dovuto cercare una cabina telefonica, trovare la moneta e a quel punto mi sarei calmato e avrei ripensato al da farsi. Adesso, invece, non investi neppure un decimo di secondo a riflettere: ci pensi, componi il numero a gran velocità, parli con qualcuno e la frase può andare da «Registrami la puntata di *Friends*» a «Devo inseminarti immediatamente.» Alla fin fine, questo mezzo rende noi britannici repressi più spontanei, il che non può essere un bene. Non riusciamo a gestirci in tempo reale.

«*Ciao, sono Adam.*» La ricezione era ancora schifosa. Rammentai a me stesso di non pronunciare la frase «Devo inseminarti immediatamente.»

«*Adam! Sei tu? Non si sente bene... Aspetta che vado in un punto più tranquillo... ti spiace restare in linea? Ecco qua, va meglio, adesso riesco a sentirti. E allora, hai intenzione di onorarci della tua presenza?*»

«Pensavo che potrei.»

«*Grandioso.*» Alzò la voce, per comunicare alle persone

che stavano con lei. «*Adam ci raggiunge in discoteca.*» A giudicare dalla reazione che ottenne, si trovava nel Sahara senz'altra anima vivente nel raggio di centinaia di miglia. «Stiamo giusto uscendo dal bar per andare là. Dove ti trovi adesso?»

Ci saremmo incontrati di fronte al locale di lì a quaranta minuti. Comprai un paio di lattine nello stesso negozio di alcolici dove avevo preso il vino finito a casa di Linus – era lì lì per chiudere – e presi al volo un altro bus, diretto al college. Me ne stavo lì, in silenzio, a rimuginare tra me e me, e stavo già per finire la mia seconda lattina, quando il telefonino squillò. Sul visore c'era scritto 52: Ben doveva essere rientrato dal pub. Rispondergli oppure no: non mi sentivo più nello stato d'animo giusto per Ben o per un uomo, non dopo la reprimenda dell'agente di viaggio. Qualche ora prima avevo desiderato Ben, ma non ora, anche se aveva superato gli esami. Schiacciai il pulsante verde.

«Ciao», dissi.

«*Adam, Adam, Adam, Adamadam. Sono Ben.*»

«Congratulazioni, cervellone, ho appena ricevuto il tuo messaggio.» Non è buffo come tutti hanno sempre «appena ricevuto» il tuo messaggio e stanno «proprio» per richiamarti? C'è da farsi venire i brividi.

«*Sono un cervellone, oh sì, certo che lo sono.*»

«Sei sbronzo, Ben?»

«*Sbronzo? Sono paralizzato dall'alcol e mi sento benone, un vero figurino. Sono così felice di essere stato promosso perché sono solo una bestia con poco cervello, come ben sai. Dove siete voi due? Venite a festeggiare con me. Urrà per me. Hip hip…*»

«Urrà, no, non sono con tua madre, non è ancora tornata? Un film di merda, ma a lei è piaciuto molto. Ci siamo separati un secolo fa e adesso sto andando al college per trovarmi con dei tizi, ma vorrei essere...»

E a questo punto la batteria si scaricò.

Perfetto. Finalmente libero. Lo presi come un segno che quella sera dovevo stare con Emily e flirtare come un matto. Non avrei fatto niente di niente. Dio continuava a proteggermi; si era distratto per qualche minuto per lasciare che quel trentenne indemoniato ci provasse con me.

La prospettiva di una serata da studente mi faceva sentire bene e strano. Ultimamente non lo avevo fatto spesso, non avevo passato il tempo fino alle quattro di mattina a scolare caffè e a parlare di vegetarianismo e di come in fondo siamo tutti repubblicani. Emily sedeva sull'alto muretto davanti al circolo studentesco, fumando una sigaretta con aria molto figa. I capelli con i nuovi colpi di sole biondi erano raccolti in alto, ma in modo mooolto disinvolto, indossava una gonna blu notte lunga fino ai piedi, abbinata a un top aderentissimo che lasciava scoperto l'ombelico, decorato dal piercing. Mi avvicinai a lei di soppiatto e le morsi la coscia, con molta delicatezza. Prova un po' a definirmi un caso umano, pensai, se fossi stato a Eton tutti avrebbero pensato che si trattava di un gesto pieno di spirito. Non era la serata giusta per avercela con il mondo intero. Lei abbassò lo sguardo su di me e mi diede una manata sulla testa.

«Aia, Adam. Fallo un'altra volta, tesorino, e sarò costretta a mazzolarti e a attivare il mio dispositivo antistupro.» Si lasciò scivolare giù dal muretto. «Non riesco a credere che tu sia qui, tu non fai più niente di niente, tesorino.» E mi baciò sulle guance. Aveva un profumo da *miliardaria*.

«Qualsiasi cosa per te», dissi, circondandole le spalle con un braccio, «*tesorino.*»

«Attento, la gente mormora, vecchio piacione. Sono già tutti dentro e c'è una persona che ti voglio far conoscere.»

Mi sembrò una malignità. «Stasera farò la parte di Cupido, spero che non ti dispiaccia. Credo proprio che sia il tuo tipo, non che io possa saperlo, certo. È nel programma di Arti e Spettacolo, assomiglia un po' a Ralph Fiennes, ma non con l'aria demente come lui, avrà ventidue anni, ma non ti dovrebbe dispiacere un uomo più anziano, vero? Adam? Adam, dove stai andando?...»

La sua voce si perse nel buio alle mie spalle, e mi misi a correre e corsi e corsi con tutto il fiato che avevo in corpo, correvo perché ero vivo e volevo che ogni cosa tornasse a essere di nuovo semplice. A quanto sembrava, dall'istante stesso in cui mi aveva conosciuto Emily aveva tratto le sue conclusioni. Come era possibile che qualcuno sapesse *qualcosa* di me? Come è possibile che qualcuno presuma qualcosa su un'altra persona? E corsi e corsi fino a quando mi sembrò che il cuore sarebbe scoppiato, corsi via, volevo stare solo. Solo come ero stato tutta la sera, dopo il film: ero stato solo, sugli autobus oppure camminando, nascondendomi e chiacchierando con estranei. Era come se la mia vita fosse diventata abbastanza complicata e non potessi sopportare che si complicasse ancora di più. Aveva raggiunto la massa critica, e ora era il momento della fusione nucleare. Quella sera la vita mi aveva neutralizzato, rendendomi incapace di fare alcunché, e incapace di stare con una qualsiasi persona. Non ero arrivato solo al punto di massima velocità, ero ormai in caduta libera.

Comunque, sapevo già con chi aveva intenzione di accoppiarmi: *un perdente*. Un perdente effemminato. Nemmeno da paragonare a Mel o a Ben. E vista la fortuna che mi ritrovavo addosso quella sera, non sarebbe nemmeno andata a buon fine.

Mi arresi, tornai a casa. Non avevo più voglia di vedere nessuno. Quella era la madre di tutte le incazzature, ormai sapevo di non essere più né irresistibile né invincibile. Non essere più? Non lo ero mai stato. Mi sentivo un idiota, un ragazzino, un coglione senza speranze. Salendo le scale cambiai idea: forse quello che ci voleva era un abbraccio da parte del buon vecchio Ben. Tutte le luci erano spente, e quindi era probabile che Ben fosse ubriaco perso, buttato tutto vestito sul letto. Lo avrei svegliato. Mentre, in punta di piedi, con i calzini e le scarpe in mano, attraversavo il pianerottolo, si accese la luce da Diane.

«Ehi», sussurrò, facendo capolino dalla porta.

«Ehi», risposi. «Come va?»

«Bene. Non riesco a chiudere occhio, qualsiasi rumore mi tiene sveglia.» Il che escludeva una visita a Ben. Evidentemente, quello era il tema della serata: avevo una gran voglia di fare qualcosa ma poi, guarda un po', non potevo.

«Buone notizie da Ben», dissi. Non vedevo l'ora di andare a letto.

«Come lo sai?»

«Mi ha chiamato al cellulare, voleva uscire a far festa.»

«Davvero? Sarebbe stato bello. Però non l'hai fatto?»

«No.» Cos'era, un interrogatorio?

«E anche Carmel aveva delle belle notizie», disse Diane, piena di orgoglio. «Ha un lavoro, l'avresti mai detto, vice direttore in un negozio di arredamento di interni molto elegante, tinte di firma e tessere per mosaico e stencil su stoffa, roba così. E potrà continuare a seguire il gruppo del doposcuola due volte la settimana.»

«Ehi, perfetto.»

Che *trionfo*. Non ero riuscito a festeggiare due grandi avvenimenti con le mie anime gemelle. Mi ritrassi con uno sbadiglio degno di un grande attore.

«Queste sì che sono notizie», dissi. «Le manderò un biglietto di congratulazioni. Ragazzi, sono finito, ci vediamo domani mattina.»

«Ok...» Mi avvicinai alla porta della mia stanza, sentendomi addosso lo sguardo di Diane. «Adam?...»

Era un tono di voce inequivocabile, più profondo, più lento, più carico di significato di una normale conversazione. Ma si trattava di *Diane*. Mi voltai a guardarla come se avessi un fucile carico puntato verso di me. Aveva fatto un passo avanti nel pianerottolo. Aveva una camicia da notte a metà coscia, più simile a una lunga T-shirt.

«Sì?» dissi, con cautela.

Una pausa di silenzio. La sua figura, stagliata nel buio, era perfettamente immobile. «Niente... dormi bene.»

«Ci proverò.»

Misi in carica il telefonino: c'era un messaggio da Ben, ricevuto dopo che eravamo stati interrotti, uno da Emily, che era preoccupata per me, e temeva di avermi offeso, e uno da Carmel che mi raccontava le sue novità. Tutte quelle persone, tutto quel tempo e chissà come, mi ritrovavo solo.

Non aveva senso fermarsi a riflettere – non volevo arrivare a una conclusione che non mi sarebbe piaciuta. Chiusi per bene la porta della mia stanza per lasciare fuori tutto il mondo, e vidi che la porta di Diane era socchiusa, e una lama di luce che veniva dalla lampada accanto al letto si riversava sul pianerottolo. Di solito lei teneva la porta sempre chiusa.

Chissà per quale ragione, quella notte sognai delle valige. Al momento sembrava avere un senso.

12

Il nuovo lavoro di Carmel si svolgeva in un negozio di decorazione d'interni così ultra alla moda che la roba che vendeva era destinata a invecchiare più in fretta dell'edizione del mattino dell'«Evening Standard». Mi ero fatto dare da Diane il nome del posto (Interiors@Chas.Quinn, nientepopodimenoche) e avevo seguito le tracce di Carmel fino a una zona di Londra che avrebbe tanto voluto essere conosciuta con il nome di Hampstead Borders. Avevo tutte le intenzioni di farle una sorpresa, visto che il mio tentativo della sera prima era miseramente fallito. In piedi davanti al negozio, stringendo tra le mani un bigliettino d'auguri scelto con la massima cura per celebrare degnamente l'avvenimento, ammiravo una sfilza infinita di campioni di colore, maniglie per porte firmate e «indispensabili» cromati, sentendomi vecchio e fuori corso.

A giudicare dalle linee pulite e dallo stile delle lettere che formavano l'insegna, era chiaro che Carmel sarebbe stata nel suo elemento. La scorsi sul retro del negozio, intenta a parlare a una giovane coppia davanti a una serie di pannelli che mostravano diverse possibili tinte per pareti. Sembrava essere a suo agio, sicura di sé, considerando che era il suo primo giorno di lavoro.

Entrai silenziosamente nel negozio, inalando l'odore penetrante del legno, della carta da parati, della colla e delle tinte, e restai a bighellonare davanti al bancone, ascoltando Carmel che spiegava la differenza di sfumatura tra diversi toni di quasi-bianco. Se c'era qualcuno in grado di distinguere tra «Bianco raggio di luna» e «Bianco cero da chiesa», quella era Carmel. In sottofondo una stazione radio di musica classica strimpellava allegramente. I clienti si spostarono per guardare degli altri colori e Carmel rimise i ordine i pannelli, con una lieve espressione di soddisfazione sul viso. Le piaceva che ogni cosa fosse al proprio posto. Tossicchiai e lei si voltò immediatamente, pensando che fossi un cliente. «Scusi, non l'avevo vista... oh, *sei tu.*» E tutta la sua soddisfazione svanì, come un volo charter da uno schermo radar.

«Ehi, congratulazioni.» Le feci dei gran cenni con le mani, indicando il negozio. «È proprio una gran bella novità. Sono felicissimo per te.» Stavo emanando buone vibrazioni, senza ricevere niente in cambio, ansimavo alla ricerca di un po' d'ossigeno in un luogo che ne era completamente privo. «Sei sorpresa di vedermi?»

«No. La mamma ha chiamato e ha detto che saresti passato.»

Non avevo fatto altro che chiedere il nome del negozio, Diane non sapeva che volevo venire qui. E così mi aveva rovinato la sorpresa: fantastico. L'espressione di Carmel mi dava la sensazione di essere sul punto di beccarmi un «E adesso per favore vattene.» Si udì un rumore dal retro del negozio, e si fece avanti un uomo che portava in mano uno scatolone di cartone.

«Forse è meglio che vada», mi offrii, presumendo che si trattasse di Chas, quello famoso per «Interiors @.» Con mia grande costernazione, Carmel fu d'accordo con me. «Sì, in questo momento abbiamo abbastanza da fare, sai, devo ancora orientarmi.» Era tesa in volto, come se avessi fatto qualcosa di sbagliato. Annuii, lei annuì, un sacco di annuizioni: stava succedendo qualcosa.

«Ehi, Carmel, mi daresti una mano con queste, eh?» Carmel raggiunse dietro il bancone l'uomo che stava estraendo dallo scatolone una paurosa quantità di nappine color crema. «Non riesco a decidere se sono un autentico schifo o favolosamente retro-chic.» Non ebbi esitazioni a stabilire che erano uno schifo, ma nessuno stava chiedendo la mia opinione, anzi, avevo cessato di esistere. L'uomo si portò due nappine ai capezzoli e le fece roteare verso Carmel, con aria provocante. Era molto sexy, per essere oltre la quarantina, eh sì: capelli corti, un distinto tocco di grigio alle tempie, doveva sapere come era fatta una palestra dal di dentro perché aveva ancora una vita e una struttura ossea degne di questo nome, e nei suoi occhi c'era un guizzo che sembrava indicare che là in basso il fuoco ardeva ancora. Per quanto potevo capire, era etero, a dispetto di tutto quel roteare di nappine. E Carmel lavorava con lui dalle nove alle cinque. Ecco qualcosa di cui preoccuparmi. È tremendo non essere in grado di fidarsi di nessuno perché sai benissimo che non ci sono ragioni per cui gli altri si debbano fidare di te. L'uomo mi vide.

«Oh. Mi scusi, posso aiutarla?»

Carmel lo interruppe. «È un mio amico, Chas, ha fatto solo un salto...»

«Per augurarle buona fortuna il primo giorno di lavoro» conclusi. Carmel mi lanciò un'occhiataccia, facendomi capire che il mio spostamento verso il marciapiede non era neppure la metà veloce di quanto avrebbe voluto. Ci presentò e Chas mi strinse la mano. Aveva un sorriso cordiale, affascinante.

«Se la cava brillantemente», dichiarò Chas. A queste parole Carmel si illuminò e avrei potuto giurare di aver scorto un'ombra di rossore da timidezza. Si accorse che la stavo guardando e smise di pavoneggiarsi. Chas continuò. «Ho avuto questa sensazione quando è venuta per il colloquio – ha *decisamente* buon occhio – e credo proprio che sarà bravissima – ma oserei dire che lei lo sa già. Ora, se mi vuole scusare...»

«Vengo a darti una mano», disse Carmel, un po' troppo in fretta per i miei gusti.

«No, resta pure a parlare con il tuo amico, non ti preoccupare.» Portò le nappine su uno scaffale laterale e cominciò a sistemarle.

Carmel mi guardò con aria di sfida: che provassi solo a dire una cosa sbagliata. Avrei fatto meglio ad andarmene subito, e invece commentai «Simpatico», facendo cenno con la testa verso Chas. Che razza di nome stupido – o forse è favolosamente post-moderno. Devo aver fatto una qualche smorfia con le labbra.

«Cosa ti prende?» bisbigliò Carmel, guidandomi verso la porta.

«Che vuoi dire?»

«Simpatico.» Da come lo diceva lei, sembrava che l'avessi accusato di essere un criminale di guerra.

Chas riportò sul retro lo scatolone vuoto. Alzando la voce, aggiunsi: «Mi sembra un tipo simpatico, ecco tutto. Non intendevo dire che lo ritengo un coglione».

«E così *non* ti piace?» disse Carmel. Avrei tanto voluto non essermi dato la pena di venire. «Sei come il resto della mia famiglia, tu e i tuoi commentini. Non sopporto che tu insinui quello che credo tu stia insinuando, sai?» Mi stava scoccando quello sguardo tagliente che non le avevo visto da un bel po'. Ma di che cosa stava parlando? «Ho ottenuto questo lavoro onestamente, senza inghippi, perché ho *competenza* in materia, e non per altre ragioni.»

«Lo so, lo so, *Gesù*», esclamai. «Bene, comunque, questo è un bigliettino di congratulazioni.» Glielo schiaffai in mano. «*Ben fatto*, cazzo, e goditi la giornata con quelle tue merdose... *nappine* e il tuo boss retro-chic.»

«Non è possibile piacere a tutti», disse Carmel. Mi raggelai. Le sue parole non erano una novità per me, dopo la notte precedente, ma Carmel non aveva nessun motivo di dirmi una cosa del genere. Per quanto ne sapeva, a me piaceva lei e nessun altro. I due clienti con i quali stava parlando al mio arrivo si fecero avanti con orgoglio portando in mano delle latte di Bianco effetto satinato con una Ombra di mocassino: giuro che non vi sto prendendo in giro. Avevano fatto una scelta capace di definire il loro stile di vita ed ero entusiasta per loro, ma stavano interrompendo una conversazione molto importante.

«Bene, adesso avrei da fare», disse Carmel, con tono asciutto. A quanto sembrava, la conversazione estremamente importante era terminata. Mi strinsi nelle spalle, con aria imbronciata. Lei aggiunse. «Fai un salto da me stasera, va bene?» Di colpo, mi ringalluzzii e sorrisi, e tutti i miei problemi parvero svanire perché lei aveva voglia di vedermi. Ma lei spense subito il mio sorriso. «Devo parlarti di una faccenda. Non posso farlo qui.»

Ero abbastanza scafato da sapere che la frase «devo parlarti» è brutta, brutta brutta, e non porta con sé niente di buono. Il «bisogno di parlare» è l'inevitabile precursore di «non dipende da te, è colpa mia», oppure di «ti avevo chiesto di smetterla di darmi fastidio e qui c'è un'ordinanza del tribunale contro di te» o anche di una di queste due varianti: «ho preso la gonorrea e credo proprio che sia stato tu/di avertela passata». Aveva intenzione di farla finita con me.

«Verso le otto?» chiesi, cercando di restare calmo.

«Potresti passare un po' prima? Devo uscire a cena.» Per qualcuno le cose andavano a gonfie vele. Chas emerse dal retrobottega e Carmel gli scoccò un'occhiatina. Ebbi la netta impressione di sapere in che razza di modo sarebbe andata a finire la serata di Carmel. E la faccenda non mi piaceva.

«Va bene, cercherò di passare prima», dissi, con aria di chi deve essere comunque rispettato. «Basta che tu mi dica quando puoi trovare un momento per me.»

Carmel parve ferita. «Adam, non è quello che volevo...» Si arrese e tornò dietro al bancone, dicendo: «Oh, vi siete decisi per il Mocassino, vedo. Però avevate detto che il pavimento era di quercia. Non dovrebbe far parte della vostra gamma di colori, pensavo di avervelo detto». La giovane coppia parve mortificata, sul punto di scoppiare in lacrime, proprio come me.

Una volta uscito dal negozio, la musica classica venne sostituta dal frastuono del traffico, e mi parve anche che facesse più freddo di quel che in effetti era. Sembrava chiaro che quella sera Carmel mi avrebbe messo nel dimenticatoio, e saperlo non riscaldava certo i miei sentimenti. Dopo la caterva di casini della notte prima, forse quella era la conclusione logica, ma io non riuscivo a vederci affatto la logica (che ragioni aveva per liquidarmi?) a parte la ragione più ovvia, della quale però lei non era al corrente. Era accaduto qualcosa che le aveva fatto cambiare idea, e non riuscivo a immaginare di cosa potesse trattarsi. Ripensandoci adesso, ero davvero ingenuo, ma come aveva detto Ben parlando di se stesso, all'epoca ero anch'io una bestia con poco cervello.

Alcuni dei miei attuali conoscenti direbbero che pochissime cose sono cambiate, da allora...

Feci una passeggiata per Hampstead, ciondolando qua e là di pessimo umore, entrando e uscendo dai negozi, scombinando deliberatamente l'esposizione di magliette e jeans da Gap.

In un modo o nell'altro dovevo pur dar sfogo alla mia frustrazione, e mettere in disordine capi d'abbigliamento non è un peccato mortale, anzi, potrebbe essere considerato come creazione di altri posti di lavoro. Presi un caffè in un Costa Coffee, leggendo una copia del «Daily Telegraph» che avevo trovato lì, brontolando a voce alta a ogni pagina, sentendomi molto radicale. Saltai la lezione al college – non avevo comunque intenzione di imbattermi in Emily, non dopo la fuga da schizzato che avevo fatto la sera prima. Il bisogno di sfogare la rabbia sui vestiti e sui commentatori politici di destra passò in secondo piano rispetto all'appetito per qualcosa di diverso dai costosi panini, senza niente dentro, che sembravano essere offerti nel caffè. In tutta Londra c'era un solo posto dove sapevo che il cibo era al tempo stesso buono e gratis, e così tornai a Christie Avenue, continuando a rimuginare su questo mondo che ce l'aveva con me. Forse non piacevo più a nessuno: quella mattina Ben era schizzato al lavoro senza lasciare messaggi. Tutti dovevano essere perdonati per aver pensato che non ero il centro dell'universo. *Io*. Stava succedendo qualcosa di molto strano.

***

Grazie a Dio, la casa sembrava deserta. Non volevo incontrare Diane ed essere costretto a inventare un'altra bugia sul perché ero lì: «Perché tua figlia ha intenzione di scaricarmi stasera alle sette e trenta. Circa». Forse Diane andava dal parrucchiere il mercoledì. Forse avevo la casa tutta per me. Ero già a metà del corridoio quando sentii della musica. Non era registrata, era qualcuno che si esercitava al pianoforte sulla stessa serie di note, ripetendole all'infinito. Dall'estremità del pianerottolo si capiva che il suono proveniva dalla stanzetta di servizio accanto alla camera da letto di Diane. La porta era socchiusa, salii in punta di piedi e feci capolino per capire chi stesse faticosamente lavorando sulle note di una canzone che non riuscivo a riconoscere.

Come avevo immaginato, era Diane, che si concedeva un momento tutto per sé alla tastiera, sapendo che non sarebbe stata messa alla berlina senza pietà da Ben. Doveva essere al pianoforte da un bel po', perché non si era truccata e indossava la maglietta sformata e i jeans che portava sempre al mattino, prima di prepararsi ad affrontare la giornata. Sembrava in difficoltà: a occhi socchiusi passava ansiosamente lo sguardo dallo spartito alla tastiera, per controllare che le dita fossero messe nel mondo corretto. Vedevo che era impegnata e intenta al suo compito, perché aveva inforcato gli occhiali, quelli che, a sentir lei, la facevano sembrare decrepita. Ovviamente, credeva di essere sola a casa, perché per niente al mondo avrebbe rischiato che qualcuno la sentisse. Il sole pomeridiano rivelava la polvere che aleggiava nella stanzetta, e l'aria sembrava creare un'aureola attorno alla testa di Diane.

A parte il pianoforte verticale, nella stanza c'era ben poco: qualche fotografia di classi scolastiche appesa alle pareti e qualche immagine di Ben ragazzino con la squadra di tennis della scuola. C'era una credenza anni Settanta che aveva visto giorni migliori, usata ora come contenitore per una caterva di tascabili sbiaditi, ricordo di molte vacanze sulla spiaggia: si poteva quasi sentire l'odore delle ditate sporche di lozione solare sulle pagine. Nello spazio a terra tra il pianoforte e la credenza c'erano pile di vecchi giochi per bambini. Qualcuno doveva aver pensato di risistemare la stanza, a un certo punto, perché una delle pareti era in parte priva della carta da parati a fiori.

Poiché, per una volta, Diane stava usando il cervello, tentando di fare qualcosa che fosse meno automatico rispetto a pelare e bollire le verdure, la sua faccia sembrava molto più vivace del solito, colorita di espressioni di pena e attenzione mentre si sforzava di ottenere il suono voluto. Se la cavava bene, per me gli accordi erano giusti, anche se non ne sapevo un granché di musica.

Dopo aver eseguito l'ultimo accordo, Diane inspirò dal naso, soddisfatta, e tornò alla prima pagina dello spartito, all'inizio della canzone, eseguendo rapidamente le note di base della melodia, per ricordarsi la tonalità. Fatto questo, si sistemò meglio sullo sgabello e piegò le dita delle mani, senza distogliere lo sguardo dalle parole e dalla musica. Si rimise a provare e suonò l'intera canzone. Fece un paio di false partenze, canticchiando le note sbagliate, ma alla terza prova riuscì a eseguire il brano dall'inizio alla fine.

Non era una canzone familiare per me, ma mi piaceva un sacco. Mi aspettavo che Diane massacrasse qualche polveroso classico come *New York New York*, e invece era una dolce canzone popolare che parlava del cielo e del mare a mezzogiorno, in una giornata sonnolenta. Mentre cantava questo luogo ideale, il suo linguaggio corporeo cambiò completamente – parve distendersi e perdere la tensione che le irrigidiva le spalle. Nei suoi occhi c'era un'espressione lontana e intima che avevo già visto. La sua voce non era affatto male, e di sicuro poteva eseguire un'aria musicale.

Anche con gli occhiali, in quel momento, mentre cantava, sembrava molto più giovane, forse solo perché il tono della voce era più alto rispetto a quello che ci si sarebbe aspettati conoscendo il suo modo di parlare. Era strano udire quel suono innocente provenire da lei, era ciò che restava di una voce giovanile e che non aveva avuto modo di svilupparsi. Cantando di aironi e aquile e del dolce mormorio del vento, chiuse gli occhi per essere trasportata lontano, in quel magico scenario.

Mentre l'ultima nota si dissolveva, rimase seduta, immobile, con gli occhi chiusi. Mi resi conto di essere rimasto ad ascoltare trattenendo il fiato. Feci un passo indietro, cercando di non espirare troppo rumorosamente, ma Diane mi sentì. Di botto richiuse lo spartito che stava suonando. Ci guardammo negli occhi.

«Sono solo io», dissi. «Scusami.» Rimasi lì, sulla soglia, senza sapere che fare. Ormai nessuno era contento di vedermi.

Diane non avrebbe potuto essere più imbarazzata e nel mezzo della confusione cambiò strategia, passando dalla buona vecchia rabbia al fingere di essere stata sorpresa a fare qualcosa del tutto diverso. «Da quanto tempo sei lì? In questa casa non si riesce mai ad avere un attimo di pace, ero qui da un secondo, stavo cercando qualcosa…» Si alzò e fece un passo verso i giochi accatastati, prendendo una vecchia scatola di Monopoli. «Pensavo che nel weekend mi sarebbe piaciuto fare una partitina, e non riuscivo a ricordare dove tenevamo la scatola.» Con aria poco convincente brandì il Monopoli, tendendolo verso di me. «Ed eccolo qua.» Sapeva che l'avevo appena sentita suonare, non c'era mica niente di male, ma si stava comportando come se l'avessi sorpresa con le mani nel sacco. Lanciò un'occhiata alla tastiera del pianoforte, chiaramente innervosita.

«Bella canzone», dissi.

Lei scattò: «Sì, certo, mi piace molto».

«È forse irlandese?» Assomigliava a qualcosa che qualcuno dei miei parenti più anziani, quelli dal lato materno, potrebbe conoscere.

«Scozzese. Isole scozzesi. È molto antica.» Rimise a posto l'inutile scatola di Monopoli.

«È molto carina. E tu canti davvero bene.»

Diane sbuffò, impaziente: non riusciva a gestire un complimento. Abbassò lo sguardo sul tappeto e scrollò le mani, come per dire, «lasciamo perdere.» «Non saprei. Faccio schifo. Un tempo ero brava, ma...» Fece una smorfia, come a dire che ormai non riusciva più a fare niente, che era una schifezza, un'incompetente. Parlare della canzone sembrava avere avuto un effetto calmante su di lei, aveva capito che non avevo intenzione di prenderla in giro. Sfiorò con delicatezza i tasti del pianoforte. «Tu suoni?»

«Neppure una nota. Cantane un'altra», chiesi coraggiosamente, entrando nella stanza per la prima volta. «E dai, in fondo ne hai voglia anche tu.»

«Non potrei. Sarei imbarazzata», disse Diane con un sorrisetto, scuotendo il capo. Era di nuovo a disagio.

Non diceva sul serio, era evidente. Sedetti su una metà della panchetta, e con la mano le feci cenno di sedersi accanto a me. «Suonamene un'altra.» Premetti qualche tasto bianco, traendone un suono discordante. «*Insisto.*»

«Ma davvero.»

«Giuro.»

«Adam, non toccare i tasti se non sai suonare.»

«Scusa.»

«Non c'è problema, solo che mi fa girare le scatole.» Prima di allora non le avevo mai sentito dire una frase come «mi fa girare le scatole.» Sembrava quasi che stesse cercando di parlare la mia lingua, o almeno quella che pensava fosse la mia lingua. «Sei tornato presto, eh? Che ore sono?» Glielo dissi. Lei riprese in mano lo spartito. Non vedeva l'ora di cantarmene un'altra. «Be', visto che *insisti*. Dovrai sopportarmi... anche la mia tecnica non è più quella di un tempo.»

«Sempre meglio della mia», replicai, tutto allegro.

«Non posso certo darti torto.» Sembrava aver ripreso sicurezza, e mi allontanò con dei gesti quasi eccitati. «Adesso scostati ancora un po' in là. Magari tu avrai un didietro quanto una nocciolina, ma io no, e non l'ho mai avuto.»

«Mica hai un sederone.»

Si portò l'indice al mento: «Capitano Butler, che razza di linguaggio».

«Eh?»

«Niente, ammaliatore.» Diane mi scoccò un bel sorriso e sedette accanto a me. Eravamo a contatto dalla caviglia alle spalle. Lei odorava di uno di quei profumi femminili pesanti, tipo Opium. Io mi sentivo molto eccitato, come se stessimo rompendo le regole. Chiese: «Che ora avevi detto che era?»

«Eh... mancano venticinque.»

«Oh, è ancora presto, vero? Bene... Allora, che cosa vuoi sentire?»

«Qualsiasi cosa, canta quello che vuoi», dissi. «Un'altra di queste cose folk.»

«Ma quanti termini tecnici.» Sfogliò il quaderno di spartiti, che evidentemente era una raccolta di motivi scozzesi. «Tutta la famiglia di mia madre viene dalla Scozia», spiegò. «Io non ci torno da un secolo.» Dopo aver consultato l'indice, andò a una delle prime pagine del volume. «Questa è fantastica. Parla del Paradiso.» L'entusiasmo era tornato a illuminarle il volto. «Però devi cantare anche tu. È molto semplice, non ci sono accordi.»

Deglutii. «Ci proverò.»

«Uomo coraggioso», disse Diane con energia. Era la seconda volta, nel giro di un minuto, che mi faceva un complimento. Ero un «ammaliatore» ed ero «coraggioso.» Si limitò a suonarmi la melodia, cantando a voce bassa in modo che potessi seguire la musica.

Indicai con il dito un appunto sopra il rigo. «Dice che si deve cantare con "estatica serenità".»

Diane ridacchiò. «Come vuoi, possiamo provarci. Ecco quello che mi piace di queste canzoni. Puoi fingere.»

La canzone parlava di un luogo meraviglioso dove si è sempre giovani e si ottiene tutto ciò che si desidera, la Terra dei Desideri del Cuore. La melodia era lenta e semplice e bellissima, il primo verso era in crescendo, mentre il secondo, di risposta, era più basso. Cantai da schifo dall'inizio alla fine e dovemmo iniziare e riprendere più volte. Diane era molto paziente, proprio come lo era stata quando mi aveva dato lezioni di guida. C'erano solo tre strofe, e io avrei voluto che ce ne fossero di più. L'ultima strofa parve aleggiare scintillando nell'aria tra di noi, anche dopo la conclusione del canto:

E laggiù tu e io
Vagheremo liberi
Su sabbie bianchissime
Sognando sotto le stelle.

E laggiù tu e io vagheremo liberi. Io e Carmel. Non più. Ma non so come, quella canzone così sincera e colma di speranza parve cambiare l'atmosfera della stanza. Restammo a fissare lo spartito. Nessuno di noi voleva che quel momento finisse. Mi persi nel pensiero di avere tutto ciò che desideravo, una vita semplice e perfetta. Non avevo una mia Terra dove scorrono latte e miele, avevo invece un pianerottolo dove a volte le porte erano socchiuse, e mi invitavano a entrare.

Lentamente, Diane richiuse il coperchio del pianoforte, badando a non fare rumore. Con lo sguardo fisso al suo riflesso sulla vernice screpolata dello strumento, si toccò la faccia con la punta delle dita, appena sotto l'occhio sinistro, massaggiandoselo con dolcezza. Sembrava impegnata a prendere una importante decisione. Visto che eravamo pigiati sullo stesso panchetto da pianoforte, ero abbastanza vicino da sentire l'aria che si spostava quando lei respirava.

«Che ore sono?»

Mi ero aspettato qualcosa di più profondo. «Dieci alle tre.»

«Ora ti farò una domanda, e se non vuoi non hai alcun dovere di rispondermi.» Aveva un tono formalissimo, molto, molto britannico, la stessa voce che avrebbe potuto usare con una persona che avesse urtato per la strada – «Scusi tanto, tutto bene? Avrei dovuto guardare dove stavo andando.» Tacque per un attimo: io attendevo la domanda, ma lei prima voleva che rispondessi. «Allora, posso fare la domanda?» Continuava a non guardarmi e appoggiò lievemente le dita sul coperchio del pianoforte, le braccia tese, come se fosse stata sul punto di suonare i tasti lì sotto.

Vorrei poter dire che ero sconvolto e stupefatto da quello che forse stava per accadere. Vorrei poter dire che non stavo pensando a Carmel che mi liquidava per poi uscirsene a cena con il suo capo. Vorrei poter dire che la frase «tre piccioni con una fava» non mi passò per la mente. Avevo la sensazione di aver ripreso l'iniziativa.

«Forza, dai, chiedimi quello che vuoi. L'assegno dell'affitto era scoperto?»

«No, non si tratta dell'*affitto*.» Di colpo, Diane si portò le mani alla testa. «È una follia.»

«Chiedi, dai.» Mi spostai leggermente sulla panchetta e le misi una mano sulla spalla. Stava tremando. Non si fa che parlare degli uomini che nascondono i loro sentimenti e si tengono tutto dentro molto più delle donne, ma al mondo non esiste nessuno più disabituato a parlare di se stesso di una donna di una certa età, una donna che ha dedicato la propria vita alla cura dei figli. Anche se buona parte della sua vita è passata lacrimando su film romantici o sfogandosi a ogni grossa baruffa con il suo uomo, ciò non significa davvero aprirsi e lasciar capire come ci si sente. Urlare al proprio uomo che deve smetterla di reprimersi, è solo un sistema della donna per uscire dal guscio. Ma cercare di forzare un'ostrica non ti fa diventare una perla.

«Tu non prenderesti mai in considerazione, neppure in un milione di anni, l'idea di baciarmi?» disse *lentamente*, a voce bassa. E poi parve quasi arrendersi prima ancora di aver cominciato. «Oppure pensi che sono solo una stupida, patetica vecchia?»

Non mi ero sbagliato sul motivo per il quale la luce nella sua stanza era rimasta accesa, la sera prima. Dopotutto, qualcuno mi desiderava. Mentre pensavo a che cosa rispondere, colsi casualmente lo sguardo di Diane riflesso sul pianoforte. Abbassammo gli occhi, e io mi spostai ancora un poco sulla panchetta. Le tenevo ancora il braccio attorno alle spalle, e strinsi un po' la presa.

«Se hai intenzione di dire di no, allora non fare così, non *avere pietà* di me. Non voglio.»

«E io non voglio dire di no.»

«Come?»

«Mi hai sentito.»

Ecco quanto sono scemo. Quanto *ero* scemo. Un autentico fenomeno, vi pare? Un po' come se Giovanna d'Arco chiedesse in giro, «qualcuno ha un fiammifero?» Illuso quanto un membro della casa reale che desidera solo vivere una vita normale. Vanesio come un prete davanti allo specchio di domenica mattina. Forse devo addirittura aver pensato che le stessi facendo un *favore*. Ora che me ne sto qui seduto a scrivere, a otto anni di distanza, avrei voglia di precipitarmi in quella stanzetta di servizio e buttare fuori dalla finestra quella versione di me stesso cazzuta, giovane, ottusa e piena di merda. Ignorai il segnale d'allarme che si era messo a suonare in una remota regione del mio cervello, come un'ambulanza lontana: lontano, lontano, qualcuno era nei guai, ma per grazia di Dio c'ero io. Potevo gestire l'emergenza.

Ma in quell'istante non accadde nulla. Diane continuava a non guardarmi. Per circa sette o otto secondi, attendemmo entrambi che l'altro facesse qualcosa: io aspettavo perché lei aveva fatto la sua mossa, aveva oltrepassato il confine, non viceversa, mentre Diane si stava ritraendo perché era una brava ragazza degli anni Settanta, che si aspettava di essere corteggiata e non voleva sembrare troppo smaniosa.

Finalmente allungai la mano destra e le accarezzai la guancia, proprio sotto l'occhio. Ricordo di aver pensato che non ero nervoso, che me la stavo cavando bene. Lei inclinò la testa come un gatto, strusciandosi contro di me, e premendo appena un po' contro la mia mano, in risposta. Era uno di quei momenti in cui, d'un tratto, ti ritrovi a essere il protagonista del film della tua vita. Non può essere vero, la tua vita non è mai stata così eccitante.

Ma nessuno urlò «Taglia.»

Le sfiorai il collo e poi sotto il mento. Lei si ritrasse appena, si tolse gli occhiali e li lasciò cadere a terra. Tenendole la mano sul collo, la sentii deglutire nervosamente. Chiuse gli occhi. Mi spostai, in modo da trovarmi a cavalcioni della panchetta, con Diane che ancora mi rivolgeva il fianco. D'un tratto, visto che ormai la grande incognita non espressa tra di noi era la differenza di età, notai che i capelli biondo cenere di Diane avevano due o tre millimetri di radice grigia. In una situazione normale non l'avrei mai visto, oppure non ci avrei fatto caso. La linea della mascella non fu ferma come quella di Carmel, e vista da molto vicino la sua pelle era una matrice di rughette sottili, quasi invisibili. Paragonarla a sua figlia fu una vera carognata, da parte mia: non esiste al mondo una donna che non sia una diva del cinema, che non sia riempita di collagene e che sia più attraente della figlia adulta. Era altrettanto impossibile aspettarsi che io non paragonassi Diane a Carmel.

Cercai di non pensare a mia madre. Non volevo eccitarmi perché stavo pensando alla *mamma*, sarebbe stato decisamente troppo bizzarro. Di solito non mi dispiacciono le situazioni bizzarre, ma senza arrivare alle bizzarrie estreme, al rompere qualsiasi tabù ti venga in mente. La mia mamma guardava le soap alla tele, lavorava part time in una biblioteca, mi faceva una testa tanta perché spendevo troppo. La mia mamma aveva circa cinque anni in meno della donna che stavo per baciare.

Feci scivolare la mano attorno alla sua vita (per essere chiari, la vita di Diane, non della mia mamma), e le sfiorai con le labbra il lato del collo, concentrandomi sul punto in cui vedevo una vena pulsare. Lei spinse indietro la testa, in modo che potessi avere più spazio di manovra, e allungò la mano per accarezzarmi i capelli. Lentamente continuai a baciare e leccare la pelle, facendomi strada su fino all'orecchio. Le mordicchiai il lobo. Diane si lasciò sfuggire un gemito – avevo immaginato che quello fosse uno dei suoi punti caldi, perché aveva orecchie simili a quelle di Ben e lui andava su di giri tutte le volte che lo toccavo lì. Possedevo su di lei una quantità di informazioni estorte illegalmente superiore a quella che chiunque avesse diritto di avere. Feci schizzare la lingua in profondità nell'orecchio.

«Oh, Gesù!» esclamò, scattando in piedi. Le ci vollero un paio di secondi per calmarsi.

«Che succede?»

«Niente. È tutto inaspettato. Non mi aspettavo sul serio che tu accettassi.»

E allora perché me l'aveva chiesto?

«Posso farlo di nuovo?» Le scoccai un sorrisino. «Mi piacerebbe farlo ancora.»

«Più tardi. Tra un attimo.» Tornò a sedere.

«Ok.»

«È passato un bel po' da quando...» Scosse la testa da una parte all'altra. Quattordici anni, da quanto ne sapevo io.

«Ok, scegli tu la velocità che preferisci.»

«Baciami, Adam.»

«No.» Diane, presa in contropiede, si ritrasse. Il suo volto si indurì, e parve essere sul punto di dire qualcosa che entrambi avremmo potuto rimpiangere. D'un tratto, era come se davanti a me ci fosse una persona del tutto differente. Mi affrettai ad aggiungere: «No, intendo dire che ora *tu* baci *me*». Rimasi semplicemente lì, in attesa che lei prendesse l'iniziativa, guardandola negli occhi. Sollevai le sopracciglia, come a dire, «E allora?»

«Oh, gli uomini sono cambiati», disse lei, scuotendo la testa.

«In meglio?» la interruppi.

«Gli uomini sono cambiati, *grazie a Dio*.»

Con grande incertezza, mi prese la testa tra le mani e si chinò a baciarmi. Le nostre labbra si incontrarono. Anche se sembrava che non si fosse affatto truccata, riuscii a sentire l'odore del fondotinta e della cipria. Dopotutto il suo profumo non era Opium, era qualcos'altro che diceva «questa donna non è una ragazzina», e proclamava che una ventenne non l'avrebbe messo. Mi sentivo un po' imbarazzato: ero contento di lasciare che fosse lei a condurre il gioco, mentre io mi abituavo a un altro genere di diversità. Mi piaceva la diversità. Lei si muoveva lentamente ma con crescente vigore, mentre a poco a poco si rendeva conto che ero pronto più o meno a tutto. Feci saettare la lingua nella sua bocca, dandole il via libera perché facesse lo stesso. Le sue mani si insinuarono sotto la mia maglietta, un po' più audaci di quanto mi aspettassi. Ci baciammo a lungo, poi lei appoggiò la fronte alla mia, ansante, mentre con le mani mi esplorava la schiena. Anche lei stava affrontando una grande prova.

«Possiamo andare nella tua stanza?» mi sussurrò all'orecchio.

Regola numero 1 con le donne più anziane: prendono al volo le occasioni e non se le lasciano scappare di mano. Non stanno lì a ripetersi «Dovrei, non dovrei, forse è un po' troppo basso, e allora meglio di no.» Non possono concedersi il lusso di pensare che il prossimo sabato sera si imbatteranno in qualcun altro. In un certo senso, le donne di una certa età e i ragazzi giovanissimi sono simili: nessuno dei due ritiene che esista la possibilità di non fare sesso. Lei aveva quarantotto anni e non si avvicinava a un uomo da più di un decennio, e io avevo diciannove anni e mezzo. Niente altro da aggiungere.

Per fortuna non voleva andare nella sua stanza: era troppo simile a quella dei miei genitori, perché potessi sentirmi a mio agio. Anche se questo non mi aveva mai impedito di occupare abusivamente il lettone con dei coetanei. Ero abituato alla mia stanza, ultimamente era stata testimone di parecchio movimento. Mi venne in mente che se il mio piumone avesse potuto parlare, sarei finito seriamente nei guai. Avrei dovuto lavare le lenzuola più spesso di quanto non facevo istintivamente in circostanze normali. Probabilmente non avrei mai più avuto una vita «normale» ma la mia reazione istintiva, di pancia, riguardo al lavare la biancheria del letto era la stessa della maggior parte dei maschi attorno alla ventina: più o meno ogni cinque mesi, oppure quando stanno in piedi da sole.

La mia stanza era un unico, schifosissimo casino. «È un po' in disordine. Scusa.»

«Non importa», replicò Diane, con un sorrisetto malizioso. «Una volta tanto non *mi importa*. Anche quando la occupava mio marito era sempre un porcile.»

Era carino da parte sua parlare di Ray in un momento del genere. Non la potevo biasimare per averlo in mente: quella era la sua vecchia stanza, dopo tutto. Però tienilo per te, pensai. Mi guardai rapidamente attorno. A prima vista sembrava che non ci fossero in giro vecchi pacchetti incriminanti di preservativi o cose del genere, a ingombrare il pavimento. Mi stavo abituando a togliere di mezzo qualsiasi prova che potesse venire usata contro di me. Diane andò a sedersi sul bordo del letto. Feci per raggiungerla, ma lei disse: «Possiamo farlo al *buio*? Vorrei che fosse molto, molto *buio*.»

«Ma certo.» Così non ti posso vedere nuda, pensai tra me e me. A dirla tutta, la cosa mi sollevava. La situazione mi stava sfuggendo di mano. Se qualcuno mi avesse chiesto perché lo stavo facendo, avrei risposto: «Perché lei me l'ha chiesto. Perché mi piace. Perché posso farlo». Vicinanza e Opportunità, i Sacri Graal dei giovani, in qualsiasi angolo della terra si trovino. Come concetto non è molto profondo, ma ho l'impressione che sia corretto. Avrei anche potuto rispondere: «Per colpa di quello che ha detto quell'agente di viaggio, per quello che ha detto Emily, per quello che Carmel dirà stasera.»

Accostai le pesanti tende di velluto, in modo che la stanza fosse immersa nell'oscurità. Diane si vedeva ancora, seduta in pizzo al letto. Non era affatto scuro come la notte, ma probabilmente avevamo ottenuto quel tipo di effetto flou, morbido che lei stava cercando. Calciai via le scarpe e mi sfilai i calzini. Togliendomi la maglietta, mi avvicinai e restai in piedi davanti a lei. Con l'idea di sfruttare al massimo il vantaggio della gioventù, mi tolsi anche i pantaloni e i boxer, restandole di fronte nudo. Ero eretto solo a metà, e quindi la faccenda sembrava solo parzialmente interessante.

«Perché mai ho detto di volere il buio?» disse Diane. Mi allungai per accendere la lampada a lato del letto. Sul volto di Diane c'era un curioso mix di vittoria e rimpianto, mentre mi squadrava dalla testa ai piedi.

«Non sono costretta a farlo», disse. Di colpo sembrava sollevata. Giustificata.

«E allora perché lo fai?»

«Sto dimostrando una cosa, esattamente come te.» Non volevo chiedere che cosa, secondo lei, io stessi cercando di dimostrare. Era strano che fossimo su posizioni così professionali, che fosse così evidente che entrambi avevamo un ordine del giorno da eseguire. «Adesso vieni qui», disse.

Le fui molto grato per non aver detto «Vieni da mammina.» Gran brutto momento, Adam Fox, uomo o ragazzino che tu sia. Feci un passo avanti, in modo che mi guardasse dritto dritto lì, se capite quel che intendo dire. Le donne della sua generazione facevano pompini? Oppure queste ragazze degli anni Settanta avevano smesso di fare quel genere di cose e poi erano stati gli anni Ottanta a riscoprirle? La mia conoscenza della storia delle pratiche sessuali era molto limitata. Se solo avessi letto *L'eunuco femmina*. Non che fossi così dispiaciuto da farmene un cruccio: se hai visto un paio di tette su un attaccapanni, allora hai visto tutto.

Diane allungò la mano e con delicatezza toccò la parte

posteriore del cazzo, tracciando con le lunghe unghie una linea dalla base alla punta. Ben presto divenne duro quanto di più non si potrebbe, fremente e pulsante, mentre lei mi accarezzava. Dal modo in cui lo guardava, avrei anche potuto essere una mostra interattiva al Natural History Museum.

«È così *dritto*», disse Diane, meravigliata. «Avevo dimenticato che per i ragazzi le cose fossero così. Quando si va più avanti con l'età sono più, come dire, orizzontali.» *Ahia*. Che io non abbia mai un'erezione orizzontale. Finora non è accaduto.

«Mi sento come Mrs Robinson, altro che Mrs Robbins.» Diane scoppiò a ridere e si buttò indietro sul letto. Accorgendosi che non riuscivo a cogliere la battuta, rise ancora di più. Mi sfuggiva il motivo per cui Diane si stava comportando come l'ex presidente irlandese e attuale commissario delle Nazioni Unite per i diritti umani. *Ecco* una donna che fa davvero paura in camera da letto: «Devo rendere questo mondo un posto migliore, ma mi sono concessa dieci minuti di pausa al solo scopo di darti l'opportunità di scoparmi fino allo sfinimento. Tic tac, ogni minuto che passa una vita va perduta.»

Diane si divincolò per sfilarsi i jeans e grazie al cielo era magnifica. L'unico elemento capace di uccidere la passione era un paio di gambaletti, il contraccettivo più efficace noto alla medicina occidentale. Si tolse anche quelli e si distese di nuovo, con addosso solo la maglietta e le mutandine. Si coprì la faccia con le mani per un paio di secondi, cercando di valutare ovviamente quel che stava succedendo. Non potei impedirmi di notare che aveva un po' di cellulite, che le sue gambe non erano toniche come quelle di Carmel. Mi spiace, mi spiace. Ma Diane era un tipo snello e molto attraente, per una della sua età. E io ero incredibilmente felice che continuasse a mantenere una depilazione al pube ben fatta. Quando si era tolta i jeans avevo temuto che le cose potessero essere diverse. Era molto ingiusto che non potessi impedire ai miei pensieri di fare capolino nella mia mente per poi scivolare nuovamente via. Si scoprì la faccia ed ebbi l'impressione che si aspettava dicessi qualcosa. Magari «Sei bellissima» – ma non potevo.

Esitò qualche istante, poi di colpo mi trovai ad aver a che fare con la Diana Seduttiva – evidentemente aveva deciso di usare questa tattica. «Posso tenere la mia T-shirt ancora per un po'?» chiese con voce bassa e armoniosa. Mi tirò giù, sul letto, accanto a lei. «Mi sento timida.» A me non sembrava proprio. «Va tutto bene? Non parli più. Possiamo sempre smettere, non c'è problema.»

I transatlantici fanno dietro-front con più facilità di Diane e me in quel pomeriggio. Per tutta risposta le misi una mano tra le gambe e la baciai di nuovo. Con un sospiro lei allargò le gambe perché potessi farmi strada sotto le mutandine. Non era ancora bagnata, solo calda, così mi leccai le dita e mi misi all'opera, massaggiando e accarezzando mentre le baciavo il collo e la bocca. Lei iniziò un lavoretto di mano sorprendentemente energico, tanto che dopo un po' fui costretto a chiederle di smettere: non volevo venire troppo in fretta. Non sulla mia padrona di casa. Feci scivolare dentro il dito medio. Diane si spinse verso di me, nascondendo la faccia nella mia spalla. Era sorprendentemente stretta, ma dentro sembrava strana, del tutto diversa da Carmel. Carmel era molto liscia e morbida e Diane – be', Diane non lo era. Risultato delle due gravidanze, immaginai. Continuavo a imparare cose nuove, adesso che mi stavo facendo un'educazione universitaria.

«Hai per caso, sai cosa intendo, un gondone?» chiese Diane.

Non riuscii a trattenere una risata: nessuno diceva più «un gondone» se non chiaramente per prendere per i fondelli. Diane sembrava offesa.

«Perché stai ridendo?»

«Vuoi dire un preservativo?»

«Sì, un preservativo.»

«Ne ho uno proprio qui.» Allungai la mano sotto il letto. «Un omaggio della campagna di prevenzione sanitaria dell'unione studentesca. Tu sei la prima fortunata a usufruirne.» La balla mi era uscita così bene che quasi non mi ero accorto di averla detta. Per essere precisi, Diane era la prima e l'unica fortunata a usufruire di qual particolare preservativo, quindi in fondo non sembrava proprio una balla. Stavo sviluppando una nozione di verità molto sottile e truffaldina.

«Che sia benedetta la campagna di prevenzione. Ecco perché pago le tasse.» Si tolse le mutandine e rimase lì, stesa, in attesa. Che parola stupida «mutandine» vi pare? Nessuno riuscirebbe a far sembrare la biancheria maschile qualcosa di carino e dolce solo aggiungendo un suffisso diminutivo: *boxerini*, *mutandini*, *sospensorini*... no, non funziona. Restò a osservarmi mentre srotolavo il preservativo sul pene. «Lo hai già fatto prima, non è vero?»

«Una o due volte.»

Diane aveva ragione, ero un veterano del preservativo. Mi piace l'odore dello spermicida di prima mattina. Come al solito, l'atto di indossare il gommino aveva raffreddato l'atmosfera, abbassando la temperatura. Dove mai erano finite spontaneità e sifilide? Mi mancavano quei bei vecchi tempi, anche se non li avevo mai conosciuti. Questa volta, il rituale momento di riflessione mentre il preservativo si srotolava ebbe un effetto collaterale ancora più forte del solito: diede a entrambi il tempo di pensare a quel che stava accadendo. Avevamo già attraversato un confine, ma adesso ne avevamo davanti un altro: avevo intenzione di farmi tutta la famiglia, di fare filotto? Mi stavo vendicando di Carmel, ma Ben in che modo entrava nel gioco? Però ormai mi ero spinto troppo oltre: non potevo più tornare indietro.

Mi misi tra le sue gambe tenendomi sollevato sugli avambracci, ripetendo a me stesso che l'unica parola che non potevo pronunciare era «Carmel». «Detesto questo lettino singolo», dissi.

«Non volevo che il mio pensionante si mettesse in testa strane idee», disse Diane, con un sorrisetto nervoso. Il sorrisetto svanì. «Senti, vacci piano, Ok? È passato un bel po' dall'ultima volta che l'ho fatto e...»

«Cosa?»

Esitò. «Tu ce l'hai più grosso del mio vibratore e quindi non sono abituata a... questo.»

Complimenti. Se c'è una cosa calcolata per fare sentire un uomo a proprio agio, eccola qua. E anche Diane lo sapeva. Al mondo non esiste un solo uomo di casa, così dolce da mettersi a ricamare e a dare il biberon al figlioletto, che non sarebbe felice di sentirsi dire: hai il cazzo grosso.

Fermate le rotative.

«Tu hai un *vibratore*?»

«Ma certo. "L'amico delle vedove", preso da Hotpoint. Un giorno o l'altro te lo faccio vedere. Adesso fammi inumidire ancora.» E questa signora della media borghesia si sputò nella mano e la allungò tra le sue gambe. Ero stupefatto, e per niente eccitato. *Coraggio dunque*: Diane era il genere di donna su cui era stato costruito l'Impero, chic e pragmatica. Sarebbe stata una bella giornata.

Vorrei potervi dire che Diane ebbe il suo primo orgasmo del millennio (ma ebbi il sospetto che non fosse così), che scoprii un aspetto dell'amore sessuale del tutto nuovo, capace di lasciarmi senza fiato (non accadde). In un mondo normale, quella sarebbe stata un'esperienza di maturazione di prima categoria, una donna più esperta che fa da nave scuola al giovane maschio, e tutti se la spassano, come è consuetudine dalla notte dei tempi. Ma una volta entrato in lei, scoprii che era come EuroDisney: non tutte le giostre erano eccezionali, e a dire la verità non era quello il posto dove volevo stare. Invece ebbi alcune istruzioni su come eseguire il foxtrot, fornite da Diane. «Svelto svelto, ora *leeento*, *leeento*, adesso svelto di nuovo. Attento al mio braccio, fantastico, adesso sali un poco e vai *leeento...*» Era come ricominciare con le lezioni di guida. Mi piace una ragazza che sa quel che vuole, ma questa era tutta un'altra faccenda. Diane aveva frequentato il suo vibratore decisamente troppo a lungo.

Era la prima volta che avevo la soddisfazione di aver fatto un'esperienza e al tempo stesso una conquista: ero stato un vero Casanova, e sopravvissuto tanto da raccontarlo. Ero esultante, vergognoso, fiero e sudicio, e mi sentivo depressamente bene, un po' come ci si dovrebbe sentire quando «si cresce.» Carmel stava per scaricarmi e allora io avevo permesso a sua madre di sedurmi: due errori sembravano potersi elidere a vicenda e fare, se non una cosa giusta, almeno un non-troppo-malaccio. C'era anche un notevole sfoggio di potere (non sarò io a negarlo) ma ero consapevole di godermela e non mi sentivo più così giovane. Quel giorno qualcosa terminò, e non sapevo che cosa fosse cominciato.

Dopo, Diane non la smetteva più di parlare, proprio come Carmel dopo la nostra prima volta. Ma Diane raccontava di Ray. Fare di nuovo sesso le aveva fatto tornare saldamente alla memoria dei pensieri sul marito. E io cominciai a rendermi conto di aver commesso il più terribile degli errori: io c Diane eravamo la peggior combinazione possibile dai tempi di Kennedy e delle decappottabili.

13

Momento surreale numero 1: ero seduto sul divano di Carmel e fingevo di sorseggiare con noncuranza un po' di succo d'arancia, mentre lei parlava con Diane al telefono. Di me. Chiamatemi vanesio, ma quel particolare giorno, la telefonata doveva per forza avere me per argomento. Avevo una prova incontrovertibile: un attimo prima che il telefono squillasse, Carmel aveva detto: «Volevo parlarti della mamma. È passata di qui ieri sera e mi ha raccontato che ti sei preso una cotta per lei».

Una pausa piena zeppa di implicazioni, durante la quale pensai: Diane ha torto, ma questo pomeriggio sono finito a letto con lei. Bene. *Bene.*

Drin drin.

«*Mamma.*» Carmel mi guardò, corrugando la fronte, poi con voce studiatamente calma proseguì: «Ciao… sì, certo, è un buon momento per chiacchierare.» Diane stava parlando e Carmel borbottava in segno affermativo, gli occhi bassi, lanciandomi di quando in quando delle occhiatine di traverso. Non riuscivo a sentire una sola parola. Non riuscivo a pensare ad altro che ai pezzetti di polpa nel succo d'arancia.

Momento surreale numero 2: era passata più o meno una decina di minuti da quando Diane e io avevamo finito di fare porcate in quello che era stato lo studio di Ray (la mia stanza, ora), e lei aveva tirato fuori una scatola piena di vecchie istantanee del marito defunto. Era come se avesse avuto improvvisamente il permesso di parlare di lui. Io stavo disteso a letto, nudo come un verme, mentre Diane mi passava una foto di Ray dopo l'altra. Ormai sapevo sulla loro vacanza del 1980 in Florida più cose di quante qualsiasi uomo sano di mente avesse il diritto, o il desiderio, di sapere. Eh sì, Topolino non passa mai di moda. Dopo aver guardato ogni foto, la posavo sul mio petto, o sullo stomaco, o sul letto, accanto a me, così che ben presto mi ritrovai coperto e circondato da immagini del defunto Ray Robbins.

«Già, ciao... anch'io ti voglio bene.» Carmel posò il ricevitore, deglutendo appena. Adesso era diventata un'abitudine per loro dirsi che si volevano bene. Ma pensa a come cambiano le cose. Stavo pregando che Carmel mi fornisse un indizio su quello che si erano dette. Diane non le aveva raccontato che eravamo andati a letto: se l'avesse fatto l'avrei capito, in un modo o nell'altro. Però le aveva detto qualcosa. Mi sentivo la lampada da interrogatorio di terzo grado puntata addosso, e la voce di Carmel era pericolosamente bassa.

«Allora tu e mamma avete già discusso l'argomento?»

«Sì, questo pomeriggio. Non volevo turbarti, per questo non avevo intenzione di parlartene.» *Neppure una sillaba falsa. Tutto liscio. Ben fatto.*

Carmel annuì e sedette a gambe incrociate sul divano, davanti a me. Non voleva perdersi neppure una sillaba. «Lei che cosa ha detto?»

«Non te l'ha appena raccontato lei?» *Troppo nervoso, troppo sulle difensive, fai attenzione.*

«Sì, però non mi fido completamente di lei.» Carmel piegò le dita e si sfregò gli occhi con i palmi delle mani. «Tutta questa storia è così... *cazzo...*»

«Che c'è?»

«Lo so che tra voi due non è successo niente, ma sono molto *gelosa* che le sia venuta in mente questa idea del cazzo che tu ti sia presa una cotta per lei.»

Sapeva che non era successo niente. Rimettere in ordine le parole di questa semplice frase: fuori, sono, guai, dai.

«Ma lei non sa niente di noi, vero?» *Questa sì che sarebbe stata una faccenda morbosa.*

Poi mi venne in mente una cosa che Diane aveva detto mentre mi mostrava la fotografia di una signora sulla cinquantina, in una stanza di soggiorno, chissà dove. «Questa è la madre di Ray, nel nostro primo appartamento... aveva una sola stanza da letto, come la casa di Mel. A me la casa di Mel piace, e a te? Ha tanto spazio solo per lei, tanta libertà.» Non era tanto quello che aveva detto, quanto l'alito di invidia rassegnata, colma di desiderio, con il quale l'aveva detto. La gelosia stava tornando di moda, il verde-invidia stava per battere il nero. Diane voleva ingelosire Carmel parlandole di una mia inesistente cotta? Se era così, allora sapeva di noi. Se era così, allora perché mi aveva fatto una proposta? Restai lì a rimuginare tra me e me «Se è così, se è così...» Mi sembrava una faccenda importante: io ero il Vietnam, un campo di battaglia sul quale si confrontavano le superpotenze, fingendo di andare d'amore e d'accordo. Avevo in faccia la stessa espressione che hanno quei poveracci ripresi dai telegiornali mentre le loro città vengono sconvolte da un ciclone.

Carmel stava scuotendo il capo. «Non le ho parlato di noi due. Non ha niente a che vedere con lei.»

«Nemmeno io.»

«A dire la verità, ieri sera stavo per dirglielo, ma poi lei si è messa a parlare di te...»

Carmel sembrava affascinata. Dopo tutto, la sua mammina aveva una sessualità, *oh ragazzi se l'aveva*, e Carmel voleva i dettagli, ma io non ne sapevo un granché. Provate a immaginare di parlare della vostra mammetta in un contesto sessuale – era *quel genere* di dettagli che mi veniva richiesto. «Che cosa ti ha detto? In che modo l'ha messa?»

Avrei potuto citare le sue parole alla lettera: «*Prenderesti in considerazione l'idea di baciarmi... più svelto, più leeento, così, vai così...*» ma avevo la vaga sensazione che non fosse ciò che la situazione richiedeva.

«È stato bizzarro», dissi lentamente. «Non mi ha dato veramente modo di parlare, è stata lei a parlarmi.» Sorsata di succo d'arancia, presto, dai, pensa a qualcosa. «Abbiamo parlato molto di tuo padre.» La verità, la parziale verità, vostro onore.

Carmel annuì con tristezza. «Queste settimane prima di Natale sono un momento dell'anno particolare per mamma: l'incidente avvenne il quindici di dicembre.» Annuii, come se sapessi di che cosa stava parlando. Dopo aver visto una quantità impressionante di fotografie, continuavo a non saperne un accidente di niente su un incidente.

Ray era morto in un incidente.

«In pratica ha detto che era lusingata, come dici tu, e che non sarebbe successo nulla, sono troppo giovane.» Ehi, questo sì che era un buon tema. «Prova a immaginarmi lì seduto, a pensare, "E che cazzo?", capisci, mentre Diane fa questa scena alla *Beautiful*, dicendo "non potrà mai accadere nulla", roba un po' melodrammatica, capisci?» Stavo ripetendo «capisci?» un po' troppo spesso, ma dovevo continuare a verificare di essere ancora sulla linea di pensiero che Diane aveva espresso. Continuai, con tono di scusa. «Non volevo raccontarti niente di questa storia, volevo che restasse tra Diane e me. La vita è piuttosto imbarazzante per me, al numero 52.» E questa, giuro su Dio, era la sacrosanta verità: avevo passato parte del pomeriggio penetrando la mia padrona di casa. «Non volevo raccontartelo nel caso che tu pensassi…»

«Che è successo qualcosa.»

«Ma non è successo, naturalmente, no.» Scoppiai a ridere. «Insomma, Diane è favolosa, ma ha…»

«Quarantanove anni.» Anche Carmel era scoppiata a ridere. Credevo che ne avesse quarantasette. D'un tratto, quei due anni in più assunsero un'enorme importanza.

Approfittai del buonumore di Carmel. «E allora, ha avuto una sfilza di gigolò?»

Carmel trovò la cosa molto buffa. «È passato così tanto tempo, che probabilmente si romperebbe. Si spaccherebbe in due.»

«*Ma dai!*» esclamai, sapendo con dovizia di prove che nel corso di quei lunghi anni solitari Diane si era tenuta in forma con l'aiuto di un coniglietto Duracell.

Carmel tornò seria. «E allora, non hai una cotta per lei?»

«*No.* Mi ha dato qualche lezione di guida e ieri sera sono andato al cinema con lei, ecco tutto. È tutto. Di solito quando rientro dal college ci facciamo una bella chiacchieratina, e una volta ogni morte di papa le do una mano a pelare le patate. È una situazione *simpatica*, spero che continui così.» Feci una faccia del tipo ma-come-ti-è-venuta-in-mente-una-cosa-del-genere, e aggiunsi: «Mi sembra strano parlare di cose del genere». Accorgendosi della mia profonda infelicità, Carmel parve improvvisamente sollevata.

Come dicono gli americani, *slam-dunk*, una bella schiacciata a canestro. Ero un campione a *non* mentire. L'unica bugia nella mia replica era stata la prima parola, «No», ed era una bugia solo in relazione alla domanda: «Hai scopato mia madre oggi?» non a quello che lei aveva chiesto. San Pietro non avrebbe avuto molte prove a mio carico, in questo caso, a parte, naturalmente, «ecco tutto. È tutto.»

Terminai dicendo: «Secondo me, lei ha creduto di dovermi disilludere con dolcezza, capisci, e a dire la verità l'ha fatto con grande eleganza, e se avessi avuto una cotta per lei non mi sarei sentito, capisci, umiliato. Diane è una donna di classe». Per la prima volta in vita mia avevo dovuto dire a sangue freddo «se avessi avuto»: sai di essere nei pasticci e che l'esistenza è diventata troppo, troppo complicata quando sei costretto a dire «se avessi avuto».

Carmel stava annuendo di nuovo. «È più o meno quello che ha detto lei.» *Risultato: Balle telepatiche 1, Verità 0.* Carmel allungò le gambe e si mise più comoda sul divano, avvicinandosi a me. «Che sia benedetta la mamma», disse. «Ha una tale sicurezza da poter pensare che ci siano dei diciannovenni che sbavano per lei. Spero di diventare come lei, quando sarò così bacucca.»

«Non è bacucca», la difesi, senza troppa convinzione.

Carmel sbuffò. «Le creme agli estrogeni possono fare miracoli, ma non a questi livelli. Cristo santo, ha mezzo secolo.» Carmel si rintanò nella mia spalla. Sembrava quasi che avesse trovato il suo posto ideale. Le baciai la testa, desiderando che la giornata terminasse con una meravigliosa, lenta dissolvenza – è tutto, gente! Ma non era finita. La vita non fila così liscia.

«Non hai nessuna ragione di essere gelosa», dissi. «Non in quel campo.» Carmel era impegnatissima a fare le fusa, ma non le sfuggì il lapsus freudiano.

«Dunque ci sono altri *campi*, vero?»

«Signorina Paranoia», la rimproverai con impazienza, evitando di raccontare un'altra balla, ma svicolando sullo spiritoso, cioè la Strategia N.4 nel *Manuale per figli di buona donna che vogliono uscire dai pasticci*. «È tutto il giorno che ci rimugini, mentre avresti dovuto impiegare il tempo a colpire quel tal Chas con il tuo genio decorativo.» Lanciai un'occhiata all'orologio. «Ehi, non devi uscire a cena con lui? Sarai in ritardo.»

«Credevi che dovessi uscire a cena con lui? No, *Louise* ha dato buca. Sam si è beccato qualcosa e così deve stargli dietro.»

Oddio, mi veniva da vomitare. Dunque, per chiarire la situazione: la faccenda con Diane, per non parlare del disastro della sera precedente, era stata almeno in parte colpa del desiderio di prendermi una rivincita perché Carmel stava per scaricarmi e poi uscirsene a cena con il suo nuovo capo, Chas@, il signor Lustro & Solvente. Ma lei non l'aveva fatto.

«Che altro ti ha detto la mamma a proposito di papà?» chiese Carmel.

Con la testa ancora nel pallone risposi automaticamente: «Niente, abbiamo cantato una canzone. È stato buffo. Una cosa scozzese».

«*La Terra dei Desideri del Cuore?*»

Socchiusi gli occhi, guardandola: aveva lo sguardo velato di lacrime. Mi sentivo morire. «Proprio quella.»

«Ah, ecco. Era la preferita di papà.»

E così adesso il mio Ray Day aveva anche una colonna sonora: avevo cantato con Diane la canzone preferita di Ray, e poi eravamo andati nella stanza preferita di Ray e, per quanto ne sapevo, avevo fatto l'amore come Ray, *svelto*, *svelto*, *leeento*, nella sua posizione preferita.

«Ma, tua mamma ha detto che sua madre era scozzese e per questo le piacevano quel genere di canzoni.»

«Esatto. Ma piacevano anche a lui.» Carmel aggiunse,

con aria sognante. «Quando ero piccola me la cantava di continuo.» *Oh mamma mia*.

Nel triliardo di fotografie che Diane mi aveva mostrato nel corso nel piacevole riposino nostalgico postcoitale, ce c'era una di Ray e Carmel. Ridacchiando, Diane aveva detto: «Guarda, questa l'ho scattata io. Aveva più o meno un mesetto. E lui senza la sua maglietta. Com'era magro».

È una foto carina, il giovane padre e la bimba in primo piano. Nella foto Ray è giovane, ha meno di venticinque anni, è a letto, dorme della grossa, con le coltri arrotolate attorno alla vita. E sul cuscino accanto a lui c'è una neonata, con il testone e i capelli tutti a ciuffi. Ray sembra ubriaco fradicio e Carmel, piena di energia, si allunga verso il suo papà, con il mignolino della mano sinistra alzato, come se dovesse bere il tè con il vicario. Ray è la versione anni Settanta di Ben – ormai solo alle popstar e ai fashion victim è concesso portare basette di quelle dimensioni – ma gli occhi sono ancora più incavati e ha una testa ancora più abbondante di capelli ricciuti. Ha lo stesso petto liscio, glabro, e come Ben anche lui mostra sotto la pelle le ultime due-tre costole. In alcune delle altre fotografie che ho visto, sono passati dieci o dodici anni, e Ray è molto più grasso, molto invecchiato rispetto a questo fiero giovanotto. I riccioli sono scomparsi, per lasciare il posto a un taglio più professionale. Diane mi aveva mostrato una foto scattata durante l'ultimo Natale passato con lui, nel 1986: è evidentemente bello sbronzo e sta per andare al tappeto, spaparanzato su un divano, con le gambe larghe come un cane da caccia pronto per essere castrato, in testa un cappellino di carta e sul pavimento, accanto a lui, c'è un bicchiere mezzo pieno. Ha la pancia, capelli grigi, ciabatte e in corpo una quantità di alcol superiore alla media: il cliché del padre di mezza età, ma potrà avere circa trentasei anni, non di più.

Non volevo tornare al 52 e rivedere Diane. Restai da Carmel. Evitai di notare qualsiasi allusione a sfregamenti erotici che potesse avere nello sguardo, e collassai sul divano alle dieci di sera. Ogni cellula del mio corpo urlava che non sarei dovuto andare a letto con Diane e Carmel nel giro di meno di ventiquattro ore: dite pure che sono un tipo vecchio stampo, ma sentivo che doveva essere così. Ero oltremodo nervoso, e dormii come un congegno nucleare innescato, ma non sognai un bel cazzo di niente, agitandomi come un matto. Credo che il mio subconscio non osasse permettermelo. Mi svegliai il mattino dopo sul divano, con un piumone buttato addosso, con il sole che si riversava in casa dalle finestre. Per un nanosecondo, mi sentii allegro e scevro da complicazioni, come l'aria in strada, prima di ricordare che la mia vita amorosa mi era stata rapinata da un defunto. C'era una parola che continuava a caracollarmi nel cervello:

incidente...incidente...incidente...incidente...incidente...incidente

Finalmente sentii Carmel che, in punta di piedi, andava dal bagno alla cucina. In lontananza c'era il ronzio di un radiogiornale che parlava di economia. Era in piena espansione ma non era detto che fossero necessariamente buone notizie. Come la mia libido. Mise la testa dentro per vedere cosa stessi facendo.

«Ben svegliato, Addy-Ad», disse, con tono decisamente troppo allegro. «Oh, ma è un miracolo, il Re si è destato. È ora di alzarsi, *oh mio amante*... devo andare al lavoro tra poco, ci vuole un secolo per arrivare laggiù entro le nove di mattina.»

«Addy-Ad?» ripetei, tirandomi a sedere sul divano, assaporando quel momento di alito mattutino. «E che cosa vorrebbe dire, eh... "Carmelly-Mel?"»

«Cercavo di essere carina... *ricordi* che cosa significa, vero?»

Ecco qua, per una sera trascuro i miei doveri di gigolò, e guarda come mi trattano.

«E *questo* che cosa dovrebbe voler dire?» chiesi, buttando le gambe giù dal divano e stirandomi la schiena. «Posso essere tutto quel che vuoi, ma di certo non sono un non-carino.»

«Mah», commentò Carmel, tornando in cucina. La seguii, attirato dal profumo di pane tostato.

«Mah?» chiesi a mia volta. Le scoccai un bacio sulla guancia (stando ben attento a non infliggerle l'alito mattutino), poi vidi la fetta di pane che aveva in mano. «Ce n'è anche per me?»

«Non c'è tempo, non c'è tempo.» Carmel mi squadrò, poi mi diede metà del suo toast. «Non fare quella faccetta patetica.» Così adesso ero patetico? Rimase a masticare per un secondo, poi disse con aria distratta. «Forse dovremmo vederci meno spesso, il sesso non è più quello di una volta, vero?»

Onestamente, non è che basti non penetrare una persona per un paio di giorni per pensare che sia tutto finito. Eravamo insieme da cinque settimane, non da cinquant'anni. La guardai con espressione lamentosa e dissi: «Non lo è? Non ci vediamo da un po', ecco tutto».

«Ieri sera sembravamo Sandra e Raimondo.»

«Ero *stanco*», protestai.

Carmel sollevò un sopracciglio. «Come volevasi dimostrare, Addy-Ad. Un tempo, non molti secoli fa, eri irrefrenabile.»

«E poi ieri è stata una giornata un po' *strana*, capisci?» Ed ecco qua di nuovo i miei «capisci». «È stata una scena bizzarra con tua mamma e quindi era *strano* starmene qui con te a discutere la faccenda.»

Carmel buttò giù il boccone di pane con un'ultima sorsata di tè. «Ahah! Ma se non l'avessi saputo, allora sarebbe andato tutto bene, vero?»

«Non ho detto questo.» *Però probabilmente era vero*. «E allora, dov'è il mio tè, puttanella?»

«Prenditelo. Mica sono la tua mamma. O la mia, se è per questo.» Carmel guardò l'orologio sul forno e spense la radio. «Mi spiace, non c'è tempo per starsene qui a sospirare, devo uscire tra due minuti. E non hai nemmeno il tempo di fare il bagno, anche se sono sicura che non lo avresti fatto. Prendi la tua roba, veloce come un lampo, svelto.»

Cazzo, ma anch'io volevo farmi il bagno. «Ma guarda, ti sei trasformata in una vera donna d'affari, veloce come il lampo, svelto», mi lagnai, mentre mi spingeva fuori dalla cucina, verso il soggiorno, per farmi recuperare la borsa e il cappotto. Sparì in camera da letto. Mentre mi infilavo le scarpe, qualcosa mi spinse a chiederle a voce alta: «Ti secca se ti faccio una domanda?» Carmel mi raggiunse in soggiorno, mettendosi il cappotto, passandosi il toast da una mano all'altra mentre infilava le braccia nelle maniche.

«Come?» chiese. «Cristo, ma non sei ancora pronto? Io devo andare.»

«Tuo padre...», esordii.

«Che c'è?»

«...Uh ...cos'è stato l'incidente di cui stavi parlando ieri sera, se non ti dispiace che te lo chieda?» E immediatamente mi pentii di averlo fatto. Ma sì, dai parliamo della morte di tuo padre alle otto meno sette minuti del mattino, perché no?

«No, non mi dispiace...», mentì, rallentando visibilmente i gesti e riordinando le idee. «Perché lo vuoi sapere?»

«È un po' strano tornare a casa, con la tua mamma che in un certo senso... come si dice... *promuove* su di me i suoi ricordi di lui.»

«Proietta», mi corresse, distrattamente. «Credi che sia questo ciò che sta facendo? Davvero?»

«E tu no? È un periodo strano dell'anno, come hai detto tu... ho la stessa età che aveva tuo padre quando si sono sposati. Me ne sono reso conto solo quando mi ha mostrato le fotografie del matrimonio.»

> *In una nube scura di riso e coriandoli, Ray e Diane sembrano spaventosamente giovani per essere appena sposati – messi all'angolo come coniglietti illuminati da un faro nella notte – ma sui gradini dell'ufficio municipale, in un giorno di primavera del 1971, sono felici. Il loro ottimismo è così senza tempo e totale che quasi ti sfugge il cappello di feltro con un'enorme tesa indossato da Diane, e quasi non noti che probabilmente ha confezionato lei stessa il suo vestito all'uncinetto, e per quanto riguarda Ray – be', che dire, i completi giacca-pantalone-gilè color cioccolato non sono mai stati tra i miei preferiti. Diane è confusa, le ciglia finte fanno sembrare i suoi occhi più sgranati, ma le piace essere al centro dell'attenzione, con una mano si spinge nervosamente i capelli dietro l'orecchio, con l'altra stringe freneticamente il bouquet. Ray, una mano attorno alle spalle della novella sposa, i riccioli scuri spruzzati di coriandoli, ride e si china verso la macchina fotografica, gli occhi limpidi come l'acqua penetrano in profondità nella*

lente, verso il fotografo. Ormai ho visto una tale quantità di foto che mi sembra di conoscerlo come le mie tasche.

«Ti ha mostrato le foto?» Carmel fece tanto d'occhi. «Non le riguarda mai, dice che la turbano. E non avevo realizzato che tu hai… la stessa età. Però mamma ti ha raccontato dell'incidente, vero?»

«Mi ha detto solo che fu una cosa improvvisa e che tu e Ben eravate ragazzini.»

«Esatto, *fu* una cosa improvvisa. Solo un incidente domestico, capisci?» Ora era il suo turno di dire «capisci». Parlava con cautela, scegliendo le parole: fu «solo» un incidente domestico, una cosetta, accidentale, niente di importante. E allora così sarà la morte di tuo padre, pensai, *giusto*. Continuò. «Scivolò nel bagno, crediamo fu questo che accadde, nel bagno che usiamo io e mamma. Ben non ci entra più. Fu lui a trovarlo, chiamò il pronto intervento, ma non servì a nulla. Io ero proprio piccola, non mi resi conto esattamente di quanto stava succedendo, me lo raccontarono in seguito.»

«Povero Ben», dissi. «Non mi ero reso conto…» Mi feriva sapere che non era stato capace di raccontarmelo, ma sapevo che dietro i suoi sogni di gloria c'era qualcosa che lo bloccava dal punto di vista emotivo. Era evidente che non ne aveva parlato a nessuno, figuriamoci a me. L'unica ragione per la quale si era verificato l'episodio del «mostrami il tuo», il giorno in cui doveva farsi la doccia, era che non avrebbe mai usato il bagno in cui suo papà era morto. Adesso la faccenda aveva un senso.

«Credevo che tu sapessi tutto questo… senti, ma dobbiamo parlane proprio adesso?» Mi chiedeva la cortesia di porre fine alla conversazione. «Scusa.»

«Ma certo, scusami tu se ho detto qualcosa. È solo che

tua madre si comporta in modo strano in questo periodo.»

«Ma certo, certo.» Di nuovo di corsa, ci dirigemmo alla porta. Carmel aveva già la mano sul chiavistello, quando si fermò e si voltò a guardami negli occhi. «Va tutto bene tra noi, Adam? Me lo diresti, non è vero? Io ti piaccio ancora, non sei pentito, non sono troppo vecchia per te...»

Allora ecco di che cosa si stava preoccupando. La abbracciai e lei mi guardò, più alta di quel cruciale centimetro. Sarebbe stato più semplice consolarla se fosse stata più bassa di me. «Non dire scemenze, non sei mica abbastanza vecchia da essere mia madre», replicai, stravolto dalle mie stesse parole. Forse brucerò all'inferno, pensai. «Mi piaci ancora, mi piaci, mi piaci, mi *piaci*. Ieri era una giornata-no, e ora è *passata*.» Le scoccai in baciotto sdolcinato sul naso. «E non me ne importa un *accidente* che tu sia vicina alla trentina – »

«Sono sui *venti*, *venticinque*, bastardello cafone», mi interruppe, allontanandomi con una spinta.

«È così facile colpirti nei punti deboli.»

«*Fuori*, fuori di qui, adesso ne ho abbastanza di te. Arriverò in ritardo il mio secondo giorno di lavoro.»

«L'uomo delle nappine non può aspettare.» Almeno adesso stava ridendo di nuovo.

«Piantala... *fuori*.»

Non c'era niente da fare – sarei dovuto andare al college per la prima volta da giorni e giorni. A quanto sembrava in mia assenza la scuola non era crollata. Gironzolai per un po' all'esterno dell'edificio, cercando di stabilire se avevo intenzione di farmi assestare un'altra botta di educazione o se volevo lasciarmi nuovamente inghiottire dalla città tentacolare. Il che, naturalmente, significava un po' di tele pomeridiana e magari una nuotata, se mi fossi sentito davvero scoppiare di energia. Ma non avevo il fegato di imbattermi in Diane, non ancora. Vinse il college. Con mio grande sollievo, venni a sapere che Emily quel giorno non c'era: qualcuno disse che era dal dentista e poi a fare delle iniezioni prima di partire per il safari in Gambia, a Natale, dal quale sarebbe tornata piena di disegni. Una bella fortuna per qualcuno, pensai, chiedendomi se il mondo fosse pronto per un'altra installazione stile-Emily sulla carestia e le mosche che si accanivano sui bambini. Ma perché mai perdo tempo con queste lezioni solo per diventare un artista da circo, mi chiesi, incazzandomi tra me e me. Dovrei limitarmi a *farlo*, non puoi insegnare a qualcuno a essere creativo. Ero nello stato d'animo che si può definire «ma andate tutti a fare in culo», e passai la giornata inquieto, percuotendo i piani dei tavoli con matite e pennelli come se fossero stati tamburi, picchiettando con i piedi contro la sedia, mordicchiandomi il labbro inferiore fino al punto di dover passare in farmacia per prendere qualcosa da metterci sopra. Niente sembrava essere a posto, niente di quanto facevo sembrava giusto.

Verso le sei e trenta dovetti attraversare la mensa per andare al portone d'ingresso del college. Era piena di gente, perché si stava svolgendo una specie di elezione del comitato studentesco, o qualcosa del genere – non ero esattamente addentro alla vita politica del college. Scorsi il bel ragazzino di Arti e Spettacolo con il quale Emily aveva cercato di accoppiarmi e decisi che non volevo aver niente a che fare con lui. Mi feci largo tra la folla verso l'uscita, rendendomi conto che nel college conoscevo appena quattro gatti.

«Ads! Ads!» La voce di Emily risuonò alle mie spalle. Feci finta di non sentirla e proseguii senza rallentare il passo. Ci sono giorni in cui devi stabilire delle priorità ed Emily non rientrava nemmeno nell'ordine del giorno.

Per la prima volta non avevo nessunissima voglia di tornare al numero 52 – quasi una casa per un diciannovenne. Era troppo imbarazzante – se Diane credeva che avessi una cotta per lei, forse poteva pensare che tra noi ci fosse qualcosa in corso. Non era stato stabilito se quanto accaduto fosse da considerarsi una botta e via oppure no: avevamo parlato del passato di Diane, non del nostro immediato futuro. E se aveva raccontato qualcosa a Ben allora ero fottuto. Nella classifica di Ben, i bisessuali stavano alla pari con i cavolini di Bruxelles. In fondo alla lista.

Non avevo preso con me le chiavi, quindi mi toccò suonare il campanello. Mi aprì Ben, molto, molto eccitante, in smoking e cravattino a farfalla, fascia in vita, insomma, tutto quel che ci vuole. Si era persino lisciato i capelli all'indietro, e i riccioli che lo rendevano così simile al giovane Ray erano ordinati in onde lucide di gel.

«Tu non sei il mio taxi», constatò.

«E la nave salpa al tramonto. È la parola d'ordine giusta?» risposi enigmaticamente, entrando in casa. «Sei uno *schianto*, bambola.»

Ben si mise in posa. «Il mio nome è Robbinsch, *Ben* Robbinsch», disse freddamente. «Con liscenza di zommare colonne su colonne di utilisch e di cazzeggiare con i clientisch più facoltosi.»

«È questa la tua intenzione? Cazzo.» Mi tolsi il cappotto e lo appesi al gancio. Dopo aver controllato che la via fosse libera, gli scoccai un bacio di congratulazioni. «Ma certo, i tuoi esami, ben fatto. Sono secoli che non ci vediamo, vero?»

«Grazie di cuore», rispose Ben, sorridendomi come un deficiente. «È così *carino* rivederti. Vieni di sopra *subito*.» Mi ruggì in faccia, con chiaro intento sessuale, come il leone della MGM. D'un tratto, la vita sembrava molto semplice perché Ben non sapeva niente di niente di ciò che stava succedendo, neppure la versione breve, edulcorata di cui aveva avuto sentore Carmel. Io gli piacevo, lui mi piaceva, era facile. Meno ne sapeva, più mi sembrava attraente.

«Dov'è tua madre?»

«A guardare il telegiornale.»

«E il tuo taxi?»

«Sono sempre in ritardo, proletari di merda che non riescono a trovare Trafalgar Square la notte di Capodanno. Ma sono a buon mercato… e dai, vieni di sopra, subito.»

Salimmo cinque gradini per volta. «In camera mia», ansimai, correndo avanti. Oltrepassai la porta e di colpo feci dietro front: il pavimento era coperto di foto di Ray – forse quaranta o cinquanta, sparpagliate ad arco. Era evidente che Diane era tornata per riguardarle, visto che il giorno prima le avevamo riposte nella scatola di cartone. Le osservai per un millesimo di secondo, il tempo di farmi venire un'idea.

Prima però dovevo risolvere le questioni importanti. «Non in camera mia», dissi. «Fa schifo, puzza, un orrore. Camera tua.»

Eravamo due giovanotti di gran furia. Una volta entrati in camera, spinsi Ben contro il suo armadio.

«Occhio al vestito», borbottò Ben, la bocca contro il mio collo.

«Scusa.»

«Per te sono solo un giocattolo sessuale, vero?»

«No, non lo sei.»

«E dai, vorrei tanto diventarlo.»

«Oh, *James*.» Inarcai il collo per permettergli di baciarmi la gola, una di quelle cosette che mi facevano uscire di testa e che lui eseguiva alla perfezione. Non c'erano dubbi: lo smoking scatenava l'eccitazione da uniforme. Alzai la mano per toccargli la nuca.

Lui si distaccò immediatamente. «Non toccarmi i capelli, mi ci sono voluti venti minuti per metterli in ordine.»

Lo spinsi a mia volta, girandomi in modo da venirmi a trovare contro l'armadio. «Scusami. Mmm... che buon profumo.»

«D & G, gioia, D & G, che è molto migliore dell'odore che hai tu. Hai dormito in questo completino, vero?» Abbassò la cerniera dei miei pantaloni, che caddero a terra. Si accovacciò sui calcagni, per non insudiciarsi le ginocchia del completo. Dopo non più di tre secondi si rialzò in piedi.

«Cristo, con un paio di bottiglie e qualche cracker la serata sarebbe bella e pronta.» Sogghignò, raddrizzandosi il cravattino e dando un'occhiata all'orologio. «Più tardi, ok? Tu ti fai un bagno, io vado a compiere il mio dovere nel mio angolo di capitalismo e ci diamo appuntamento per più tardi quando io...»

Al piano di sotto suonò il campanello. «Sarà quel cazzo di taxi.» Ben fece un passo indietro. «Come sto?»

«Un po' agitato, ma non scosso. Neppure un capello fuori posto.»

Mentre il campanello suonava di nuovo, con maggiore insistenza, Diane andò ad aprire la porta. Chiamò Ben, che si avviò lungo il pianerottolo. Mi tirai su i calzoni, ascoltando Ben che si congedava.

Diane stava dicendo: «Credevo che tu fossi già uscito; ho sentito il campanello cinque minuti fa».

«Era Adam che rientrava. Stavo parlando con lui, quassù.»

«Oh, Adam è rientrato?» *Adesso avrei dovuto parlare con lei.*

«Sono quassù» , dissi, dalla cima delle scale. «Non è la fine del mondo?»

Alzarono lo sguardo su di me. Assomigliavano straordinariamente a una delle foto che avevo visto, con Ben nel ruolo del giovane Ray e Diane in quella della donna più matura che Ray non aveva mai avuto modo di conoscere.

Nella fotografia sono in piedi, esattamente nello stesso punto, con l'abito della festa e pronti per andare da qualche parte. Ray sembra un manager in piena ascesa professionale: nella foto ha trent'anni, forse meno, è snello e sicuro di sé. Anche Diane sembra molto sicura di sé, con i capelli cotonati nello stile dei primi anni Ottanta e un completo pantalone fin troppo alla moda.

Due decenni dopo, accanto al figlio, radioso di soddisfazione, Diane non sembrava affatto sconfitta, e io ebbi l'impressione che non fosse stato il telegiornale del tardo pomeriggio a renderla così nervosa.

«Me ne vado.» Ben scoccò due bacetti sulle guance della madre. «Ti porterò un sacchetto con gli avanzi, mammetta.»

«Accidenti, grazie mille», replicò Diane, sistemandogli il collo del soprabito. «Ecco, adesso sei davvero perfetto.»

Ben alzò lo sguardo su di me. «Secondo lei sono perfetto. Superi un esame e di colpo diventi Dio. Non è adorabile? Ciao.»

La porta d'ingresso si richiuse di botto e le vibrazioni si smorzarono mentre Diane e io ci chiedevamo: e adesso, cosa ci diciamo?

«Sta così bene in abito da sera», disse Diane, continuando a guardare la porta, ed evitandomi. «Certi uomini non possiedono quel *je ne sais quoi* che li porta al successo, ma lui sì. Io lo sapevo. Quello è lo smoking del suo papà, proprio quello.» Per poco non mi soffocai dalle risate: e di chi altri avrebbe dovuto essere? Diane aggiunse. «E gli sta alla perfezione.»

Non volevo saperne niente. Di malavoglia, con la consapevolezza che prima o poi sarei stato costretto a parlare con lei, quindi tanto valeva togliersi il dente, scesi le scale. «Era uno splendore», concordai e poi aggiunsi, scherzando: «Non ho mai indossato uno smoking, non so perché, ma non credo che sia il mio stile».

Diane si voltò improvvisamente a guardarmi e disse, con con grande sincerità. «Oh, non credere, avresti anche tu la tua dose di *classe*, davvero. Mi piacerebbe vederti messo tutto elegante, come Ben.» Si interruppe e nel silenzio penoso che seguì fece un mezzo sorrisetto, rendendosi conto della situazione. «Non sono pentita», disse, poi tacque di nuovo. Voleva dicessi che anch'io non ero pentito, e quindi rimasi zitto. Lei interpretò il mio silenzio, vide la mia espressione e continuò, con gli occhi lucidi ma senza cedere all'emozione. «Mi sono preoccupata, ieri sera, vedendo che non rientravi a casa; ho pensato che oggi saresti tornato a prendere le tue cose, per trasferirti da un'altra parte. È incredibile quello che si riesce a pensare quando non si può prendere sonno...»

«Scusami, sono rimasto da un amico, forse avrei dovuto...»

«No, figurati... non mi devi niente, e io non ti devo niente, Adam, niente. È successo e ora le cose saranno probabilmente un po'... tese tra di noi, per qualche tempo. Ma alla fine tornerà tutto come prima.» Sembrava che si fosse preparata il discorsetto. Un altro silenzio.

«Che cosa vuoi fare con tutte quelle fotografie di... eh... di Ray, tuo marito?»

«Ray? Stanno bene dove stanno, ti pare?» Le sue guance si colorarono appena.

«Sono tutte sparpagliate sul mio pavimento.»

«Non sono state messe via?»

«Le ripongo io, non ti preoccupare.»

«Vanno in alto, in quell'armadio, con le coperte che non usiamo più, proprio là.» Annuimmo entrambi. «Scusami per non averle messe via, ieri abbiamo lasciato la scena del crimine con una certa fretta, vero?» Ancora quel sorrisetto. «È successo e basta, vero? Spontaneamente.» E di nuovo ci fu un momento di silenzio in cui avrei potuto inserirmi, visto che era sopraffatta dall'emozione. Ma non lo feci.

Sembrava che Diane cercasse di dirmi che non avevamo rimesso in ordine le fotografie, quando invece l'avevamo fatto. Evidentemente era tornata in camera mia, a riguardare le fotografie, e poi era stata interrotta, forse da Ben che rientrava per prepararsi alla serata. Cambiò argomento. «Ho un Cd di quelle canzoni scozzesi, tu sai quali. Magari ti piacerebbero.» Annuii. «Sono qui, da qualche parte, credo; adesso le trovo, se ti fa piacere.»

Andammo in soggiorno. Alla tele risuonavano le ultime note di *This is your life* – la puntata parlava di Hugh Grant, caso mai vi interessi – e Diane si mise a frugare nello scaffale dei Cd. Eravamo felici di avere qualcosa da fare invece di starcene imbarazzati nell'ingresso uno davanti all'altro, a un metro e mezzo di distanza. Mi porse il Cd e guardammo l'idillica scena delle Highland sulla copertina. «Sono canzoni così belle, ce n'è una...»

Decisi di rischiare. «Perché hai detto a Carmel che avevo una cotta per te?»

Diane sedette cautamente sull'angolo di una poltroncina. «Hai visto Carmel, vero?»

«Al negozio; oggi dovevo andare fino a Hampstead per parlare con un professore...» *Decisamente improbabile.* «...e sono passato a trovarla, a dirle ciao, a farle gli auguri e allora si è messa a prendermi un po' in giro su quello che le hai raccontato. Tutto qui, niente di strano.» *Non ti in-*

cazzare, pensai, *non hai la benché minima ragione per arrabbiarti.* «Non c'è bisogno che Ben e Carmel lo vengano a sapere, giusto?»

Diane mi guardò con aria di sfida. «Non ti vergogni, vero?»

«No, *no*. Per niente. Dio, no.» Le lezioni di sovracompensazione mi stavano tornando utili.

D'un tratto, Diane si mise a parlare a macchinetta. «Avevo cominciato a raccontare a Carmel quello che è successo, poi ho cambiato idea. La penso come te, non è necessario che lei lo sappia, è una cosa che riguarda noi. Solo che ero così eccitata, tu non puoi sapere...»

«Non posso sapere cosa?» Sapevo che non mi stava raccontando la verità: dal momento in cui avevamo cominciato a parlare non avevamo smesso un solo istante di mentire: lei non aveva parlato a Carmel della mia «cotta» *dopo* le mattane di ieri – Carmel diceva di averlo saputo la sera precedente, quando Diane era passata a trovarla, dopo il cinema. Perché mentire a questo proposito?

Si passò una mano sugli occhi, riflettendo attentamente su quel che doveva aggiungere. «A volte arrivi a un certo punto della tua vita e pensi, "Ora questa parte della mia esistenza è conclusa". Ti rendi conto che qualcosa è finito, una volta per tutte. Ti accorgi che non avrai mai più altri figli, che probabilmente non ti trasferirai più in un'altra casa, pensi di aver fatto l'amore per l'ultima volta; la vita è andata avanti e non è che ti abbia lasciato indietro, piuttosto ti ha messo in un luogo diverso. Che però non è per forza di cose un posto migliore. Capisci quello che sto dicendo? E va bene, va *bene*... accade a tutti. Ma poi succede qualcosa che sembra giusto, come ieri, e non riesci a pentirtene, non puoi e basta. E così volevo raccontarlo a qualcuno, ho chiamato e dopo dieci parole ho capito che Carmel era la persona sbagliata, sarebbe sembrato *sordido* e non volevo che lo fosse. Dovevo far diventare la storia qualcosa di diverso, e così mi è uscito di bocca che tu mi avevi fatto una proposta. Lo so, è un po' patetico, ma non sono riuscita a pensare ad altro, visto che sei più giovane. Ho inventato una storia e me la sono cavata così, in fondo è stata una piccola bugia innocua. A te non dispiace, vero?»

Finsi di sospirare, rattristato. «Credo di sì. Cioè, credo di no.»

«Scusa se ti ho messo in imbarazzo.»

«Non c'è problema.»

«*Scusa.*»

«*Nessun problema.*»

«Ok.»

Era stata così convincente da farmi quasi scordare che doveva essersi inventata tutto sul momento. Presi il Cd dalle sue mani. «Grazie.»

«Ma figurati.» Un sorrisetto aleggiò tra di noi. Ci avvicinammo di un millimetro. Per poco non ci abbracciammo.

«Ora qui dentro ci sono mille ricordi, per me», dissi, tamburellando sulla custodia, cercando di estirparle ulteriori informazioni su Ray. Avrebbe ammesso che anche lui amava quelle canzoni?

«Anche per me. Sono canzoni bellissime.» Sul volto di Diane comparve e subito sparì una micro-espressione. Durò solo un istante, e non era di desiderio o nostalgia, ma di rabbia e frustrazione. «Significano molto per me.» Si avviò alla porta, passando automaticamente a parlare di cibo e dell'ora di cena. Poi. «Hai ragione, sai. Probabilmente non è necessario che i ragazzi lo sappiano. Troppo complicato, solleverebbe molte più domande di quelle cui si potrebbe rispondere.» Accidenti se era così. «E poi in questo periodo se la stanno cavando bene, farei qualsiasi cosa per proteggere il loro successo, per impedire che vengano feriti. Sono già stati feriti a sufficienza, entrambi.»

Stavo per annuire, aggiungendo. «È un periodo particolare dell'anno», tanto per vedere che reazione avrei suscitato, ma mi trattenni. Il mio istinto innato stava cambiando, mi stavo trasformando in uno stronzetto manipolatore, e la cosa non mi piaceva. Diane si concentrò su di me. «Non dobbiamo essere imbarazzati, sarebbe sciocco, ti pare? Dovremmo continuare con le lezioni di guida, questo non dovrebbe cambiare, mi piace andare a guidare con te, è divertente, vero?»

«Ma sì, certo, mi piace.»

«Bene. Si cena verso le otto, te l'avevo già detto?»

«Sì.» Avevo un po' di nausea – ero nauseato di me stesso e del mio modo di fare: non ero stato troppo astuto. Non sarebbe stato così malaccio se fossi riuscito a reagire meglio a questo doppio salto mortale, sempre a un passo dal cadere nella rete. Nel mio caso non si applicava neppure lontanamente il detto «nel nome, un destino»: ero Fox, una volpe, di nome, ma non di fatto.

In camera mia, la camera di Ray, posai sulla scrivania il Cd, un Cd con le canzoni preferite di Ray, e mi misi a raccogliere le fotografie, tutte di Ray. Ero rimasto con Ray per quasi un giorno e mezzo, non ne potevo più di lui. Ma mentre lo facevo, l'idea che avevo avuto quando mi ero precipitato in camera con Ben alle calcagna si trasformò in un groppo alla bocca dello stomaco a me familiare, una cosa che non mi era più accaduta dal mio arrivo a Londra. Qualcosa che mi costringeva a mettermi al lavoro.

Sistemai le fotografie sulla scrivania, in modo che, sovrapponendo i bordi e le immagini, si potesse vedere in che modo fosse cambiato l'aspetto di Ray. Poi le rimescolai, così che l'immagine di Ray fosse ancora messa a casaccio, saltando anni e vestiti, avanti e indietro, da una foto all'altra. Non fu né un angelo né un demone che mi spinse a prendere il mio album da disegno, ma un retropensiero che avevo nel cervello. Stavo pensando che avrebbe potuto alleggerire il mio fardello, correggere alcuni errori che sapevo di aver commesso. Avrei disegnato il morto, riportandolo in vita.

14

«Quarantacinque minuti fa ti ho dato mezz'ora per togliere gentilmente le tende.» La voce mi fece sobbalzare, ma sapevo già di chi si trattava. Era Genghis, il guardiano, che tornava dalle sue ronde. Accidenti, dovevo beccare proprio lui nel turno di notte, il guardiano che voleva sempre una tripla firma prima di mollare una qualsiasi chiave e che, come dato di partenza, disprezzava chiunque avesse meno di quarant'anni.

Riuscivo a malapena a metterlo a fuoco, perché mi ero abituato a tenere gli occhi sulla tela. «Certo, adesso impacchetto la mia roba. Mi scusi, dovevo solo finire una cosa. Lavo i pennelli e il resto e poi me ne vado. Scusi.»

«Se sei ancora qua quando torno, tra quindici minuti, ti faccio rapporto. Lo faccio, lunedì mattina, come prima cosa, faccio rapporto al preside.» Genghis continuò il suo giro, facendo risuonare i passi sulla scala di legno che tornava al corridoio principale, con il mazzo di chiavi che tintinnava nella sua mano.

Da parecchi giorni restavo al college fino a tardi per completare il ritratto di Ray. Cominciava a prendere il controllo sulla mia vita, occupava ogni mio momento da sveglio e una buona parte dei miei sogni. Anche durante le conferenze non riuscivo a smettere di rifinirlo e di aggiungere mentalmente ulteriori dettagli, perché avevo la sensazione che fosse di vitale importanza. Inoltre stavo cercando di tenerlo nascosto al resto del mondo, il che spiegava perché dipingevo al college, e non al 52. Ma nessuno aveva il permesso di restare fino a quell'ora nell'edificio e quindi lavoravo in un piccolo magazzino mezzo vuoto che si trovava nelle mansarde del college, dove potevo mettermi comodo e dove non avrei disturbato nessuno nel corso della giornata. C'era un tavolo pieno di prospetti del 1997 e degli scatoloni contrassegnati 1992-3 e poi una quantità di schede sugli studenti che risalivano alla fine degli anni Ottanta Non ci entrava mai nessuno.

Ovunque avessi deciso di lavorare, dovevo per forza stare solo, perché non potevo rischiare che qualcuno passando sfiorasse la pittura fresca, sciupandola. Inoltre all'ora di pranzo potevo fare un salto a guardare il ritratto che prendeva forma. Le guardie non avevano mai avuto il benché minimo sentore che io restassi nell'edificio, fino a quando non mi avevano beccato mentre prendevo un bicchiere d'acqua da bere, tre quarti d'ora prima. Come scusa sostenni di aver avuto dal preside il permesso di lavorare fino a tardi, ma ovviamente non fui creduto neppure per un secondo. Lanciando un'occhiata al mio orologio, mi accorsi con sorpresa che era quasi mezzanotte: avevo lavorato senza interruzioni dalle cinque, e quelle sette ore mi erano sembrate trenta minuti. Era venerdì, ma il college sarebbe stato aperto per il weekend. E comunque non avevo alternative, perché non c'era la minima speranza che io pensassi o facessi qualcosa di diverso. Ormai ero un Robbins fatto e finito, perché senza Ray non andavo avanti. Avevo bisogno di lui e lui aveva bisogno di me.

«*Ray*» era bellissimo. Una tela di circa 60 centimetri di lato, e l'effetto che volevo darle era di una Polaroid gigante, una istantanea dipinta che potesse stare alla pari con tutte le foto di Ray che avevo visto. In tutte le immagini di Ray accatastate nella mia stanza non ero riuscito a «vedere» un granché del Ray di cui avevo sentito parlare e quindi non ne avevo copiata una in particolare. Avevo preso a modello la Polaroid che Carmel si era scattata da sola al parco, quella di cui mi ero innamorato il primo giorno. Nel quadro Ray aveva un braccio destro esagerato che diventava sempre più grande e più sfocato, mentre lo allungava al di là del bordo della tela per scattare l'immagine. Volevo che lo spettatore pensasse che Ray non aveva calcolato bene le distanze, visto che non sta guardando nel mirino: per questo la spalla sinistra risultava fuori dall'inquadratura. Nel ritratto Ray era sulla trentina e aveva ancora tutti i suoi riccioli, gli occhi infossati e il più sfaccettati possibile. Non erano ancora perfetti, ma si avvicinavano a quel che volevo ottenere.

Il ritratto aveva un che di spontaneo, e questo mi piaceva. Era come se fosse il risultato di un momento di estro e non di un lavoro quasi ininterrotto di quindici giorni e passa. In genere ero molto molto più lento, ma fino a quel momento ogni pennellata mi era sembrata giustificata. Ero uno scommettitore nel suo momento fortunato: se avessi pensato a quanto stavano andando bene le cose, allora tutta la mia buona sorte sarebbe terminata, e quindi mi limitavo ad accettare il miracolo e a continuare a lavorare. Nessun quadro mi era mai costato tanta fatica, ma al tempo stesso niente mi era mai sembrato così facile.

Ora avevo quasi terminato la faccia, e stavo cercando di renderla il più possibile cordiale e amichevole. Aveva la bocca semiaperta, era sul punto di dire qualcosa. Grazie al mio grado di conoscenza dei diversi membri della famiglia, avevo messo nel quadro qualcosa per Carmel, Diane e Ben. Per Carmel c'era un'affinità perché lei aveva scattato un'immagine di se stessa proprio come questa; per Ben, la posizione di Ray mi ricordava il giorno in cui avevamo giocato a tennis e lui era andato a cercare la pallina e alla fine l'aveva trovata e poi tenuta su, per mostrarmela. Il braccio teso di Ray aveva un che di trionfante e avevo cercato di trovare qualcosa di Ben nei capelli e nel viso. E per quanto riguarda Diane, avevo mantenuto i capelli ricciuti che dovevano esserle piaciuti tanto quando l'aveva conosciuto, anche se stavo dipingendo una versione più adulta del marito. C'era molto amore e un calore ottimistico e una mano tesa che si allungava per toccarla e abbracciarla.

Adesso ero stanco, perché l'adrenalina non mi sosteneva più. Presi pennelli e tavolozza e percorsi il corridoio buio verso il gabinetto dei maschi. Avevo pagato una fortuna per degli autentici pennelli di zibellino rosso, e valeva la pena di prendersene cura in modo adeguato: eliminai con le dita l'eccesso di colore dai pennelli, li sciacquai prima in acqua fredda, poi nella trementina e poi ancora in acqua calda e saponata. Stavano diventano i miei pennelli fortunati e volevo che mi durassero per una vita di quadri belli come questo. Poi lavai anche la tavolozza con la trementina, raschiando il legno di pero con una lametta fino a togliere i residui di colore. Mi piacevano questi gesti abitudinari dopo una lunga sessione di pittura, assomigliavano un po' al raffreddamento in palestra dopo un esercizio vigoroso e mi aiutavano a tornare al mondo reale. Dopo aver riposto gli attrezzi e aver richiuso per bene la porta, ridiscesi la scaletta malconcia che portava ai solai e uscii dalla porta principale del college, salutando e ringraziando Genghis, la guardia. Gli permisi di farmi un'altra ramanzina, prima di cacciarmi fuori. Mi era rimasta un'altra opportunità: per quella volta non mi avrebbe fatto rapporto.

Invece di andare a cercare Emily in uno dei suoi locali

preferiti, decisi di tornare dritto a casa. Tanto, probabilmente, non mi avrebbe riconosciuto: non la vedevo e non le parlavo da secoli, perché ora lavorava in un'aula diversa dalla mia. Sarei tornato a casa a dormire. All'inizio della settimana Ben e Diane avevano organizzato un'altra serata «Venerdì sera di video», ma quando tornai non riuscii a scorgere prove che fosse ancora in corso. Evitai anche di salutarli a voce alta, nel caso in cui fossero già a letto. Guardai in soggiorno e in cucina, ma tutto era perfettamente in ordine, deserto. La porta della camera da letto di Diane era aperta e, dopo aver bussato con delicatezza, diedi un'occhiata dentro.

La stanza sembrava una scena girata nelle profondità marine perché l'unica luce era quella azzurrina del canale video della tele dimenticato acceso. Nel fondo dell'oceano, addormentati sul letto matrimoniale, c'erano Diane e i suoi due figli, una famiglia di sirene pronta ad attirare negli abissi l'ingenuo viaggiatore. La presenza di Carmel mi sorprese, e mi sorprese ancora di più vedere dove si trovava: era finalmente riuscita a mettersi a letto con Ben e Diane, il che poteva rappresentare un progresso oppure no. Durante l'ultima serata di video era rimasta risolutamente su una sedia, di lato al letto, a leggere i giornali, mentre Ben si faceva coccolare dalla madre. La tentazione di tornare era evidentemente più forte per lei che per me. Li avevo avuti tutti davanti agli occhi mentre dipingevo il ritratto di Ray e vederli insieme sul letto di Diane mi fece girare la testa.

Non riuscii a trattenermi e, in punta di piedi, entrai nella stanza, evitando le bottiglie di vino vuote. Rimasi a capo del letto, piegando la testa a sinistra e a destra, come fa chi cerca un volume sullo scaffale di una libreria, osservando i tre Robbins da vicino. Diane era in mezzo, con la testa che ciondolava all'indietro, come se stesse provando a guardare qualcosa alle sue spalle. Stava sognando, le punte delle dita facevano piccoli movimenti involontari, come un anemone di mare. L'effetto, in quel chiarore marino, era magico, era come se, mentre tutti dormivano, Diane stesse compiendo un incantesimo per proteggere i suoi figli da ogni male. Alla sua destra, Carmel aveva il viso distolto da quello della madre, ma si aggrappava all'avambraccio di Diane, come un bimbo che stringe forte un ciucciotto. A sinistra di Diane, Ben era raggomitolato nello spazio lasciato libero dal braccio teso della madre, con la testa china fino a toccarle il fianco, le labbra sporche di vino rese violette dalla luce azzurrina del televisore.

«Li ami tutti, sinceramente, non è così?»

Era Ray, in piedi accanto a me a capo del letto. Accettai la sua presenza senza nessun problema, perché eravamo rimasti insieme un giorno dopo l'altro. Era normale che fosse lì, ed era normale che avesse esattamente l'aspetto del mio ritratto. Aveva persino la voce di mio padre. O la mia voce, non avrei saputo dirlo. Era proprio davanti alla tele, ma la luce azzurrina continuava a permeare la stanza da letto. Fissava Diane, rapito nella meraviglia di rivederla.

«Sì, è vero. Li amo», risposi.

Con tono deciso, Ray disse: «Ma non quanto li amavo *io*, questo lo sai, vero? Loro erano la mia *famiglia*. Mia moglie, i miei figli. Tu non riesci a capirlo, vero?»

«No. Come potrei?»

«Proprio così, *proprio così*. Avevo trentasette anni e fui costretto a lasciarli. Fui costretto a mancare ai miei doveri nei loro confronti. Dipendevano tutti da me, e all'improvviso non c'ero più.» Si interruppe. «Sono molto fiero di tutti loro.» Poi la sua espressione cambiò, diventando più maliziosa. «Chi di loro ami *di più*, Adam? Chi *ti piace* di più? Certo, ecco l'altra differenza tra me e te. Io non amo uno più dell'altro. Non c'è per me alcun aspetto di *gratificazione egoistica*. Ma tu, tu continui ad avere dalla tua parte tutte le fortune, vero? Quale? Scegli un Robbins, uno qualsiasi. Sappiamo che non si tratta di Diane, e allora qual è?»

Chiusi gli occhi, cercando di scacciarlo via, perché sapevo che non era reale. Non esiste al mondo un solo uomo della sua generazione che possa parlare così apertamente. Ma quando li aprii di nuovo lui era ancora là, in attesa della mia risposta. Non dissi nulla, non avevo niente da rispondere a quella domanda.

Ray sbuffò di disprezzo. «Ancora oggi il ricordo di me continua a tenerli uniti: è questo il *compito* di un padre, lo sai? Mantenere la famiglia unita. Ma *tu*, tu non li tieni insieme, e non lo farai mai. Tu tracci dei solchi profondi tra di loro ogni volta che tu...» Non poteva dire «vai a letto con loro» o «te li scopi», ma mi passò accanto, lasciandosi dietro una scia di legno di sandalo, e sedette sul bordo del letto, volgendomi la schiena, fissando suo figlio. Ben si rigirò nel sonno, voltando la faccia in alto, verso il padre, come un sub che torna in superficie.

«Hai detto che eri fiero di loro. *Dì* a Ben che sei fiero di lui», gli chiesi. «Per favore.»

«Lo sa.»

«No, non lo sa. E neppure Carmel. Hanno bisogno di sentirselo dire.»

Ray scosse il capo come se fossi stato un idiota, e mi ignorò. Ma io sapevo di essere nel giusto: se c'era qualcuno che aveva creato questa situazione, quello non ero certo io. Era stato Ray, così distante, affettuoso, adultero, meraviglioso, freddo e generoso: dipendeva dalla persona con cui parlavi e da ciò che, in quel momento, quella persona desiderava ricordare. Li aveva tenuti insieme, ma nel modo peggiore.

Però posso capire perché la memoria della famiglia doveva essere selettiva. Io stesso riesco a malapena a sopportare il ricordo dei miei pensieri mentre stavo lì a osservare la mia famiglia addormentata, i miei adorati. Non riesco assolutamente a dirlo chiaro e tondo, e così lo dirò in un altro modo. Qualche anno dopo mi trovavo ad Atene ed ebbi la stessa sensazione di fronte alla statua di Poseidone, dio del mare. Quella statua a grandezza naturale rappresenta la perfezione, è la scultura più meravigliosa che sia mai stata realizzata, in assoluto. Rappresenta un uomo forte e sicuro di sé, con il braccio teso imperiosamente in avanti a stringere un tridente, scomparso ormai nella notte dei tempi. Le sue mani sono vuote, ma tiene sotto controllo il suo regno e il suo elemento, il mare. Tu ci giri attorno, cercando di capire che cosa lo renda così perfetto, e a un certo punto ti *incazzi* per la sua perfezione, provi un senso di *invidia* e finisci con *l'odiare* te stesso proprio perché lo ami tanto, perché tu non potrai mai stargli alla pari e perché per te è impossibile riuscire a raggiungerlo e comprenderlo in pieno. Sarebbe facilissimo fare un passo avanti e distruggerlo, così da non dover mai più provare quelle sensazioni. Se mai ho avuto un momento di follia, accadde mentre ero così vicino alla mia indifesa famiglia, e sapevo che le cose peggiori possono avvenire con le migliori motivazioni. Sapevo che è possibile amare troppo.

«Diane sta per scoprirti. Lo so, ne sono sicuro.»

Il volto di Ray si trasformò in una versione imbruttita, distorta della mia stessa faccia, poi lentamente, atomo per atomo, si dissolse, mentre Corelli balzava silenziosamente sul letto e, con cautela felina, si faceva strada nel groviglio di gambe e braccia. Non avevo sentito il gatto entrare, e lui, da parte sua, non sapeva che io ero nella stanza, e ci spaventammo a vicenda. Appena mi vide, si fermò sui suoi passi e subito inarcò la schiena, sibilandomi contro e scoprendo i denti, mentre gli unghioli affondavano nelle coperte e nella gamba sinistra di Ben. Mi buttai a terra, appiattito a faccia ingiù davanti al letto, mentre Ben si svegliava con un urlo di dolore, spingendo il gatto in fondo al letto, fino a farlo cadere sulla mia schiena. Finalmente Corelli riuscì a realizzare quello che stava aspettando di fare fin da quando mi ero trasferito in quella casa, poi schizzò fuori dalla stanza. Ne porto ancora le cicatrici, non tanto sulla schiena per gli artigli del gatto che mi penetrarono nella carne viva, ma sul palmo della mano, cicatrici causate dalle mie unghie, mentre stringevo il pugno il più forte possibile, per non urlare di dolore. Sentii Ben che si rigirava e si rivoltava nel letto mentre anche Carmel si svegliava.

«Cos'è tutto questo casino?» si lamentò lei. Le molle del materasso gemettero, mentre si tirava a sedere per guardare Ben, con in mezzo il corpo di Diane.

«Quel cazzo di un... *gatto*!»

«Come?»

«Mi ha squarciato una gamba.»

«Povero ciccino.»

«Fa *male*.»

«Poverino poverino.» Carmel sbadigliò.

«Grazie mille. Che ore sono?»

Carmel si allungò per guardare la sveglia. «L'una, più o meno», dichiarò. «Sono ancora ubriaca persa.»

«Non riesco nemmeno a pensare di andare al cesso.» Ben si stava calmando.

«La gamba come va?»

«Credo bene. Non c'è sangue, mi pare.»

«Perché Corelli ha fatto una cosa del genere? Non è da lui.»

«*Gatto psicopatico, fichetta*», borbottò Ben.

«E tu che ne sai di *quelle*?» rise Carmel.

«Zitta, mamma potrebbe svegliarsi. E comunque, ho vissuto con due di loro per anni, gioia.»

La conversazione finì in uno scambio di insulti e risate da ubriachi, poi ripiombò il silenzio. Restai steso davanti al letto per venti minuti, nel caso in cui uno dei due stentasse a riaddormentarsi. Mi leccai letteralmente le ferite, mentre lentamente il sangue si fermava, e poi riguadagnai a quattro zampe la porta della camera, che si trovava a circa due metri e mezzo di distanza, uscendo sul pianerottolo. Corelli mi stava contemplando dalla sua posizione preferita, in cima alle scale, accanto al radiatore. Sapevamo entrambi che aveva vinto lui. Filai dritto dritto a letto, ma il buon vecchio subconscio continuava a ronzare: nel momento esatto in cui mi svegliai capii che dovevo tornare al college per riprendere a lavorare. La visione di Ray, la sera prima, mi aveva fornito una prospettiva molto diversa sul mio soggetto.

All'angolo di Christie Avenue, mentre correvo alla fermata dell'autobus, incontrai Ben, chiaramente reduce da una sbronza, con il suo Burberry da perfetto ragioniere buttato sopra la tuta. Aveva le scarpe da tennis, ma niente calzini. Tornava a passo lento dal negozio all'angolo, con il giornale e un cartone di succo d'arancia. Aveva ancora le labbra macchiate di vino rosso.

«Ehi, straniero, come va? Sono in ritardo al college.» Sbuffai. Non riuscivo a pensare ad altro che al mio quadro. «Non posso fermarmi.»

«È sabato», protestò appena Ben. «Com'è quel detto: troppo lavoro e niente spasso...» Persino il suo sarcasmo funzionava a scartamento ridotto.

«Cosa?»

«Adam sta diventando una *vera palla* come fidanzatino.» Ben fece una smorfia e soffocò un rutto. «Scusami, sono consumato dall'uso. Ma *è* questo che siamo, non è vero? Fidanzatini? In teoria viviamo nella stessa casa. Viviamo porta a porta e non ti vedo mai.»

«Sono avido di vita, sono un artista divorato dalla passione.» Cercavo di farlo ridere. Fallimento su tutti i fronti. «Devo scappare.» Mi avviai a buon passo.

«Non starò qui per sempre ad aspettarti, sai?» mi urlò dietro. «Non me ne sto con le mani in mano davanti al telefono ad aspettare una chiamata. Potrei anche essere etero.»

Mi fermai sui miei passi, lasciando cadere le spalle in segno di resa, e tornai di corsa da lui. Quando voleva, Ben sapeva vendersi bene. Restò a guardarmi mentre gli correvo incontro, per nulla colpito dalla mia dimostrazione di devozione. Si sentiva ferito e me lo stava dicendo solo perché, il mattino dopo una notte di bisboccia, ti senti sempre più vulnerabile, con le terminazioni nervose scoperte. «Senti», gli dissi, «devo solo terminare un lavoro.»

«Di che cosa si tratta? Della Cappella Sistina? Ormai sono *giorni* che te vai in giro con l'aria da Grande Artista Pazzoide Barbalunga.»

«Faccio schifo?» Non smetto di essere vanesio neppure quando ho la testa fissata su tutt'altro.

«Stai bene. Io invece devo sembrare un sacco di merda.» Si passò una mano tra i capelli, senza per questo migliorare il suo aspetto.

«Tornerò presto in circolazione, prometto.»

«Oh, fantastico, faremo una festa di quartiere.» Ben tirò su con il naso e si passò il sacchetto con il giornale e il succo d'arancia da una mano all'altra. Era di pessimo umore. «Mi sembra di non vederti da secoli, ormai.» Tacque. «Mi manchi.»

«Anche tu mi manchi», risposi. «Ti penso di continuo.» Il che non era affatto una balla.

Un'altra pausa.

«Davvero?»

«Giuro.»

Pausa.

«*Mmmm.*» Socchiuse gli occhi. Non credeva nemmeno a una parola di quello che avevo detto.

«Devo scappare», mi scusai.

Pausa.

«Già già già.» Adesso era molto difficile interpretare l'espressione degli occhi di Ben. Si distolse, mordendosi il labbro. «Comunque sia.» Detesto quando la gente si comporta al tempo stesso in modo passivo e aggressivo.

«C'è un posto per le fotocopie da queste parti?» chiesi. Ben non rispose. «Per fare delle copie?»

Finalmente Ben si voltò a guardarmi. «Come? Adesso mi chiedi delle indicazioni stradali?» Era proprio fuori di sé. «Ti servo solo a questo? Forse sì. Ce n'è uno su High Street, credo.»

«Grazie, ciao. Senti, sono di corsa...» Con un sorrisetto, mi scusai di nuovo, ritraendomi.

«Lieto di esserti stato utile in qualche stupidissimo modo», mi urlò dietro Ben. «*Stronzo.*»

Avevo rubato dalla lavagna in cucina la Polaroid di Carmel, e nel negozio la feci ingrandire nella fotocopiatrice a colori. Non mi interessava tanto la faccia di Carmel, quanto lo sfondo. La combinazione del verde del parco e dei cieli azzurri di una giornata estiva era il perfetto ambiente neutro per il ritratto, ma io non volevo niente di specifico. Con l'ingrandimento la Polaroid era diventata molto sgranata e i verdi e gli azzurri avevano assunto una qualità quasi astratta. Ritagliai un rettangolo dell'ingrandimento, il punto in cui il verde si confondeva con l'azzurro, lo ingrandii di nuovo e questa volta ottenni quello che desideravo. La grana della Polaroid distillata al massimo era ancora più pronunciata e i colori sembravano confondersi entrando uno nell'altro.

Mi comprai un po' di provviste per la giornata, perché non volevo rischiare che le guardie mi scoprissero ancora dopo l'orario di chiusura del college, e mi diressi a scuola, dove stava iniziando la giornata di consegna delle lauree. Gli studenti del terzo anno dell'anno precedente si erano riuniti con le tipiche palandrane del college, arancio e rosso fiammante con tanto di tocco accademico. Erano tutti assiepati nel foyer, sembravano uccelli del paradiso, con le famiglie schierate in disparte, orgogliose. I flash scattati erano così tanti che la sala sembrava illuminata da una lampada stroboscopica. Tutti i laureati avevano un'aria matura e sofisticata e a quanto sembrava alcuni di loro avevano già un lavoro. Nella calca multicolore mi fu facile entrare di soppiatto, senza farmi notare dall'addetto della sicurezza alla reception (non si trattava di Genghis), per dirigermi al mio rifugio nel magazzino. Torres era all'angolo opposto del foyer, magnifico nel suo costume accademico rosso e arancione, una versione più elaborata di quella indossata dagli studenti. Ecco quanto se ne fregava delle tradizioni, pensai. Mi scorse, forse perché ero l'unica faccia che conoscesse nella sala, e mi salutò con un cenno della mano, alzando gli occhi al cielo, in spregio a tutto quello stupido rito. Per quanto lo conoscevo, quella non sarebbe stata una giornata divertente, per lui.

Lavorai senza tregua per tutto il mattino e il pomeriggio e le ore scivolarono via senza che me ne accorgessi. Verso le quattro accesi la piccola lampada centrale e tappai con il cappotto la fessura tra la porta e il pavimento, in modo che, passandoci avanti, la guardia non si accorgesse che c'era qualcuno nella stanza. Mentre il ritratto assumeva una nuova completezza, mi sentii pervadere da un autentico senso di calma. Ray aveva avuto torto, la sera prima: le ultime settimane non erano state dedicate solo alla mia gratificazione personale, se avevano fatto sì che ne scaturisse questo ritratto. Se ero capace di realizzare una cosa così bella traendo spunto dalla mia conoscenza intima e specifica dei Robbins, allora quello che avevo fatto era una cosa positiva, miracolosa, e io non ero stato un nullità assoluta dal mio arrivo a Londra. Forse avrebbe potuto persino aiutare la famiglia. Il mio ritratto era colmo di senso di colpa, e tanto meglio.

Lo sfondo verde e azzurro sembrava essere quello giusto: ricalcai le fotocopie alla lettera, in modo che Ray risultasse inserito in una serie di minuscoli riquadri di verde e azzurro che si stemperavano uno nell'altro (è un termine tecnico, dico a voi, grandi esperti d'arte) ai due lati del braccio, teso per scattare la fotografia. Il grande cambiamento riguardava la faccia di Ray: aveva bisogno di qualcosa di molto più enigmatico, in modo che ciascun Robbins potesse leggerla nel modo che desiderava. Torres aveva avuto ragione quando mi avevo detto di fare le domande giuste, e non cercare le risposte corrette: la famiglia mi avrebbe fornito tutte le risposte. Ricordavo una cosa che il mio insegnante d'arte, al liceo, mi aveva detto a proposito della Monna Lisa: che possedeva quel certo non so che a metà strada tra la felicità e l'incazzatura perché gli angoli della bocca erano indefiniti. Provai questa tecnica su Ray, e di conseguenza dovetti cambiare molte altre cose, senza smettere di consultare le fotografie che Diane mi aveva mostrato, per essere certo che nel procedimento non andasse perduto nulla dei lineamenti del soggetto. La faccenda sembrava funzionare. Non dico che stavo dipingendo qualcosa che poteva stare alla pari con Monna Lisa, ma la tecnica diede al quadro quel certo non so che avevo percepito quando Ray mi aveva parlato, la sera prima. Ora c'era una autentica sensazione di perdita: lui non avrebbe mai voluto lasciarli, e allungava la mano verso di loro, per dire che desiderava restare.

Alle sei meno cinque, la porta del magazzino si spalancò di colpo e Genghis, l'addetto alla sicurezza della sera prima, era lì, raggiante di trionfo. Ero felice per lui: un modo magnifico di cominciare il suo turno di lavoro.

«Sapevo che saresti tornato», disse, tutto soddisfatto. «È qui, signore, glielo avevo detto che ci sarebbe stato.» Mi accorsi, inorridito, che Torres stava salendo le scale, con aria un po' divertita, ammonendomi scherzosamente con il dito. Il mio rifugio era stato invaso. Torres indossava ancora il suo bel costume rosso e arancione, e mentre entrava nella stanza assomigliava alla versione ironica di un inquisitore spagnolo, basso e con i capelli dritti in testa. Non me ne fregava un cazzo di trovarmi nei guai per essermi fatto beccare nel college fuori orario, ma *Torres avrebbe visto il mio quadro*, e non lo avevo ancora terminato.

Allargò le mani. «Adam, tesorino, non ti abbiamo trattato bene, forse? Non ti abbiamo fatto sentire a tuo agio? Abbiamo un edificio grande come Buckingham Palace dove lavorare e tu ti nascondi in un *armadio*. Io mi sento in colpa, dimmi che cosa sta succedendo.»

«Mr Torres...»

«Chiamami Mike.» Fece un passo nella stanza. «A che cosa serve questo spazio, Mr Roth?»

«Archivio, signore. Si usa molto raramente.»

«Vedo, vedo.» Torres annuì, si mise dietro di me, circondandomi le spalle con un braccio, e guardò il quadro. La sua espressione mutò leggermente e disse. «Grazie, Mr Roth, adesso ci penso io.»

«Se ne è sicuro, signore?» Genghis voleva essere certo che mi venisse strappata la libbra di carne che gli spettava.

«Sì, grazie. Grazie mille. Dico sul serio, grazie.» A dispetto di tutta la gentilezza profusa, quello era, senza ombra di dubbio, un ordine.

Genghis se ne andò. «Grazie, è una vera testa di cazzo» commentai.

«Non fare lo stronzetto snob. Non è degno di te, tu sei superiore a questo», disse Torres, seccamente. In bocca a Torres la parola snob suonava stranamente inglese. «È un brav'uomo che fa il suo mestiere, fine della storia.»

«Scusi.»

«Parlami di questo, Adam.»

«Di cosa, del fatto che mi chiudo in un armadio?»

«No, di *questo*.» Fece cenno col capo al dipinto, la faccia serissima.

«Oh.» Cercai di racimolare tutto il coraggio che avevo dentro. «Mi dica lei, Mr Torres. Io non riesco più a pensarci.»

In silenzio, Torres si allontanò il più possibile dalla tela per vederla meglio, andando ad appoggiarsi a un mucchio di scatoloni polverosi. Mi spostai di lato per lasciargli la visuale libera finendo contro la finestrella, senza staccargli gli occhi di dosso, analizzando ogni minima contrazione della sua faccia, ogni piega del suo naso. Dopo forse cinque lunghi minuti, Torres sospirò e si tolse la palandrana accademica. Sotto indossava un bellissimo abito di seta, revers sottili, polsini a quattro bottoni, un taglio sublime che si adattava alla sua costituzione minuta. «Ti prego, chiamami Mike, ne ho fin sopra i capelli di essere chiamato Preside Torres oggi.»

«Ok. Cazzo, questo sì che è un vestito, Mike.»

«Il mio vestito della domenica? Ti piace?» Si passò una mano sugli occhi, poi chinò la testa di lato per guardare di nuovo il quadro. «È buono, Mr Fox, è molto buono. Non sono sicuro di capirlo.»

Lui pensava che fosse buono. Ed era un bene che non lo capisse. Doveva essere un bene.

«Che cosa non capisci?» chiesi, tornando a guardare Ray.

«*Chi* è, tanto per cominciare.» Cercò di spiegarsi il più chiaramente possibile, mentre le sue manine tozze si animavano. «Di solito ho due reazioni quando guardo il ritratto di una persona che non conosco», e indicò Ray, «dipinto da una persona che conosco ragionevolmente bene», e indicò me. «Primo, acquisisco una sensazione di come sia la persona del ritratto, o almeno della reazione dell'artista a quella persona. Secondo, ho anche una sensazione di come sia l'artista. E questa sensazione può confermare ciò che so su di loro, ma a volte mi sorprende.» Si calmò, rimettendosi a fissare il quadro. «Ma questo mi sorprende in un altro modo. In questo ritratto colgo soltanto te, capisci? Sei tu nella faccia di qualcun altro. Guarda questi occhi, sei tu, guarda la bocca, sei tu. Il modo in cui il corpo si muove nello spazio, sei tu.»

«Davvero? Non era mia intenzione fare una cosa del genere. Non volevo dipingere me stesso.»

«In ogni caso, è quello che hai fatto. E se non l'hai fatto, allora, chiunque egli sia, è chiaramente confuso.» Torres trasalì, e fece una faccetta vergognosa. «Accidenti, oggi sono stato *troppo a lungo* in giacca e cravatta, ecco perché me ne esco con frasi come "chiaramente confuso". Ma *questo* cosa significa?»

«Tu ritieni che sia, cioè, che *io sia* confuso?»

Torres si strinse nelle spalle e mi sorrise. «Non ho detto questo, ma se non puoi rispondere da solo a questa domanda, allora probabilmente lo sei. Però la confusione è una buona cosa, lo sai? Ti fa riflettere.» Torres si allentò la cravatta. «Non hai mai conosciuto questo tizio, vero? A proposito, spero che sia così, perché altrimenti come ritrattista fai davvero schifo.»

«Non l'ho mai incontrato. È morto. Be', in un certo senso l'ho incontrato la notte scorsa.» Torres fece tanto d'occhi. Aprii la bocca per cercare di spiegarmi.

Alzò la mano. «Non ci provare, amico. Non voglio saperlo.» Raccogliendo la sua palandrana, disse con tono deciso. «Farai ciò che ti dico, Mr Fox?»

«Eh, sì, certo.»

«Tre, anzi, quattro cose. Raccogli le tue carabattole, a proposito, bei pennelli, credo che dovremmo darla vinta a Mr Roth su questo fronte e proclamare terminata la tua giornata di lavoro. E poi prenditi questa sera e domani di vacanza, perché un bagno non ti farebbe male, e perché sembri un gatto spiaccicato sull'asfalto. Poi, lunedì, rimettiti a lavorare su questo quadro, dopo aver consegnato a Mr Roth e alla sua certamente adorabile signora un pegno alcolico della tua stima nei suoi confronti. Dopo di che, egli ti farà le fusa come una gattina, te lo garantisco io. E ti troveremo una stanza dove potrai lavorare senza che nessuno ti disturbi, ok?»

«Qual è la quarta cosa?»

«Chiama qualcuno, magari quella matta di Emily, e vai fuori a mangiarti qualcosa. Il cibo ti farà bene. E questo è un ordine preciso, Mr Fox.» Ripiegò la palandrana rossa sul braccio. «Non dovrò rimetterla per un altro anno. Che *magnifica* sensazione.» Si diresse alla porta e, senza voltarsi, mi buttò lì la sua conclusione. «E così, alla fin fine, hai dipinto un autoritratto. A parte il fatto che non sei tu… Una cosa so di sicuro: chiunque sia quello del quadro, tu sei lui e lui è te.» Si voltò e mi guardò con aria interrogativa. «Va a saperlo.»

«Grazie, Mike.»

«No, grazie a te, Adam, hai impedito che questa giornata mi facesse morire di noia. Ci vediamo da qualche parte del cosmo, verso lunedì.» Passò a un ridicolo accento da alta società per sfottermi. «Magnifica mostra, ben organizzata, continua a lavorare così.» Mentre scendeva silenziosamente le scale, lo sentii sbadigliare. Ormai ero definitivamente entrato nel Torres Fan Club. Non mi ero reso conto di quanto avessi desiderato la sua approvazione.

Presi il cellulare e lo accesi. Spinsi un pulsante di selezione automatica.

«Ciao, Mr Ben.»

«*Ma bene, ciao. A cosa devo questo onore?*»

«Che ne diresti di portare fuori a cena un povero studente?»

«*Vuoi dire che il povero studente ha trovato un posticino per questo vecchietto nella sua affollatissima agenda?*»

«Hai passato una bella giornata?»

«*Un improvviso cambiamento di argomento, stai imparando in fretta. È stata una giornata di merda, grazie. Non sei incazzato con me, vero?*»

«No. E neppure tu sei incazzato con me?»

«*No. Certo che no. Be, almeno non per molto.*»

«Ci vediamo a casa tra un po', devo farmi un bagno.»

«*È come se per una volta Natale e Capodanno arrivassero insieme. Cena e un bagno. Non vedo l'ora di vederti. Adam? Adam? Sei ancora lì?*»

Stavo tenendo il ricevitore verso la mano tesa di Ray, per vedere se fosse disposto a prenderlo e a parlare a suo figlio.

«Ben, è come se non ti vedessi da secoli. Sarò lì tra poco, e ci racconteremo che cosa abbiamo fatto in tutto questo tempo.»

15

Una carrellata di brutte situazioni prese a caso.

Brutto affare N. 341:

Il vulcano ha appena eruttato e tu sei circondato dai cannibali. Per divertirli/distrarli, devi fare il giocoliere con i tuoi stessi testicoli (i quali, tra l'altro, sono stati in precedenza carbonizzati – vedi brutto affare N. 340).

Terrificante coincidenza di avvenimenti N. 537:

Hai sedici anni, sei maschio e vergine. Ma questa tripla maledizione non è l'ultima delle tue sfighe. Il mondo sta per essere distrutto da una meteora gigante e tu ancora non riesci a trovare nessuno con cui farlo. La persona al secondo posto tra quelle meno desiderabili nella VI inferiore ti dice, «Se pensi che abbia intenzione di trascorrere i miei ultimi istanti ammalloppata a *quel* cosetto, è meglio che ti faccia venire un'altra idea.» E queste sono le ultime parole che mai sentirai in questo mondo – non è solo un rifiuto, è un cliché retorico. Malissimo, peggio, pessimo.

In alternativa, c'è la sera in cui entrai in cucina ed Emily, la ragazza del college, se ne stava seduta sulla sedia mia e di Ray, pallida e con gli occhioni sbarrati. Diane, ai fornelli, canticchiava uno dei brani più gettonati del canale Classic FM, e mentre io, immobile sulla soglia, soffocavo un gemito di stupore e dolore, Ben e Carmel, insieme, si voltarono a guardarmi, fulminandomi con lo sguardo. In quel momento e in quel luogo si stava consumando una gigantesca incomprensione, e *io non sapevo di che cosa si trattava.* Il suono gnaolante che udivo forse proveniva da una quantità di gatti lasciati in libertà, ma avevo la vaga sensazione di essere io a produrlo, mentre gemevo di terrore e vedevo me stesso in un'altra dimensione. Era stata messa a tavola un'altra sedia, c'era la tovaglia stesa e avevano acceso le candele, sistemandole come centrotavola: la situazione non avrebbe potuto essere peggiore. Le candele servivano a un cupo rituale inglese: non so come o perché, ma Emily sarebbe rimasta a cena.

«Emily», dissi, mentre una maschera di impassibilità si ancorava saldamente alla mia faccia. «Che caspita ci fai qui? È un piacere vederti.» Cerco sempre di dire «caspita» e «piacere» almeno una volta al giorno: mi fa sentire che non mi sono mancati tutti quei fondamentali programmi per pensionati alla tele.

«Ho seguito le tue tracce», replicò Emily, alzandosi dalla sedia e avvicinandosi per salutarmi. «Non ti vedo da secoli al college e non rispondi mai al cellulare, così sono riuscita a ottenere questo numero di telefono da quella deficiente che lavora nell'ufficio dell'economato, ho chiamato e allora Diane ha insistito perché venissi a cena. Non volevo rischiare di non vederti più fino al termine della sessione.»

Diane, che per tutti aveva preso le sembianze della mamma ideale nella pubblicità di un sugo pronto, alzò lo sguardo su di me e sorrise, serafica. Non avevo la più pallida idea di quel che stava pensando.

«*Ehhh*... fantastico», riuscii finalmente a dire al di là della spalla di Emily che mi stava baciando (anzi, scoccava un bacetto al nulla) e poi mi abbracciava. «E allora, come vanno i progetti per la partenza per il, *ehhh*, Gambia, a Natale?» Esaminai attentamente le facce di Ben e Carmel. Ben sembrava più ferito che arrabbiato, ma quella sera Carmel non aveva l'aria di una incline ai sentimenti misti: se Emily era quella che Carmel pensava che fosse, allora da un momento all'altro mi sarei trovato scagliato nel vuoto al rallentatore, crivellato dai proiettili. Benvenuto nei bassifondi, neanche fossimo in un film di Scorsese.

«Bene, il Gambia è il massimo», rispose Emily in tono scherzoso e poi mi guardò, allarmata. Che sta succedendo? mi stava comunicando, Allarme Rosso, Allarme Rosso.

«Qualcosa da bere?» mi chiese Ben, asciutto asciutto. «Io mi faccio un whisky doppio.» Era molto inquieto.

«Ne vorrei uno anch'io.» Non bevevo mai whisky, ma ora ne avevo bisogno.

«Non sapevo che ti piacesse il whisky», mi disse Diane a voce alta.

«Neppure io», aggiunse Carmel con una voce che mi raggelò l'animo. «Da quando ti piace il... whisky?» Sembrava che parlasse in codice. «Whisky» stava per «questa Emily, piccola zoccola snob».

Con un tempismo che oggi mi fa pensare che i suoi aristocratici antenati abbiano partecipato alla Carica della Light Brigade, Emily aggiunse: «Anch'io adoro il whisky. Mio nonno ha una casa sullo Skye, vicino alla distilleria Talisker». Carmel studiò il suo sottobicchiere e Ben tolse il tappo di cristallo da un decanter con la stessa dignità di un gurkha che sfodera il pugnale. Stava per essere versato del sangue. Nessuno colse al volo il promettente suggerimento di conversazione offerto da Emily.

«Ho acquisito il gusto solo da poco», dissi. Poi mi resi conto che forse avevo detto qualcosa di sconveniente, considerando il codice Emily-whisky.

«Solo da poco?» disse Carmel. «Da quanto tempo?»

«Non da molto, ma è piacevole, vero?» *Continua così, Adam, non ti fermare*, pensai.

«Ghiaccio?» chiese Ben.

«Sì, grazie.»

«Oh, guarda, non ce n'è.» Mi schiaffò un tumbler in mano.

Dallo scambio di battute a proposito del gusto appena acquisito per il nettare ambrato, avevo dedotto alcune cose: tutti sembravano convinti che Emily e io fossimo una cosa sola e, bisogna ammetterlo, insieme formavamo una coppia plausibile e di bell'aspetto. Sfortunatamente, Emily non aveva fatto nulla per dissuaderli, perché stava pensando 1)che io fossi gay convinto e 2) lo avessi nascosto a quella famiglia. Il che in parte era vero. Il grande pericolo era che Ben e Carmel si conoscessero reciprocamente abbastanza da sapere in che modo l'altro si comportava quando si sentiva respinto e ferito. Lo potevano capire a un miglio di distanza, e quindi la conclusione che avevo tratto dalle mie deduzioni era che ormai ero fottuto, impeciato, impiumato e fregato alla grandissima. Era assolutamente necessario limitare al massimo i danni.

La conversazione andò avanti a pizzichi e bocconi: tutti noi eravamo impegnati a cogliere all'istante, prima ancora di aprire bocca, le possibili implicazioni di ciò che gli altri stavano per dire. Solo Diane sembrava tranquilla e allegra come al solito, ma anche lei era in qualche modo influenzata dall'unica nota positiva della faccenda: Emily, a dispetto del nuovo anellino che si era fatta infilare nel sopracciglio, era senza ombra di dubbio più chic dei Robbins. All'apparenza la conversazione procedeva tranquilla, ma l'atmosfera si stava gradualmente avvicinando a quella di una partita a poker con una posta molto alta.

«Che piacere vederti, Carmel», dissi. «Non mi aspettavo di trovarti qui stasera.»

«Mamma mi ha chiamato e mi ha invitato qui. Pensavo che sarebbe stato divertente.» Oh-oh. Cominciavo a capire chi esattamente stesse guidando questo autobus verso l'abisso: una mente meno sospettosa avrebbe pensato che da parte di Diane fosse generoso invitare a cena all'improvviso Carmel e Emily. Invece la serata serviva a comunicare a Carmel che non solo avevo una cotta per sua madre, ma avevo anche una ragazza al college. Che *mascalzone*. E sembrava che il piano funzionasse.

«Volevo che fosse una sorpresa, una riunione spontanea», disse Diane con vivacità, togliendo il pollo dal forno. «Sono così felice che tu sia qui, Adam, stavamo per intrattenere la tua amica senza di te, e questo sarebbe stato piuttosto strano, ti pare? Allora, Emily, non sei vegetariana, l'abbiamo già appurato al telefono, vero?»

«No, sono proprio una brava ragazza di campagna; mi piace la carne. Anche quella rossa.»

«Come me», disse Ben a denti stretti, mentre Diane replicava, complimentosa. «E pensare che hai una così bella linea.»

Carmel si rigirò sulla sedia e scoccò a Emily un sorriso di quelli che facevano paura. «Ma come *fai*? Io devo stare attenta a ogni caloria.» Il che era una balla plateale. Emily fece per replicare, ma io non riuscivo più a sostenere la situazione e chiesi a Carmel: «Come va il nuovo lavoro?» Mentre pronunciavo queste parole, Ben ingollò il suo whisky in una sorsata e se ne versò un altro.

«Bene», rispose Carmel, ignorandomi. La temperatura crollò di circa venti gradi, mentre lei si richiudeva nel silenzio.

«Che cosa fai, Carmel?» chiese educatamente Emily.

«Nulla che ti possa interessare, cara, ti annoierebbe.» Poteva *essere* più scortese?

«Anche se fosse», replicò Emily, vivacemente. L'avrei abbracciata. Non aveva intenzione di essere trattata a pesci in faccia per amor mio. Per la prima volta Carmel la guardò dritta negli occhi.

Carmel si strinse nelle spalle e distolse lo sguardo. «Davvero, non è importante.»

Con evidente sforzo, Emily mi disse. «Non riuscivo a ricordare dove avessi già visto Carmel, e poi mi è tornato in mente che è venuta al college a trovarti un pomeriggio, qualche settimana fa.» Ben alzò di colpo lo sguardo su di me, mentre Carmel, imbarazzata, cercava di darsi un tono. Ormai l'informazione era stata condivisa e noi tutti sapevamo di che informazione si trattasse: è il fallo a soddisfare la vagina dell'epoca moderna. E io ne ero munito.

«Com'è il college, carino?» chiese Ben, insinuante. «Da Adam non riusciamo mai a sapere molto di quel che gli capita e di chi frequenta. E allora, com'era quando ci hai fatto un salto, sorellina?»

«Mi è sembrato magnifico... ero molto invidiosa di tutti loro, intenti a produrre la loro *arte*», disse Carmel, assolutamente impassibile. «Ho avuto l'impressione che siano tre anni di pura e assoluta beatitudine.»

«Sei andata al college, Carmel?» si informò Emily.

«Per poco tempo. Ero troppo intelligente.» Il che, combinato con l'espressione di Carmel, interrompeva la conversazione esattamente dove si trovava.

«E la cena è pronta», dichiarò Diane, portando a tavola il pollo su un vassoio, come se fosse stata in una sitcom americana. «Spero che siate tutti affamati.»

«Cucina casalinga, Adam», disse Emily, fingendosi entusiasta. «Hai una gran fortuna a stare qui. Perché non mi avevi mai invitato a cena prima?»

«Vivi al pensionato, Emily?» chiese Diane. «Niente cucina casalinga, da quelle parti.» Emily rise, come se Diane si fosse improvvisamente trasformata in Oscar Wilde. Ben, Carmel e io non muovemmo un muscolo.

«Temo di essere più il tipo da take-away. A dire la verità, i miei genitori mi hanno comprato una casa vicino al college, come investimento, capisci. Probabilmente mio padre la venderà quando me ne andrò, a meno che io non voglia continuare a tenerla.» Ben e Diane annuirono e immediatamente assunsero la maschera di modesto interesse che copriva l'invidia e l'orgoglio ferito tipici di tutti i membri delle classi medie quando si trovano di fronte una ricchezza superiore alla loro. Emily se ne accorse e cambiò argomento con un percepibile grattare di marcia. «Mmm, questo pollo sembra squisito.»

Diane disse. «Allora, Adam, questo è il tuo grande momento», e mi passò il forchettone e il trinciapollo. «Emily è tua ospite, quindi tocca a te servire.» Tornò in cucina per prendere le verdure. Ben concordò. «Sì, fallo tu», e spiegò a Emil: «Di solito sono io a tagliare, sai. Sono l'uomo di casa, io». Emily stava per scoppiare a ridere, ma si fermò, rendendosi conto di non essere certa al cento per cento che Ben stesse facendo dell'ironia. E nemmeno io lo ero. Carmel alzò gli occhi al cielo e continuò a insistere. «Su, coraggio Adam. Sii uomo, *taglia* come dio comanda.» Stavo semplicemente per servire un pollo, ma quando mi alzai in piedi si sarebbe detto dalle facce di tutti noi che fosse in ballo il destino del mondo. Era tutto un tantino surreale. La stanza si mise a girare e io ebbi di nuovo la sensazione di osservare la scena da un punto al di fuori del mio corpo. Io ero il pollo arrosto e i

Robbins mi stavano dividendo tra loro. Cazzo, ero un pollo arrosto, adesso avete capito il mio grado di nervosismo.

«Non sono sicurissimo di sapere come si fa», dissi. Brandii il coltello, senza troppa convinzione. «Dunque...»

«Prima il petto», insinuò Carmel. «Non credi anche tu, Emily?»

«In genere il petto va tagliato per primo», confermò Emily, chiedendosi che cosa stesse succedendo.

«Non si ricava molta carne scura dal pollo, sapete», disse Ben a generale erudizione. «Non come dal tacchino. Tu preferisci la carne scura, Emily? Avevi accennato al fatto che ti piaceva la carne rossa.» Emily tossì per soffocare una risata e poi, orrore degli orrori, capì fischi per fiaschi e fece esattamente il contrario di ciò che doveva fare. Chinandosi in avanti, mi batté sulla mano con aria paternalistica. Tesissimo, mi chiesi quale altra allusione mi stesse per piombare addosso. Eccola:

«Conosco qualcuno a cui piacciono le cosce, vero, Adam?»

Oh Gesù, Giuseppe e Maria. Emily era convinta di farmi un favore, fingendo che noi due stessimo insieme, mentre io credevo avesse ricevuto il messaggio che quella non sarebbe stata una buona idea. Era un pessimo momento, e io avevo un coltello in mano. D'altro canto, sarebbe stato decisamente preferibile starmene a fare il giocoliere con i miei testicoli in fiamme mentre i cannibali si avvicinavano.

«Mi piace il pollo», concordai e ritrassi la mano, il che non fece altro che confondere ulteriormente Emily, proprio nel momento in cui era convinta di aver portato a termine il suo compito. Ero riuscito a trasformare gran parte del pollo in una segatura carnea prima che Diane prendesse il comando e servisse con mano esperta il resto. Cominciammo a mangiare: io ero tra Emily e Diane e di fronte a me c'erano Ben e Carmel. Ingollai il cibo senza gustarne un solo boccone. A parte il suono del mio cuore che si schiantava contro la gabbia toracica a circa trecento battiti al minuto, il silenzio regnò sovrano, ma avevo la sensazione che la bomba potesse esplodere in qualsiasi momento. C'erano troppe variabili in quella situazione, impossibile tenerle tutte sotto controllo. Forse Ben si sarebbe avventato sulla tavola aggredendo Emily, urlando: «Lui è mio, troia, è mio.» Il mio corpo era percorso da dieci litri di adrenalina pura al 120 per cento e io facevo il possibile per mantenere la mente lucida. Come avrei voluto che all'improvviso si manifestasse una via d'uscita. Con un solo balzo avrei potuto liberarmi. Ma non accadde niente del genere.

Diane mangiava lentamente, godendosi il ruolo della compitissima padrona di casa, poi si mise a fare conversazione. «Emily ci stava raccontando quanto siete diventati amici voi due nel corso della sessione.»

«I due moschettieri», scherzai, lanciando un'occhiata a Ben e Carmel, cercando di mettere l'accento sul lato platonico della relazione.

«Eccoci qua», disse Emily. «Delizioso, Diane, davvero super. Grazie mille.»

«Emily stava dicendo che è merito della vostra diversità.» Ben aveva intenzione di continuare a indagare. «L'attrazione degli opposti.» *Cazzo.*

«Raccontagli qualcosa del tuo lavoro, Em», la pressai, sapendo che Emily poteva diventare la persona più noiosa sulla faccia del pianeta quando cominciava a tirarsela sulle sue opere d'arte. «È davvero roba radicale, degna del Turner Prize, vero?»

Emily fece esattamente quello che speravo avrebbe fatto

e arrossì. «Non saprei dire, c'è gente come Tracey Emin e McQueen, artisti che sono di molto più avanti, e forse molto più indietro di quello che sto facendo, ma ritengo che il mio approccio...» E da quel punto continuò a raccontare senza più fermarsi per tutta la durata della prima portata. Tutti rifiutarono di servirsi per la seconda volta. Chiesi scusa e corsi di sopra al cesso, dove rimasi semplicemente seduto a tremare per un paio di minuti. Mi stava rimbalzando addosso un pessimo karma: in una vita precedente dovevo essere stato Stalin o un orrido numero di cabaret, e ora dovevo pagarne il fio. Seduto sotto un albero, Budda stava dicendo: «Il prossimo della lista, quel ragazzo artistoide infoiato a Londra, quell'idiota, lo concio io per le feste». Si tratta di una traduzione, è ovvio.

Uscendo dal gabinetto trovai Ben ad aspettarmi. «Emily sembra simpatica», disse. «Chi cazzo è?»

«Solo un'amica. Giuro. Sapevo che avevi le palle girate per qualcosa. Non sono riuscito a mettermi in contatto con te oggi per avvertirti che sarebbe venuta.»

«Tu sapevi che sarebbe venuta a cena?» *Diane l'aveva fatta passare per una sorpresa, giusto. Cazzo.*

«...Sì, lo sapevo, in effetti lo sapevo.» Forse riuscivo a scorgere una specie di strategia. «Le ho chiesto di venire qui come copertura per te e me. Lei sa di... di noi e sa che tua madre non sa assolutamente niente di te, e così si è presentata facendo finta di essere la mia ragazza, solo per mettere Diane sulla strada sbagliata. Bel piano, eh?»

Se si fosse bevuta questa, allora avrei dovuto cercare di mettermi subito in contatto con Emily, prima che venisse servito il secondo, per assicurarmi che stesse al gioco, cercando in qualche modo di placare anche Carmel. Il mio carnet di ballo era ormai quasi pieno, ma se fossi riuscito a venirne fuori senza farmi prendere in castagna avrei neutralizzato il piano escogitato da Diane per umiliarmi davanti a Carmel. Se poi era quello che stava accadendo.

Al piano di sotto squillò il telefono e Carmel rispose.

«Non credi sia un buon piano?» chiesi di nuovo a Ben.

Ben sembrava stupefatto. «Che idea di merda. Sei matto. Dimmi che non sei bisessuale. Tutto, ma non questo. Cazzo, i bisessuali mi stanno proprio sul culo: non riescono a fare una scelta, *pezzi di merda* che tengono il piede in due scarpe...»

Sembrava che la cosa gli stesse molto a cuore. Stava per aggiungere qualcosa, ma Carmel mi chiamò al telefono. «Adam? È tuo papà.» Sotto il suo albero, Budda se la stava spassando un mondo e batteva le mani: «E adesso dovrà chiacchierare del più e del meno con la sua famiglia, pur non avendo un minuto da perdere. Mi piace, mi piace!» Lasciai Ben e scesi giù. Carmel mi passò il ricevitore con l'aria di chi sa che dovrà disinfettarlo dopo che io ci avrò parlato dentro. Si allontanò: sembrava una gatta con la coda alta, altezzosa, gelida come il giorno in cui l'avevo conosciuta. No, di più.

«Papà.»

«*Ehi, come va? Non ti sto disturbando, non sto interrompendo qualcosa, vero?*»

«No, per niente. Una tranquilla serata in casa.»

Passandomi accanto nel corridoio, Ben mi pizzicò il sedere. Era tornato dalla mia parte. Dovevo liberarmi di papà e poi avrei potuto imbeccare Emily su ciò che doveva fare.

«*Ti ho chiamato solo perché stasera c'è qui la nonna e sarebbe fantastico se tu potessi salutarla, adesso te la chiamo. Per favore, resta in linea, allineato.*» Faceva sempre quella battuta.

Mia nonna era così noiosa che avrebbe fatto chiudere per il sonno persino un occhio di vetro. Non mi sarei staccato da quel telefono fino al prossimo governo Tory. La sentii arrivare. «*Chi hai detto che è? Adam? Pronto? Pronto? Adam? Sei tu? Come vanno i tuoi disegni?*»

«Sì, nonna, sono io. Come stai?»

«*Me la cavo, non mi posso lamentare. Ho ottantadue anni, lo sai.*»

«Che cosa stai leggendo?» Aveva sempre un libro in corso.

«*È una cosa molto paurosa, Adam, se vuoi te lo mando non appena l'ho finito. È tutto su questi adoratori di Satana, stanno in America, e complottano di fare un sacrificio umano alla vigilia del nuovo millennio, roba così.*»

Uscendo dalla cucina, Emily mi passò accanto agitandomi sotto il naso un pacchetto di Menthol More. «Vado fuori a farmi una sigaretta tra una portata e l'altra», disse con aria seducente, vicinissima al ricevitore. Per vedere che succedeva Ben stava allungando il collo così tanto che ci mancava poco per ribaltarsi con la sedia.

«*C'è un'amica lì con te, Adam? Che cosa ha detto?*» E poi, a voce più bassa. «*Dennis, Den, credo che ci sia una ragazza con lui.*» Sentii mio padre soffocare una risata e poi mettersi a parlare con mia madre. Non avevano capito un accidente, né lui, né la nonna. Stava per scadere il tempo e dovevo sistemare le cose con tutti.

«Devo scappare, nonna, ti voglio tanto bene. Anche a mamma e papà.» Riuscivo a visualizzare il dessert che veniva estratto dal forno. Quale filo dovevo staccare, quello blu o quello verde? Stavano passando istanti preziosi. L'intero edificio stava per saltare in aria.

«*Come vuoi tu, figliolo.*» Era evidente che mia nonna non credeva una sola parola di ciò che avevo detto, e non potevo darle torto. «*Che cosa desideri per Natale? Hai qualche idea?*»

«Un po' di buon senso, nonna! O anche un buono per un disco.»

«*Meglio un buono per un disco, è molto più semplice. Buona notte, gioia.*»

«Notte, nonna.» Erano appena le nove meno un quarto, ma era stranamente consolatorio sentire che mi rimboccava verbalmente le coperte. Posai il ricevitore e schizzai fuori dalla porta d'ingresso. Emily sedeva nel porticato, sbuffando anelli di fumo e restando a osservarli mentre si dissolvevano. Chiusi la porta e agitai le mani disperatamente. «Oh merda, merda, merda, perché sei qui?»

Fece una smorfia di disgusto. «Ad, tu dividi la casa con il peggio del peggio, lo sapevi? Ero convinta che la mia famiglia fosse disfunzionale, ho sei tra patrigni e matrigne e un numero imprecisato di fratellastri e sorellastre, ma solo perché noi ci lasciamo quando non ci piaciamo più. *Che età* hanno quei due ragazzotti là dentro? Sembrano usciti da un telefilm anni Cinquanta. Credevo di non riuscire più a dire una sola parola su quel cazzo di lavoro... e tu non mi sei stato di nessun aiuto, seduto lì a mangiare con la faccia nel piatto. Ormai il mio lavoro non interessa più neppure *me*. Sono così noiosa, Gesù.» Diede una lunga tirata alla sigaretta. «E allora, credono che io e te usciamo insieme o che altro? E perché mi odiano? Non riesco a farmi un'idea del perché la regina delle nevi e il Rupert Everett dei poveri continuano a infilare spilli in bamboline voodoo sotto il tavolo. Da principio è stato quasi divertente, adesso mi fa venire i brividi.» Si alzò e spense la cicca sotto il piede. «Forse me ne dovrei andare.»

«Ti prego, resta per il dolce. Oh, ti scongiuro.» Non poteva andarsene ora. Dovevamo attraversare tutto l'inferno per emergere dall'altra parte salvi, almeno in parte.

Emily, seccata, si scostò i capelli dal viso. «Che cosa c'è

per finale, la torta di mele di mammina?» Il modo in cui disse «finale» mi fece pensare che non usasse quel termine a casa, in campagna.

«La regina dei budini», dissi avvilito.

Mi squadrò dalla testa ai piedi. «Tutto torna.» Emily chiuse gli occhi, cercando di trovare la forza per sopportare un altro round con i Robbins. «Non riesco a capire perché sei rimasto qui più di un minuto.»

«Sono innamorato di Ben», sussurrai. Sussurrai perché era vero e perché, per quanto ne sapevo, era possibile che Carmel stesse al di là della porta, con l'orecchio attaccato a un bicchiere tenuto contro l'uscio.

«*Aha*. E poiché sei un idiota, nessuno sa quello che c'è tra voi due, giusto?»

«No.»

«Ma certo, perché mai dovresti semplificarti la vita?»

«Ben non ha mai detto niente a sua mamma. La sua situazione è veramente un segreto e credo che tutti siano saltati a una certa conclusione riguardo a te. Il che, a dirti la verità, arriva a fagiolo, e così se tu potessi continuare a sostenere la parte ancora per un po', sarebbe magnifico. Ero nella merda, ma ho sistemato le cose con Ben. È in gamba.» Emily sembrava essere convinta, ma dovevo ancora vedermela con Carmel l'incazzata, prima che arrivasse la Regina dei Budini.

Emily gemette. «E allora perché la figlia mi odia?»

«Oh, perché *è strana* lei, ha una cottarella per me, credo, ecco perché è venuta al college quel giorno. Quasi non ci parliamo. Non vive neppure qui, non più.»

«Questa faccenda non mi piace; non avevo una gran voglia di venire a cena, ma Diane mi ha fatto una testa tanta fino a quando non ho accettato.» Emily si massaggiò il collo e scrollò le spalle. «Ma lo farò per te, mio amico assente.» Scorse qualcuno dietro alla finestra di lato alla porta d'ingresso e all'improvviso mi circondò le spalle con un braccio e mi avvicinò. «Ed ecco che arriva la regina delle nevi in persona, mi pare.» Emily fece una disgustosa vocetta da bambina. «È *cooosì* adoorabile vederti, Addy-Waddy.»

Carmel aprì la porta e la luce invase il porticato. «Oh, scusate, sto interrompendo qualcosa. Il dessert è in tavola, sono stata mandata a comunicarvelo.»

Sono stata mandata... Più ci pensavo, più ero incazzato con Diane. Se aveva voluto mettermi nei guai, perché farlo a quel modo, e non limitarsi a scatenare un litigio e a sbattermi fuori?

«Ops, che sciocca, ho di nuovo perso la testa.» Emily scoppiò in una risata di gola, alla Marilyn, che non aveva niente di autentico e serviva solo a confondere le acque, poi sciolse l'abbraccio. Avrei voluto morire. Accarezzandomi la guancia disse a Carmel: «Ohhh, è così ispido. Non riesco a togliergli le mani di dosso. Grrr».

Diane ci chiamò dalla cucina. «C'è una corrente tremenda, sapete, arriva fino a me. Venite a mangiare finché è ancora caldo.»

Carmel si fece da parte per lasciar passare Emily, poi mi afferrò per il braccio per fermarmi, uscì sul portico e richiuse la porta. Sfruttando al massimo il fatto che ero più basso di lei, mi sbatté contro la parete e mi tenne fermo. Accidenti, era incazzata nera. Non mi sorpresi affatto nello scoprire che Carmel non era il genere di donna che piange quando si arrabbia e poi finisce per detestarsi per essere stata così infantile. Con la faccia a due centimetri dalla mia, mi guardò dritto con occhi limpidi e implacabili, dicendo: «Parla. Parla molto, molto in fretta. Conterò partendo da tre». Inspirò velocemente. «Tre.»

Parlai così svelto che sembravo uno sciame d'api impazzito. «È tutta la sessione che Emily mi corre dietro e non posso credere che sia riuscita ad avere questo indirizzo dall'ufficio dell'economato e in pratica mi fa la posta al college ma non ci siamo mai davvero parlati, lei mi sta tra i piedi, capisci, credo perché è andata a una scuola femminile molto esclusiva e fino ad ora non ha mai saputo un granché di uomini, ma sto cercando di allontanarla con delicatezza perché potrebbe rivelarsi un problema... ha sei tra patrigni e matrigne e un numero imprecisato di fratellastri e sorellastre... e credo che sia stata anoressica e questo ti lascia una quantità di cicatrici emotive, capisci? E poi ha avuto tutti quei soldi, così giovane, e anche questo si paga, ti prego non stringermi così, mi stai facendo male, grazie, e quindi non farti ingannare da tutti quei discorsi sofisticati sulle installazioni artistiche, è una psicotica, è pazza ma in fondo è una brava persona e noi dobbiamo trattarla con...»

«La morfina?»

«*Guanti di velluto.* Credo che sia già sotto Prozac, ma non ha avuto un grande effetto, mi pare, e io cerco di starle alla larga, ecco perché dice che non ci vediamo mai e sono piuttosto seccato dal fatto che non ti fidi di me tanto da *presumere...*»

«Lascia perdere questa storia. Sei stato a letto con lei mentre stavamo insieme?»

Dire la verità era un sollievo, come uno scroscio di pioggia su una landa desolata. Feci un bel respiro profondo e dissi molto, molto lentamente: «No, non sono mai stato a letto con lei. E dubito che mai lo farò». Questo soddisfò Carmel: riusciva a capire quando dicevo la verità, ma non riusciva a vedere la differenza quando mentivo.

E quello che disse fu una sorpresa anche per lei. «Non lo

avrei tollerato. Ti amo troppo.» Carmel aveva effettivamente detto quella parola che comincia con A. Prima che potessi replicare, aggiunse, con acredine: «È cooosì adoorabile vederti, Adam», poi mi lasciò andare e tornò con passo deciso in casa. In cucina, la Regina dei Budini ci stava aspettando, anche se sembrava che avrei rimandato ancora di un po' i miei dessert. Diane stava dicendo: «Oh, questo è senza dubbio il mio preferito in una fredda serata invernale».

Emily giocherellava con il cibo. «Credo di non averlo più mangiato dai tempi dell'asilo, sai?»

«È il migliore, Emily.» Ben era decisamente espansivo. «Proprio quello che ci vuole. È uno dei vantaggi di vivere ancora in casa.»

«Venite ad abbuffarvi, voi due», disse Emily, un po' a disagio, mentre Carmel e io ci accomodavamo. Si mise in bocca una cucchiaiata di dolce e la sua espressione cambiò. «Oh, ma è *straordinario*.» Disse «straordinario» come lo diceva la principessa del Galles, mettendo tutta l'enfasi sulla penultima sillaba. E diceva sul serio, perché ripulì la tazza in dieci secondi netti. E io che avevo appena detto a Carmel che era un'ex anoressica…

Quello che accadde in seguito fu molto strano: ripetemmo quasi alla lettera la conversazione che si era svolta durante la prima portata, ma questa volta andò bene, volevamo tutti che funzionasse. In una profusione di sorrisi e risate tutti finirono per divertirsi, ora che le rispettive priorità erano state stabilite. Carmel prendeva in giro Emily perché Emily parlava sguaiatamente e adesso si fidava nuovamente di me, Ben pensava che Emily ci stesse facendo un favore evitando che l'interesse si concentrasse su me e lui, Emily mi stava facendo uno di quei favori giganti che non sarei mai stato in grado di ripagarle e io, per la prima volta da un bel po' di tempo, respiravo normalmente.

La cosa interessante fu che Diane parve non apprezzare più il chiacchiericcio della generazione più giovane. Ben chiese: «Hai detto che tuo nonno aveva una casa sullo Skye?»

«Sì, sei mai stato da quelle parti?»

«No, ma ho sentito dire che è *straordinario*...»

«Ben, mi stai prendendo per i fondelli, quella è la mia parola. Se fossi meno furba, direi che ci stai provando. E io sono nota per...»

«Davvero? Dovrei spararmi all'istante.»

«Mr Robbins!» Emily gli schiaffeggiò maliziosamente il polso. Entrambi stavano agitando un po' troppo le mani e avrei voluto che la smettessero all'istante.

«Sembriamo usciti da uno sceneggiato in costume stasera, vero?» disse Carmel con una risatina, mentre la conversazione si faceva sempre più rarefatta. «Oh, possibile che nessuno mi chieda di danzare? Detesto essere lasciata a far tappezzeria, e tu, Emily?»

«Ballerò io con te», dissi a Carmel.

Emily mi picchiò leggermente sul polso e obiettò. «Sarei molto gelosa se tu lo facessi, Ad.»

«Lo chiami veramente Ad?» si informò Ben? «Com'è intimo. Noi lo chiamiamo con il nome intero, Adam, non è vero, mamma?»

Diane disse, gioviale: «Solo nomi biblici per i miei pensionanti. Adam è il mio primo pensionante e quindi doveva per forza chiamarsi Adam. Il prossimo si chiamerà Caino o Giuda o qualcosa del genere.» Buona scelta per i miei successori, pensai, un assassino e un traditore.

«C'è ancora un po' di budino, Diane?» chiese Emily, quasi con tono di scusa.

«Hai un appetito robusto», notò Carmel, con meraviglia, osservando Emily che si riempiva di nuovo la scodella.

«Sono sempre andata matta per il mangiare», disse Emily. «Arriverà il giorno in cui diventerò una palla e mi trasformerò in mia madre, ma per ora, a quanto pare, non ho di questi problemi.»

Carmel colse il mio sguardo e io annuii appena, corrucciandomi con aria comprensiva, come a voler dire: «È bravissima a nascondere il suo disturbo alimentare. Non dire ad anima viva che te l'ho raccontato».

«E così voi due avete fatto comunella fin dal primo giorno, vero?» chiese Ben, e la conversazione riprese. Per fortuna, a un certo punto la cena terminò, il caffè venne sorbito ed Emily si alzò da tavola.

«Sono pienissima, devo smaltire un po' di queste calorie, Dio mio! Dobbiamo ballare! Insisto!»

«Ballare?» ripeté Diane, nervosa.

«Ma certo. Io sono l'ospite e questo è ciò che accadrà.» Emily stava manipolando la situazione, e adesso si stava divertendo. Accese la radiolina che Diane ascoltava quando cucinava e trovò una stazione di musica leggera.

«Avevi detto che avresti ballato con me, Adam, ma non ho intenzione di farlo. Voglio ballare con tutti.» Giunsero proteste da parte di Carmel. «Forza, tutti quanti, in piedi, facciamo festa, celebriamo il nostro incontro, festeggiamo davvero, su, ritmo! E poi possiamo pure collassare.»

Quando Emily era di quell'umore, era impossibile resisterle, era capace di animare la serata. In un nanosecondo, Ben era in piedi, e stava saltellando coraggiosamente qua e là. Dopo qualche istante fu chiaro che Emily non era esattamente un dono per il mondo della danza, ma la cosa non sembrava avere importanza, visto che persino Carmel fu costretta ad alzarsi dalla sedia. La musica diventò una canzone di Nina Simone e io mi allontanai dalle danze per osservare la scena. Diane, un po' ritrosa, guardava Emily che teneva per la vita Carmel e Ben, trasformandoli in una bellissima versione jazz delle Tre Grazie.

Ben si chinò all'orecchio di Emily e vidi che le sussurrava un ringraziamento per aver fatto da donna dello schermo di fronte a Diane. Per quanto entrambi ne sapevano, quella era la verità. Lei gli sorrise e gli strizzò il sedere, poi si mise a dondolare i fianchi, andando a colpire prima Carmel, poi Ben. Carmel fece del suo meglio per gestire quella che pensava fosse solo un'amica psicotica e rompipalle, e le assestò dei colpi d'anca che per poco non la mandarono a gambe all'aria. Ridevano tutti, e sembrava una situazione reale perché, in un certo senso, era tutto vero, c'erano tre persone che se la spassavano ballando. Ma le ragioni che sottendevano quella scena erano tutte sbagliate. Quello che sembrava bellissimo era tutto fuorché bellissimo – ma da quelle parti quella sembrava essere la regola dettata dall'esperienza. Ciascuno di loro subiva l'inganno di qualcun altro e solo io, e forse Diane, conoscevamo tutta la verità. Diane mi si avvicinò. Mi irrigidii: che cosa aveva intenzione di fare?

«La tua amica Emily mi piace moltissimo», disse. «L'ho invitata perché volevo vedere come fosse. Mi ha incuriosito questa voce così raffinata al telefono, che chiedeva di te. È una forza della natura, eh?»

«Questo è certo.»

«Sei molto fortunato.» Dopo un attimo di silenzio Diane continuò. «Non avresti dovuto tradirla, lo sai».

«Prego?» Eccoci qua, pensai, sentendomi stranamente calmissimo. Diane stava per fare la scena madre. Dopo tutto avevo perso, che sollievo. Calcolai che avrei potuto far le valige ed essere fuori di lì nel giro di un'ora.

Con una lacrimuccia ferma all'angolo dell'occhio, Diane

balbettò: «L'altro giorno e... noi, quello insomma. Cioè, è stato bello, veramente bellissimo, ma devi prenderti cura di Emily, Adam, è una ragazza meravigliosa. Non riesco a credere che tu non ci abbia mai parlato di lei e che sia venuta qui solo stasera. Per te è decisamente molto meglio di quanto io avrei mai potuto essere. Venti anni fa le avrei fatto le scarpe, ma non ti preoccupare per me. Starò bene. Sempre avanti, coraggio.» Voleva che le dicessi qualcosa di toccante e magari profondo, in segno di riconoscenza per il suo nobile gesto. Mi stava restituendo la libertà. C'era la tacita assunzione che io avevo continuato a pensare a quel pomeriggio a letto con Diane tanto quanto lei. E io non l'avevo fatto, assolutamente no. Non avevo proprio niente da dire, così la abbracciai. E un altro frammento della mia anima venne tagliato via e disperso.

«Se non ballate, non fate parte del gruppo», ci urlò Ben.

Ma, ma, ma ma, forse sarei riuscito a sopravvivere a un'altra dura giornata. Emily riuscì a convincere Diane a entrare nella sala da ballo improvvisata, mentre Carmel e Ben mi prendevano per le braccia e mi ritiravano dentro.

Come stava cantando Nina Simone, *my babies just cared for me*.

16

La mattina seguente una curiosa atmosfera aleggiava sulla casa. Era sabato, e alle dieci passate Ben bighellonava ancora in accappatoio, mangiando cereali e bighellonando in cucina, leggendo la prima pagina del «Times» in piedi davanti al piano di appoggio della cucina. Seduto a tavola, io leggevo un'altra sezione del giornale, e mi sentivo abbandonato – nessuno era passato a farmi una visitina la sera prima, e quindi, evidentemente, c'era del risentimento che continuava a covare nei confronti di Emily. Non potevo biasimarli. Diane era molto silenziosa e, cosa insolita per lei di sabato, già vestita di tutto punto anche se non doveva andare da nessuna parte. Mangiò un pezzo di toast, poi andò di sopra, nella stanzetta del pianoforte, per stare da sola. Quando Ben l'aveva sentita attaccare le solite melodie scozzesi, aveva emesso un gemito, prendendosi il capo tra le mani.

«Cazzo. Siamo in pieno trattamento passivo-aggressivo per l'intero weekend, e non è nemmeno il quindicesimo.»

«Il quindicesimo?» chiesi.

«Ma sì, il *grande* anniversario. Quello che si merita persino un nome.» Ben sembrava a disagio. «Questo fine settimana sono quattordici anni da quando è morto mio padre.»

Carmel entrò in cucina, anche lei ancora in vestaglia. «E io voglio andare a Mosca.»

«Come?» chiesi, alzando lo sguardo dalle pagine di critica artistica.

«È la battuta di una commedia.» Carmel mi fece una carezza sulla faccia come se fossi stato un caro stupidino. «Non sforzare la tua graziosa testolina in faccende del genere.»

«Lo sapevo», protestai. «Sapevo che era una commedia.»

«Non ti umilierò chiedendoti di che opera si tratta.» Carmel si distolse da me, continuando però a tenermi una mano sulla spalla. Mi scossi un po' per costringerla a toglierla, un po' per farle capire che mi sentivo abbandonato da lei, ma anche perché Ben ci stava osservando. Credo che Ben notò lo scrollare di spalle piuttosto che la mano. Osservò sua sorella che la toglieva.

Ben e Carmel si scambiarono un'occhiata. Fra noi tre passò uno strano momento, e io tenni la testa bassa. Al piano di sopra, il lamento scozzese raggiunse il livello massimo di sofferenza, e mentre iniziava un'altra strofa, Ben e Carmel sospirarono.

«Grazie per essere qui, sorellina.»

«Nessun problema. Ok. Avevo pensato che quest'anno mi sarei persa lo spettacolo… e invece no.»

«Non puoi cavartela così facilmente.» Evidentemente non era un caso che Carmel fosse a casa, anche se avevo immaginato che la sera prima avesse perso l'autobus notturno, oppure che volesse restare con me.

Carmel posò la mano sulla teiera. «È appena fatto?» Ben annuì. Carmel si versò una tazza e disse: «Tu non detesti queste dannatissime canzoni?»

«Oh sì», rispose Ben con tutto il cuore.

Carmel continuò. «E che palle, e la vita qui alle Ebridi è una tale merda ma un giorno sarà bellissima, ma non ora, non subito. Ma certo che la vita è una merda, in quel cazzo di Ebridi.»

Ben dichiarò: «Credo di dover uscire oggi».

«E mi lasci qui con mamma? Grazie mille, *fratellino.*» Carmel era furiosa.

«Il vero anniversario è solo domani, però.» Ben ebbe il buon senso di assumere un'aria colpevole. Ero certo che la preoccupazione gli sarebbe passata presto. Sedette al tavolo e tamburellò sul giornale per attirare la mia attenzione. «Dovremmo andare a vedere un film in città.»

«Stronzo bastardo», disse Carmel, flemmatica. Si stava aspettando qualcosa del genere. Poi le venne un'idea. «Perché non andiamo tutti? Magari a mamma farebbe piacere.»

Ben fece una faccia delusa. «Ammettiamolo, lei oggi non ha intenzione di andare da nessuna parte e tu sei rimasta a dormire soprattutto per stare qui con lei, e quindi...»

«Che film?» chiesi.

«Non saprei, be', *uno qualsiasi.* Uno nel pomeriggio e uno stasera. Restiamo fuori fino a dopo il coprifuoco.» Ben mi bersagliò di pugni, per gioco. «E dai, coraggio, tu che ne dici, eh?»

Lanciai un'occhiata a Carmel. «Mi sembra una buona idea... forse è meglio se me ne sto fuori dai piedi, questo weekend.» Carmel si strinse nelle spalle e rinunciò a protestare. Era proprio una buona idea che io me ne stessi fuori casa.

«Ragazzi, lasciatemi qui a prendermi cura della povera mammetta. La figlia minore deve occuparsi dei genitori anziani. Cazzo, com'è *vittoriano.*» Andò nell'ingresso, sorseggiando il suo tè. «Ben, tu mi devi un favore, Adam, fagli pagare il cinema. Tutte e due le volte.» Sospirò, esasperata. «Oggi dovrò darmi malata, per prendere una giornata di libertà al lavoro.»

«Grazie. Mamma lo apprezzerà moltissimo», le gridò dietro Ben.

«Fottiti.»

Ben abbassò la voce. «Filiamocela di qui il prima possibile. Tre due uno, via.»

Nel giro di quindici minuti eravamo già pronti e dopo quaranta minuti arrivammo nel centro di Londra. Mentre ci dirigevamo in città Ben non aveva detto un granché, ma immaginai che stesse pensando al suo papà. Prendemmo un caffè e una copia di «Time Out», scendendo giù al fiume per scegliere gli spettacoli piacevoli della giornata. Era una tiepida giornata invernale e il centro di Londra era in seria fibrillazione per il Natale. Per tutta la settimana i giornali avevano pubblicato articoli su cosa fare e cosa non fare durante le feste in ufficio: capite, era quel certo momento dell'anno. Ci avviammo verso Westminster camminando lungo l'Embankment.

«Possiamo andare a sederci vicino al London Eye, paparino?» chiesi con una vocina da pupo, rimpiangendo di averlo fatto in quello stesso istante. Non durante questo weekend, cazzone... preferibilmente non in qualsiasi weekend con questa famiglia.

«Non mi chiamare così», disse Ben, con una nota di autentica irritazione nella voce, che cercò di dissimulare con una battuta. «Ma certo che possiamo, piccolo Adam, però devi promettermi di non far più inquietare mammina.»

«Non ho fatto inquietare mammina, vero?» C'erano moltissime probabilità che l'avessi fatto. Non ero ancora riuscito a capire se la sera precedente avesse avuto sentore di una macchinazione.

«No, non l'hai fatta inquietare.» Ben sembrava confuso. «Come avresti potuto farlo? Non pagando l'affitto, cose così?»

«Ti piace la ruota panoramica? Io la adoro» dissi, cambiando argomento.

Era il punto di Londra che preferivo, soprattutto perché

era nuovo di zecca, funky, e anche perché non c'entrava niente con il resto, né dal punto di vista visivo né da quello delle dimensioni. L'enorme ruota rendeva il fiume un nanerottolo, di botto il Big Ben sembrava uno stuzzicadenti e il parlamento non era altro che un paio di vecchie stanzette, a disposizione per riti pubblici e feste. La grande ruota faceva la sua parte e al diavolo le conseguenze: tutti i miei errori sembravano svanire con loro. Non volevo salirci sopra – volevo semplicemente guardarla. Sedemmo su una panchina, ipnotizzati. Ben si chinò in avanti per concentrarsi sulla visione.

«Non è che magari ti dice anche che ora è, o qualcosa del genere?» chiese infine. Scossi il capo. Era confuso. «Non fa altro che girare lentissimamente pieno zeppo di quegli orrendi turisti e uomini d'affari? Ragionieri, gentaglia come me?» Annuii. Ben disse: «Non fa altro che perdere tempo, mese dopo mese dopo mese. Dovrebbero farle fare qualcos'altro».

«Tipo cosa?» risi.

«Non lo so. Immergerla nell'acqua e farle generare elettricità, roba così. Così non serve a niente.»

«È per questo che mi piace.»

«Be', a me no.» Ricadde nel silenzio, poi buttò via «Time Out», grattandosi energicamente la testa, pieno di rinnovata energia. «Che ne dici se lasciamo perdere il cine? Avresti voglia di venire in un posto con me, invece? È a circa due ore di strada.»

«Due ore? E perché?»

«Te lo farò vedere quando ci arriviamo. Non preoccuparti per i soldi, pago io i biglietti. Ti prego.»

Annuii e Ben immediatamente corse in strada, facendo cenno a un taxi che passava. «Liverpool Street Station», disse.

Liverpool Street. Eravamo diretti nell'East Anglia. A casa. In pratica, come passare le vacanze a casa propria, a fare quello che fai di solito. Ero un po' seccato – due film, un secchio di pop-corn e una Diet Coke in un bella multisala comoda sarebbero stati infinitamente preferibili. Salimmo sul taxi. «Dove stiamo andando? Ti prego, dimmi che non siamo diretti a Lowestoft.»

«Ma *certo*, sei un ragazzo del Suffolk. Lo avevo dimenticato. Accidenti, il tuo accento è quasi svanito durante il primo trimestre. Roba da far venire i brividi. No, non ti preoccupare, non andiamo a Lowestoft. Però non lontano da lì, mi pare.»

Un'ora dopo ero seduto sul treno delle 13.30 che lasciava Londra diretto a Norwich, armato di biglietti per Saxmundham, figuriamoci, la città che più di ogni altra si poteva definire la quintessenza dei buchi di culo del mondo. Era il treno che, di lì a una settimana, avrei preso per tornare a casa per Natale. Per tutto il tragitto Ben, nervoso come una biscia, continuò a tamburellare con le dita sul tavolino, seduto in punta al sedile. Leggemmo altri giornali, linciammo a parole Tony Blair e stavamo cominciando a goderci la giornata: per me era un sollievo andarmene da Londra per la prima volta dopo mesi. La campagna si faceva sempre più piatta e familiare, e dopo aver cambiato treno a Ipswich, salendo sulla navetta per Lowestoft, divenne sempre più riconoscibile. Saxmundham era a solo una quarantina di minuti da Lowestoft, e mi sembrò quasi un tradimento scendere dal treno senza completare il tragitto e andare a fare una sorpresa a mamma e papà.

Una volta scesi restammo lì, sul marciapiede deserto, a osservare le volute di fiato che ci uscivano dalla bocca. «Perché siamo qui?» chiesi, in vena di facezie. «Perché cazzo mi trovo a *Samundham*? Ci sono già passato, ma mai mi sarei preso la briga di scendere.»

«Non siamo ancora arrivati, prendiamo un taxi», disse Ben. Dopo un bel po' di telefonate trovammo una ditta di taxi che lavorava di sabato e che non era tutta prenotata fino al 2020. Alla fine Ben trovò un'auto che ci avrebbe portato fino a Orford, a una quindicina di chilometri di distanza, sulla costa.

«Orford?» chiesi. «Favoloso. Possiamo dare un'occhiata al castello? Una volta ci sono stato in gita scolastica.»

«Se avremo il tempo. Prima voglio mostrarti una cosa.»

Adesso ero più contento: Orford era un gioiellino, avrei potuto sedermi davanti al mare e mangiare *fish and chips*. Molto zen. Il tassista era il tipico ciccione del Suffolk, e i suoi unici segnali di attività cerebrale erano la capacità di accelerare quando entrava e usciva dalle curve delle lunghe strade di campagna. Orford era naturalmente deserta e il taxi si fermò sulla piazza principale. Due negozi, un ristorante pretenzioso, una chiesa e una paurosa quantità di vecchietti scicchettosi. Giù da una stradina che si dipartiva dalla piazza si scorgeva la distesa grigia e piatta del mare del Nord. Ben prese un biglietto da visita, per poter richiamare la ditta di taxi e tornare indietro.

«Vorrei aver portato il mio album da disegno», dissi, guardandomi attorno nella piazza. «Non credo che sia cambiata da quando sono venuto qui, da bambino. Puoi pescare i granchi, lo sapevi?»

Ben stava tenendo d'occhio un ottuagenario solitario che attraversava la piazza. «Però non è così facile come sembra.» Inspirò l'aria salmastra. «Non è cambiata neppure da quando sono venuto io l'ultima volta.»

«Quando è stato?»

«Per il funerale di papà», rispose Ben. «La chiesa è da queste parti, credo.» *Oh*. Lo seguii lungo una stradina e salimmo fino ai cancelli della chiesa. Sembrava avesse paura di entrare; stava lì, a dare calcetti nervosi alla polvere e a coriandoli in decomposizione che i mulinelli d'aria facevano turbinare attorno ai pali dei cancelli.

«Perché è sepolto qui?» chiesi.

«Ci era nato.»

E così un'altra tessera andò a posto. Diane non aveva scelto a caso il suo pensionante. Voleva me, il ritratto sputato del giovane originario dell'East Anglia che aveva sposato nel 1966.

Ben stava raccontando ancora. «Mamma disse che gliene aveva parlato una volta. Cioè, le aveva detto che voleva tornare qui per essere sepolto. E così ci siamo trascinati tutti fin quaggiù, ed era metà febbraio.»

«Però lui era morto, come fosse, oggi, no? Prima di Natale.»

«L'inchiesta, e poi Capodanno, metti tutto insieme. Cose che fanno allungare i tempi.» Sospirò. «Grazie per essere venuto.»

«Figurati.» Gli circondai le spalle con un braccio e lui si appoggiò a me. Era evidente che stava soffrendo, almeno un po'. «Dobbiamo andare a cercare la tomba? Sai dove si trova?»

«La troverò.»

Non riuscivo a capire dove fossero le tombe più recenti – per la maggior parte si trattava di croci ottocentesche malconce o di pietre tombali lisce, ricoperte di rampicanti, con le iscrizioni nascoste e consunte dal tempo. Qua e là alcune sepolture più maestose, simili a cappelle, punteggiavano il cimitero, ma erano tutte troppo antiche per essere quella che cercavamo. Le zone rettangolari coltivate a prato avevano un'aria sospettosamente fertile, come se delle parti del camposanto fossero state sgombrate dai loculi, caduti a pezzi o eliminati. E poi, nell'angolo più lontano, c'erano delle lapidi più moderne, di marmo scuro.

«Già, nell'angolo, adesso mi ricordo», disse Ben. Un sentierino di ghiaia portava a quella zona. Quasi tutti i loculi moderni dovevano essere occupati dalle ceneri dei defunti, perché le lapidi erano una vicinissima all'altra, separate al massimo da mezzo metro. Ben trovò quella di suo padre verso il fondo.

«Eccola.» E poi fece un'esclamazione di sorpresa.

«Che c'è?»

«Qualcuno è stato qui. La mamma deve essere passata in settimana. Ci sono dei fiori freschi.»

C'era un mazzolino di fiori appoggiato alla lapide, e una mezza dozzina di piantine era stata messa a dimora da poco; piantine che non sarebbero riuscite a sopravvivere per un'altra settimana, e men che mai per l'inverno. Erano state piantate molto di recente, la terra era ancora smossa. Ben spostò di lato il mazzo di fiori. Sulla lapide si leggeva:

Ray Benedict Robbins
Amato marito e padre
30 marzo 1947 – 10 dicembre 1984

«Mercoledì è tornata a casa tardi», dissi. «Forse è venuta qui.»

«Forse è venuta Carmel», si chiese Ben a voce alta.

«Però lei è andata al lavoro per tutta la settimana.»

E dentro di me rabbrividii. Non potevo saperlo di preciso, perché non ci frequentavamo assiduamente, giusto? Ma Ben non mi aveva ascoltato, teneva lo sguardo incollato sulle parole incise sulla lapide, incantato come di fronte al London Eye. Feci un passo indietro per lasciargli un po' di spazio. Si allentò la sciarpa, senza distogliere lo sguardo dalla tomba. Alle mie spalle sentii un tramestio di ghiaia: un giardiniere stava avanzando di lato alla chiesa, spingendo una carriola. Ci ignorò, continuando il suo lavoro, rimuovendo i mucchi di foglie marce autunnali che si erano accumulate contro i muri della chiesa.

Ben d'un tratto parlò. «Ero solo con lui quando è morto; lo sapevi, vero? Carmel ha detto che te lo ha raccontato.» La sua voce prese il tono di una devota recita del catechismo. «L'ho trovato, ho dovuto buttar giù la porta del bagno per farlo, e ci sono riuscito, anche se avevo solo quindici anni. L'ho trovato e l'ho perduto quasi nello stesso istante. Penzolava per metà fuori dalla vasca, e mentre lo tenevo dalla bocca gli uscivano delle bollicine. Non sapevo che cazzo fare, aveva gli occhi chiusi, probabilmente non si era reso conto che ero lì, non credo, e l'ho sentito andare. L'ho visto che si lasciava andare. Si è come afflosciato.»

Si calmò nuovamente, senza smettere di fissare l'iscrizione. Si chinò a togliere un po' di polvere dalla lettera «m» di «amato». Poi continuò, rivolto a me. «Un tempo pensavo che fosse questo il motivo per cui mi piacciono gli uomini: avevo visto papà morire, avevo tenuto tra le braccia il suo corpo nudo mentre moriva. Una autentica situazione freudiana, molto vecchio stile, allucinante. Ma la vita non è così semplice, due più due non fa quasi mai quattro, nel mondo reale, e resuscitare il babbo morto continua a non essere una buona ragione per andare a letto con un quarantenne. Potrei farmela con un milione di uomini e lui non tornerebbe, neppure nell'illusione che si crea nei momenti in cui sto con loro. Questo non ha niente a che vedere con lui, loro vengono e vanno.» Alzò lo sguardo su di me e si rese conto che forse aveva fatto una battuta. «Oppure lo faccio io. Bisogna darci dentro.» Tornò con lo sguardo sulla lapide, con un'occhiata di disappunto. «Una battutaccia di cattivo gusto, scusami, papà. Però anche a lui sono sempre piaciute le barzellette sporche.» Il suo viso tornò serio. «Non stavo parlando di te, Adam. Tu non vieni e vai, vero? Tu sei diverso, in qualche modo, anche se non so ancora di sicuro in quale modo. Non me ne importa neppure se vai a letto con mia sorella. Ero molto seccato ieri sera, pensando che forse stavi anche con quella smorfiosa ma, se si tratta solo di Carmel, non so perché, ma non me ne importa. Voglio solo stare vicino a te, non mi interessa come. Dimmi un po' se questo non è triste.»

Mi sembrava di non riuscire più né a vedere né a sentire niente. Avevo il cervello vuoto, se si faceva eccezione per il terrore, mentre mormoravo, «Da quanto tempo lo sai?»

«Non lo sapevo.» Non ebbe nessuna reazione evidente, si limitò ad aprire un po' di più gli occhi, guardandomi, come a dire, «*Ti ho beccato.*» Aveva avuto solo un sospetto, e io glielo avevo confermato. «Per favore, concedimi dieci minuti, eh? Non credo che tornerò mai più qui, e quindi devo sfruttare al massimo l'occasione. Per quanto posso ricordare, la chiesa è molto carina, perché non vai a dare un'occhiata?» Tacque. Io non mi mossi, perché volevo aggiungere qualcos'altro. Tanto per cominciare, avrei potuto dire che mi dispiaceva. «Ti prego, Adam.» Mi ritrassi, facendo scricchiolare la ghiaia sotto i piedi mentre incespicavo sul sentierino. Non riuscivo a credere che all'improvviso tutto fosse uscito alla luce del sole.

Ben si accovacciò e restò a fissare la pietra tombale del padre, mentre con una mano strappava le erbacce. Per una volta feci quello che mi era stato chiesto, mi avviai alla chiesa, abbassai i pesanti anelli di ferro sulle porte massicce dell'ingresso ed entrai. All'interno faceva forse ancora più freddo che nel cortile, eppure mi ritrovai di colpo madido di sudore. Ben sapeva. *Ben sapeva.* E non era possibile che dicesse sul serio affermando che non gli importava di me e sua sorella.

Il porticato della chiesa era addobbato per Natale, e la scena della natività aveva il posto d'onore. Mancava ancora una dozzina di giorni all'evento, e quindi i pastori e gli animali erano disposti attorno alla mangiatoia vuota, in attesa. La chiesa, che invece non era ancora stata decorata, sembrava nuda e austera. I banchi erano disposti uno accanto all'altro e mi infilai nella terza fila dal fondo, rimuginando tra me e me, quasi senza guardarmi attorno. Un'intera parete di vetro trasparente a riquadri sfaccettati lasciava entrare la pallida luce grigia pomeridiana, donando una profondità perlacea alla lisce pareti a stucco.

Una donna di una certa età, dall'aspetto temibile, con addosso una cerata e pantaloni di tweed, tutta petto e senso pratico, avanzò di buon passo lungo la navata uscendo da una stanza laterale, armata di un vaporizzatore. Passandomi accanto annuì per salutarmi, veloce come chi è indaffarato.

«Posso restare seduto qui?» chiesi, con voce tremante.

«Ma certo, caro. Puoi restare quanto ti pare. È così che si fa.» Tirò su con il naso. «Però chiudiamo alle sei in punto.» Andò verso il fondo della chiesa e si fece largo tra le piante, sempreverdi e fiori arancione e gialli, spruzzandole con vigore come se li stesse abbattendo a fucilate. Qualche gocciolina d'acqua cadde sul pavimento a lastroni di pietra, e restai a guardare mentre veniva assorbita. La donna tornò dove era venuta e la chiesa ripiombò nel silenzio.

Adesso mi sentivo più calmo, anche se di poco, e alzai lo sguardo verso il vanto della chiesa, la grande vetrata colorata sopra l'altar maggiore. La scena della crocifissione era realizzata con vetri colorati gialli e champagne, quasi seppia, a parte il Cristo, che si stagliava contro un fosco cielo cobalto.

Restai a fissare la vetrata a lungo, senza badare ai rumori che venivano da fuori, senza mai sbattere le ciglia mentre lentissimamente, silenziosamente mi avvicinavo, senza mai distogliere lo sguardo dalla faccia del Cristo, cercando di immaginare che cosa stesse pensando, chiedendomi per quale motivo fossi così attratto alla vetrata. Non era affatto la solita immagine standard, serena ed estatica, con la testa classicamente china su una spalla. Quest'uomo sembrava *furibondo*, aveva la bocca socchiusa, il corpo contorto; era stato colto nel mezzo di un movimento e guardava fisso fuori dalla vetrata, gli occhi senza fondo per il dolore. Ma stava pensando, un pensiero più chiaro di quanto fosse mai stato prima. Quella passione era attiva, aveva una forma, stava avvenendo in quel momento, cercava una risoluzione ed esigeva delle risposte. La furia prima del perdono.

Non avevo risposte da offrirgli. Nessuna che mi andasse, almeno. Perché era così arrabbiato con me? Pensare che avevamo tante cose in comune: lui era l'Uomo Che Amava e io ero l'uomo che amava troppo spesso. O troppo. Questa situazione stava probabilmente giungendo al termine, ora che Ben sapeva tutto. Guardavo un uomo per il quale il mondo non aveva segreti, che desiderava ancora che il mondo sapesse tutto ciò che aveva provato, e potevo solo pregare che Ben non scoprisse mai niente di me e Diane. Il mio amore senza limiti sembrava abbastanza limitato, e visti alla chiara luce del giorno i miei intrighi erano sozzi di fango.

Poi, fu quasi un click appena udibile, qualcosa di fondamentale trovò il suo posto.

Potevo cominciare a far meglio. Potevo cominciare a fare ammenda e aiutare i Robbins, tutti e tre. Ray era la chiave. Quel dio infuriato sulla vetrata era la chiave. Fissai la vetrata, guardai il Cristo dritto negli occhi e capii che il mio ritratto di Ray doveva arricchirsi di un ulteriore livello. Lui aveva *il diritto* di amare tutti e tre, *avrebbe* dovuto amarli tutti e tre. E io sapevo di avere la capacità di riprodurre quello sguardo con una sicurezza di tocco che per mesi non ero riuscito a cogliere – quegli stessi mesi in cui avevo inseguito in tondo Ben, Carmel e Diane, e quello stesso infinito inseguimento mi aveva riportato in East Anglia, mi aveva costretto a confrontarmi di continuo con Ray, che mi piacesse oppure no. Dovevo tornare a Londra. Chiusi gli occhi, sperando che non fosse la mia immaginazione a fare sì che l'uomo sulla vetrata sembrasse meno arrabbiato di prima.

Lo schianto della porta di legno contro la parete di pietra echeggiò rimbombando nella chiesa. Ben era entrato senza tanti complimenti, lo sguardo da invasato, ansante. Risalì di corsa la navata e per un istante ebbi l'impressione che volesse aggredirmi. Invece stava ridendo, quasi piegato in due.

«Chiedo asilo, chiedo asilo!» ansimò, e poi mi afferrò per un braccio. «Dobbiamo nasconderci, subito, ho fatto una cosa terribile.»

«Cosa? Che cosa hai fatto?» Ben mi guidò senza tanti complimenti nella cappella laterale e mi spinse sotto il piccolo altare, poi mi raggiunse, cercando di riprendere il controllo del respiro. Feci per dire qualcosa, ma lui mi ingiunse il silenzio. Sogghignando tutto allegro, mi afferrò per la mascella e mi baciò con forza sulla bocca. Aveva le mani nere di terra. Ritraendosi, mi fece l'occhiolino e per poco non riprese a ridere, zittendosi da solo. Per circa trenta secondi il silenzio regnò sovrano, poi la porta si spalancò di nuovo e una voce maschile, che apparteneva a una persona matura, urlò: «Vicario! Vicario! È qui? Vicario!»

«Deve essere il giardiniere», sussurrò Ben, a stento capace di trattenersi.

Nessuna risposta da parte del vicario, e io sapevo che la signora che si era presa cura dei fiori se n'era andata da un bel po'. La porta si richiuse di schianto e lasciammo che l'eco del tonfo svanisse, prima di far capolino sopra l'altare. La chiesa era deserta.

«Fuori di qui, di corsa in paese e troviamo un pub, ma subito, poi riprendiamo un taxi per tornare in stazione. Ecco il piano», disse Ben con tono dogmatico.

«Che cosa hai fatto?»

«Niente. O almeno niente di male.»

«Dimmi che cosa hai fatto.»

«Non appena saremo usciti di qui. Taci, il nemico ti ascolta. Sii prudente, non lasciarti sfuggire niente.»

«Come?»

«*Chiudi il becco.*»

Come un commando che deve attraversare con estrema cautela un territorio scoperto, avanzammo fino alla porta della chiesa e sbirciammo fuori. Avevo paura che da un momento all'altro saltasse fuori il vicario e che con mossa da rugbista ci placcasse a terra. Invece riuscimmo ad arrivare alla strada principale.

«Fai come se niente fosse, Cristo santo», sbottò Ben. «Sono settimane che fai la commedia, puoi continuare a farla. Credo che dovremmo restare nelle viuzze secondarie.» Svoltò in una strada laterale; probabilmente sapeva dove mi stava portando, perché passammo accanto al lontano angolo del cimitero dove era sepolto Ray. Tutte le piantine nuove erano state sradicate e strappate e la lapide era stata graffiata e presa a badilate. L'utensile era ancora a terra, lì accanto. Ben continuò a guardare davanti a sé, avanzando senza abbassare lo sguardo.

«Gesù, Ben. Perché? Abbiamo fatto tutta questa strada solo perché tu potessi farlo?»

Ben aveva ancora quello sguardo da pazzo. Saettante e fiero. Sapeva di aver fatto qualcosa di sbagliato, ma non aveva intenzione di ammetterlo. «Non mi criticare. È stata una buona idea. Come ti dicevo, sapevo che non sarei mai più tornato qui e così ho approfittato al massimo dell'occasione.»

«Credevo che avessi bisogno di restare un attimo solo con il tuo papà. Per far pace con lui, qualcosa del genere.»

«L'ho fatto. Mi sento *benissimo*.» Ben avanzava a gran passi, senza esitazioni, le mani cacciate nelle tasche del cappotto. Stavamo facendo la strada più lunga verso il mare. Rallentò il passo e lasciò che lo raggiungessi. «Forse non dovremmo andare in un pub, il buon giardiniere potrebbe essere lì. Che cosa ne pensi?»

«Come vuoi tu.»

«Ma guardati lì, tutto lustro e pulito, lo chiedo a te. Hai portato il cellulare?» Glielo porsi e lui tirò fuori dal portafogli il biglietto da visita del taxi che avevamo utilizzato per arrivare. Fece di nuovo qualche passo avanti mentre si metteva in contatto con la società di taxi e organizzava le cose in modo che ci venissero a prendere a una pensilina dell'autobus a un centinaio di metri da lì, di fronte al mare. «...tra dieci minuti. Grazie mille. A che ora c'è un treno che torna a Londra, lo sa?... Oh, bene, benissimo, grazie.»

Tenne alto il cellulare, aspettandosi che corressi a prenderlo dalle sue mani. «È ora di andarcene da questo buco del culo rurale. Ma dimmi te come si fa a vivere in campagna? Buona solo per chi ha la vocazione dell'eremita e per i pensionati. Vorrei tanto restare e fare conoscenza con qualche indigeno, ma forse non è il caso. Prenderemo il primo treno, credo, probabilmente è proprio quello di stamattina che ora torna indietro, dato che siamo rimasti qui...» Guardò l'orologio al polso con un gesto vistoso. «...la bellezza di quaranta minuti, se non meno. Ma sono stati quaranta minuti favolosi. Intitolerò questo capitolo della mia autobiografia...» Con la mano aperta tracciò un ampio gesto circolare, come se avesse davanti un pannello o un cartellone teatrale. «*Tradimento e profanazione*. Che ne dici? Suona un po' come *Assassinio nella cattedrale*, ti pare?»

«Come?»

«Ma non hai mai letto niente in vita tua? Ma certo che no.» Ci rifugiammo sotto le ali materne della pensilina dell'autobus, vecchio stile, in mattoni. Il mare non aveva orizzonte, sbiadiva infinito nel cielo grigio. In fondo a un piccolo molo le onde si infrangevano in spruzzi, e a ogni ondata due bambini si voltavano verso i genitori strillando di gioia. Senza degnare il mare di uno sguardo, Ben si accasciò sulla panchina. Sembrava stanco. «Sono stranamente non-arrabbiato con te, anche se Dio sa se dovrei esserlo. Avevi perfettamente ragione, sono in pace con me stesso. A dirtela tutta, in questo momento non me ne frega un accidente.»

«Senti, se vuoi scaricarmi...»

Ben mi interruppe, insistente e implacabile. «Non te la caverai così a buon mercato, non te la fili per l'uscita di servizio, temo. No, proprio no.»

«E allora, che cosa hai intenzione di fare?» Ben aveva il

coltello dalla parte del manico, e lo sapeva. Per tutto il periodo in cui eravamo stati insieme, ero stato io a stabilire l'andatura, a concedermi a lui quando ne avevo voglia. Adesso tutto stava cambiando.

«Che cosa ho intenzione di fare?» Assaporò il suo momento di gloria, riflettendo, e per la prima volta alzò lo sguardo sul mare. «Lo racconterò a Carmel, così potrà ucciderti a nome di tutti e due. Non è una cattiva idea, ti pare? Lei è molto più temibile di me, ma questo lo sai già, non è vero? Io non c'entro per niente, Vostro Onore, io stavo giocando a *Tomb Raider* con il sepolcro del mio stesso padre. Che chiccha.»

«Lo dirai a Carmel?»

Mi guardò, ora sembrava più maturo, più serio. «Ne vale la pena, Adam? Che cosa vale la pena per te? È questo il punto, no? In un modo o nell'altro, non riuscirei mai ad averti tutto per me. Non avrei mai la tua totale e assoluta attenzione. E allora fin dove sei pronto a spingerti per mantenere questa situazione così confortevole?» Il taxi si fermò davanti a noi. «Ed ecco il taxi, che ti concede un po' di tempo per pensare.» Mi passò una banconota da dieci sterline. «Paga tu l'autista quando scendiamo. Le mie mani sono... potrebbe sospettare qualcosa.»

Nessuna sorpresa che fosse lo stesso autista dell'andata. Disse: «Avevo immaginato che doveste essere voi. Avete fatto in fretta».

Ben si mise davanti e io salii dietro. «Abbiamo fatto quel che dovevamo fare e ce ne andiamo. Alla stazione ferroviaria, per favore», disse disinvolto Ben, mentre si allacciava la cintura. «È questa la cosa strana della vita del corriere, finisci per vedere tutto, ma per dieci minuti. L'unica parte di Singapore che conosco è l'aeroporto, ci credereste? Ma questa volta è stata davvero strana, non mi capita spesso di consegnare roba in posti del genere. È proprio un bel paesino tranquillo, vero?»

«Siete dei corrieri? Tutti e due?» Il tassista mi diede un'occhiata dallo specchietto retrovisore.

«Io sono solo un accompagnatore occasionale», dissi.

Ben intervenne. «Il mio amico, qui, fa mille cose, vero? Ha le mani in pasta dappertutto. È una personcina dinamica, niente da dire.»

Ci vollero circa quindici minuti per tornare alla stazione, e in questo tempo Ben riuscì a snocciolare al tassista una sfilza infinita e continua di domande a proposito della campagna e da quanto tempo stesse vivendo in quella zona. Io, sul sedile posteriore, continuai a tenere il becco chiuso, chiedendomi che cosa dovessi fare. Chiusi gli occhi e rividi la faccia arrabbiata sulla vetrata della chiesa che mi guardava fisso. Quel volto era furioso, e non riuscivo a liberarmene. E mi venne in mente il cambiamento che intendevo fare al ritratto di Ray. Il treno era in orario e salimmo a bordo di corsa. Mi ero aspettato di trovare cellulari e posti di blocco che ci impedissero di proseguire, ma evidentemente il giardiniere non aveva telefonato alla polizia. Ero stupefatto: forse è vero che ogni giorno qualcuno profana delle tombe. Ma di certo non accade nell'East Suffolk. Ne ero certo.

Chissà, forse mi stavo dando troppa importanza, come al solito, ma ero sicuro che Ben non avrebbe fatto scempio della tomba se non avesse appena scoperto la verità su me e Carmel. Trovare il padre morente, poi permettere che questo fatto dominasse la sua vita per i quattordici anni seguenti, senza mai lasciare mammina... be', anche queste erano delle ragioni niente male, e se Ben aveva spezzato le catene strappando qualche pianta di violetta africana, allora il gesto aveva raggiunto lo scopo. *Forse*. Era tutto più forte e molto più concreto di quanto mi sarei aspettato da parte di Ben.

Ben si addormentò quasi subito, e fino a Liverpool Street restò con la testa appoggiata sulla mia spalla. Si svegliò solo il tempo necessario per cambiare treno, a Ipswich. Dormì tranquillamente, e sembrò che non sognasse affatto, limitandosi a spostarsi appena di quando in quando, senza mai allontanarsi, anzi rannicchiandosi sempre di più contro di me, fino a quando non mi ritrovai praticamente inchiodato al sedile. Ben ronfava e io guardavo il sole scendere sul Suffolk, un tramonto di quel rosa intenso che non si vede da nessun'altra parte e che mi faceva venire una gran nostalgia di casa. Mi era sembrato strano trovarmi a non più di trenta minuti da mamma e papà e non andare a trovarli. Tanto per darvi un'idea della schifezza di giorno che era stata, cominciai a desiderare che arrivasse Natale. Mentre arrivavamo a Londra, svegliai Ben, non senza trepidazione.

«Ehhh? Oh. Siamo già arrivati? Bene.» Alzò lo sguardo su di me e sorrise. Nel sonno gli si era formata una gran piega sulla guancia. «Devo essere uno splendore, vero?»

«Molto di più, di più. Avevi bisogno di farti una dormita.»

«Credo di sì.» Ben si raddrizzò sul sedile, facendo una smorfia e stirandosi il collo. «Ahia.» Sbuffò e squadrò il vagone da cima a fondo. Era deserto, a parte una giovane coppia a tre sedili di distanza. «Non fare quella faccia spaventata, Casanova. Non ho intenzione di dire niente a Mel, di sicuro non in questo fine settimana. Ci sono troppe altre cose in ballo.» Scendemmo dal treno, avviandoci all'uscita. «Però ricordati quello che ti ho chiesto. Fino a dove sei pronto ad arrivare per mantenere la situazione che hai creato? Perché forse si può fare.»

Sulla metropolitana, di ritorno a casa, restai in silenzio.

Il numero 52 era avvolto nelle tenebre. Con mia grande sorpresa, Carmel era ancora lì, seduta con Diane davanti alla tele, in soggiorno. Cosa insolita, erano entrambe sul divano: sembrava che Carmel si stesse prendendo cura di Diane. Diane era struccata, aveva un'aria tirata e stanca. Sul tavolino c'era una bottiglia mezza vuota di gin, accanto a una ciotola di limoni affettati e avvizziti. Ben si abbandonò sulla sua poltrona preferita, e io ne approfittai per correre di sopra, dicendo di aver bisogno di farmi un bagno, prima che chiunque avesse modo di mettersi a parlare. Carmel mi aveva scoccato un sorrisetto, come a dirmi, vedi, sono nel bel mezzo di una faccenda di famiglia. Era già qualcosa – mi sorrideva ancora. Ma quanto sarebbe durato?

Feci scorrere l'acqua nella vasca e andai in camera per capire esattamente che cosa dovevo cambiare nel quadro. L'avevo portato in casa di nascosto, un paio di giorni prima, sistemandolo contro la parete dietro alla scrivania, in modo che Diane non lo potesse vedere ma che la tela potesse continuare ad asciugarsi all'aria. Ricordavo che l'espressione di Ray era un po' rigida rispetto all'idea che ora avevo in mente. Nel buio, sistemai il ritratto sul cavalletto e poi accesi tutte le luci.

Ed era perfetto. Tutto quello che avevo visto sulla vetrata della chiesa e volevo mettere nel dipinto, tutto l'amore che era la vera ragione di quello sguardo arrabbiato... era lì. Non riuscivo a crederci. Le pennellate erano le stesse, la tinta era la stessa, ma gli occhi erano diversi. Oppure ero cambiato io. Quello era il ritratto di un uomo che mancava alla sua famiglia, e che meritava di essere rimpianto. Era il momento ideale, pensai.

Dall'esterno del soggiorno potevo sentire le voci. Carmel per prima, ragionevole e sicura. «Non posso più farlo. Ho già fatto i miei turni in miniera per il bene di questa famiglia.»

Diane la interruppe, indignata, la voce stridula per l'emozione. «E tu credi che io non l'abbia fatto? Quand'è che arriva la mia carta *Uscite gratis di prigione*? Perché tu dovresti…»

Ben era ovviamente dalla parte della sorella. «Mamma, *mamma*, ti prego, ascolta. Abbiamo detto solo che forse dovremmo gettarci il passato alle spalle. Me lo hai ripetuto anche tu tante volte.»

«Non mi rinfacciare le mie parole. Tu non mi ascolti, perché dovrei farlo io?»

«Potremmo vendere la casa, andarcene via. Perché non lo facciamo? Che ne dici?» Silenzio. Diane, esasperata, taceva. Forse avrei potuto essere d'aiuto, in quel momento. Bussai con delicatezza e feci capolino nel soggiorno. La mia famiglia si voltò a guardarmi.

«Scusate se vi disturbo. Posso mostrarvi una cosa che ho dipinto? È di sopra, spero che vi piaccia. L'ho fatta per tutti voi.»

17

Diane ci mise un po' a riprendersi. Non era esattamente la reazione che avevo sperato di suscitare, ma almeno si trattava di una reazione vera e propria, più forte di quella che scatenava la maggior parte dei ritratti contemporanei. Si accasciò quasi immediatamente, ansimò, svenne. Li avevo radunati nella mia stanza, erano rimasti tutti a guardare, colmi di aspettativa, me e poi la tela che avevo messo sul cavalletto girato verso il muro, prontissimi a sciorinare commenti lievemente paternalistici, ma incoraggianti. Non avevo detto niente su quel che stavano per vedere, solo «Credo che questa sia la migliore opera che abbia mai prodotto», e avevo girato il cavalletto. Per la prima volta da molto, molto tempo, Ray aveva guardato la sua famiglia. I membri della famiglia si erano immediatamente staccati appena uno dall'altro, ritraendosi inconsapevolmente, ed erano rimasti tutti a bocca appena socchiusa, cercando di nascondere i loro pensieri dietro facce di circostanza. Ma io non riuscii a vedere altro che paura. Diane impallidì e si piegò sulle ginocchia, sostenuta dai figli.

«Che razza di scherzo è questo, Adam?» mi urlò Ben, inginocchiandosi accanto alla madre e massaggiandole le mani. «Deficiente, *degenerato*!»

«Gesù, Adam, avresti potuto anche avvertirci.» Carmel schizzò fuori dalla stanza per andare a prendere un panno bagnato e un bicchier d'acqua. In piedi accanto al mio capolavoro, cominciai a emettere, inconsapevolmente, stranissimi gemiti che esprimevano una paura assoluta, lamenti intensi di puro terrore.

«Perché è svenuta? Perché è svenuta? Credevo che le sarebbe piaciuto. Si riprenderà?» Cercai di rendermi utile, ma Ben mi diede una manata, allontanandomi.

«Grazie, ma hai già fatto abbastanza, davvero. Che razza di idiota del cazzo. Ti dico una cosa, *amico*, Carmel è a tua disposizione. Arriva il momento in cui scopare da dio non basta, e quel momento è arrivato, oh se è *arrivato*. La mamma non ne verrà mai fuori, mai.»

Carmel tornò nella stanza e mi spinse via, parlando con Ben come se io non fossi stato lì. «Che cosa gli hai detto, Ben?»

«Detto cosa?» Ero sull'orlo del panico. Credevo di essere l'unico ad avere tutte le informazioni. Mi ignorarono, e Ben replicò: «Guarda che sei tu che te la fai con lui, che cosa gli hai detto *tu*!»

Carmel cadde in ginocchio e posò il panno bagnato sulla fronte della madre. «Finalmente ci sei arrivato, eh? Ce ne hai messo di tempo.» Ben non replicò, lasciando a Carmel la soddisfazione di segnare un punto a suo favore. Sapeva di avere ancora un asso nella manica, e sapeva che effetto avrebbe prodotto su di lei. Carmel continuò: «Non gli ho detto un bel niente, neppure una parola, giuro».

Diane farfugliò qualcosa. «Non guardarmi in quel modo. Non guardarmi così.» Le lacrime le rigavano le guance.

Carmel si alzò in piedi. «Sarà il caso di chiamare un'ambulanza? Potrebbe aver avuto un infarto, non so.» *Il mio quadro aveva fatto venire un infarto a Diane?* Non riuscivo a credere alle mie orecchie.

«No, non credo», rispose Ben. «E comunque, non possiamo chiamare nessuno. Resta tutto tra noi.» Si scambiarono un'occhiata indecifrabile. Per una ragione che mi sfuggiva, questa faccenda doveva passare sotto silenzio, doveva essere archiviata nel più buio recesso appena possibile. Per il bene di tutti. Diane si riprese e scosse via il panno, che finì a terra. Ben sospirò di sollievo. «Si sta riprendendo. Tutto bene.»

Le palpebre di Diane tremolarono, e lei, lentamente, si tirò a sedere, sostenuta da Carmel. Le ci volle un po' prima di riprendere del tutto coscienza, serrando nuovamente gli occhi. Ben le teneva la mano, massaggiandole il dorso per ridarle calore. Diane bevve un sorso d'acqua e il suo sguardo scivolò per un istante sul ritratto del maito, poi si fissò su di me. Era terrorizzata. Semplicemente terrorizzata. «Che cosa sai?»

«Non so niente», risposi. «Credo che sia questo il problema.»

«Questa non è la verità», disse Carmel.

«Mi sono limitato a dipingerlo. È successo. Mi è venuto fuori così.» Sedetti sul letto, guardando Diane accasciata a terra, appoggiata a Carmel.

«Come facevi a sapere che era proprio così?» mormorò Diane. Nel mezzo di tutto quel caos, provai un sussulto di trionfo. Avevo trovato Ray.

«Lo conosco perché tutti voi mi avete raccontato delle cose di lui. Era un brav'uomo ma non era un santo, ecco l'impressione che ne ho avuto.» I Robbins si guardarono l'un l'altro: stavano scoprendo che ciascuno di loro aveva una vita al di fuori della famiglia. «Ma io volevo cogliere la parte migliore di lui… perché so che vi voleva bene. Me lo avete detto tutti. Vi amava.»

Diane era stupefatta. Persino sconvolta. «Questo è uno

sguardo *d'amore*? Volevi che questa fosse un'espressione *d'amore*?» Si alzò, avvicinandosi con cautela alla tela.

A bassa voce, Ben mi chiese: «Dimmi un po', quanto durerà ancora il tuo corso?»

«Tre anni», risposi, umiliato.

«Non abbastanza», sussurrò Carmel. «Devi avere un concetto dell'amore molto strano, se sei convinto che questo sia amore. Per quanto strano fosse il suo.»

L'unico pensiero che mi turbinava in testa era: *Ho uno strano concetto dell'amore. Le persone che amo credono che io abbia uno strano concetto dell'amore.*

«Ero convinta che non avrei mai più rivisto quello sguardo», disse Diane, incapace di restare davanti al quadro. Si mise a mezzo passo di distanza, di lato, guardandolo di sbieco, come se lo stesse scrutando, timorosa, da dietro un angolo. Ray ricambiava lo sguardo, sfidandola a chi per primo avesse abbassato gli occhi. Vinse senza sforzo. «Era proprio così l'istante prima che cominciasse a picchiarmi. O un attimo prima che chiedesse scusa. Per lui era uguale.» Carmel abbassò lo sguardo sul pavimento, non voleva ascoltare, ma aveva paura di perdere una sola parola. Lentamente, Ben si rimise in piedi, pronto a correre in aiuto se Diane fosse svenuta di nuovo. Lei girò attorno al cavalletto, quasi a volersi assicurare che Ray fosse tornato sì, ma solo a due dimensioni, poi guardò nuovamente il marito, più calma ora. Era affascinata dai suoi occhi, come sapevo che sarebbe stato. Ma non in questo modo.

Nel pomeriggio avevo visto quello sguardo su una vetrata che rappresentava *Cristo*. Avevo trovato quell'espressione nei sentimenti che provavo per Carmel e Ben. E invece per tutti loro era l'esatto opposto dell'amore: non riuscivo a capirlo. Dove avevo sbagliato?

Diane prese una decisione. «Posso farlo a pezzi? Posso distruggerlo?» chiese. «Io e questo dipinto non possiamo restare nello stesso *posto*. Giuro, non è possibile. È come se lui fosse tornato, e io non voglio che torni. Lui non tornerà mai più.»

«Fanne quello che vuoi» risposi a mezza voce. Ormai era chiaro che dovevo trovarmi un altro alloggio.

«Non lo stavo chiedendo a te», replicò Diane. «Ragazzi? Mi permettete di farlo?»

«Liberatene. È la giornata ideale per farlo», disse Ben, sapendo che Diane non avrebbe capito. «Ti sentirai meglio, te lo prometto.»

«Devi farlo, mamma. Devi farlo», la spronò Carmel.

Diane prese dalla mia scrivania un tubetto di rosso scarlatto. Brandendolo come un'arma, mormorò: «Non guardarmi in quel modo», e strizzò un vermicello di colore su ciascun occhio. Spalmò la tinta con la punta delle dita: un gesto che divenne sempre più sicuro, fino a quando gli occhi non furono del tutto cancellati. Carmel inspirò brevemente. Nel ritratto Ray aveva la bocca aperta e senza gli occhi, con le orbite che colavano colore, era come se di colpo si fosse messo a urlare. Anch'io, dentro di me, urlavo: la mia opera stava per essere distrutta. Era mia, non era di nessun altro.

Diane prese un taglierino. Ora si muoveva con la libertà e la destrezza di un artista gestuale: quando un movimento ti fa sentire bene, è quello corretto, le scelte che compi d'istinto sono le più vere. La osservavo quasi con invidia: fatta eccezione per quella tela, io non avevo mai dipinto così. Con la schiena rivolta a noi, Diane pugnalò Ray al naso, conficcando la lama con un gesto misurato. Ben e Carmel trattenevano il fiato, incantati. La lama affondava rapidamente, producendo ogni volta un taglio non più lungo di un paio di centimetri, quasi invisibile. Ma non perché Diane avesse timore di colpire: lo stava solo tormentando. Il taglio seguente fu profondo e gli attraversò la faccia dal basso da sinistra a destra. La rasoiata seguente lo tranciò in quattro. Ora Diane tracciava lunghi, profondi tagli verso il basso, e alla fine non restarono altro che lunghe strisce che pendevano dietro il cavalletto, mostrando la tela vuota sotto il quadro. Poi, con un ultimo, ampio gesto di trionfo, Diane tagliò via del tutto la parte più alta della tela. Era come se ogni rasoiata fosse fatta sulla mia pelle. Ray era sparito.

Diane borbottò qualcosa che non riuscii a sentire, ma Ben era più vicino a lei e la interruppe subito con una serie di evviva e di grida di giubilo, per impedirle di continuare. Lei si voltò a guardarlo, quasi divertita dalla sua reazione: ormai stava tornando alla normalità. Nella sua voce c'era un accenno di divertimento. «Adam, lo farò ogni settimana, se ci stai. E ti pagherò per questo. È una terapia fantastica, no?» Si mise a colpire con la lama le frange di tela tagliata. Finalmente, un po' di nostalgia vera e propria, non di ricordi elaborati a mio esclusivo beneficio. E avevo ottenuto la mia prima commissione.

«Forse non è stata un'idea così malvagia, dopo tutto», disse Ben. Sedette appoggiandosi alla scrivania, e il suo sollievo era palese. «Ragazzi, che giornata, niente da dire.» Mi squadrò da capo a piedi. «Il nostro caro pensionante non è così stupido come credevamo. Forse è un *idiot savan*t. Oh, sorellina, abbraccialo, il tuo ragazzo ha l'aria di una pecorella smarrita.» Ben e Carmel continuarono a chiacchierare tra di loro, dicendo che forse dovevamo scendere tutti di sotto e farci una bevutona con i fiocchi.

Io non potevo far altro che osservare Diane con la coda dell'occhio. Alle parole «*il tuo ragazzo*», aveva smesso di sfiorare con le dita ciò che restava del quadro ed era tornata alla realtà. Lentamente, ignorando il figlio e la figlia che si azzuffavano allegramente sulla esatta pronuncia di «*idiot savant*» (le «T» si pronunciavano o no?), voltò la testa di circa dieci gradi verso di me. Io continuai a guardare avanti, osservandola con la coda dell'occhio, mentre lei faceva esattamente lo stesso. Mi sentii avvampare.

Lo shock che aveva provato sentendo «*il tuo ragazzo*» era impossibile da nascondere, ma per fortuna Ben e Carmel non la stavano guardando: evidentemente, Diane non sapeva niente di Carmel e me. Aveva confidato alla figlia che pensava io avessi una cotta per lei; da parte sua, si era presa una strana cotta cotta per me; mi aveva sedotto; aveva rinunciato alle sue «pretese» su di me in modo che potessi stare con Emily: per lei era stato tutto vero. Ora capiva di aver condiviso l'amante con la figlia. La verità aveva un sapore più amaro di quanto avessi pensato. Non si era trattato solo di sesso, non per lei. Io ero stato un facsimile della giovane divinità che aveva sposato, stesse origini, stessa età, stessa costituzione.

«Devo andare al gabinetto. Devo proprio andare», disse lentamente Diane. Si allontanò, assicurandosi che non riuscissi a vederla in faccia. Potevo solo cercare di capire il suo stato d'animo dalla schiena, dritta come un fuso per la tensione.

«Anch'io. Deve esser colpa di tutta questa eccitazione», disse Carmel, cercando di strappare un sorriso a sua madre.

«Io vado giù», disse Diane. Lasciò la stanza senza guardarmi. Carmel attraversò il pianerottolo ed entrò in bagno, gridando a Diane di preparare da bere.

Rimasi solo con Ben. Lui era appoggiato alla mia scrivania, io ero dall'altra parte della stanza, seduto in pizzo al letto. Il letto di tutti noi. Restammo a guardarci in silenzio per qualche istante; sapevo che cosa stava per succedere. Notai che aveva le ginocchia dei calzoni sporche di terra del cimitero e i capelli scarmigliati. Fece per parlare, ma ci rinunciò. Alzò le mani: si arrendeva.

«È finita. Tu e io. Questo pomeriggio volevo tenerti a tutti i costi, ero pronto a perdonarti qualsiasi cosa, e ora, dopo questo... questo *pasticcio*, non sei che un cazzone come tutti gli altri. Dopo quello che ho fatto nel pomeriggio, sei riuscito a combinare questo guaio, convinto di esserci d'aiuto? Hai l'intuito e il tempismo di una eiaculazione precoce, sei così duro di comprendonio, così immeritevole della mia attenzione, che delusione. Piccolo *fighetto*. Ma che cazzo avevi in mente, con quel tuo "Ho un quadro da mostrarvi"?»

«Volevo aiutarvi.»

Non l'avevo mai visto così furibondo e sicuro di sé. La sua voce trasudava disprezzo. «Egli parla, il giovane stallone possiede una lingua e non gli serve solo per il cunnilingus. Avrei dovuto capirlo, quando facevi un pompino sembravi un tetraplegico che lotta con un'anguilla. Volevi aiutarci, figuriamoci...»

La porta d'ingresso si richiuse di schianto.

«Mamma?» Ben corse in cima alle scale, mentre Carmel schizzava fuori dal bagno. La macchina stava uscendo con uno stridio dal garage, e si immetteva su Christie Avenue. Dalla finestra, vidi Diane che svoltava a sinistra, al termine della strada. Capii dal modo in cui guidava che era sconvolta: non aveva neppure acceso i fari né messo la freccia. A me non aveva insegnato così. Mi resi conto che nei cinque minuti precedenti avevo pianto. Carmel era in mezzo alla strada e si teneva le mani intrecciate sulla nuca, sapendo che non c'era modo di raggiungere la madre: aveva preso l'unica auto di famiglia. Ben corse fino all'angolo nel vano tentativo di fermarla, poi di colpo si piegò in due, le mani sulle ginocchia. Carmel gli si avvicinò, poi non li vidi più, protetti dalle fronde di un albero.

Quando Ben e Carmel rientrarono, una decina di minuti dopo, ero seduto sulle scale. Carmel stava ancora cercando di calmare il fratello. La partenza della mamma e quella corsa a tutta velocità per inseguirla gli avevano scatenato un attacco d'ansia simile a quello che aveva avuto qualche settimana prima, quando Carmel se n'era andata dopo lo scontro sui soldi. Carmel lo fece sedere su una sedia nell'ingresso, e lo costrinse a stare dritto e a respirare a fondo. Gli tolse con una carezza i capelli dagli occhi. «Non ti preoccupare per lei, ha solo bisogno di farsi un giro nei paraggi, per calmarsi, poi tornerà. Resta seduto qui, io do un'occhiata in giro.» Si rialzò e mi vide sulle scale. Sibilando con la faccia tra gli spazi della ringhiera, disse: «Controlla in camera tua se ha preso con sé il coltello. Io guardo in cucina». Risalii a quattro zampe fino in camera. Non c'era traccia del taglierino. Mi incontrai con Carmel in cima alle scale. Stava scrollando la testa, e mi sussurrò: «Ci sono tutti i coltelli da cucina, ma non quello che aveva prima in mano. Lo hai trovato tu?» Anch'io scrollai il capo. Carmel sembrava confusa. «Siamo riusciti a gestire tutta la faccenda del ritratto, e stava quasi ridendo, quando è corsa via. Non riesco a capire, ha avuto una reazione che avrei potuto avere io.»

Con una voce così tremante che quasi non riuscivo a parlare dissi: «Credo che dovremmo chiamare la polizia».

«Non potrebbero fare niente. Credo che sia ancora permesso andare a farsi un giro in macchina con un utensile da lavoro. Non farà sciocchezze, la conosco.»

Non abbastanza bene, pensai. Nessuno conosce la propria madre abbastanza bene da poter dire una cosa del genere. Ecco una cosa che avevo imparato nella mia prima sessione universitaria.

«Carmel? Carmel?» Era la voce di Ben che chiamava dal piano di sotto. Carmel si affrettò a dirmi: «Non parlargli del coltello, non faresti che sconvolgerlo di nuovo».

Ben era in cucina, ancora un po' ansimante, e si spruzzava la faccia d'acqua. Si era bagnato i capelli e li aveva lisciati all'indietro, sembrando ancora più pallido. Parlò con la sorella a voce bassa, si innervosì e Carmel cominciò a cercare un fazzoletto nella tasca dei pantaloni. Visto che non lo trovava, cercò nelle tasche del suo cappotto, appeso allo schienale di una sedia. Continuando a parlare della velocità di guida di Diane, Ben si girò verso il lavello, e quindi fui l'unico a vedere quando Carmel si accorse che dal suo cappotto mancava qualcosa. Senza scomporsi minimamente, si infilò il cappotto, annunciando: «Sapete che vi dico, io vado a casa mia… chiamatemi se ritorna e io vi telefonerò se succede qualcosa. Adam, potresti chiamarmi un taxi, per favore?»

«Perché dovrebbe chiamarti a casa tua?» protestò Ben. «Lo sa che sei qui.»

«Dovremmo essere pronti a tutte le evenienze, non si sa mai.»

In piedi sulla soglia della cucina, dissi: «Io vengo con te».

Ben mi lanciò un'occhiata gelida e implacabile. «Sei ancora qui? Voglio che tu te ne vada da questa casa, mi capisci?» Annuii, ricacciando indietro le lacrime. Aveva dormito sulla mia spalla per tutto il tragitto dal Suffolk, dicendomi che voleva restare con me a tutti i costi… e ora era tutto finito, per sempre.

Carmel disse: «Sistemeremo ogni cosa non appena la mamma tornerà e saremo certi che sta bene».

«No, tu non hai capito, voglio che se ne vada», insisté Ben, facendosi nuovamente paonazzo.

«Stai bene? Posso andare?»

Ben fece un gesto di noncuranza. «Sto bene. Se mi sentirò di nuovo male, ti chiamerò, oppure ti chiamerà quello delle pompe funebri.»

Chiamai un taxi, ma mentre lo facevo riuscii a sentire e vedere Carmel che diceva: «Non ti inquietare di nuovo. Riusciremo a venire fuori da questo anniversario di merda senza che tu ti ammali come fai di solito e senza che la mamma si becchi una serie di multe. Succede tutti gli anni, lo sai, andrà tutto bene». Baciò il fratello sulla guancia: era la prima volta che glielo vedevo fare. «Senti, puoi prestarmi un deca per il taxi? Non mi pagano fino alla settimana prossima.» Ben sospirò e prese il portafogli. Carmel ripose subito la banconota. «Scusa.»

Mentre parlavano, uscii ad aspettare il taxi. Volevo andare con Carmel perché Ben non voleva stare con me e, cosa ancora più importante, dovevo essere con Carmel quando si sarebbe incontrata con la madre: c'erano ancora troppe cose che potevano emergere. Del taxi nessun segno, così rientrai a richiamare la compagnia. Carmel, nell'ingresso, si stava abbottonando il cappotto. Sussurrò: «La mamma ha preso le mie chiavi. Probabilmente sta andando a casa mia, Dio solo sa perché».

Strizzai gli occhi per il dolore. «Credo di sapere perché se n'è andata.»

«Perché?»

«Ha sentito Ben dire che noi stiamo insieme.»

«Quando?» Carmel, stupefatta, stava cercando di ricordare.

«Un attimo prima che uscisse. Mi avevi detto che lei credeva che provassi qualcosa per lei, e forse per lei la faccenda era più seria di quanto...» La mia voce si affievolì. In strada un taxi strombazzò. Salutammo Ben a voce alta, e ci avvicinammo alla macchina. Nell'aria gelida, Carmel si rintanò nel cappotto.

«È incazzata nera con me», disse Carmel. «Non è vero?»

Mi strinsi nelle spalle. «O con me. Non so. Be', insomma...»

«Cosa?» Carmel si fermò sui suoi passi e mi posò le mani sulle spalle, costringendomi a guardarla negli occhi. Era lo stesso gesto che avrebbe potuto fare una giovane madre quando pretende che il figlio le mostri quello che ha messo in bocca, qualsiasi cosa sia. «*Cosa, Adam?*»

«L'altro giorno ha tentato di baciarmi e io ho detto di no. Mi ha fatto una specie di proposta.»

«Oh, merda.»

«Oh, merda.»

Ancora bugie. Cercavo di fare del mio meglio giocando con tutte le parole possibili, ma in realtà stavo per giocarmi la mia ultima possibilità di salvezza. Forse avevo un'infima speranza di cavarmela, ma neanche tanto. Corremmo al taxi.

C'erano un milione di spiegazioni possibili per quello che Diane stava facendo o progettava di fare, e ci vennero in mente tutte mentre il taxi attraversava di corsa Londra. Ma non parlammo di nessuna. Qualsiasi ipotesi coinvolgesse il taglierino non aveva un esito felice e anche quelle che non avevano a che fare con coltelli e simili non erano un granché. Mentre svoltavamo nella strada della casa di Carmel, lei allungò il collo per guardare verso la sua finestra.

«Ci sono delle luci accese», disse. «Ecco la macchina.»

Forse Diane si era calmata, perché aveva effettuato un parcheggio da manuale: a circa quindici centimetri dal marciapiede e perfettamente parallelo al cordolo. La porta d'ingresso di Carmel era stata lasciata socchiusa, e una lama di luce usciva dall'appartamento al primo piano, illuminando in parte la tromba delle scale.

«Mamma? Mamma?» Nella voce di Carmel c'era un accento di panico: che cosa avrei fatto se Diane fosse stata lassù, sanguinante, in punto di morte? Non solo per colpa mia, ma a causa di una serie di eventi e sentimenti concatenati che forse io avevo scatenato. Carmel corse su per le scale e si precipitò nell'appartamento, con me alle calcagna.

Diane era seduta in poltrona, china in avanti, e rifletteva. La lampada sullo scaffale alle sue spalle disegnava il profilo della testa, circondandolo di luce gialla. La silhouette sarebbe stata perfetta, se un'altra lampada al lato opposto non avesse rischiarato l'ambiente tanto da permetterci di scorgere i suoi occhi che abbracciavano l'intera stanza. Carmel si affacciò sulla soglia. «Mamma. Eravamo preoccupati. Che cosa stai facendo?» Diane aspettò un paio di secondi prima di rispondere. Ebbi l'orrenda visione di lei che ricadeva in avanti, come se fosse spirata in un momento di massimo interesse.

Invece disse: «Questa stanza è una meraviglia, Carmel, come l'hai sistemata bene. Sono rimasta qui seduta a osservare ogni cosa ed è una stanza che dona la pace, quando ci sei dentro. Non me n'ero resa conto».

«Era lo scopo che volevo», disse Carmel con dolcezza. «Ho bisogno dei miei spazi.»

«Sono arrivata qui con in testa dei pensieri tremendi», continuò Diane. «Su te e Adam. È qui?»

«Sono qui.»

Diane si accorse appena della mia presenza e disse a Carmel: «Mi sento così stupida».

«Non è il caso.»

«E vecchia.»

«Per questo non c'è molto da fare», disse Carmel impassibile.

Almeno questa frase riuscì a ottenere un sorriso. Diane si accorse che mancava qualcuno. «Ben sta bene?»

«È a casa. Ha avuto uno dei soliti attacchi di asma, quando te ne sei andata.»

Diane si alzò immediatamente e Carmel e io restammo di sasso, vedendo che aveva ancora in mano il taglierino. «Sta male? È stata colpa mia? Devo andare da lui.»

«Sta bene, mamma. Tra un minuto lo chiamiamo e gli diciamo che è tutto a posto. Potresti darmelo?»

«Questo?» Diane alzò il coltello.

«Adam lo rivorrebbe indietro.»

«Non farò sciocchezze», disse Diane. Per un istante parve vergognarsi. «Avevo pensato di fare una sciocchezza e sono rimasta seduta qui, cercando di trovare il coraggio di...» Non riuscì a dirlo.

«Fare una sciocchezza?» concluse Carmel, cercando in ogni modo di non lasciar trasparire le sue emozioni.

«Già. Questa stanza mi ha aiutato a calmarmi. Il modo in cui tu vivi, una giovane donna con un appartamento tutto suo... mi ha rilassata.» Doveva essere una primizia: un potenziale tentativo di suicidio evitato grazie al feng-shui e ad alcuni oggetti scelti con grande gusto. Diane continuò. «Sono rimasta seduta qui, e per qualche minuto ho cercato di essere te. Sei molto fortunata.»

«Posso avere quel coltello, mamma?»

«Sei preoccupata per me, vero? Mi spiace.» Diane fece rientrare la lama e porse il taglierino. Carmel se lo infilò in tasca. «Dovrei essere io a preoccuparmi per te. Quando hai cominciato a preoccuparti per me?»

«Un po' di tempo fa. Ci preoccupiamo tutti e due.»

«Tu e Ben, intendi dire?» Lo sguardo di Diane si posò su di me, interrogativo.

«Io e Ben.»

Diane tornò a sedersi. Io rimasi nell'ingresso, osservando a una certa distanza Carmel che si sedeva ai piedi della madre, e alzava lo sguardo su di lei. Si tenevano per mano, guardandosi fisso negli occhi, respirando profondamente. Per la prima volta erano alla pari.

Diane spezzò il silenzio. «Sei così fortunata.»

Carmel sorrise tristemente e alzò gli occhi verso sua madre. «Dimmi perché. Mi piacerebbe saperlo.»

«Non ho mai avuto un posto come questo, o almeno non l'ho mai avuto tutto per me, come ce l'hai tu. È difficile sedere qui e provare per cinque minuti a mettermi nei tuoi panni, perché so che non avrò mai la possibilità di farlo. Sarei pronta per farlo, ma non è una cosa che mi spetta. Libera di fare ciò che vuoi. Ti guadagni da vivere. Abiti in un posto di tuo gusto.» Carmel fece per parlare ma Diane la prevenne. «Io *so* che potrei ancora farlo, ma è difficile alla mia età, è difficile. Mi guardo attorno, a casa nostra, e vedo il 1983, vedo il 1990, vedo il 1978, vedo le annate di «Blue Peter» che non ho il permesso di buttare via. Sono una *curatrice*. Non vedo il *presente* da nessuna parte. Perché non c'è. Ti ricordi la Notte del Millennio?»

Carmel rabbrividì. «Non è facile dimenticarla. Tre singles malinconici in casa da soli.»

«Ricordi, abbiamo fatto propositi per il futuro, ciò che volevamo dal nuovo secolo e Ben era brillo e voleva la pace mondiale, la fine della povertà e l'aumento dell'alfabetismo, stupido coglione. E tu dicesti che volevi perdere la verginità.»

«Grazie, mamma.» Carmel, imbarazzata, si grattò il naso, consapevole che stavo ascoltando. «È bello da parte tua ricordare ogni cosa con tanta chiarezza.»

«Lo dicesti e tutti scoppiammo a ridere, ricordi?»

«Però dicevo sul serio.»

Il sorriso di Diane svanì nel vedere Carmel così seria. Fece un cenno con la testa verso di me. «E così, è stato lui il tuo...»

Carmel annuì timidamente.

«Un bel modo di cominciare.» E scoppiarono in una risata chioccia (non c'è un altro modo per definirla). A dire la verità, fu bello udire di nuovo un suono allegro, ma fu come quando, a un funerale, trovi qualcosa di inaspettatamente buffo: la tristezza iniziale tornò fin troppo presto. Diane concluse. «E poi venne il mio turno e quello che volevo... Non riuscivo a pensare a niente, ricordi? A niente di niente.»

Gli occhi di Carmel si riempirono di lacrime. «Non, non ci riuscivi. Ricordo bene.»

«Sedevo lì, con la mente vuota, e pensavo che fosse un po' tardi, un po' troppo tardi per chiedermi che cosa volessi. Rivolevo i miei soldi , ecco cosa volevo, o una nota di credito per i venticinque anni passati. Volevo che nella mia vita succedesse qualcosa di bello. Come la pace e il silenzio di questa stanza.» Diane si guardò attorno. «All'inizio avevamo un appartamento come questo, ma eravamo in due, e poi arrivò il bambino e non c'era molta... molta bellezza attorno a noi. Eccezion fatta per Ben. Era bellissimo e lo eri anche tu quando sei arrivata.» Accarezzò la testa della figlia. «Ma per tutti i miei vent'anni... non sono mai rimasta sola... mai. Non riesco a ricordare di aver trascorso una sola serata da sola, una giornata che fosse tutta per me. Ed è questo che la vita doveva essere, credo... routine, giorno per giorno, giorno dopo giorno.»

Carmel desiderava con tutte le forze che sua madre continuasse. Non le aveva mai sentito dire queste cose.

Diane sospirò, scegliendo accuratamente le parole. «Ma significava che non ero mai cresciuta, capisci? Io non mi sono mai, accidenti, che cosa voglio dire?» Era un tormento stare a guardare una persona che per la prima volta nella sua vita cercava di raccontare la sua storia. «Non mi sono mai *sviluppata*. Ho compiuto diciannove anni per quindici volte, fino al giorno in cui lui è morto. E *anche* quando è morto, non è cambiato niente. Tu e Ben non ve ne siete mai andati, non riuscivate ad andarvene e sapevo di esserne responsabile. Io non diventavo certo più giovane, ma neppure voi diventavate più maturi. E invece bisogna cambiare, sai? Domani non dovrebbe essere come ieri, non è a questo che serve la vita.» Mi lanciò un'occhiata di traverso: le ero venuto in mente. «E così quando è arrivato Adam, ho avuto la sensazione di ricominciare tutto da capo, solo per un po'. Ma questa volta sapevo di avere qualcosa di bello. È una parola un po' fuori moda, ma io pensavo che tu fossi così disinvolto, Adam.»

Adesso le era più difficile spiegarsi, rivolta a Carmel. «Non riuscivo a togliermi dalla testa quanto è carino, ti sembra sensato?» Carmel sorrise tra sé e sé. «Mi faceva venire in mente tutte le cose belle di tuo padre, prima che cambiasse, e nessuno lo aveva fatto da molto, molto tempo. Mi dava l'impressione che forse non ero stata completamente... *cattiva*. Per quello che era accaduto.» Mi guardò. Ero lì, in piedi nell'ingresso. «Era come se tu fossi stato mandato su questa terra per me. Ti sembra una stupidaggine? Un regalo solo per me che mi faceva sembrare migliore il passato.» Socchiuse gli occhi, mentre io mi ritraevo.

«Vieni qui, uomo delle ombre che resti sulla soglia, convinto che sia tutta colpa tua.»

Avanzai verso la luce, e non ero affatto carino. Parlai, ma con la bocca impastata di lacrime. «Sono felice che tu non ti sia fatta del male, Diane.» Mi sembrava di avere sette anni.

«Anch'io», replicò Diane, con un mezzo sorriso. «Comunque, non credo che avrei potuto farlo. Sono troppo codarda, eh sì, troppo.» Tentò di sembrare allegra, e quasi ci riuscì. «E allora, voi due state insieme, eh? Mi pare fantastico, davvero. Dura da molto?»

«Ormai da un bel po'», rispose Carmel.

Diane mi fulminò con lo sguardo. «*Ma pensa*. Non è bello, Adam, tenere tutto nascosto. Avrebbe cambiato moltissime cose. Non lo sapevo, Carmel… credimi»

«Ma certo, certo che ci credo.» Carmel interpretava questo discorso pieno di allusioni come se si riferisse alla proposta che mi aveva fatto Diane, ma Diane era convinta di scusarsi per essere venuta a letto con me. Ancora una volta ringraziai il Signore per la riluttanza tutta inglese a parlare chiaro. Carmel disse: «Volevo una cosa che fosse solo mia, mamma, proprio come hai detto tu, una cosa che fosse personale. E poi non è che parliamo molto, noi. Per niente. Però mi dispiace non avertelo raccontato». Guardò verso di me. «E comunque, probabilmente la cosa sta giungendo alla sua conclusione naturale, no?»

Per me quella era una novità, ma Diane concordava. «Forse sarebbe meglio.» Ieri tutti mi volevano, adesso non mi voleva nessuno. Ero stato scaricato due volte nel giro di un'ora dalle due persone che adoravo, e per di più Ben mi aveva detto di fare le valige e lasciare la casa. Mi appoggiai alla parete, avevo bisogno di sostegno. Attimo dopo attimo, la vita diventava sempre più semplice. Non migliore, solo più semplice. Mentre Carmel e Diane si abbracciavano e si dicevano che si volevano bene, cominciai a comprendere quello che era accaduto a Ray.

«Lo hai ucciso, non è vero?»

Lo avevo chiesto a Diane, ma cominciarono a rispondere entrambe. Si scambiarono un'occhiata, poi Diane chiarì tutti i miei dubbi.

18

Me n'ero quasi andata, ero quasi fuori dalla porta – le valige dei ragazzi erano nel bagagliaio della macchina, avevo ritirato dalla banca abbastanza denaro da tirare avanti per un po' ed eravamo diretti a casa dei miei genitori. Accanto a mio padre mi sarei sentita al sicuro. Era un mercoledì, credo, perché quel giorno ero andata dal parrucchiere. Per tutta la giornata, dopo aver deciso di andarmene, mi ero sentita molto, molto triste: comunque la volessi mettere, era una fuga, non un nuovo inizio. E io ero sicura che mia madre avrebbe tirato fuori il suo moralismo, rimproverandomi di non riuscire a tenere insieme il mio matrimonio. «È ormai una cosa comune... oggigiorno nessuno fatica più per il bene della relazione coniugale.» Ero sul punto di mettere la valigia in macchina quando Ray tornò a casa dal lavoro prima del solito, contento come una Pasqua, canterellando tra sé e sé. Mi diede un bacetto sulla guancia, come se tutto andasse per il verso giusto. Come se lui non avesse fatto niente di sbagliato. Non riuscivo mai a capire quale Ray stesse entrando dalla porta: l'uomo che sapeva essere così... così affascinante o quello che il giorno prima mi aveva scaraventato a terra con un pugno, così, senza una ragione particolare, se non quella che picchiarmi lo faceva stare meglio. Lo sopportavo da più di diciotto mesi. Sono una persona paziente, ma la situazione stava diventando intollerabile.

Il giorno prima aveva detto che era stata una giornata magnifica, al lavoro, che gli stavano capitando tutte le fortune. Negli ultimi sei mesi gli era entrata in tasca una quantità incredibile di soldi: il mutuo era stato estinto, per la prima volta avevamo dei soldi in banca e per la prima volta avremmo dovuto festeggiare la mancanza di preoccupazioni. Ray aveva detto che saremmo andati in Florida, avremmo portato i ragazzi a Disneyworld non appena fosse riuscito a trovare un po' di tempo libero, ma finché continuava il momento fortunato doveva lavorare. E io avevo pensato: ora è un uomo di successo e i colleghi più giovani non gli mettono più i piedi in testa facendo fortuna e andando in pensione a trentatré anni e via dicendo. Ora magari non avrebbe più avuto bisogno di picchiarmi per affrontare la vita. In un certo senso riuscivo a capire perché fosse costretto a farlo: diventare padre così giovane lo aveva fatto restare indietro, lo aveva reso meno disponibile, questo lo sapevo.

Ma poi il denaro e le soddisfazioni erano arrivati e lui aveva continuato a picchiarmi. Meno di prima, ma non aveva mai smesso. Era come se non volesse smettere, di quando in quando gli piaceva menarmi e fare la parte del signore e padrone. E gli piaceva chiamarmi stupida, gli piaceva dirmi che ero lo zimbello delle altre mogli, gli piaceva dirmi che avevo una vita facile, anche se era stato lui a non farmi mai lavorare. Riusciva a essere sarcastico esattamente come lo sanno essere ora i suoi figli, riusciva a individuare il tuo punto debole e non lo mollava più, con piccoli commenti che si sommavano, uno all'altro, strato dopo strato. Non si esaurivano mai, si accumulavano.

Il giorno prima Carmel aveva cercato di farmi rialzare da terra e poi era corsa a chiamare Ben perché le desse una mano. A dire la verità, io ero rimasta incosciente per un paio di minuti, e loro volevano portarmi al pronto soccorso, ma io avevo detto che non volevo. Mi avrebbero fatto troppe domande e in fondo non ero conciata così male. Raramente mi restavano dei lividi, perché Ray stava troppo attento per rischiare una cosa del genere. Avevamo stabilito una regola: non mi avrebbe mai picchiato di fronte ai bambini. Ma loro lo sapevano comunque, sono tutti e due intelligenti, non potevano ignorarlo. In sua difesa, devo ammettere che non li ha mai toccati, mai e poi mai, solo me.

Ma loro vedevano come stavo la mattina dopo o un'ora dopo, e allora mi andavano a comprare scatole di cioccolatini, o qualche gingillo, sai, quelli che adesso sono in camera mia. Li hai visti, no? Me li compravano con i soldi delle loro paghette, per farmi stare meglio. Ormai era tanto tempo che mi aiutavano a rialzarmi da terra. Ben era più grande, e cercava di prendersi cura di me. Era così dolce, con quella sua voce appena incerta, cercava di sembrare adulto. È così dolce. Dopo che Ray mi ebbe picchiato l'ultima volta, fu Ben a dirmi che avremmo dovuto andarcene per Natale: «Non credo che dovremmo restare qui con papà per tutto quel tempo. Ti farebbe troppo male», aveva detto. «Dovremmo andare dai nonni, a Salisbury. Subito, mamma. La scuola termina tra una settimana.» E Carmel era stata d'accordo. Aveva undici anni, quasi dodici, ma era matura per la sua età, leggeva libri a cui io non mi sarei neppure avvicinata. Sentirli dire che dovevamo andarcene mi diede il via libera. Ma non potevo aspettare un'altra settimana. E non saremmo restati lontano solo per Natale.

Avevo cominciato a caricare in macchina tutto quello di cui c'era bisogno, e quando i ragazzi erano tornati da scuola avevo spiegato loro cosa stavamo per fare. Erano rimasti un po' sconvolti, forse perché stavo facendo una cosa che di si-

curo non era nel mio stile. E dal modo in cui ne parlavo avevano capito che sarebbe stato per sempre. Poi ecco che per la prima volta da mesi e mesi Ray torna a casa presto: erano appena le cinque e mezza, mi abbracciò e disse, che giornata favolosa, ho proprio bisogno di un whisky e di un bagno. Ecco Carmel che entra in cucina con aria solenne, perché sa che non può rivelare niente al suo papà, ma non può evitare di scoppiare a ridere quando lui prova a farle fare il girotondo, sollevandola per le braccia. Ormai ci riesce a fatica, perché lei è molto alta, e quando hanno finito lui le promette che le comprerà tutto ciò che desidera perché proprio quel giorno ha messo insieme un bel mucchietto di quattrini. E lei è sempre stata la cocca del papà. Ben è nella sua stanza e si tiene alla larga.

Ray si versa il suo whisky, va di sopra e comincia a far scorrere l'acqua del bagno. Lo sento muoversi tra la nostra stanza da letto e il bagno, fischiettando una delle canzoni della sua cassetta che ascoltava in bagno: cinque anni prima aveva registrato una cassetta con tutti i suoi motivi preferiti, Rod Stewart, Simon e Garfunkel, cose del genere. Ben scende in cucina e mi chiede se abbiamo ancora intenzione di andarcene, ora che papà è tornato a casa presto. Io rispondo di sì, ma i ragazzi non sembrano più così sicuri, specialmente Carmel. E io devo ancora recuperare la mia valigia, che ho dovuto nascondere sotto il letto in fretta e furia.

I ragazzi vanno a mettersi il cappotto, Ben si occupa di Carmel, molto silenziosa. Tolgo dalla borsetta la lettera che ho scritto per Ray e la lascio appoggiata alla saliera, così non potrà fare a meno di vederla quando scenderà, dopo il bagno. Era sempre di buon umore dopo aver fatto il bagno, si asciugava i capelli strofinandoli con la salvietta in cucina e sparava battute, avvolto nell'accappatoio. Ben mi chiede se voglio che vada su a prendere la valigia, ma io scuoto il capo e salgo silenziosamente le scale, cercando di non farmi sentire. Ben sta cercando con tutte le forze di essere maturo, di mantenere la calma. Dalla porta socchiusa del bagno escono volute di vapore: Ray attaccava sempre la spina della prolunga a una presa sul pianerottolo, per ascoltare le sue cassette. Riesci già a intuire qualcosa, vero? Ma non è quello che pensi. Sento l'acqua sciabordare e la musica è alta, è Maggie May, *e quindi posso entrare in camera senza che lui mi senta.*

Tiro fuori la valigia da sotto il letto e la sto trascinando sul pianerottolo, quando di colpo il nastro smette di suonare Maggie May *e si sentono dieci secondi di sibilo, tipico dei nastri registrati in casa. Non si era preoccupato di premere il tasto pause, e si sente il braccio del giradischi che va avanti e indietro e il click e il tramestio della puntina sull'LP nuovo. Mentre il Ray di cinque anni prima si affretta a cambiare il disco, sento la sua voce, adesso.*

«Diane, sei tu, dolcezza?»

È la Voce delle Scuse.

I ragazzi che si voltano a guardarmi. Quattro occhioni spalancati che contano su di me. Quattro parole e siamo tutti pietrificati.

«Sei lì? Vieni a trovarmi, Di.»

Lascio la valigia in mezzo al pianerottolo e mi avvicino alla porta del bagno. Mentre la apro, inizia il disco seguente, Bridge Over Troubled Water. *Lui è immerso nella vasca da bagno, con la testa dalla mia parte, e quindi non riesco a vedere la sua faccia, ma solo lo stomaco e le gambe. Come al solito, ha piazzato il registratore accanto alla testa, su uno scaffale. Gli avrò detto un milione di volte che è pericoloso.*

«Che cosa vuoi?» chiedo, e la mia voce è molto, molto ferma.

«Voglio vederti, non ti ho vista per tutto il giorno», dice con una vocetta infantile, cercando di intenerirmi. «Siediti qui, parliamo.»

Abbasso la tavoletta del water, lentamente mi siedo e allora lo vedo, che mi guarda con un sorrisetto da scemo. Per la sua età ha un bell'aspetto, da ragazzino, come Ben, e ora che per la prima volta sta facendo veramente i soldi, ha riguadagnato un sacco di energia. Si è sempre mantenuto in forma, in vent'anni la sua corporatura non è cambiata un granché, forse si è un po' irrobustito nell'addome. Aveva ancora voglia di fare l'amore con me tre o quattro volte la settimana, e le notti in cui non facevamo sesso, lui mi picchiava: le due cose non avvenivano mai nella stessa serata, o era una, o l'altra. E il sesso con lui era ancora piacevole, non era mai stato un amante egoista. Ma io avevo cominciato a odiare me stessa ogni volta che avevo un orgasmo. Cercavo di impedirmi di venire.

«Che cosa c'è da ridere?» dico, sedendo in pizzo al sedile per dare l'impressione di non poter restare a lungo, perché ho altre cose da fare.

«Io. Oggi sono stato fantastico.» Ray si strizza sulla faccia una spugna zuppa d'acqua. «Saresti stata fiera di me.»

«Bene.»

«Ho fatto un sacco di soldi, oggi, un sacco.»

«Magnifico.» Mi alzo, pronta ad andarmene, e la sua faccia cambia espressione.

«Non te ne andare. Volevo parlare.»

«Non c'è un granché di cui parlare, no?»

«Sì, c'è. Stavo pensando... dunque... dai, siediti.» Si stropiccia gli occhi, asciugandoseli.

Riluttante, torno a sedermi. Sa essere molto convincente, lo so bene. Si stende nuovamente nella vasca, una gamba sopra il bordo sgocciola sul pavimento. Non usava mai il bagnoschiuma, e quindi potevo vederlo nella sua interezza. E anche nel momento in cui mi stavo preparando a lasciarlo, lo desideravo. Per tutta la durata del nostro matrimonio, non ho mai smesso di trovarlo attraente, mai. Lui lo sapeva, e ci marciava. Stava sorseggiando il suo whisky e ascoltava la musica, guardandomi dritto negli occhi.

«E allora, di che cosa vuoi parlare?» chiedo, dopo una decina di secondi.

«Sei bellissima, lo sai? Come il giorno che ti ho conosciuta.»

Non sono dell'umore giusto per i complimenti. «Hai uno strano modo di dimostrarlo, Ray.» Mi sento piuttosto fiera di riuscire a tenergli testa.

«Lo so, lo so.» I suoi occhi si rabbuiano. «Mi dispiace per ieri.»

«I ragazzi si sono occupati di me, dopo che tu sei uscito di nuovo.»

«Che cosa gli hai detto?»

«Non c'è stato bisogno di dire niente. Era ovvio.»

«Merda. Parlerò con loro.»

«Che cosa dirai questa volta?»

«Che mi sono un po' arrabbiato e ho fatto una brutta cosa. Riuscirò a chiarire le cose con loro.»

«Un po' arrabbiato?» lo sfido. Lui non replica. Sa che può girarsi i ragazzi intorno al dito come gli pare e piace. «Adesso non piangi più, quando chiedi scusa? Un tempo piangevi.»

«Ma sì, comunque funziona», scherza. Ma io non rido e

lui fa marcia indietro. «Non era quello che intendevo. Volevo solo dire che non voglio che tu sia incazzata con me.»

«Non sono incazzata con te, sono molto più che incazzata».

«Vuoi entrare dentro? L'acqua è una meraviglia.» Allarga le gambe e mi spruzza l'acqua addosso, ammiccante. «Vieni a bagnarti con me, amore, e dai, facciamolo.»

«No.» Però ho voglia di farlo.

Sembra che ci sia rimasto male, quei suoi grandi occhi da spaniel si fanno ancora più languidi. «Un tempo neppure quattro cavalli selvaggi ti avrebbero trattenuto.»

«Be'...» Lascio che la parola resti per un po' sospesa nell'aria. «La gente cambia.»

«Non così tanto, Diane, ti conosco. Non così tanto. Finora non mi hai mai mandato in bianco, giusto?» Riusciva a farmi sentire una sciacquetta, e non se ne accorgeva neppure. «Mi dispiace per ieri, mi credi, non è vero? Non è stato così grave, no? D'ora in poi tratterrò la mia rabbia.» Lo disse senza nessuno sforzo. Le parole gli uscirono lievi dalla bocca. «Ehi, oggi ho fatto i conti e se continuo a fare soldi a questo ritmo, dovrò lavorare solo ancora due o tre anni. Potremo comprarci quella casa in Provenza prima di quanto tu creda.»

«Accidenti.»

«In pensione a quarant'anni. Potrebbe succedere, sai, ci sono buone probabilità: al sessantacinque, settantacinque per cento. Prova a immaginarlo, Diane: ne sarebbe valsa proprio la pena, ti pare? Ti pare?» Voglio dirgli che non è affatto così, ma l'orribile verità è che probabilmente ha ragione. Si immerge un po' di più nel bagno, ora ha le spalle sotto il pelo dell'acqua, e con una mano, sovrappensiero, si massaggia l'interno della coscia. Simon e Garfunkel stanno

lentamente giungendo a un crescendo, il canto si fa sempre più sonoro. «Oh. Dammi un bacio, Diane. Facciamo finta di essere già in Provenza, a coltivare le nostre vigne... Chateau Robbins, oh sì, 1986, gran buona annata.» Ride della sua battuta, poi ritorna serio. «Ci aspetta un futuro meraviglioso. Il denaro cambia tutto, possiamo trasferirci. A Highgate, per esempio. O persino ad Hampstead, perché no? Tu, io e i ragazzi. A loro piacerebbe, non credi? Ehi, potremmo persino farne un altro, ormai è normale fare bambini avanti in età, e possiamo permettercelo. Forse un maschietto, un altro maschietto, che ne pensi? Naturalmente la decisione spetta a te.» Allunga una mano verso di me, proprio come in quel ritratto che gli hai fatto tu. Allunga la mano e dice, con dolcezza: «Qualsiasi cosa accada, tu sei sempre la mia ragazza, sei sempre la mia signora, la mia personale Lady Di. E comunque sei meglio di lei.» Gonfia il petto, cerca di farmi ridere. «E io sono il tuo principe azzurro, lo sai. Lo sai che lo sai».

E per poco non mi convince. Il futuro potrebbe essere migliore del passato, il denaro potrebbe cambiare tutto. Simon e Garfunkel arrivano al termine della canzone e il nastro sibila di nuovo. Lentamente mi alzo e faccio un passo a lato della vasca e abbasso lo sguardo su di lui. Il nastro scatta e inizia la prossima canzone. Abbiamo sentito questa cassetta attraverso la porta del bagno per cinque anni, quindi so che cosa viene dopo.

«Questa mi piace», dice lui. «Me la cantavi tu, lo ricordi?» Ma certo che ricordo.

La nostra canzone preferita: la terra dei desideri più profondi, la terra dei sogni, laggiù tu e io vagheremo liberi su spiagge bianche e luminose, sognando al chiarore delle stelle. Il futuro potrebbe essere migliore, potrebbe. Ray comincia a cantare e il mio cuore si scioglie per lui e voglio prendermi cura di lui e renderlo così felice che non avrà mai più voglia di picchiarmi. Mi maledico per la mia debolezza, perché non riesco a vivere senza un uomo. Mi maledico per essermi fatta nuovamente incantare. Ma non posso farci niente. L'ho conosciuto che avevo diciassette anni e sono diventata la moglie che lui desiderava. L'ho ripreso anche quando mi è stato infedele. Ma certo che mi ama.

«Ehi, non piangere, ti prego, non piangere. Mi dispiace, mi dispiace», dice Ray, e lui stesso ha l'aria turbata. Mi prende la mano. «Diane, Diane.» Rimette la gamba nella vasca, si tira a sedere e comincia a baciarmi la mano, mentre con una mano mi accarezza l'interno del braccio. Capisco perfettamente quello che vuole e so di desiderare che faccia l'amore con me. Mi chino e ci baciamo, lui allunga il viso verso di me, i suoi grandi occhi scuri cercano i miei, la sua lingua saetta e segue il profilo delle mie labbra. Mi trascina giù, cerca di tirarmi nella vasca con tutti i vestiti, ma io allungo una mano, evitando con cautela il registratore, e mi rimetto in equilibrio, davanti alla vasca.

«Ray, non ho intenzione di entrare nella vasca con te. Che direbbero i ragazzi?» Lo sto solo prendendo un po' in giro, sto quasi per scoppiare a ridere. In realtà cerco di escogitare un modo per riuscire a portare i bagagli fuori, in macchina, senza che lui se ne accorga. Mi ignora e continua a baciarmi, con sempre più foga. Comincio a ricambiare il bacio. Prendendo fiato, sussurra, tutto soddisfatto di sé: «Sapevo che mi avresti baciato, Diane, lo fai sempre. Ti piace, non è vero? Non puoi fare a meno di tornare da me, non sei mai stanca». E lui ha vinto di nuovo. È riuscito a riportarmi nel suo letto, con l'astuzia. Non che io lo abbia mai abbandonato. Lo amo ancora e domani lui mi picchierà ancora. L'amore non basta.

Mi bacia di nuovo, tenendomi una mano sulla nuca, ma questa volta mi divincolo per liberarmi, perché non riesco a vedere altro che le facce di Ben e Carmel quando scenderò al piano di sotto e annuncerò che non ce ne andiamo, che forse ci trasferiamo a Highgate e non sarebbe bellissimo e non dovranno mai e poi mai dire a papà che avevamo fatto i bagagli, perché adesso è tutto a posto. Papà sta per cambiare e quindi non c'è niente di cui preoccuparsi. Non riesco a vedere altro che i loro occhi che si alzano su di me. E allora mi ribello, perché non voglio più essere debole. Ray sta ridendo e mi mette una mano in vita per tirarmi nella vasca, mentre con l'altra mano cerca di guidarmi a toccare la sua erezione. Cerco di controbilanciare le sue mosse, forse ci metto troppa energia, perché non voglio entrare nella vasca, e cado sulla mia sinistra. Mentre cado allungo la mano per afferrarmi al bordo della vasca. Il registratore viene urtato. Lo vediamo scivolare nell'acqua e i nostri sguardi si incontrano. Ora lui dipende da me, e sta reclamando tutti i favori che gli devo. Non ce ne sono molti.

Poi tutto accadde velocemente. Ray cominciò subito a contorcersi, mentre l'elettricità si propagava nell'acqua. C'era acqua che schizzava da tutte le parti e io cercavo di appiattirmi contro la parete, per non farmi toccare dagli spruzzi. La cosa strana è che, sotto l'acqua, la musica continuò per un decimo di secondo, prima di interrompersi. Ray si agitava avanti e indietro, le braccia bloccate contro le pareti della vasca. Era ancora eccitato, gli occhi spalancati nel vuoto, i denti serrati, e poiché aveva la schiena inarcata per la corrente, la testa era costretta all'indietro, sotto l'acqua, quasi fino alle sopracciglia. Le gambe andarono a sbattere contro la parete della vasca e devo anche aver gridato perché i ragazzi entrarono di corsa, nel momento stesso in cui Ray, di botto, smetteva di muoversi.

Ben fece il gesto di estrarre il suo papà dalla vasca, ma io gli urlai di restare indietro, per paura che anche lui finisse fulminato. Carmel faceva capolino da dietro la porta, la bocca aperta, lo sguardo fisso su suo padre.

Ben urlò alla sorella di togliere la spina, togli quel coso. La sua voce era tornata stridula. Per un secondo Carmel rimase confusa, perché non riusciva a capire se intendesse il tappo del bagno o la spina elettrica.

Ma io non sapevo se fosse la cosa giusta da fare e allora urlai: «No, si fulminerà. Carmel, no, non toccare la spina».

«Vado a staccare il contatore centrale», disse Ben. «Una volta ho visto papà che lo faceva.» Stava per schizzare via ma riuscii a fermarlo.

«Noi non facciamo niente. Noi non facciamo niente.» Ben mi guardò come se fossi diventata pazza. La piccola casalinga rassegnata si prende la sua vendetta non facendo niente. Non credere che non ci abbia pensato, in tutti questi anni.

L'unico rumore era l'acqua che sgocciolava dal bordo della vasca sul pavimento di ceramica. Carmel non riusciva a togliere gli occhi da suo padre.

«D'accordo? È stato un incidente, ma va bene così.»

Ben annuì. Si era preso cura di me negli ultimi diciotto mesi, e sapeva esattamente che cosa era accaduto. Carmel si limitava a restare lì, e io non potevo chiederle se era d'accordo. Era troppo giovane e avevo paura che rifiutasse. Poi lei disse: «Ma se tu non l'avessi detto, mamma, non ci sentiremmo come se stessimo facendo qualcosa di sbagliato». Restammo lì, in piedi, per una ventina di secondi, senza aiutare mio marito, il loro padre. E poi siamo rimasti a guardarci l'un l'altro per quattordici anni.

Li feci uscire dal bagno e non tornammo mai più lì a

guardare Ray. Sapevamo che era morto. Non sarebbe resuscitato all'improvviso. Feci sedere Carmel in cucina e le misi davanti una scodella di Weetabix, in modo che avesse qualcosa da fare, una cosa che le era familiare. Anch'io dovevo fare qualcosa che rientrasse nelle abitudini. Lei non la toccò. Era del tutto priva di espressione, cercava di mantenere la calma. Era quello che facevamo tutti, facevamo finta che nulla fosse cambiato. Ben mi aiutò a far sparire gli indizi. Andò a spegnere il contatore centrale e io estrassi la spina. Era stato un incidente, ma era strano che in garage ci fosse una macchina carica e pronta a partire. Andammo in garage dalla porta interna, nessuno ci vide svuotare la macchina, rimettemmo i vestiti negli armadi. Seduti attorno al tavolo da pranzo (da allora nessuno si è più seduto al posto di Ray, fino al giorno in cui sei arrivato tu), elaborammo la storia che ci siamo raccontati l'un l'altro e a chiunque altro da allora in poi. Ben aveva trovato Ray morto. Fine della storia. Carmel stava guardando la tele e io stavo pelando le verdure con la radio accesa. Non avevamo sentito niente. Fu un tragico incidente. Ray era stato falciato nel fiore degli anni, proprio quando il lavoro aveva cominciato a ingranare così bene. Non avremmo mai detto a nessuno niente di niente. La famiglia sarebbe restata unita. Poi chiamai il pronto soccorso.

Ecco, è tutto qui. Si è già fatta mezzanotte? Che dice quel videoregistratore, mezzanotte e venti? Allora è oggi, quattordici anni fa. Credo che ora tornerò a casa, se per voi due va bene. Non vi preoccupate per me. Capisci perché ho dovuto fare a brandelli il tuo ritratto, vero Adam? Non voglio vedere mai più Ray che allunga una mano verso di me, mai più, mai. Sarebbe meraviglioso se non provassi niente di niente. Ma potrebbe anche accadere il peggio, cioè che io ab-

bia voglia di chiedergli scusa e di stare con lui. È così difficile dimenticare. Se c'è qualcuno che può capire, quello sei tu, perché ora tu sai tutto. Uno di voi due potrebbe riaccompagnarmi a casa in macchina?

19

Il nostro autobus venne superato da un'ambulanza con la sirena accesa e fu costretto a fermarsi su un lato della strada con uno scarto improvviso, sbalzandoci tutti dai sedili. Carmel si fece rapidamente il segno della croce, mentre i paramedici filavano via.

«Non sarai mica religiosa, vero?» scherzai. Stavo ancora cercando di fare conversazione, anche se Carmel aveva detto chiaro e tondo, sin da quando mi aveva svegliato, che quel giorno non sarebbe accaduto niente del genere. Dopo le rivelazioni della sera prima, la saracinesca era stata abbassata, il ponte levatoio era saldamente posizionato in verticale e Carmel era pronta a respingere tutti gli attacchi: ci sarebbe stata una costante penuria di dialogo (sia significativo, sia banale). Non mi sentivo più in vena di auguri natalizi, ora che sapevo in che modo era morto Ray. Cosa aveva detto Carmel? «*Abbiamo seguito il nostro corso naturale.*» La notte prima, a casa sua, dopo esserci assicurati che Diane fosse tornata a casa sana e salva, non appena avevo provato ad avviare un discorso su suo padre mi aveva sbattuto la porta in faccia. Era evidente che sul quel fronte non avrei ricevuto altre informazioni: neanche fossi capace di leggere nel pensiero, eh? Eppure non era stata colpa loro: dal modo in cui mi era stata raccontata la storia, lui era morto prima che Diane potesse fare qualcosa.

«No, non sono religiosa», replicò Carmel, scuotendo la testa, disgustata. «C'è un poveraccio nei guai, ecco tutto.»

L'autobus si fermò davanti alla chiesa Battista e una famiglia caraibica, in gran forma, scese, godendosi in piena consapevolezza i vestiti della domenica. Allungai il collo mentre il mezzo ripartiva, per guardarli entrare in chiesa.

«Vorrei avere una fede», pensai a voce alta.

Carmel mi guardò con sospetto. «Perché? Perché mai ne vorresti una?»

«Boh? E chi lo sa.» Avrei fatto meglio a tenere il becco chiuso.

«Comprati una PlayStation, invece.»

«Potrebbe essere d'aiuto, nei momenti difficili, no?»

«Cosa, una PlayStation?»

«Una fede.»

Sbuffò, scettica. «Per me non lo è stata. Da ragazzina sono andata per anni alle riunioni del catechismo dopo… be', insomma, *dopo.*» Fece una smorfia di disgusto, non voleva ricordare quel posto e le seccava che l'avessi indotta a parlarne. «Gesù non mi voleva, per niente, non sarei entrata nella casa della gioia. Stavo parlando da sola.» Guardò fuori dal finestrino: c'erano altri fedeli, i fanatici dello shopping che anche di domenica si recavano ai loro luoghi di culto. Fine delle trasmissioni.

Nel silenzio, andando verso Christie Avenue, stabilii con precisione militaresca in che modo si sarebbe svolta la mia giornata. Il termine bellico per la manovra che avevo in mente è Ritirata Generale, per la quale l'unica cosa che ti serve è rapidità, rapidità, e ancora rapidità, oltre a un luogo sicuro dove andare a rifugiarti. Dovevo evitare a tutti i costi qualsiasi possibilità di un'Ultima Cena o di un Ultimo pranzo domenicale con i Robbins, fare le valige alla velocità della luce, non prima di aver chiamato Emily per convincerla a venirmi a prendere. Se tutto andava bene, avrei potuto trovarmi fuori da Christie Avenue alle tre del pomeriggio, al massimo. Avrei lasciato le mie cose in deposito da Emily, accampandomi sul pavimento di casa sua per i pochi giorni che mancavano al termine del trimestre, prima di schizzare a casa, al paesello, dove nessuno mi filava per la semplice ragione che ero un tipo «artistico», e quindi sospetto. Non vedevo l'ora.

Questo era il piano. Scendemmo dall'autobus, avviandoci in silenzio a percorrere i duecento metri che ci separavano dalla curva di Christie Avenue.

«Adam?» *Tono gelido e professionale.*

«Sì?» *Parte l'artiglieria nemica.*

«Che cosa faccio adesso?» *Tono professionale ma confuso...*

«In che senso?» *Mantieni l'equilibrio, così, non ti sbilanciare.*

«Non torno a casa, giusto.» *Era un'affermazione, non una domanda.*

«Esatto. Esattissimo. Dio, *no*, non farlo.» *Era abbastanza chiaro?*

«E non dovremmo vederci più, giusto?» *Questa era decisamente una domanda.*

«Be'... insomma... le cose sono...» *Perfetta imitazione di una lepre ormai in trappola.*

«Cosa? Troppo strane?» *Sì, le cose erano troppo strane, ma invece dissi:*

«Troppo... *trasparenti.* Bisogna pur avere dei segreti, capisci? Ogni famiglia dovrebbe avere dei segreti e io mi sono ritrovato addosso di colpo vent'anni di segreti.»

La conversazione si interruppe bruscamente mentre svoltavamo l'angolo di Christie Avenue. La strada era bloccata da due mezzi dei vigili del fuoco, due auto della polizia e un'ambulanza, probabilmente la stessa che ci aveva sorpassato pochi minuti prima.

«È la nostra, deve essere casa nostra», disse Carmel, mettendosi a correre.

L'incendio era proprio al numero 52. La zona del garage – la mia stanza – era un inferno e a quanto sembrava tutti gli sforzi per impedire al fuoco di propagarsi stavano fallendo. Dalle scale e da terra, i pompieri dirigevano le pompe sulle fiamme, ma per il momento non sortivano nessun effetto. Mentre risalivamo la strada, una delle finestre del portico esplose, e l'aria fredda venne immediatamente risucchiata in casa. Le fiamme crepitanti si alzarono più vigorose che mai. Tutti i vicini erano usciti, ammassati sulla strada e sul marciapiede opposto al nostro. Li sentii mormorare in segno di riconoscimento, mentre ci facevamo strada tra di loro. «Quella è la figlia, vero? È da un po' che non si vede. Ormai ha una certa età, vero?» Restai indietro confuso tra la folla, mentre Carmel correva avanti.

Ben era tra i due mezzi dei pompieri, trattenuto da una donna poliziotto e da un ufficiale dei vigili del fuoco. A terra c'erano, abbandonati, i sacchetti della spesa. Corelli teneva la scena sotto controllo, appollaiato in cima a una delle cisterne. Ben urlava: «Lasciatemi andare! Che cazzo, lasciami andare, troia, lì dentro c'è mia madre. Ma sai chi sono o no? Sono un fottuto avvocato, mi hai sentito o no? Ti faccio buttare fuori da quel cazzo di lavoro se non mi lasci entrare». Un altro poliziotto si unì per aiutare gli altri due a trattenere Ben, che si spingeva avanti con tutto il suo peso, le vene del collo gonfie per lo sforzo. «Cazzo, mia madre *morirà*, non capite, dovete tirarla fuori di lì.»

Dalla folla alle mie spalle si alzò un commento di disappunto. «Non ritengo che sia il caso di usare quel linguaggio, per quanto uno possa essere turbato.»

«Non possiamo lasciarla entrare, signore.» Il poliziotto cercava di far ragionare Ben mentre tre pompieri si precipitavano in casa con le maschere a gas. Uno di loro aveva con sé un'ascia. «I vigili del fuoco stanno facendo tutto il possibile per verificare chi sia in casa e troveranno sua madre, se è lì dentro.»

«Ma che cazzo, certo che è lì dentro, idiota.» Ben si lanciò nuovamente in avanti, mentre il pompiere lo costringeva ad arretrare. «Non sanno dove potrebbe essere, datemi una di quelle maschere, che possiate bruciare all'inferno.» Scoppiò a piangere per la frustrazione, guardando la sua casa che si riduceva in cenere senza che lui potesse fare nulla. Ero convinto che lei fosse lì dentro, e che si stava suicidando. Quello non era un incidente. Gli incidenti non accadono in occasione degli anniversari, specie di quelli tristi. Non succede, punto e basta. In certe circostanze sono tutti troppo cauti, e quindi cose del genere non accadono.

Carmel spinse da parte un poliziotto, spiegando che abitava al numero 52, e corse da Ben. «È lì dentro, Ben? Mamma è lì dentro?»

«Deve esserci.» Ben si aggrappò alla sorella, felice che la responsabilità non fosse più soltanto sua. Mentre le spiegava l'accaduto, cominciò a ansimare, come al solito. «Stava preparando le verdure e mi ha mandato al supermarket a prendere le cose che servivano per il pranzo... È successo un'ora fa e io sono tornato e tutta la casa era in fiamme. Che cosa faremo adesso?... Non riesco a respirare, non respiro.» Con l'arrivo di Carmel, era libero di avere un attacco di panico. Uno dei paramedici si fece avanti e lo condusse all'ingresso dell'ambulanza, lasciando Carmel a guardare, affascinata e imbambolata, la sua vecchia casa. La presi per le spalle per allontanarla dalla zona pericolosa e lei disse: «Mio padre è morto nell'acqua e ora mia madre brucia».

Ci fu un'esplosione assordante e le finestre del primo piano si deformarono e scoppiarono nelle intelaiature, ricadendo in frantumi sul giardino e sui pompieri più vicini. Come reazione, uno stormo di storni, forse duecento uccelli, si alzò di colpo dagli alberi al lato opposto della strada e volò alto nel cielo. La folla trattenne il respiro e si ritrasse, ma Carmel non si mosse di un centimetro, mentre i vetri atterravano a non più di tre metri da lei. Nella folla una voce di uomo adulto, il genere di persona che d'istinto sapevo non avrebbe mai tenuto consapevolmente un libro della biblioteca più a lungo del dovuto, disse, con saggia autorevolezza: «Quello era il boiler a immersione che partiva».

Ben era accudito da un addetto dell'ambulanza, e fissava la casa con una coperta sulle spalle, ma tutte le preoccupazioni per l'attacco di ansia svanirono non appena si accorse che stavo gironzolando tra la folla. Buttò via la coperta e corse verso di me con un urlo ferino che esprimeva tutta la sua rabbia. Restai a osservarlo mentre mi si scagliava addosso e pensai che qualsiasi cosa avesse intenzione di farmi, me la meritavo. Avevo spinto sua madre a trasformare la sua casa in una pira funeraria. Non opposi resistenza, ripetendo: «Mi dispiace, mi dispiace, mi dispiace tanto», mentre Ben mi dava un pugno facendomi finire a terra, costringendo i vicini a disperdersi per poi tornare a raggrupparsi subito dopo. Non avevano nessuna intenzione di perdersi la scena. Sedette a cavalcioni sul mio petto, tenendomi fermamente per le orecchie, costringendomi a guardarlo.

«*Tu* hai fatto questo, *tu* l'hai causato, stavamo benone

prima che *tu* arrivassi e ora mia madre sta morendo bruciata, cazzo, piccolo bastardo, per colpa *tua*. Tanto valeva che le sparassi, tanto valeva che incendiassi tu stesso la casa. Come abbia fatto ad amarti, non lo so proprio, dovrei ucciderti, finocchio di merda...»

Poiché la zona era quello che era, i vicini indietreggiarono come un sol uomo, inorriditi. Accorgendosi che Carmel poteva sentirlo, Ben si interruppe. Aveva già detto fin troppo. A dire la verità, aveva coniato una frase che non avrei mai più voluto sentire, mai più. Una donna disse: «Avete sentito? Il più giovane ha ammazzato la madre e sono tutti e due finocchi. Chissà che altro c'è sotto». Altri mormorii di disapprovazione.

«Sembra un po' quel film, ti ricordi?» replicò un'altra.

«Quale film?» chiese la prima. «Mi piacciono i film così. Sembra interessante.»

Non sarei mai andato a vederlo. Dalla stringata sinossi della trama, era probabile che non andasse a finire bene, e a me piace il lieto fine. Detesto quando hai la sensazione che una storia stia scivolando inesorabilmente verso un che di tragico che aleggia nell'aria, perché mi piace uscire dal cinema con tutte le tessere che rientrano al loro posto, con le campane che suonano a festa e l'eroe che bacia l'eroina. O l'eroe che bacia l'altro eroe. Comunque sia. Mi piace che la gente sia felice, e che cazzo. Ben aveva ragione. Avevo finito per uccidere delle persone. Adam Fox, il Cazzo che Uccide: sarebbe stato il mio soprannome in galera, e non era il caso di vantarmene. Ero troppo carino per finire in galera. Stava per venire anche a me un bell'attacco di panico, e intanto la polizia trascinava Ben lontano. Lui si divincolò e rivolse il suo livore agli spettatori che lo osservavano con gelida disapprovazione. «Che c'è da guardare, è un po' troppo forte per voi, vecchi cazzoni rinsecchiti?» Un'altra frase di cui avrei potuto fare a meno. «Volevo solo distrarvi, nel caso in cui lo spettacolo della mia casa che brucia fino alle fondamenta fosse troppo noioso per voi. Non voglio che vi annoiate, avvoltoi succhiacazzi.»

La folla non parve colpita. «Oh insomma, credo che tornerò in casa.»

«Ma che maleducato. E pensare che sono stato io a chiamare questa dannata autopompa, eh sì, proprio io.»

«Personalmente, mi sembra un classico caso di autolesionismo e malriposta rabbia edipica.»

«Oh, ma lascia perdere, Gerald.»

«E comunque ero convinto che fosse un ragioniere.»

Un poliziotto prese la parola: «Ci rendiamo conto che lei è molto turbato, signore...»

Ben non era dell'umore giusto per manifestazioni di comprensione. «Mia madre sta friggendo e lei si rende conto che sono turbato, ma pensa un po'. Deve essere stato bocciato al corso di gestione del lutto per avere il fegato di dire una cosa del genere. Le dia altri cinque minuti lì dentro con i suoi amici che continuano a non fare un cazzo di niente, e poi potrà dirmi che è "spiacente per la mia perdita". E questo la farà sentire importante, non è vero, pezzo di merda.»

Mentre Ben proseguiva con la sua arringa, io aprii gli occhi e mi tirai a sedere, pulendomi la bocca con il dorso della mano. Le fiamme dell'ultimo piano si alzavano lambendo il cielo con un basso ruggito che sembrava non finire mai. Dal mio punto di osservazione privilegiato, a livello della strada, vedevo la testa di Carmel circondata dalle fiamme e dalla sua espressione era evidente che aveva sentito le parole di Ben. Dondolava, incerta sulle gambe, il mento tremante, mentre le luci delle auto della polizia si riflettevano a ripetizione nei suoi occhi velati di lacrime. Si portò una mano alla tempia, cercando di mantenere il controllo, poi distolse lo sguardo da me, fissandolo di nuovo sulla casa che bruciava. Per quel giorno aveva problemi più gravi del mio tradimento. I pompieri con le maschere a gas caracollarono fuori dalla casa. Senza Diane.

Una sirena in lontananza si fece sempre più vicina e un'altra ambulanza svoltò nel viale, andando a fermarsi accanto alla prima. I paramedici saltarono fuori e si consultarono con i colleghi. Erano sicuri che al più presto avrebbero avuto clienti perché cominciarono a scaricare le attrezzature. Poi sentii uno dei vigili del fuoco dire al suo capo, mentre si toglieva la maschera a gas: «Lì dentro non c'è nessuno, capo. Se ci fosse stato, l'avremmo trovato». Il comandante si avvicinò per parlare a Ben, interrompendo la sua diatriba.

I vicini sembravano quasi delusi. «Avete sentito? Non c'è nessuno in casa.»

«Guardate, quello giovane si sta rialzando. Ma non è un altro fratello, vero? Qualcuno mi ha appena detto che è stata tutta colpa sua. È quel che ha detto quel tale, Benjamin.»

Mi alzai in piedi, evitando gli sguardi curiosi. Prendendo il coraggio a due mani, mi avvicinai a Carmel per riferirle quello che avevo sentito. Una voce tra la folla alle nostre spalle disse: «Forse è davvero colpa sua. In effetti ha l'aria di uno che si sente colpevole, vero? È giovane per sopportare un peso del genere, la colpa non svanisce mai, ti segna. Non esiste una buona azione o una buona parola che tu possa dire per eliminarla».

«Carmel?» Dovevo parlare a voce alta perché mi sentisse nel frastuono delle fiamme.

«Non parlo con te. Non credo di volerti guardare. Sei andato a letto con mio fratello?»

«Hanno appena detto che Diane non è lì dentro. Ho sentito uno che lo diceva. La casa è vuota. Quindi lei deve essere viva…»

«Grazie mille. Comunque lo sapevo già.»

«Cosa? Come?»

«Avevo la sensazione che mia madre non fosse il tipo da praticare rituali da vedova indù. Non è nel suo stile. Credo che si tratti di un incidente puro e semplice.» Lo sguardo di Carmel si spostò leggermente a sinistra. «E poi, eccola lì. È ferma lì da circa un minuto. Sarà molto emozionata quando le racconterò di te e Ben.»

Alzai lo sguardo e vidi Diane in piedi in un angolo, con in mano una bottiglia di latte e un giornale della domenica sotto il braccio. Trasfigurata dalla scena che aveva davanti, ci stava osservando tutti. Nessuno si era ancora accorto di lei. Vide che la guardavo e lasciò cadere la bottiglia di latte.

Il vetro si infranse sul marciapiede, tutti si girarono e lei urlò. «La mia casa, oh mio Dio, la mia casa!» Rimase lì, immobile, tremante, sconvolta, mentre ormai le fiamme lambivano il tetto. Le autopompe non riuscivano a fare un granché. «Che cosa è successo? Sono rimasta fuori mezz'ora… appena mezz'ora!» Corse verso di noi, facendo cadere una a una le diverse sezioni del quotidiano, lasciandosi una scia alle spalle. «Ben! Ben è lì dentro?»

«Mamma, sto bene, sto bene!» gridò Ben mentre i vicini lo indicavano con un dito. «Qui! Sono qui!» Carmel non si mosse ma Ben risalì la strada fino a Diane, che gettò via l'ultima sezione del giornale (gli annunci immobiliari, pensa che coincidenza), il colpo di teatro prima di un abbraccio teatrale. «Ben, Ben, credevo che fossi morto.» Lui sollevò Diane da terra e la fece roteare: anche lui aveva immaginato che sua madre fosse in casa.

Con perfetto tempismo, i vicini applaudirono e si spostarono sulla strada per vedere meglio, circondando la scena e separandomi da Carmel. Era una cosa che dava soddisfazione, ti scaldava i precordi. Tutti allungarono il collo per non perdersi lo spettacolo.

«Che cos'è che ha detto lei?» chiese una donna con una permanente granitica, battendomi sulla spalla per richiamare la mia attenzione.

«Ha detto che credeva che lui fosse morto», risposi.

«E quella è sua madre?»

«Già.»

Superpermanente si scusò. «Non lo sapevo, capisce, mi sono trasferita qui da poco. Allora quello è suo figlio.» Verificò un dettaglio: «Non è che per caso è adottato o sieropositivo?»

«No e poi no.»

«Però ha detto che è gay, no? Oh.» Sembrava confusa. «Lei gli ha già detto che gli vuole bene?»

«Lo farà tra un minuto.» Una signora accanto a Superpermanente annuì con l'aria di chi la sa lunga. «È il genere di cose che ti ritrovi a dire in queste situazioni di vita vissuta.»

«Bene. Però adesso non si stanno dicendo niente, no?» Superpermanente mi abbandonò, rivolgendosi all'esperta.

«No, si stanno solo abbracciando. In momenti come questi non ci sono parole per descrivere ciò che provi.» La vicina con una laurea in sintomi traumatici assaporò la frase. «Non Ci Sono Parole. Sono semplicemente felici di essere vivi.»

«Questo è bello. Un lieto fine, vero? Eccezion fatta per la casa, naturalmente.»

Diane avanzò, tremante. L'applauso le dava il coraggio per mostrarsi forte nelle avversità, come Jackie Kennedy. Non aveva addosso un cappellino rosa come quello della First Lady a Dallas, ma indossava un gran bel tailleur e la sua collana più preziosa. Aveva persino i tacchi. Ben la seguiva, e chiamavano a voce alta Carmel. La folla si divise per lasciarli passare, gli occhi avidi di dettagli da rosicchiare per tutta la giornata, come un vecchio osso spolpato. Al passaggio di Diana, i vicini allungavano la mano per sfiorarle la spalla, desiderosi di partecipare in parte al momento solenne, dicendo cose a cui non credevano: «Conta su di noi per qualsiasi cosa, Dinah», «Chiamaci se hai bisogno di qualcosa, Diana, di qualsiasi cosa.» Che cazzo, non sapevano neppure come si chiamava, eppure avevano vissuto porta a porta per anni. Mi passò davanti senza neppure guardarmi, così come Ben, e si diressero direttamente da Carmel, che era immobile al di là della massa di spettatori.

«Hai di nuovo bruciato i toast, mamma?» chiese Carmel, alzando la voce per farsi sentire al di sopra delle fiamme.

«Stasera ci facciamo un barbecue, che ne dite?» replicò Diane, ridendo tra le lacrime. Si abbracciarono, mentre Ben teneva una mano sulla spalla della madre. Dal vicinato più prossimo si alzò un basso gorgoglio di approvazione, e lo scambio di battute passò di bocca in bocca. Quello era buon, caro, vecchio spirito inglese che emergeva nel momento del bisogno.

«Guarda, guarda là», esclamò Ben. La mia ex famiglia si voltò all'unisono verso il numero 52, o quanto ne restava. A dispetto della buona volontà dei pompieri, la casa era ormai completamente bruciata. Il tetto era in fiamme, e le tegole ricadevano nella soffitta. Curiosamente, il comignolo sembrò puntare prima da una parte, poi dall'altra, quindi crollò e scomparve, scivolando lungo il tetto dal lato opposto al nostro. Trattenemmo il fiato, espirando solo al suono sordo dei mattoni che cadevano sul tetto della cucina, nel retro della casa.

La polizia ricominciò a spingere i vicini sul marciapiede opposto. I Robbins si avvicinarono a una delle ambulanze e io restai a gironzolare nei paraggi. Avevo una gran voglia di stare con loro, anche se non mi volevano più. Diane osservava la scena con la guancia appoggiata al vetro dei finestrini oscurati. Sembrava quasi sorridere. Era come se avesse trovato un cuscino fresco in una notte afosa.

Ben disse: «Non mi hanno lasciato entrare a cercarti. Non ho potuto fare niente».

Il sorriso svanì dal viso di Diane. «Hai cercato di tornare là dentro?»

«Ma certo. Non potevo starmene qui a guardare.»

Carmel aggiunse: «Pensavamo di assistere alla tua fine, là dentro. Stava accadendo tutto di nuovo». Ben si irrigidì e si guardò attorno, per accertarsi che nessuno avesse sentito Carmel. Mi vide, in piedi alle loro spalle.

«Sei ancora qui?» sbottò. «Fuori dai coglioni.»

«Lui sa, Ben, lui sa», disse Carmel. Mi lanciò un'occhiata. «Però puoi sempre toglierti dai coglioni.»

«Sa che *cosa*?» chiese con foga Ben.

«Tutto. Gliel'ho detto», rispose Diane. Fissò con decisione il fuoco: decenni di vita si stavano trasformando in fumo e cenere. «Ora non ha più importanza, ormai è tutto sparito. È tutto finito.» Ben mi scoccò una rapida occhiata, dritto in faccia, rendendosi conto che solo adesso potevo capire in pieno tanti commenti e gesti che lui aveva fatto. Li capivo. Ma troppo tardi.

Non stavo neppure pensando a lui. C'era qualcosa che mi rompeva il cazzo, era come un rebus sulla «Settimana Enigmistica»: famiglia dolente, terribile incidente, tutti sani e salvi ma tutto è andato perduto. Tristissimo, questo è certo, ma cosa c'è che non quadra? Individuate dieci dettagli che non dovrebbero esserci, segnateli con chiarezza a biro. C'era qualcosa che non funzionava. Ed ecco l'intuizione: Diane non usciva mai la domenica mattina per prendere il giornale. Neppure in un milione di anni sarebbe uscita tutta in tiro solo per un quotidiano. Diedi un'occhiata ai sacchetti pieni di provviste che Ben aveva sparso a terra. Ma certo, c'erano «The Sunday Times» per lui e «The Mail on Sunday» per Diane, come al solito. E poi lei indossava il suo completo preferito, da vera donna in carriera.

Diane avrebbe almeno potuto aspettare che io me ne andassi, nel pomeriggio. Ancora due ore e io sarei stato libero e bello.

Restai a fissare quello che restava della mia stanza, mentre la rabbia montava. Tutto distrutto: tutti i miei schifosissimi vestiti (a dire il vero, mica una grande perdita), ma poi c'era il cavalletto nuovo, l'attrezzatura per dipingere, compresi i pennelli che avevo fin da ragazzino, i miei Cd, gli oggetti a cui tenevo di più, il mio delizioso televisorino, persino il mio vecchio Topo Gigio. Mi piaceva quel Topo Gigio, era stato di mia madre. Non poteva essere una coincidenza che la mia stanza, la vecchia stanza di Ray, fosse stata la più danneggiata, quella che era bruciata più in fretta e che proprio quel giorno fosse l'anniversario esatto della morte di Ray nel bagno. A quanto sembrava, anche Carmel ne era stata consapevole – «*È la nostra, deve essere casa nostra*», «*Mia madre non è il tipo da praticare rituali da vedova indù*». E io non ero la persona più assicurata al mondo.

Su di noi scese una strana calma: non potevamo far nulla per controllare la situazione, dovevamo limitarci a osservare. Diane chiamò gli addetti all'ambulanza. «Avete del tè, o qualcosa di caldo?» Scossero la testa, ma almeno una dozzina di persone si offrì di andare a prepararci qualcosa. Diane sembrava aver ritrovato il buonumore. «Il momento ideale per una bella tazza di tè, accanto al fuoco», disse. La battuta sembrava preparata, ma tra la folla si alzò una risatina, soprattutto da parte degli uomini più anziani, che guardavano le proprie mogli senza troppa simpatia.

«Che donna di classe.»

«Davvero notevole.»

Finalmente sembrava che i pompieri fossero riusciti a crearsi un varco nell'incendio, forse perché ormai non era rimasto più un granché di solido nell'edificio. I mattoni erano bruciacchiati e anneriti, e cominciava a far capolino la nuda struttura della casa, le travi del tetto e le travi maestre in acciaio. Il livello del frastuono dell'incendio si abbassò leggermente, sostituito dal rumore delle pompe e dal sibilio del vapore che si alzava quando l'acqua evaporava, cadendo nei punti in cui il fuoco era ancora vigoroso. Il numero 52 stava in piedi solo per pure forza di volontà. Immobili davanti alla casa, restammo a guardare con un thermos di tè e le tazze che ci erano state portate. L'eccitazione cominciava a scemare e gli storni a poco a poco tornarono agli alberi, disegnando cautamente dei cerchi per decidere se fosse sicuro tornare indietro. Carmel sedeva a gambe incrociate davanti a noi, come la mascotte di una squadra, mentre io stavo proprio dietro a Diane e Ben, mantenendo una certa distanza. Corelli vagabondava nei paraggi, perché non aveva nessuna voglia di essere dimenticato, e si accomodò in braccio a Carmel. Io ero furibondo, ma non lanciai nessuna accusa, perché non avevo nessuna prova.

Diane sorseggiava il tè, osservando una trave del tetto che ricadeva tra le fiamme, in un'esplosione di scintille. «Forse questa è la soluzione migliore, sapete? È quello che avevate desiderato, no? Ci trasferiremo da qualche altra parte, ci lasceremo tutto alle spalle, non avremo più niente che ci ricordi quello che vogliamo dimenticare. È solo una casa, in fondo. Mattoni e malta. Sono solo oggetti. Forse prenderò un appartamento come il tuo, Carmel. Mi taglierò i capelli e diventerò una radicale, una cinquantenne stravagante e combattiva. Potrebbero prendermi per una lesbica o una socialista. Non me ne importa niente. Non poteva accadere se avessimo continuato a vivere qui. Non avrò niente di superfluo, il termine "decorativo" sarà una parolaccia per me, da oggi in poi, e le mie pareti saranno bianche bianche bianche, e mi masturberò con preoccupante regolarità.»

«Ancora un po' di tè, reverendo?» disse Carmel, offrendo il thermos a sua madre per riempire la tazza.

«Potremmo evitare di parlare delle tue menate, mamma? Almeno, non mentre la casa brucia», disse Ben. Ma sembrava lieto che si stesse presentando all'orizzonte una possibilità.

«Voglio vivere per conto mio, Ben», dichiarò Diane. «È un problema?»

«No. Se pensi di riuscire a farcela.»

«Be', non lo saprò finché non ci avrò provato, ti pare? E tu, invece, te la caverai?»

«Starò benone. Se può farlo Mel, allora posso farlo anch'io.»

La sorella aggiunse, amaramente: «È la tua nuova regola di vita, Ben?»

«Ma voi dovrete venirmi a trovare», disse Diane. «Credo che questo sia un segnale: la vita vuole che noi cominciamo tutto da capo. Mi troverò un lavoro.» La voce si abbassò, diventando un sussurro confidenziale ed eccitato. «Credo che incendiare la casa sia stata l'idea migliore che ho mai avuto.»

Ben emise un gemito. La cosa non gli era passata neppure per l'anticamera del cervello.

«Non parlare così forte, mamma», la rimproverò Carmel, a voce quasi impercettibile.

«Lo avevi capito, Carmel?» chiese Diane.

«Sì. Circa dieci minuti fa.»

Ben si intromise. «Forse sono il più idiota...»

«No, no, no», disse Carmel, sorbendo un po' di tè.

«Mi state forse dicendo...» esclamò il fratello.

«Parla piano», lo avvertì Carmel.

La voce di Ben si abbassò, facendosi però più insistente. «Lo hai fatto deliberatamente? Hai distrutto tutto ciò che avevamo?»

«È fantastico», mormorò Diane. «La cosa migliore che abbia mai fatto.»

Ben sussurrò alla sorella: «Lo avevi capito? Perché non me l'avevi detto?»

«Non ho intenzione di parlare con te.» Carmel aveva un'espressione torva.

«Non potevi lasciar perdere il malanimo almeno il tempo di dirmi questo?»

«Evidentemente no.»

Diane si intromise, con dolcezza. «Guardate, il fuoco è quasi spento. Abbiamo mantenuto la calma e ci siamo mostrati forti abbastanza a lungo. Adesso fingerò di piangere e voi due dovrete sostenermi nella mia disperazione.»

Mentre le fiamme si spegnevano, Diane cominciò a gemere, agitando le braccia verso la casa incendiata. Le ginocchia cedettero e si accasciò a terra, sostenuta da Ben. Carmel si alzò e prese l'altro braccio di Diane. Erano una bella squadra, i Robbins: Diane faceva la sua scena di disperazione e digrignar di denti, mentre Ben e Carmel allontanavano i paramedici. «Sta bene, credo che solo adesso si renda conto di quello che è successo.» Nel bel mezzo dell'improvvisazione, la conversazione continuò.

«Ero pronto a morire per te, stavo per andare là dentro», disse Ben a Diane, a denti stretti. «Ci sono voluti quattro pompieri per impedirmelo.»

«Un pompiere e una poliziotta, a dirla tutta», lo corresse Carmel.

«Lo so», disse Diane a Ben, «ero sicura di averti fatto una lista della spesa abbastanza lunga da tenerti fuori per un bel po'.»

«Non c'era molta gente», replicò Ben, calmo. «Sono stato una freccia. Stava per finire bruciato come un'orrida scrocchiarella nel tentativo di trovarti, mamma, e soltanto perché il super non era affollato. Ottimo piano. *Cazzo*.»

Diane posò la testa sulla spalla di Ben, muovendo appena le labbra. «Lo so, mi spiace, ma in fondo non è successo niente. Stiamo tutti bene.»

Ben stava per riprendere le proteste, ma Carmel sussurrò: «Allora, madre, se vuoi sapere qualcosa che ti farà piangere per davvero...» Lanciò un'occhiata a Ben.

«Non farlo», la avvertì lui.

«Oh, ma credo di doverlo fare, piccolo Benny, è la giornata giusta. Non possiamo ricominciare tutto da capo senza dire le cose come stanno.» Carmel estrasse un fazzoletto dalla tasca e Diane finse di riprendere coraggio. Si chinò verso la figlia, passandosi il fazzoletto sugli occhi mentre Carmel diceva: «Sei pronta, madre? Eccone una buona». Carmel fece una pausa a effetto, sfruttando al massimo il momento. «Anche Ben si scopava Adam. Oh, insomma, guardiamo in faccia la realtà: è più probabile che fosse l'opposto.»

Il giorno prima Diane aveva subito lo shock di scoprire di aver condiviso un amante con la figlia, ma quella era ormai storia antica. Aveva persino immaginato qualcosa a proposito delle preferenze di Ben, perciò neppure questa era una sorpresa. La vera sorpresa era che mi scopavo qualsiasi cosa facesse Robbins di cognome e respirasse. Diane guardò Ben. «È stato a letto anche con te?» Ben annuì, quasi incapace di alzare gli occhi su sua madre. Lei gli accarezzò la guancia.

«Erano innamorati», disse Carmel.

«Bene. Vorrei sperarlo», commentò Diane. «Lo eravate anche voi, immagino.» Guardò Carmel. «E così, è stato a letto con tutti e tre?»

«TI HA SCOPATA?» esplosero in contemporanea Ben e Carmel, disgustati. I vicini che avevano cominciato a disperdersi tornarono quasi danzando sui loro passi.

La falsa isteria di Diane era ormai dimenticata. I Robbins si rivoltarono contro di me in massa, pronti a investirmi con un torrente di insulti, con una gran voglia di scuoiarmi all'istante. Avevo abusato della loro ospitalità, del loro amore e della loro fiducia, ma Diane aveva fritto il mio Topo Gigio. Le cose stavano mettendosi rapidamente alla pari. Per il momento però non ebbero l'occasione di manifestare il loro pensiero.

L'atmosfera era satura di orribili schianti e scricchiolii, e i ruderi carbonizzati del numero 52 di Christie Avenue sembrarono scintillare e tremolare. Il mondo continuava a essere a fuoco, ma la casa si stava dissolvendo. La indicai con l'indice.

«Non perdetevi la scena.»

Si voltarono a guardarla.

La casa crollò.

Ancora una volta gli storni si dileguarono, ma questa volta non tornarono sugli alberi che bordavano il viale. Il frastuono si spense, e per un secondo regnò il silenzio. Poi dal vicinato si alzò un mormorio sommesso, colmo di venerazione, e i servizi di emergenza si attivarono per dare comunicazioni via radio.

Ben, Carmel e Diane tornarono a guardarmi, uno alla volta. Ben fu l'ultimo a distogliersi dall'unica casa che avesse mai conosciuto. Diane fu la seconda, e con gli occhi seguì la colonna di fumo e polvere di mattoni che si alzava nel cielo. Ma Carmel li seguì di circa cinque secondi, ed era davvero incazzata nera. La prima volta che l'avevo vista era stata la donna più incazzata del mondo, a causa di un forno a microonde. E solo il giorno prima Ben aveva profanato la tomba di suo padre. E Diane aveva appena incendiato la sua casa ed era rimasta in disparte mentre guardava suo marito morire.

Probabilmente mi trovavo nei guai, guai grossi.

Carmel fece un passo verso di me. Non avrebbe tentato niente di fronte a un triliardo di testimoni, questo è certo. Poi si fermò, mentre dalla folla si levavano all'improvviso dei sussulti. Alzammo tutti lo sguardo al cielo.

20

Stava nevicando. Neve nera. La nube di cenere e fuliggine che si era sollevata alta nel cielo quando la casa era crollata riscendeva lentamente a terra ondeggiando, fissandosi su ogni cosa e macchiandola con fiocchi pesanti. I vicini si dispersero, tornando nelle loro case prima che il conto della tintoria salisse alle stelle. Nel numero sta la forza: non volevo che se ne andassero. Mentre ciò che restava della loro vecchia vita ricadeva tutt'attorno, i Robbins avevano un'aria determinata: ero sicuro che, se avessi provato a scappare, mi avrebbero riacciuffato. Mi avrebbero lasciato solo la scelta della mia fine: frullato, bollito o fritto.

Adesso non si trattava più di fare la cosa giusta, ma di trovare il modo di arrivare vivo a compiere vent'anni. I grandi problemi hanno bisogno di grandi soluzioni (ecco una cosa che avevo imparato dai Robbins): feci quello che immaginavo non si aspettassero che facessi. Mi avvicinai lentamente, con la stessa lentezza della neve che stava scendendo, percorrendo uno spazio che mi sembrò lungo chilometri. Non mi limitai a camminare verso di loro, ma avanzai con sicumera, ostentando un'arroganza che non sentivo affatto. Ormai la tattica della ritirata generale non era più attuabile: l'unica difesa era l'attacco.

Li avvolsi tutti in un caldo abbraccio, come se li stessi confortando. Da lontano dovevamo dare l'impressione di essere tutti in lacrime, il sudore provocato dal fuoco creava lacrime sudicie che ci scendevano sulle guance, mentre la neve nera continuava a cadere. Ma l'abbraccio era una faccenda professionale, in realtà ci eravamo riuniti a parlare fitto fitto prima del duello finale. Diane si guardò attorno, nervosamente, per vedere chi ci stava osservando. Ben era come roccia sotto le mie mani, furibondo. A confronto, Carmel sembrava pronta all'azione, il viso indifferente e chiuso a ogni emozione.

Visto che comunque mi consideravano tutti il cattivo della situazione, tanto valeva che mi comportassi come se lo fossi: era il momento del ricatto. Presi fiato e dissi: «Fate una *cosa qualsiasi*, ripeto una *cosa qualsiasi* che possa nuocermi e io dirò alla polizia *tutto quello* che so». Ottenni la reazione che mi aspettavo. Avevo premuto il pulsante che li aveva tenuti prigionieri l'un l'altro per quattordici anni. Si misero immediatamente sulla difensiva, e ricomparvero le vecchie insicurezze. Ma non negarono di volermi fare del male.

«Perché cazzo glielo avete raccontato?» Ben sembrava spaventato.

«Ci fidavamo di lui», rispose Diane, guardandomi dritto negli occhi. «Ci ha presi tutti in giro.»

Senza tanti complimenti, aggiunsi: «Non vi resta molto tempo», poi fui costretto ad abbassare la voce. «Ecco che arrivano i miei adorabili amichetti in divisa blu. Posso raccontare loro in che modo è morto Ray Robbins e potrebbe scapparmi anche il termine "incendio doloso", visto che ci sono. È chiaro? Non provate a farmi qualcosa di male... siete circondati dalla polizia».

E lo eravamo davvero. Quattro agenti si erano avvicinati, fermandosi a qualche metro da noi, i volti contratti per non farsi accecare dalla cenere. Sobbalzammo tutti quando il più anziano, che si avvicinava alla quarantina, alto e pallido, con i capelli sale e pepe, ci disse con tono dolce e rispettoso:

«Sono spiacente di disturbarvi. Sono l'agente Benton. E questi sono gli agenti Kirkhope, Boateng e Harford. Abbiamo qui una macchina di servizio, se desiderate venire alla stazione di polizia con noi».

«Perché?» Diane fu colta subito dal panico. «Perché volete che veniamo con voi? Come se non bastasse aver perduto la casa, adesso volete anche interrogarci? È ridicolo, non potete...»

«No, non è affatto come pensa, signora», replicò l'agente. «Dobbiamo compilare alcuni documenti di routine, ma soprattutto vogliamo fare in modo che stiate comodi, per quanto possibile, disponiamo anche di docce, e abbiamo a disposizione una psicologa, per casi come questo, nella nostra nuova Casa del Trauma Wessex.»

«La vostra cosa?» Carmel non poteva credere alle sue orecchie.

«Il nome non è molto indovinato», ammise l'agente Benton, togliendosi con irritazione un grosso fiocco di fuliggine dalla faccia. «Dovremmo cambiarlo. L'appartamento è stato inaugurato proprio questa settimana, la Contessa è venuta alla stazione di polizia, è stata molto gentile.» Si interruppe, consapevole della poca disponibilità della famiglia. Aggiunse una lusinga all'imprimatur della casa reale. «Ma mi dicono che la psicologa è molto brava.» Un altro incentivo. «Si chiama Judith.»

«Non credo che abbiamo bisogno di vedere Judith», disse Ben, educatamente ma con fermezza. «Sono certo che uno dei nostri vicini potrà...» La voce si spense mentre ci guardavamo attorno. Non era rimasta un'anima, erano tutti a spiare da dietro le loro tendine frementi. Ecco qua: «Qualsiasi cosa possiamo fare...»

«*A me piacerebbe* tanto venire con voi», dissi al poliziotto. La famiglia ebbe un brivido. Lanciai un'occhiata a Diane e aggiunsi: «Ho perduto tutto, capisce. Mi farebbe piacere parlare con qualcuno». Mai visto nessuno spaventarsi tanto quanto Diane a queste parole. Abbassò lo sguardo a terra, concentrandosi su se stessa, la bocca che si muoveva appena senza però emettere un solo suono. Mi sentivo male all'idea di farle tanto male, quando il realtà avevo paura dei suoi figli. In quel momento, la stazione di polizia era il posto migliore, per quanto mi riguardava. «Mi chiamo Adam, Adam Fox, sono uno studente del North London Art College e ho diciannove anni. La mia famiglia vive a Lowestoft, nel Suffolk. Sono il pensionante. Anzi, lo ero.» Gli strinsi la mano. L'agente Benton non ci capiva più niente: gli rovesciavo nella memoria tutti i miei dati personali perché volevo che ricordasse bene chi ero, nel caso in cui fossi scomparso.

«Veniamo anche noi. Per un po'», si intromise Carmel, prendendo una decisione a nome della famiglia. «Poi torneremo a casa mia. Forse.»

«Sì. D'un tratto la mamma mi sembra molto turbata», disse Ben. «E poi fa freddo, vero? Allora, andiamo?» Un braccio attorno alle spalle di Diane e l'altro a sostenerla per il gomito, Ben si affrettò a guidare la madre a una delle auto della polizia che ci aspettavano, cogliendo l'agente Benton di sorpresa. Camminavano davanti, e vidi Ben sussurrare furiosamente qualcosa all'orecchio di sua madre. Carmel restò con me, per assicurarsi che non cominciassi a confidarmi con la polizia. Ero sotto scorta.

Ben e Diane viaggiarono su una macchina e Carmel e io salimmo sui sedili posteriori di un'altra, con l'agente Benton al posto del passeggero. Carmel si rintanò il più possibile lontano da me. Nella prima parte del breve tragitto fino alla stazione, il poliziotto si limitò a parlarci per calmarci, poi, senza una ragione precisa, chiese: «Secondo voi, da che cosa ha avuto origine il fuoco? Si è diffuso molto rapidamente, vero?»

Carmel aveva visto troppi telefilm polizieschi per rispondere a una qualsiasi domanda che un agente potesse fare con nonchalance nel corso di una conversazione informale. E così si lanciò nel numero «sono solo una povera ragazza». «Cristo, non lo *so*. Me lo sono chiesto anch'io. Abbiamo sempre tenuto della vernice nel garage e credo che sia materiale infiammabile, no? E mamma stava per mettersi a cucinare ma noi siamo arrivati quando il fuoco era al massimo, vero Adam? È orribile, proprio *orribile*.» Cominciò a piagnucolare, strofinandosi il naso con la mano. L'agente Benton le porse un fazzoletto bianco e pulito e fece una smorfia quando lo vide coprirsi di fuliggine e sudiciume. Carmel prese fiato, un sospiro breve per darsi coraggio. «Abbiamo perduto beni insostituibili.» Ecco, di lì a un istante avrebbe aggiunto «*di grande valore sentimentale*». Carmel tirò su con il naso. «Niente di grande valore venale. Di valore sentimentale, capisce? Come ha detto che si chiama la psicologa? È una psichiatra? Non voglio vederla se è una strizzacervelli...»

Circa cinque minuti dopo ci fermammo davanti a un edificio di cemento in puro stile anni Settanta. Io e Carmel sapevamo che la polizia aveva qualcosa in mente. Ben e Diane ci avevano preceduto e ci aspettavano davanti alla stazione di polizia, il fiato che si alzava in volute nell'aria fredda. Diane era di un pallore mortale e si teneva aggrappata a Ben. Mentre gli passavo accanto, Ben mi mormorò: «Dovrei staccarti la testa».

«Ben» lo rimproverò Carmel, controllando che nessuno potesse sentire. L'agente Benton era entrato, e parlava con qualcuno dietro il banco.

A voce abbastanza alta perché tutti i Robbins potessero sentire, dissi. «Tre frasi: omicidio di secondo grado, incendio doloso e atti di vandalismo in un cimitero. Non avete mai avuto così tanto bisogno di me come in questo momento. State in campana.» Entrai nella stazione, spaventato a morte. Alle mie spalle si alzò immediatamente una discussione.

«Atti di vandalismo in un cimitero?» disse Carmel sottovoce. «Di che cosa sta parlando?» Divide et impera, una strategia classica. Diane non era coinvolta nella discussione, non diceva una parola. Una stazione di polizia era l'ultimo posto in cui aveva immaginato di finire quel pomeriggio, anche se non era in stato di arresto. Non sorprendeva affatto che le fosse esploso un brutto caso di tremarella proprio in mezzo ai piedipiatti: vedeva fin troppo bene dove sarebbe potuta finire. Cominciava a scorgere le fragili fondamenta su cui poggiava il suo piano inattaccabile, e questo la spaventava. Una mossa sbagliata e si sarebbe trovata davanti un vita completamente nuova e diversa, ma non quella che aveva avuto in mente dando fuoco al numero 52.

La stazione di polizia era sorprendentemente pulita, quasi allegra: era probabile che le avessero dato una rinfrescata di vernice grigio-cadavere in occasione della visita della Contessa. Qualche pianta in vaso era ancora viva, allineata lungo le pareti della reception. I poster che mettevano sull'avviso a proposito degli esiti mortali della guida in stato di ebbrezza, che invitavano ad allacciare le cinture di sicurezza sui sedili posteriori, che informavano sugli effetti delle sostanze stupefacenti sul feto e della mancata iscrizione alle liste elettorali erano nuovi di zecca. Dove era quello sui pericoli di essere un cazzo dominato dal testosterone? Ne avevo bisogno per la mia parete, anche se ormai non ne avevo più una. L'agente Benton ci fece sedere nell'ingresso e disse che sarebbe tornato non appena fosse riuscito a rintracciare Judith. Ancora una volta ci assicurò che era molto brava. Uno degli altri poliziotti, Harford, mi pare, era in piedi accanto a una rampa di scale, al lato opposto dell'ingresso, e consultava un notes. Vidi Carmel guardarlo, e sapevo che si stava chiedendo se l'uomo fosse lì per tenerci d'occhio. Non potevano accusare nessuno di niente, ma ci avevano portati alla stazione con un pretesto.

Sedevamo nel foyer: le tre sagge scimmiette (non vedo, non sento, non parlo), oltre al loro ex boyfriend, Attenti A Quel Che Fate, a due sedili di distanza. In uffici lontani e deserti i telefoni squillavano senza che nessuno rispondesse. Carmel teneva la bocca chiusa, e non vedeva l'ora di fare altre domande a Ben. Gli agenti di polizia ci passavano davanti senza guardarci: chiunque si ritrovasse seduto su quelle seggiole aveva in atto qualche disastro personale, e non costituiva un'attrazione turistica. Una cordiale poliziotta dietro al banco ci chiese se volessimo un po' di caffè e sparì a prenderlo. In quello stesso istante Carmel si rivolse a Ben e disse, a voce abbastanza bassa perché l'agente Harford non sentisse:

«Hai profanato la tomba di papà? Perché?»

«Ne avevo bisogno.»

«Ma che cosa stupida.»

«Molto stupida. Lo so. Non sono scemo. Lo sapevo anche al momento in cui lo facevo.» Ben lanciò un'occhiata significativa alla sorella. «Ma avevo appena ricevuto una cattiva notizia.»

«Quale? Quale notizia?» Carmel scorse il lampo negli occhi di Ben. «Ah. È successo ieri?»

«Ci sei arrivata, finalmente? Sei un po' tarda, Mel.» Ben si strinse nelle spalle, chinandosi in avanti. «Non so perché, ma avevo l'impressione che papà fosse responsabile di questa situazione.» Continuò articolando con cura le parole. «Tutta Colpa Sua. Ma non ho scritto niente sulla lapide, mi sono limitato a strappare dei fiori...» Ben guardò nervosamente la madre.

Diane sedeva con la testa appoggiata alla parete, lontanissima dai figli. Sentendo Ben dire che aveva strappato i fiori, chiuse gli occhi e dalle ciglia le sfuggì una lacrima.

«Mi dispiace», disse Ben, incerto, allungandosi su Carmel per sfiorare il braccio della madre.

«Ti dispiace per cosa?» chiese Carmel.

«Aveva piantato lei i fiori», mi intromisi.

«Chiudi il becco, non parlerai, tu», sbottò Carmel. «Non dire una sola parola.» Si voltò verso Diane, incredula. «Sei andata alla tomba di papà? Perché?»

Vedo quell'unica lacrima che scende lentamente sul viso di Diane, è come se fossi ancora in quella stazione di polizia. Il suo viso era quasi immobile, ma dentro di lei si agitavano immense emozioni. Ora che sono più vecchio, ormai mi avvicino ai ventotto anni, a volte cerco di immaginare come devono essere stati per Diane i quattordici anni dopo la morte di Ray. L'avvilente routine di prendersi cura di due ragazzi, anche se già cresciuti, aveva assopito il dolore ed era stata la sua punizione. Intere giornate, forse settimane dovevano essere scivolate via in una nebbia di maternità automatica, e lei probabilmente era riuscita a scordare quello che era accaduto con Ray. All'epoca non avevo un solo indizio, ma oggi ho un'idea piuttosto chiara di che cosa significhi vivere per molto tempo con il senso di colpa. Cerchi di liberartene trovando un modo di vivere che sia il risultato diretto della cosa, qualsiasi essa sia, che te lo ha scatenato, ma che al tempo stesso lo cancelli. È quello che sto facendo adesso. Osservavo quella lacrima che cadeva a terra, e non volevo essere costretto a raccontare qualcosa alla polizia. Diane si meritava un po' di pace. Ma se mi avessero costretto, avrei raccontato tutto.

La poliziotta tornò con quattro caffè. Alle sue spalle, vidi l'agente Boateng che prendeva il posto di Harford. «È solo un caffè della macchinetta, ma può servire», disse la poliziotta con un sorriso. «State aspettando Judith? È molto brava. Anzi, perché non mi seguite fino alla Casa del Trauma? È molto più comodo di qui.» I Robbins si alzarono in piedi, ma io rimasi al mio posto. Non dovevo restare solo con loro, era troppo pericoloso.

«Io resto qui finché non arriva Judith», dissi. «Non si preoccupi per me.»

«Noi restiamo con lui», aggiunse Ben, sorridendo alla donna. «Non si preoccupi.»

Una donna che sembrava una francese, con la coda di cavallo e una sciarpa di pashmina, stava scendendo le scale dal lato opposto del foyer. Fece un cenno all'agente Boateng, che immediatamente sparì in un corridoio.

«Ah, eccola qui», disse la poliziotta. «È molto brava.»

Con in mano un fascio di documenti, la donna si avvicinò a noi: sulla trentina e irradiante serenità, come il Dalai Lama sotto Prozac. «Salve. Sono Judith Taylor», disse, con una voce dolce come il cioccolato. «Sono qui per aiutarvi.» Ci identificò rapidamente con i nostri nomi, dedicando un istante di attenzione particolare a ciascuno di noi. Arrivata a me, mi prese le mani tra le sue mentre veniva fuori che non ero un parente, ma l'inquilino. Erano trascorsi alcuni giorni da quando avevo... insomma, mentre lo faceva mi venne quasi duro. Anche nei momenti di crisi, il testosterone era all'opera.

«Fantastico, Adam», disse Judith. «Vorresti venire con noi? Hai già avuto il caffè? Benone.» Ci guidò lungo un corridoio, fino a una zona nuova di zecca, molto chic, con una targa lucida di ottone sulla parete, a ricordo della visita reale. Aprì con una chiave una porta su cui stava scritto «T.1», e ci ritrovammo in una terrificante stanza color pastello. Ogni parete, dipinta in toni tenui, ogni sedia molliccia era studiata apposta per calmare e detraumatizzare. Al centro di un tavolino basso all'ultima moda un gran mazzo di fiori faceva bella mostra di sé. L'odore che prevaleva su tutto proveniva dal tappeto nuovo.

Ci sistemammo, Ben e Diane su un divano lilla in un angolo, Carmel in piedi accanto alla finestra, alle loro spalle. Io sedetti accanto a Judith dall'altra parte della stanza, in una poltrona color albicocca.

«A quanto mi dicono avete subito un'esperienza molto stressante.» A Judith veniva automatico tranquillizzarci con il tono della voce. «Vi prego, usate questa stanza di riposo e servitevi di me in qualsiasi modo vi sembri opportuno. È fin troppo evidente che siete sconvolti, e se non vi va di parlare...» Judith lanciò un'occhiata a Diane, nell'angolo, «non c'è problema. Sono qui per fare in modo che affrontiate i vostri sentimenti e iniziate il lungo, *lungo* processo di venire a patti con i terribili fatti di oggi. Be', so che è difficile parlare...»

«Mi sento violata», sbottò Carmel, lo sguardo fisso su di me.

«Carmel, questa è una reazione molto comune...»

«Provo vergogna...»

«Be', questo è *interessante*, Carmel...»

«Vuole chiudere il becco e lasciarmi parlare?» esplose Carmel. Judith immediatamente chinò la testa di lato, in atteggiamento di ascolto. «Siamo qui perché lei trovi le mie reazioni comuni o interessanti o perché io prenda contatto con i miei sentimenti? E che cazzo.» Seguì una pausa imbarazzata. Guardammo Judith, che fece cenno a Carmel di continuare. Carmel inspirò brevemente, quasi ansimando mentre diceva: «Ho guardato la casa, o piuttosto quello che era rimasto...» E qui mi passò oltre con lo sguardo, come se io non fossi più lì, ma non stava più parlando della casa. «E pensavo che quello non fosse il modo di far finire le cose, che era troppo... troppo *duro* e troppo orribile. Non merito che questo accada, non me lo merito, perché è così *ingiusto*.» Il suo sguardo si concentrò. «È stupido, ma sarebbe bello trovare qualcuno a cui dare la colpa. Davvero stupido.»

Carmel sedette sul bracciolo della poltrona accanto a quella di Judith e parlò a voce così bassa che la psicologa e io dovemmo chinarci per sentirla. «Ho visto la tua stanza bruciare, Adam, e ho pensato a tutti quei meravigliosi quadri che avevi dipinto, specie all'ultimo che hai fatto. Accidenti, quello era davvero speciale. È stato così importante per tutti noi... *avere* te... averti in casa, capisci, non possiamo proprio lasciarti andare. Quindi non ti preoccupare.»

Ben, dall'altra parte della stanza, si alzò in piedi. «Sono d'accordo, Adam. Dovresti restare con noi, sempre.»

«Potrebbe essere un conforto per Adam.» Judith si inserì nella conversazione con delicatezza. Sì, figurati: la squadra formata da fratello e sorella, che si erano dati reciprocamente il tormento per anni, stava ora dirigendo i suoi sforzi comuni contro di me. Judith continuò a occuparsi di Carmel.

«Dicci perché hai affermato di provare vergogna.» La sua penna indugiò su un foglio bianco, mentre Carmel faceva il giro della poltrona per mettersi alle mie spalle. Tamburellò con le dita sullo schienale, pensando a che cosa dire. Sentii arrivare le sue vibrazioni: faticavo a respirare, non riuscivo più a restare concentrato. Non potevo guardarmi alle spalle, ma rimasi sì, seduto, mentre Carmel mi parlava direttamente all'orecchio, mettendomi sull'avviso.

«Provo vergogna perché sono furibonda. Perché sono davvero furibonda, Jude. Posso chiamarla Jude? È un tempo ero incazzata dalla mattina alla sera e, ultimamente, non lo sono più stata così spesso. Ma penso a...» Guardò Judith. «Come l'ha chiamato? I terribili fatti di oggi? E mi vergogno di poter ancora provare tutta quella rabbia. Più di quanta ne abbia mai provata in precedenza, forse.»

A queste parole Judith parve sorpresa, ma non scrisse nulla sul notes bianco che aveva davanti. Sembrava che Carmel parlasse del fuoco, ma non ci volevano tre anni di seminari sull'empatia per comprendere che stava riferendosi a tutt'altro. Judith alzò lo sguardo su Ben, in piedi davanti al divano, apparentemente perso nei suoi pensieri. «Ben. Ben? Lei come si sente?»

Era come se qualcuno gli avesse dato la carica. «Perché tutti chiedono come *ti senti*?» commentò, sprezzante. «Miss Taylor, le racconterò tutta la sacrosanta veri...»

«Mi chiami Judith.»

«Le spiace se non lo faccio? Non la conosco poi così bene, no?» Ben si avvicinò alla finestra. Sembrava che guardasse fuori, al parcheggio delle auto della polizia, mentre in realtà fissava me, nel riflesso del vetro. «Non mi sento arrabbiato, non mi sento triste, non sento un cazzo di niente e mi dispiace. Vorrei sentire qualcosa.»

Carmel si spostò da dietro la mia poltrona e sedette sul bracciolo del divano. Mi parlò come se fossi stato un adolescente che doveva essere persuaso a cambiare umore. «Come stai, Addy? Come te la passi?»

Diane alzò la testa, qualcosa nella sua espressione esigeva onestà da parte mia e sentii me stesso dire: «È tutta colpa mia, non è vero?»

Per un istante Carmel parve spaventata, e si chiese dove volessi andare a parare. «Colpa tua? Non essere sciocco.»

Judith cercò di dire qualcosa, ma rinunciò sentendomi rispondere. «Siete tutti così infelici e se non fossi venuto a stare con voi...»

«Sarebbe accaduto comunque», concluse Ben, mantenendo Judith sul binario sbagliato. «Gli incidenti accadono, le case non si incendiano perché qualcuno vi si trasferisce. Non hai bisogno di un bicchier d'acqua, Adam?» Stava cercando di far uscire Judith dalla stanza e lei era quasi arrivata alla porta prima che potessi alzare una mano per fermarla. Non potevo rischiare di restare solo con loro, anche se eravamo in una stazione di polizia. «Sto bene. Non ho sete, e non sono neppure così sconvolto.»

«Ma lo sarai, Adam», promise Judith. «Probabilmente il tuo bagaglio emotivo a proposito della casa è inferiore...»

«Mica tanto», commentò Ben, enigmatico.

«Ma ci sarà una reazione tardiva, a mesi, forse ad anni di distanza.» Judith sembrava molto sicura a questo proposito. «Ma se accogli il tuo dolore subito, sarà molto meglio in seguito.»

«Accogli il tuo dolore», mi schernì Ben.

«Non voglio accogliere il mio dolore», protestai. Volevo filarmela lontano.

«Io non vedo l'ora di accogliere il mio», borbottò Carmel. Non volevo sapere che cosa intendesse dire.

Qualcuno bussò alla porta e l'agente Benton fece capolino. «Posso parlarle un attimo?» Prima ancora che me ne rendessi conto, Judith si era già scusata ed era uscita dalla stanza. Non appena la porta si richiuse, Carmel e Ben entrarono in azione. Carmel mi balzò addosso, chiudendomi la bocca con una mano, premendomi la testa contro il sedile, mentre Ben spingeva il divano, con Diane sopra, contro la porta. Il mobile non fece rumore sul pavimento moquettato. Ben afferrò la sua sciarpa e cercò di imbavagliarmi, mentre Carmel mi teneva fermo.

La scena si stava svolgendo in un silenzio quasi totale: si riuscivano a sentire delle voci dall'altra parte della porta. Quando sentii la sciarpa di lana di Ben contro i miei denti, che cercava di aprirmi la mascella, cercai di divincolarmi, ma non avevo nessuna possibilità di successo. Le ginocchia di Carmel mi premevano contro i gomiti, facendo affondare le braccia nell'imbottitura del bracciolo. Erano fatti persi di adrenalina, e niente avrebbe potuto fermarli. Diane cercò di intervenire, prendendo Carmel per le spalle. La ragazza mi tolse di dosso una mano e spinse via sua madre. Diane indietreggiò barcollando contro il tavolino basso. Mentre tentava di avanzare nuovamente, cercando di venirmi in aiuto, Ben la fermò.

«Siediti, mamma», disse, con calma.

«Abbiamo abbastanza… abbastanza *peccato*», replicò Diane. «Non gli fate del male. Per favore, non fategli del male.»

«*Ti ho detto di sederti.*» La spinse giù sul divano, poi, vedendo che provava a rialzarsi, sollevò la mano a fermarla. «Fai quello che ti dico. Oppure dovrò colpirti, come papà. Non voglio farlo, ma lo farò.»

Diane era sconvolta dall'orrore tanto quanto Ben per quelle parole. «Era quello che diceva sempre lui. Diceva che era colpa mia se mi picchiava. Così diceva.» Ben rivolse nuovamente l'attenzione a me, aiutando Carmel a trattenermi, ma questa volta con modi ancora più bruschi, costringendomi a guardare la sorella negli occhi. La sua faccia era a un centimetro dalla mia. Volevo baciarla, penso addirittura che anche lei volesse baciarmi. Con il fiato caldo di Ben e Carmel sulla mia faccia, l'istinto mi stava dicendo che avrei dovuto fare l'amore, in quell'istante.

«Dovrei ucciderti. *Potrei* ucciderti», disse Carmel. «Nessuno mi ha mai fatto incazzare tanto, neppure Ben o mamma. Bene, bravo.» Poi, con aria assorta. «Non so proprio che cosa dovremmo fare con te. Potrei cavarti gli occhi con le unghie, qualcosa che *sia all'altezza* del tuo crimine, capisci?» Sembrava stranamente poco convinta. «Qualcosa che dimostri l'enormità del mio odio.» La parola odio le fece scattare qualcosa in mente. Dalla gola le uscì un suono involontario, un gorgoglio che esprimeva il suo desiderio. «Ma non so chi odio di più, loro o te.»

Guardò Ben e Diane. D'un tratto ogni parola era una sofferenza, a ogni respiro la voce si spezzava. «Voi allontanate da me gli uomini che io amo. Me li avete portati *via.*» L'ultima parola sembrò il gemito di un bimbo. «Io non *conto* niente, vero? Vero?»

Carmel appoggiò la fronte alla mia, il suo viso era troppo vicino perché lo potessi vedere, ma mi accorsi che il suo respiro stava facendosi più regolare. Poi Carmel si ritrasse e guardò nel vuoto. Di colpo, stava riflettendo, concentrata, per prendere una decisione. Per la prima volta in vita mia, mi misi a pregare. Non ero neppure sicuro che Diane avesse sentito qualcosa di ciò che Carmel aveva detto – era seduta con le braccia strette attorno alle gambe, immersa in mille pensieri, il suo sguardo passava da Ben a

Carmel, e poi di nuovo a Ben. Ben era sconcertato, si chiedeva che cosa stessero facendo le donne della sua vita, e disse: «Ma certo che *conti*, Mel, io non sapevo di...» Ben fece un gesto sprezzante verso di me. «Come avrebbe potuto saperlo?»

Di colpo Carmel si alzò in piedi: aveva preso una decisione. «Non ha più nessuna importanza. Non ho intenzione di dar fuori di testa in una stazione di polizia e di rovinarmi la vita. E così, piccolo bastardo, a quanto pare te la caverai, perché mi piace il modo in cui vivo e nessuno mi metterà i bastoni tra le ruote, né tu, né papà.» Diane parve improvvisamente interessata, la bocca socchiusa, come se volesse intervenire. Carmel la guardò. «Nessuno. Lascialo andare, Ben. Non dirà niente di niente, vero?»

Scossi la testa. Come desidera la signora.

«Sei molto fortunato a trovarti in una stazione di polizia», mi sussurrò Ben all'orecchio, mentre allentava il bavaglio. La maniglia della porta venne abbassata e riabbassata più volte. Da fuori, Judith disse, «Potreste lasciarmi entrare? Ehi, lì dentro!» Ben stava per respingere il divano lontano dalla porta, ma Diane gli fece cenno di non farlo. Si alzò in piedi, sicura e calma.

«Non ci resta molto tempo, vero?» disse. «Voglio fare una proposta. Dovremmo salutarci adesso.» Pensavo che stesse parlando a me, ma si stava rivolgendo ai suoi figli. Li aveva colti di sorpresa con la sicurezza della sua voce. «Non credo che dovremmo vederci mai più. Ci sono stati troppi orrori, abbiamo oltrepassato troppi confini.»

La maniglia si abbassò di nuovo. Judith stava per avere un attacco di panico. «Sarò costretta a chiamare un agente. Ben? Adam?»

«Dovremmo allontanarci uno dall'altro, *adesso*. Lasciarci andare», disse Diane, con fervore. «Sto parlando sul serio. È la nostra unica possibilità di essere felici, siamo stati una famiglia troppo a lungo e adesso dobbiamo smetterla. Vi voglio un bene dell'anima, tanto da dirvi che è finita. Basta così.»

«Mamma, è stata una giornataccia. Supereremo tutto questo», disse Ben, mentre gli occhi gli si riempivano di lacrime. «Non intendevo dire quello che ho detto, non ti avrei mai picchiato, mai.»

Diane allungò una mano verso di lui. «Finiamola con amore, Benedict, fino a quando è ancora possibile farlo, fino a quando riusciamo ancora a perdonarci per esserci trattenuti l'un l'altro. Possiamo ancora avere una vita che non giri attorno a vostro padre. E ci siamo puniti a sufficienza.»

La porta tremò, mentre qualcuno cercava di aprirla a spallate. Sedettero tutti sul divano, Ben e Carmel ai lati della madre, per tenere la porta chiusa. Avevano bisogno di un po' di tempo per capire ciò che Diane stava dicendo. Gli occhi della madre erano lucidi.

«Vi voglio tanto bene, a tutti e due. Ve ne vorrò sempre. Sono molto fiera di voi. Siete importanti. Lo siete sempre stati. Voi siete i miei...» Diane per poco non scoppiò a piangere, ma riuscì a trattenersi. «Siete i miei *bambini* e tutto quello che ho fatto...» La porta venne scossa di nuovo. «L'ho fatto per voi. Non dimenticatelo. Volevo che i miei figli fossero felici. E ho fallito.» Ben scoppiò in singhiozzi, stringendo sua madre in un abbraccio. Carmel nascose la faccia nella spalla di Diane. La porta subì una nuova carica, stavolta da parte di più persone. «Lo sto facendo per tutti noi. Voglio che voi siate felici. Dovete avere delle vite meravigliose, *meravigliose*, splendide, avete sentito? È un ordine. Fate quello che vi dico, per una volta. Siate coraggiosi e state bene.» Prese le mani di Ben tra le sue: «Sei così prezioso». Si rivolse a Carmel, tenendola tra le braccia. «Sei così preziosa.» Prese le loro mani. «Auguratemi buona fortuna anche voi. *Vi prego.*» Carmel e Ben annuirono, incapaci di parlare.

Infine Diane scoppiò a piangere, ridendo mentre diceva: «Mi sento così *felice*. Questo è giustissimo. Per la prima volta, questo è davvero *giusto*».

Dall'altro lato della porta, l'agente Benton urlò: «Lasciateci entrare o saremo costretti ad arrestarvi».

Di colpo, Diane era tutta eccitata, ma continuava a ridere. «Un bel modo per cominciare la nostra nuova vita, vi pare? È meglio lasciarlo entrare.» La famiglia si alzò disordinatamente dal divano, Ben si voltò verso di me e poi disse alla sorella. «Trattienili per un minuto, ti spiace?»

«Un momento, agente Benton, siamo subito da lei. Riunione di famiglia», gridò Carmel con voce gentile, asciugandosi gli occhi e sistemando la giacca di Diane. «Credo che ci sia qualcosa che non va nella serratura.»

Ben afferrò la sua sciarpa, che mi pendeva dal collo e la tirò, attirandomi a sé. Pensai che stesse per baciarmi, un momento di stacco per iniziare la sua nuova vita. Disse: «Non sono gentile come mia sorella. Non lo sono mai stato».

Mi colpì con il pugno solo due volte, e la prima mi ruppe il naso. Sentii lo scricchiolio dell'osso che partiva. «Questo per esserti scopato mia sorella.» Vidi le stelle, mentre il sangue cominciava a scorrermi sulla faccia, ma lui mi rialzò da terra e me ne mollò un altro. «E questo è per mamma.» Un altro crack assordante nella testa, mentre il suo pugno raggiungeva la parte sinistra della mia mascella.

Negli ultimi, confusi secondi di consapevolezza, prima

che la polizia facesse irruzione nella stanza, vidi due gruppi di Robbins che si voltavano dall'altra parte. Pensavano solo a se stessi, mentre si liberavano del passato. Con gli occhi asciutti, sapendo esattamente quello che stavano facendo e perché doveva essere fatto per arrivare alla felicità, non avevano nessun bisogno di un quarto membro della famiglia. Non avevano bisogno di Ray, e certamente non avevano bisogno di me. Non li avevo mai visti così euforici, fieri uno dell'altro, così simili a una famiglia come in quel momento, mentre si tenevano per mano in un addio senza parole, estatico.

Entrai in una cella della polizia con il medico che doveva prendersi cura di me. «Non provi a parlare», disse, porgendomi un notes e una penna.

DOV'È LA MIA FAMIGLIA?

«Che cosa dice? Oh. Per quanto ne so, sono nelle altre tre celle, non è vero?» Guardò Judith, in piedi sulla soglia. Judith annuì.

NON VOGLIO SPORGERE DENUNCIA.

«Dice che non intende sporgere denuncia», riferì il dottore, illuminando con una torcia i miei occhi.

«Lo riferirò di sopra», disse Judith. «Non saranno accusati, non credo. La loro giornata è già stata abbastanza brutta.»

«Le verranno due begli occhi neri, Mr Fox.»

MERITAVO DI PIÙ.

Judith entrò nella cella, restando alle spalle del medico.

STANNO BENE?

«Credo che stiano bene», rispose Judith, confusa, sedendo in pizzo al letto. «Sono molto tranquilli. Ciascuno di loro è seduto da solo nella sua cella, sul bordo del letto. Stanno lì, con la schiena dritta, guardando di fronte a loro. Come se stessero pregando. E se stai a guardarli abbastanza a lungo ti rendi conto che stanno pensando e pensando e pensando. Le loro menti brulicano di pensieri. È evidente che sono eccitati.» Le si illuminò il viso. «Aspettate, ecco di che cosa si tratta: hanno l'aria di chi sta aspettando qualcosa di speciale.»

CHE LA VITA INIZI. MERAVIGLIOSO. LI AMO TUTTI.

24 dicembre 2008

È appena passato il mio momento preferito della sera: la campana della cappella suona nove colpi e inizia quello che chiamano Il Grande Silenzio, che terminerà solo alle otto e un quarto di domani mattina. Da principio bisogna imparare a gestire tutto questo silenzio: alle otto meno un quarto io fremo per poter parlare, visto che sono in piedi dalle cinque, poi c'è il Mattutino alle sei, colazione alle sette. Ma ora il silenzio è il mio momento preferito: non lo temo più.

Oggi ho ricevuto delle belle notizie. L'abate ha prolungato il mio programma di noviziato fino al nuovo anno, poi penserò a quello che desidero fare. Forse tornerò alla Santa Trinità, ma più probabilmente continuerò a vivere fuori. A dire la verità, non sono sicurissimo di essere tagliato per fare il monaco. I monaci a tempo pieno possono essere molto stronzi, quando vogliono, e mi mancano alcune comodità domestiche. Mi piaceva il mio stile di vita, nel mondo là fuori, ma non mi piaceva la mia vita.

Quindi ho ancora nove giorni da passare qui. Ancora nove Grandi Silenzi.

Il grande vantaggio degli ultimi due anni che questi quindici giorni hanno inciso nella pietra è che non sento più la necessità di essere costantemente innamorato. Ho vissuto in quel modo per anni, senza imparare la lezione, e non lo posso più fare. Non voglio più farlo. So che esiste qualcun altro supremamente equipaggiato per amare tutti, e questo qualcuno non è solo tuo. Lo vidi quel giorno nella chiesa di Orford, credo, ma all'epoca non lo sapevo. Ora lo amo perché è l'unico modo per poter avere tutto, senza far del male a nessuno. Ho ferito troppe persone nella mia vita.

Ora voglio stare qui per sempre anche se capisco bene che è strano che sia finito in questo posto. I miei genitori sono stati... sorpresi, diciamo così, quando ho comunicato perché non sarei tornato a casa per Natale, quest'anno.

Ma mi sembra la cosa giusta da fare. Stasera, mentre ci dirigevamo in fila al Vespro, ho scorto per un istante un uomo. Da principio ho pensato che fosse qualcuno appena arrivato per il Ritiro di Natale (350 sterline a testa, grazie mille: incredibile la quantità di denaro che questo posto ricava dal business della pace mentale), ma poi mi sono accorto che la luce delle candele mi stava giocando uno scherzo. Ero io, riflesso in uno specchio.

Non mi sono riconosciuto perché sembravo così calmo. Non guardo più gli specchi come facevo prima (il naso schiacciato e la mascella frantumata, otto anni fa, hanno messo fine alla mia vanità), ma mi è piaciuto quello che ho visto per un istante. E poi è svanito. Il tizio nello specchio potrebbe non essere un quadro a olio, per coniare una frase, ma aveva un'aria sicura e soddisfatta, come se sapesse quale strada avrebbe preso. Era a suo agio con se stesso. Devo continuare a rammentarmi che quella era solo apparenza.

Se mi concedo ancora un po' di tempo, quell'uomo potrebbe tornare. E come è prerogativa di tutti gli autoritratti sinceri, ne sarei molto soddisfatto.

Stampato nel maggio 2001 per conto di
Baldini&Castoldi S.p.A.
da «La Tipografica Varese S.p.A.»